THE SOUND AND THE FURY

WILLIAM FAULKNER

響きと怒り

ウィリアム・フォークナー

桐山大介訳

河出書房新社

目次

響きと怒り

一九二八年四月七日

くるんとした花がさく場所たちのあいだの、柵のすきまから、打っている人たちが見えた。その人たちは旗があるところに歩いてきて、ぼくは柵にそって歩いた。ラスターは花の木のそばの草のなかでさがしていた。その人たちは旗をぬいて、打っていた。それから旗をもどして、テーブルに行って、一人が打って、もう一人が打った。それからその人たちは歩いていって、ぼくは柵にそって歩いた。ラスターが花の木からはなれてきて、ぼくたちは柵にそって歩いて、その人たちが止まって、ぼくたちが止まって、ラスターが草のなかでさがしているあいだ、ぼくは柵のむこうを見た。

「行くぞ、キャディ」一人が打った。その人たちは原っぱをつっきってはなれていった。ぼくは柵につかまって、その人たちがはなれていくのを見た。

「その声、自分で聞いてみろよ」とラスターが言った。「たいしたもんだな、三十三にもなってそんなふうにわめいて。わざわざおれが町までケーキ買いに行ってやったってのによ。わめくんじゃねえ。手つだわねえつもりかよ、あの二十五セント玉さがすの。今夜ショーに行きてえんだよ」

原っぱのむこうで、あの人たちが小さくなって打っていた。ぼくは柵にそって旗があるところにもどった。旗は明るい草と木たちのうえでパタパタしていた。

「行くぞ」とラスターが言った。「そこはもうさがしたよ。あいつらは当分もどってこねえって。小川に行ってみよう。ニガーどもより先に二十五セント玉見つけるぞ」

旗は赤くて、原っぱのうえでパタパタしていた。それから鳥が旗にとまって体をななめにした。ラスターが投げた。旗は明るい草と木たちのうえでパタパタした。ぼくは柵につかまっていた。

「わめくんじゃねえって」とラスターが言った。「あいつらにもどってくる気がねえなら、おれにもどってこさせられるわけねえだろ。だまらねえとばあちゃんが誕生日してくれねえぞ。だまらねえならおれがなにするか、わかるか。あのケーキぜんぶ食ってやる。ロウソクもな。三十三本、ぜんぶ食ってやる。さ、小川に行くぞ。おれの二十五セント玉見つけなきゃ。あいつらのボールも見つかるかもな。ほら、あいつらがいるぞ。むこうの、あそこ。見ろ」ラスターは柵にきて腕をのばして指した。「見えるだろ。もうもどってこねえよ。行くぞ」

ぼくたちは柵にそって歩いて、花壇の柵まで来て、そこにぼくたちの影がいた。柵にうつったぼくの影はラスターの影より背が高かった。ぼくたちはこわれたところに行ってそこを通りぬけた。

「まてまて」とラスターが言った。「またそのクギに引っかかったのか。引っかからなきゃくぐりぬけらんねえのかよ」

キャディ*がぼくをはずして、ぼくたちはくぐりぬけた。**モーリーおじさんがだれにも見られちゃいけないって言ってたから、かがまなくちゃ、とキャディが言った。かがんで、ベンジー。こんなふうに、ね。ぼくたちがかがんで花壇をぬけていくと、花があたってカサカサ、バサバサと音がした。地面はかたかった。ぼくたちが柵にのぼると、ブタはブウブウ、フゴフゴとないた。今日なかまが一匹殺されたから、きっと悲しんでるんだよ、とキャディが言った。地面はかたくて、かきまぜられてデコボコだった。**

手はポケットに入れておきなさい、とキャディが言った。じゃないとこおっちゃうよ。クリスマスに手がこおっちゃったらやでしょ。

「外はとんでもなく寒いぞ」とヴァーシュが言った。「出ないほうがいい」

「こんどはなに?」とお母さんが言った。

「外に出たいみたいで」とヴァーシュが言った。

「行かせてやれよ」とモーリーおじさんが言った。

「寒すぎるわよ」とお母さんが言った。「なかにいたほうがいいわ。ベンジャミン。それ、いいかげんにして」

＊　前ページ上段に出てくるゴルフのキャディではなく、本章の語り手ベンジーの姉のキャディのこと。

「どうってことないさ」とモーリーおじさんが言った。

「これ、ベンジャミン」とお母さんが言った。「いい子にしてないと、台所に行かせますよ」

「母ちゃんが、今日はこの子を台所に入れるなって」とヴァーシュが言った。「料理をたんまりつくらなきゃいけないんだから、だそうで」

「行かせてやれよ、キャロライン」とモーリーおじさんが言った。「この子の心配ばかりしてたら、体こわしちまうぞ」

「わかってるわよ」とお母さんが言った。「きっとわたしへの天罰なのね。たまにそう思うの」

「わかった、わかった」とモーリーおじさんが言った。「元気出さなきゃならんよ。トディ*をつくってやるから」

「そんなの飲んだら、よけいおかしくなっちゃうわよ」とお母さんが言った。「そんなこともわからないの」

「気が晴れるよ」とモーリーおじさんが言った。「なあ、この子に厚着させて、しばらく外につれてってやれ」

モーリーおじさんが出ていった。ヴァーシュが出ていった。

「おねがい、しずかにして」とお母さんが言った。「精いっぱい急いで外に出してあげようとしてるの。風邪ひいたらたいへんでしょ」

ヴァーシュがぼくのオーバーシューズとコートを着せて、ぼくたちはぼくの帽子をとって外に出た。モーリーおじさんはビンを食堂の食器棚にしまっていた。

「三十分くらいは外にいさせてやるんだぞ」とモーリーおじさんが言った。「庭からは出すなよ」

「わかりました」とヴァーシュが言った。「屋敷の外にはぜったい出ません」

ぼくたちは外に出た。太陽は冷たくて明るかった。

「どこ行こうってんだ」とヴァーシュが言った。「町に行くつもりじゃないだろな」ぼくたちはカサカサなる葉っぱのなかを通っていった。門は冷たかった。「手はポケットに入れとけよ」とヴァーシュが言った。「門にひっついてこおっちまったらどうすんだ。家んなかでみんなが帰ってくるの待ってりゃいいのに」ヴァーシュがぼくの手をぼくのポケットに入れた。ヴァーシュが葉っぱのなかをカサカサ通るのが聞こえた。寒さの匂いがした。門は冷たかった。

「お、ヒッコリーの実だ。おーい、その木にのぼってみろ。見てみな、ベンジー。リスがいるぞ」

ぼくは門をぜんぜん感じなかったけど、明るい寒さの匂いがした。

「手をポケットにもどせってば」

キャディが歩いていた。それからキャディが走って、学校のかばんがうしろでゆれたりはねたりした。

「ハロー、ベンジー」とキャディが言った。キャディが門をあけて入ってかがんだ。キャディは葉っぱみたいな匂いがした。「わたしを迎えにきてくれたの」とキャディが言った。「キャディを迎えにきてくれたの。なんでこの子の手、こんな冷たくしておくのよ、ヴァーシュ」

「ポケットに入れとけって言ったんだけど」とヴァーシュが言った。「あの門にしがみついちゃって」

「キャディを迎えにきてくれたの」とキャディがぼくの手をこすりながら言った。「なあに。なにをキャディに言おうとしてるの」キャディは木みたいな、わたしたち眠ってたんだよと言うときみたいな匂いがした。

なにうめいてんだ、とラスターが言った。あいつらなら小川につけばまた見れるって。ほら。チョウセンアサガオやるから。ラスターがぼくに花をわたした。ぼくたちは柵をくぐって空き地に出た。

「なあに」とキャディが言った。「なにをキャディに言おうとしてるの。この子、追いだされちゃったの、ヴァーシュ」

「出たがってしょうがなかったんだよ」とヴァーシュが言った。「わめいてどうしようもないから出してもらったら、まっすぐここに来て門のすきまからのぞいてたんだ」

「なあに」とキャディが言った。「わたしが学校から帰ってきたらクリスマスになるって思ったの。そんなふうに思ってたの。クリスマスはあさってだよ。サンタクロースだよ、ベンジー。サンタクロース。さ、おうちまで走ってってあったまろう」キャディがぼくの手をとって、ぼくたちは明るいカサカサいう葉っぱのなかを走った。ぼくたちは踏み段を走ってあがって、明るい寒さから暗い寒さのなかに入った。モーリーおじさんがビンを食器棚にもどしていた。おじさんがキャディを呼んだ。キャディが言った、

「この子を火のとこにつれてってあげて、ヴァーシュ。ヴァーシュと先に行ってて」キャディが言った。「わたしもすぐ行くから」

ぼくたちは火のところに行った。お母さんが言った、

＊　ウィスキーに湯と砂糖とレモンを加えたもの。

「この子、寒がってるの、ヴァーシュ」

「いえ」とヴァーシュが言った。

「コートとオーバーシューズをぬがせて」とお母さんが言った。「何回言ったらわかるの。オーバーシューズをはかせたまま家に入れないで」

「わかりました」とヴァーシュは言った。「ほら、じっとしろ」ヴァーシュはぼくのオーバーシューズをぬがせて、ぼくのコートのボタンをはずした。キャディが言った、

「待って、ヴァーシュ。ベンジーをもう一回外に出してあげてもいい、お母さん。いっしょに外に行きたいの」

「その子はここにおいていきな」とモーリーおじさんが言った。「今日はもうじゅうぶん外に出たからね」

「二人とも家にいたほうがいいわ」とお母さんが言った。「もっと寒くなるって、ディルシーが言ってるから」

「ねえ、お母さん」とキャディが言った。

「ばかばかしい」とモーリーおじさんが言った。「この子は一日学校にいたんだ。新鮮な空気が必要だよ。行ってきな、キャンダス」

「つれてっていいでしょ、お母さん」とキャディが言った。「おねがい。わかってるでしょ、この子、泣いちゃうから」

「ならなんでこの子のまえでそんなこと言ったの」とお母さんが言った。「なんでこっちに来たの。またわたしを困らせる口実をこの子にあげるためなんでしょう。あなただって今日はずっと外にいたでしょうに。ここですわってこの子と遊んでなさいな」

「二人とも行かせてやれよ、キャロライン」とモーリーおじさんが言った。「ちょっとくらい冷えたってどうってことないさ。いいかい、元気を出さなくちゃいけないよ」

「わかってる」とお母さんが言った。「だれもわかってないの、わたしがどんなにクリスマスを恐れてるか。だれもわかってない。なんでも耐えられる女の人もいるけど、わたしはそうじゃないの。ジェイソンと子どもたちのために、もっと強くなれたらって思うけど」

「できるかぎりのことをやったら、あとはもう子どもたちの心配なんかしないようにしないと」とモーリーおじさんが言った。「二人とも、行っておいで。でも遅くならないように。お母さんが心配するからね」

「はい、おじさん」とキャディが言った。「おいで、ベンジー。またお外に行くんだよ」キャディがぼくのコー

トのボタンをしめて、ぼくたちはドアのほうに行った。

「オーバーシューズもはかせないで坊やを外につれてくつもりなの」とお母さんが言った。「その子に風邪をひかせたいの。お客さまがたくさんいらっしゃるのに」

「わすれてた」とキャディが言った。「もうはいてると思った」

ぼくたちはもどった。「よく考えなさい」とお母さんが言った。**ほら、じっとしてろ**　ヴァーシュが言った。ヴァーシュがぼくにオーバーシューズをはかせた。「いつかわたしがいなくなったら、あなたたちがこの子のことを考えてあげなくちゃいけないのよ」**よし、じゃ足踏みしろ**　ヴァーシュが言った。「こっち来てお母さんにキスしてちょうだい、ベンジャミン」

キャディがお母さんのイスのところにぼくをつれていって、お母さんがぼくの顔を両手でつかんで、それからぎゅっとぼくを抱きしめた。

「かわいそうな坊や」とお母さんが言った。お母さんがぼくを離した。「あなたとヴァーシュでこの子のめんどうをよく見てあげるのよ、ハニー」

「はい、お母さん」とキャディが言った。ぼくたちは出ていった。キャディが言った、「あんたは来ないでいい、ヴァーシュ。わたしがこの子見ておくから」

「わかった」とヴァーシュが言った。「こんな寒いのにわざわざ外に出たかねえしな」ヴァーシュが歩いていって、ぼくたちは玄関ホールで止まって、キャディがひざをついてぼくを抱きしめて冷たい明るい顔をぼくの顔にくっつけた。キャディは木みたいな匂いがした。

「あなたはかわいそうな坊やなんかじゃないよ。だよね。だよね。ベンジーにはキャディがいるからね。ベンジーにはキャディがいるもんね」

そのうめき声とよだれ、いいかげんにしてくれねえかな、とラスターが言った。こんな大さわぎして恥ずかしくねえのか。ぼくたちは馬車小屋を通りすぎた。なかには馬車があった。馬車には新しい車輪が一つついていた。

「さ、乗りな。お母さんが来るまでおとなしくすわってるんだよ」とディルシーが言った。ディルシーがぼくを馬車に押しいれた。T《ティー》・P《ピー》が手綱《たづな》をもっていた。「なんでジェイソンが新しい馬車買わないのか、あたしにゃさっぱりわかんないよ」とディルシーが言った。「こんな馬車、いつかあんたたちみんな乗せたままバラバラになっちまうよ。車輪を見てごらん」

お母さんがヴェールを下に引っぱりながら外に出てきた。お母さんは花をもっていた。

「ロスカスはどうしたの」とお母さんが言った。

「ロスカスは今日腕があがんないんだよ」とディルシーが言った。「T・Pだってちゃんと走らせられるさ」

「不安だわ」とお母さんが言った。「あなたたちだって、週に一度、御者《ぎょしゃ》をよこすくらいできるでしょう。そんなの、たいしたお願いじゃないでしょうに」

「ロスカスがひどいリウマチもちで、どうしてもやらなきゃいけない仕事こなすだけで精いっぱいなのはあんたもよく知ってるだろうに、ミス・カーラインよ*」とディルシーが言った。「さあ、乗りな。T・Pだってロスカスなみにうまく走らせられるよ」

「不安だわ」とお母さんが言った。「坊やもいるのに」

ディルシーが踏み段を上がった。「あれを坊やなんて呼ぶんか」とディルシーが言った。「T・Pとかわらないくらいおっきな男つかまえて。さあこっち来な、出かけるつもりがあんならね」

「不安だわ」とお母さんが言った。二人は踏み段をおりてきて、ディルシーがお母さんを乗せた。「きっとそうなるのが一番いいのね、わたしたちみんなにとって」とお母さんが言った。

「恥ずかしくないんかね、そんなこと言って」とディルシーが言った。「わかんないかね、十八のニガーごときにクイニーをあばれさせることなんてできやしないよ。T・Pとベンジーを合わせたより歳くってるんだ。そんで、あんたもクイニーによけいなちょっかい出すんじゃないよ、いいかい、T・P。ミス・カーラインの気にさわるような走らせ方したら、ロスカスにとっちめてもらうからな」

「はいよ」とT・Pが言った。

「わたしにはわかるの、きっとなにか起こる」とお母さんが言った。「やめて、ベンジャミン」

「花を一本もたせてあげな」とディルシーが言った。「花がほしいんだよ」ディルシーが手をのばして中に入れた。

「だめ、だめ」とお母さんが言った。「どうせ全部ちらかしちゃうでしょ」

「しっかりもっといとくれ」とディルシーが言った。「一本引きぬくから」ディルシーがぼくに花をわたして、ディルシーの手が出ていった。「さ、行くよ。クエンティンに見つかんないうちに。いっしょにつれてくことになっちまうよ」とディルシーが言った。

「あの子、どこにいるの」とお母さんが言った。

「あたしんちでラスターとあそんでるよ」とディルシーが言った。

「さあ出しな、T・P。ロスカスに教わったとおりに馬車を走らせるんだよ」

「はいよ」とT・Pが言った。「はいしー、クイニー」

「クエンティンと言えば」とお母さんが言った。「やめてね、あの子に　　」

「わかってるよ」とディルシーが言った。馬車は私道をガタガタ、ジャリジャリ進んだ。「クエンティンをおいていくのは不安だわ」とお母さんが言った。「わたしは残ったほうがいいんじゃないかしら。T・P」ぼくたちが門を通りぬけると、もうガタガタしなくなった。T・Pがクイニーをムチで打った。

「ちょっと、T・P」とお母さんが言った。

「走らせつづけなきゃいけねえんですよ」とT・Pが言った。「厩舎にもどってくるまで起きててもらわねえと」

「引きかえしなさい」とお母さんが言った。「クエンティンをおいていくのは不安なの」

「ここじゃ馬車をまわせねえんですよ」とT・Pが言った。それからもっと広くなった。

「ここでもまわせないの」とお母さんが言った。

「わかりましたよ」とT・Pが言った。

「ちょっと、T・P」とお母さんがぼくにつかまりながら言った。

「どうにかしてまわさなきゃいけないんで」とT・Pが言った。「どうどう、クイニー」ぼくたちは止まった。

「ひっくりかえっちゃうわよ」とお母さんが言った。

「じゃ、どうしたいんですか」とT・Pが言った。

「あなたの引きかえし方がこわいのよ」とお母さんが言った。

「行くぞ、クイニー」とT・Pが言った。ぼくたちは進んだ。

「わたしにはわかるの、わたしがいないあいだディルシーにまかせてたら、きっとクエンティンになにか起こる」とお母さんが言った。「だから急いで帰らないと」

「はいしー」とT・Pが言った。クイニーをムチで打った。

「ちょっと、T・P」とお母さんがぼくにつかまりなが

＊　キャロライン（Caroline）が訛《なま》った形。南部英語では、しばしばrの音が抜け落ちる。

ら言った。クイニーの足音が聞こえて、明るい形たちが両がわでなめらかに次々と通りすぎて、その影がクイニーの背中を流れていった。形たちは車輪たちの明るいてっぺんと同じように進んでいった。それから片がわの形たちは兵士のいる高い白い柱のところで止まった。でも反対がわの形たちはなめらかに次々と通りすぎた。でもすこしゆっくりになった。

「なにか用」とジェイソンが言った。両手をポケットに入れて、鉛筆を耳にはさんでいた。

「お墓まいりに行くの」とお母さんが言った。

「あっそう」とジェイソンが言った。「止めるつもりはないよ。用はそれだけ、それを言いに来ただけかい」

「ついてきてくれないのはわかってる」とお母さんが言った。「来てくれれば安心なんだけど」

「安心て、なにが」とジェイソンが言った。「父さんもクエンティンも、母さんに危害を加えたりしないさ」

お母さんがヴェールのなかにハンカチを入れた。「やめてくれ、母さん」とジェイソンが言った。「そのキチガイに広場のまんなかで大さわぎさせたいのかよ。馬車を出せ、T・P」

「はいしー、クイニー」とT・Pが言った。

「わたしへの天罰なのよ」とお母さんが言った。「でもわたしもすぐにいなくなるから」

「ちょっと待て」とジェイソンが言った。

「どうどう」とT・Pが言った。ジェイソンが言った、「モーリーおじさんが母さんの口座から五十ドル引きおとそうとしてるんだ。どうしてほしい」

「なんでわたしにきくの」とお母さんが言った。「わたしからはなにも言えないわ。わたしはあなたとディルシーに心配かけまいとしてるだけなの。わたしはどうせもうすぐいなくなってしまうし、そしたらあなたは　」

「行け、T・P」とジェイソンが言った。

「はいしー、クイニー」とT・Pが言った。形たちが流れていった。反対がわの形たちもまた動きだして、明るくてはやくてなめらかで、キャディがわたしたち眠るんだよと言うときみたいだった。

この泣き虫が、とラスターが言った。恥ずかしくねえのか。ぼくたちは厩舎を通りぬけた。仕切りはぜんぶあいていた。まだらのポニーはもういないから乗れねえぞ、とラスターが言った。床は乾いてほこりだらけだった。屋根はくずれかけていた。ななめの光が入る穴たちはくるくるまわる黄色でいっぱいだった。なんでそっちに行

きたいんだよ。頭にボールぶつけられても知らねえぞ。

「手はポケットに入れておきなさい」とキャディが言った。「じゃないとこおっちゃうよ。クリスマスに手がこおっちゃったらやでしょ」

ぼくたちは厩舎の角をまがった。大きな牛と小さな牛がドアのところに立っていて、プリンスとクイニーとファンシーが厩舎のなかで足踏みしているのが聞こえた。「ここまで寒くなかったらファンシーに乗ってもよかったけど」とキャディが言った。「今日は寒すぎるから無理だね」それから小川が見えて、そこから煙がのぼっていた。「あそこでブタを殺してるんだよ」とキャディが言った。「帰りに寄って見てみようか」ぼくたちは丘をおりた。

「お手紙もちたいの」とキャディが言った。「もっていいよ」キャディはポケットから手紙を出してぼくのポケットに入れた。「それ、クリスマスプレゼントなんだよ」とキャディが言った。「モーリーおじさん、それでミセス・パターソンをびっくりさせるんだって。だからわたしたち、だれにも見つからないようにわたさなきゃいけないんだよ。手はちゃんとポケットに入れておきなさい、ね」ぼくたちは小川に来た。

「こおってる」とキャディが言った。「見て」キャディは水のてっぺんを割ってそのかけらをぼくの顔に押しあてた。「氷。それだけ寒いってことなんだよ」キャディはぼくがわたるのを手つだって、ぼくたちは丘をあがった。「お母さんとお父さんにもないしょなんだよ。なんの手紙だとわたしが思ってるか、わかる。きっとみんなをびっくりさせようとしてるんだよ、お母さんとお父さんのことも、ミスタ・パターソンのことも。ミスタ・パターソンはベンジーにキャンディくれたでしょ。夏にミスタ・パターソンがキャンディ送ってくれたの、ベンジーはおぼえてる」

柵があった。ツタは乾いていて、風がツタのなかでカサカサ鳴った。

「でも、モーリーおじさんはなんでヴァーシュにもっていかせなかったんだろうね」とキャディが言った。「ヴァーシュだって言ったりしないのにね」ミセス・パターソンは窓から外を見ていた。「ここで待ってるんだよ。すぐもどってくるからね。お手紙ちょうだい」キャディはぼくのポケットから手紙をとった。「手はポケットに入れておきなさい」キャディは手紙を手にもって柵をこえて、茶色のカサカサいう花のなかを歩いていった。ミスタ・パターソンはドアのところに来てドアをあけて立っていた。

ミスタ・パターソンは緑色の花のなかで掘っていた。ミスタ・パターソンは掘るのをやめてぼくを見た。ミセス・パターソンが走って庭をやってきた。ミセス・パターソンの目を見たとき、ぼくは泣いた。このグズ、とミセス・パターソンが言った。二度とあんた一人でよこさないようにあの人に言ったのに。わたしなさい。はやく。ミスタ・パターソンがクワをもったまますばやくやってきた。ミセス・パターソンが柵からのりだして手をのばした。柵をこえようとしていた。わたしなさい、とミセス・パターソンが言った。わたしなさい。ミスタ・パターソンが柵をこえた。手紙をとった。ミセス・パターソンのドレスが柵に引っかかっていた。ぼくはミセス・パターソンの目をまた見て、丘を走っておりた。

「そっち行っても家ばっかでなんもねえぞ」とラスターが言った。「おれらは小川に行くんだよ」

小川で洗っている人たちがいた。そのなかの一人が歌っていた。服がパタパタする匂いと、煙が小川のむこうから来る匂いがした。

「ここにいろよ」とラスターが言った。「むこうに用はないだろ。ボールぶつけられちまうぞ」

「その人、なにがしたいの」

「なにがしたいか、自分でもわかってねえんだよ」とラスターが言った。「あっちの、ボール打ってるほうにあがっていきたいみたいだけど。おまえはここにすわってチョウセンアサガオであそんでろ。なんか見たいってんなら、あそこの川であそんでるガキどもでも見てな。どうしてみんなみたいにおとなしくしてらんねえかね」ぼくは土手にすわった。そこで洗っている人たちがいて、煙が青くのぼっていた。

「あんたら、ここいらで二十五セント玉見なかったかい」とラスターが言った。

「二十五セント玉って、どんな」

「今朝はここに入ってたんだ」とラスターが言った。「どっかでなくしちゃったんだよ。ポケットのこの穴から落ちたみたいでさ。見つかんなかったら今夜ショーに行けないよ」

「二十五セントなんてどこで手に入れたんかね。白人さんが見てないすきにポケットからくすねたんだろ」

「ちゃんとしたとこで手に入れたんだよ」とラスターが言った。「まだまだあるぜ、あそこには。でもおれはあの二十五セント玉をさがしてんだよ。あんたら、まだ見つけてないか」

「二十五セント玉なんて知ったこっちゃないよ。やらなきゃいけないことがあるんでね」

「こっち来い」とラスターが言った。「さがすの手つだえよ」

「その人、見つけたとしたって二十五セント玉だなんてわかんないんじゃないかね」

「そんでも、さがす手つだいはできるだろ」とラスターが言った。「あんたらも今夜のショー行くのかい」

「ショーの話なんかやめとくれ。この洗濯もんがおわるころにゃ、くたくたで手もあがんないよ」

「いやきっと行くね」とラスターが言った。「きっと昨日も行ったんだろ。きっとテントがあくころにゃ、みんな勢ぞろいしてるんだ」

「あたしが行かなくたって、ニガーはたんまり来るだろうよ。ゆうべもそうだったんだから」

「ニガーの金だって白人どもの金となんのちがいもねえだろうよ」

「白人さんがニガーに金くれるのは、白人が楽隊つれてくればすぐにぜんぶとりもどせるってわかってるからさ。そんでニガーはまたはした金かせぎにはたらきだすって寸法さ」

「だれもあんたを無理やりショーに行かせようなんてしてないぜ」

「まだね。まだ思いついてないんだろうよ」

「白人たちのなにが気に入らないんだよ」

「べつになにも。あたしゃあたしの道を行く、白人さんたちは白人さんたちの道を行きゃいいさ。ショーのことなんか知ったこっちゃないよ」

「ノコギリで曲弾ける人がいるんだよ。バンジョーみたいに弾くんだよ」

「あんたら昨日行ったんだな。おれは今夜行くよ。どこで二十五セント玉なくしたかわかったらな」

「その人もつれてくのかね」

「なんでおれが」とラスターが言った。「こいつがわめきだしたらどこでもおれがそばについてるとでも思ってんのかよ」

「わめきだしたらどうすんのかね」

「ムチでたたくんだよ」とラスターが言った。ラスターはすわってオーバーオールをまくりあげた。子どもたちは小川のなかであそんでいた。

「おまえら、もうボールは見つけたのか」とラスターが言った。

「えらそうな口きくじゃないか。そんな口きいて、あんたのばあちゃんに聞かれたらまずいんじゃないかね」

ラスターは小川のなかに入った。そこで子どもたちがあそんでいた。ラスターは土手にそって水のなかをさがした。

「今朝おれたちがここ来たときにはちゃんともってたんだよ」とラスターが言った。

「どのあたりでなくしたんかね」

「ポケットのここの、この穴から落ちたんだ」とラスターが言った。みんなは小川のなかでさがした。それからみんなすばやく立ちあがって止まって、それからみんなは水をはねあげて小川のなかでけんかした。ラスターがそれをとって、みんなは水のなかにしゃがんで、しげみのすきまから丘を見あげた。

「やつらはどこだ」とラスターが言った。

「まだ見えないよ」

ラスターはそれをポケットに入れた。その人たちは丘をおりてきた。

「ボールがこっち来なかったか」

「川に落ちたはずなんだ。きみたちだれか見たり聞いたりしなかったかい」

「こっちに落ちた音はしなかったよ」とラスターが言った。あっちの木になにか当たった音がしたけど。どっちにころがったかはわかんないね」

その人たちは小川を見た。

「くそ。川ぞいをさがそう。こっちに落ちたんだ。見たんだよ」

その人たちは小川にそってさがした。それから丘をあがっていった。

「ボールひろったの」と男の子が言った。

「そんなもんひろってどうすんだよ」とラスターが言った。「ボールなんか見てねえよ」

男の子は水のなかに入った。男の子は歩いていった。ふりかえって、またラスターを見た。男の子は小川を歩いていった。

男の人が丘のうえで「キャディ」と言った。男の子は水から出て、丘をあがっていった。

「なあ、自分の声聞いてみろって」とラスターが言った。

「だまれ」

「その人、なんでうめいてるの」

「さあね」とラスターが言った。「ただこんなふうにやりだすんだ。今朝はずっとこの調子だよ。今日が誕生日だからかな」

「いくつなの」

「三十三」とラスターが言った。「今朝で三十三になった」

「てことはその人、三十年も三歳のまんまなんだね」

「ばあちゃんがそう言ってたってだけで」とラスターが言った。「おれはよく知らねえ。とりあえず、ケーキには三十三本ロウソク立てるみたいだな。ちっこいケーキだよ。全部は立てらんねえんじゃないかな。だまれって。こっちもどってこい」ラスターが来て、ぼくの腕をつかんだ。「このキチガイおやじが」とラスターが言った。「ムチでたたかれてえのか」

「ほんとにたたくつもりだね」

「まえにもやったことあるぜ。だまれって、なあ」とラスターが言った。「そっちあがっていくなって言ったろ。ボールが当たって頭がすっ飛んじまうぞ。こっち来い」ラスターはぼくを引きもどした。「すわれ」ぼくはすわって、ラスターがぼくの靴をぬがせてぼくのズボンをまくった。「いいか、その川に入ってあそんできな、そんでそのよだれとうめき声止められるかやってみろ」

ぼくはだまって、水に入って、ロスカスが来て夕飯だから帰ってこいと言って、キャディが言った、
夕飯の時間はまだでしょ。わたし帰らない。

キャディはぬれていた。ぼくたちは小川であそんでいて、キャディはしゃがんで服がぬれて、ヴァーシュが言った、

「服ぬらしちまって、お母ちゃんにムチでぶったたかれるぞ」

「お母さんはそんなことしないもん」とキャディが言った。

「どうしてわかるのさ」とクエンティンが言った。

「わかるったらわかるの」とキャディが言った。「あんたこそどうしてわかるの」

「お母さんが言ってただろ」とクエンティンが言った。「それに、ぼくのほうが年上だもの」

「わたしだって七つなんだから」とキャディが言った。

「わたしにもわかるもん」

「ぼくはそれより上だよ」とクエンティンが言った。「学校にも行ってるし。だよね、ヴァーシュ」

「わたしも来年から学校だもん」とキャディが言った。

「来年になったら。でしょ、ヴァーシュ」

「わかってるだろ、服ぬらしちまったらお母ちゃんにムチでたたかれるって」とヴァーシュが言った。

「ぬれてないもん」とキャディが言った。キャディは水のなかで立ちあがって服を見た。「ぬいでおこ」とキャディが言った。「そしたらかわくでしょ」

「どうせぬがないよ」とクエンティンが言った。

「ぬぐよ」とキャディが言った。

「やめとけよ」とクエンティンが言った。

キャディはヴァーシュとぼくのところに来て背中をむけた。

「ボタンはずして、ヴァーシュ」とキャディが言った。

「はずしちゃだめだよ、ヴァーシュ」とクエンティンが言った。

「おれの服じゃねえしな」とヴァーシュが言った。

「はずしてってば、ヴァーシュ」とキャディが言った。「じゃないとあんたが昨日なにしてたか、ディルシーに言いつけるよ」それでヴァーシュはボタンをはずした。

「ぬいだらいいさ」とクエンティンが言った。キャディは服をぬいで土手に投げた。そうしたらキャディはボディス*とズロースだけしか着ていなくて、クエンティンがキャディをたたいて、キャディはすべって水のなかでころんだ。キャディは立ちあがるとクエンティンにパシャパシャ水をかけて、クエンティンがキャディにパシャパシャ水をかけた。水はヴァーシュとぼくにもすこしかかって、ヴァーシュがぼくを抱きあげてぼくを土手においた。ヴァーシュはキャディとクエンティンのことを言いつけてやると言って、それからクエンティンとキャディがヴァーシュにパシャパシャ水をかけだした。ヴァーシュはしげみのうしろに行った。

「おまえたちみんな、母ちゃんに言いつけてやっからな」とヴァーシュが言った。

クエンティンが土手をのぼってヴァーシュをつかまえようとしたけど、ヴァーシュは走って逃げてつかまえられなかった。クエンティンが引きかえすと、ヴァーシュは止まって、言いつけてやると叫んだ。キャディが言いつけないならもどってきていいよとヴァーシュに言った。それでヴァーシュは言いつけないと言って、二人はヴァーシュをもどってこさせた。

「ほら、これで気がすんだだろ」とクエンティンが言った。「二人ともムチでたたかれることになったんだから」

「どうでもいい」とキャディが言った。「わたし家出するもん」

「ああ、しなよ」とクエンティンが言った。

「家出して、もうもどってこないから」とキャディが言った。ぼくは泣きだした。キャディがふりかえって言った、「泣かないで」それでぼくは泣くのをやめた。それからみんなは小川であそんだ。ジェイソンもあそんでいた。ジェイソンは小川をくだったところに一人でいた。ヴァーシュがしげみのうしろから出てきてぼくをかかえてまた水のなかにおろした。キャディはびしょぬれでおしりが泥だらけでぼくは泣きだして、キャディが来て水のなかにしゃがんだ。

「ほら、泣かないの」とキャディが言った。「わたし家出したりしないから」それでぼくは泣くのをやめた。キャディは雨のなかの木みたいな匂いがした。

なにが気に食わねえんだよ、とラスターが言った。うめいてないで、他のやつらみたいに小川であそべねえのかよ。

家につれかえったらどうかね。屋敷の外には出すなって言われてるんだろ。

こいつ、この原っぱがまだ自分ちのもんだと思ってんだよ、とラスターが言った。このへんなら家からはだれにも見えやしないよ。

あたしたちが見てるじゃないか。それに、みんなキチガイなんて見たくないんだよ。縁起わるい。

ロスカスが来て夕飯だから帰ってこいと言って、キャディが夕飯の時間はまだでしょと言った。

「もう時間だよ」とロスカスが言った。「ディルシーが、みんな家に帰ってこいとよ。みんなをつれてきな、ヴァーシュ」ロスカスは丘をあがって、そこで牛がモウモウないていた。

「家につくころにはみんなかわいてるかもね」とクエンティンが言った。

「ぜんぶあんたのせいよ」とキャディが言った。「わたしたちみんなムチでたたかれればいい」キャディは服を着てヴァーシュがボタンをとめた。

「ぬれたことはバレねえよ」とヴァーシュが言った。「見た目じゃわかんねえからな。おれかジェイソンが言いつけでもしなけりゃ」

「言いつけるつもり、ジェイソン」とキャディが言った。

「言いつけるって、だれを」とジェイソンが言った。

＊ 女性が上半身に着るぴったりとした下着。

「ジェイソンは言いつけないよ」とクエンティンが言った。「だよね、ジェイソン」

「きっと言いつけるよ」とキャディが言った。「おばあちゃんに言いつけるよ」

「おばあちゃんには言いつけられないよ」とクエンティンが言った。「病気だもの。ゆっくり歩いていけば暗くてわかんなくなるよ」

「わかってもわかんなくてもいい」とキャディが言った。「わたし自分で言うから。この子、丘のうえまでおんぶしてあげて、ヴァーシュ」

「ジェイソンは言いつけないよ」とクエンティンが言った。「ぼくがつくってあげた弓矢、おぼえてるだろ、ジェイソン」

「あれもうこわれちゃった」とジェイソンが言った。

「言いつければいいよ」とキャディが言った。「そんなのどうだっていい。モーリー[*1]を丘のうえまでおんぶしてあげて、ヴァーシュ」ヴァーシュはしゃがんで、ぼくはヴァーシュの背中にのった。


**　んじゃみなさんがた、今晩ショーで会いましょうや、とラスターが言った。ほら、来い。二十五セント玉見つけねえと。**


「ゆっくり行けば、うちにつくころには暗くなってるよ」とクエンティンが言った。

「ゆっくりなんて行かない」とキャディが言った。ぼくたちは丘をあがったけど、クエンティンは来なかった。ぼくたちがブタの匂いがするところについたとき、クエンティンは下の小川にいた。ブタたちはすみの桶でブウブウ、フゴフゴないていた。ジェイソンはポケットに両手を入れてぼくたちのうしろからついてきた。ロスカスが厩舎の戸口で牛の乳をしぼっていた。


牛たちが厩舎から飛びだしてきた。


「もっとやれー」とT・Pが言った。「もっかい叫んでみろ。おれも叫んでやらぁ。うぇーーい」クエンティンがまたT・Pを蹴った。クエンティンはブタたちがエサを食べる桶にT・Pを蹴りいれて、T・Pはそこに横たわった。「ひゃっほーい」とT・Pが言った。「そっか、おれはあいつにやられたんだな。あの白人のやろうが蹴ったの、見ただろ。うぇーーい」

　ぼくは泣いていなかったけど、ぼくは止まれなかった。ぼくは泣いていなかったけど、地面はじっとしていないで、それからぼくは泣いていた。地面はぐんぐん坂になっていって、牛たちが丘をかけあがった。T・Pは立ちあがろうとした。T・Pはまたたおれて、牛たちが丘をかけおりた。クエンティンがぼくの腕をつかんで、ぼくたちは厩舎のほうへ行った。そうしたら厩舎はそこになくて、ぼくたちは厩舎がもどってくるまで待っていなければいけなかった。厩舎がもどってくるのがぼくには見えなかった。厩舎はぼくたちのうしろに来て、クエンティンは牛たちがエサを食べる桶にぼくを入れた。ぼくはそれにしがみついた。桶もはなれていこうとして、ぼくは桶をぎゅっとつかんだ。牛たちはまた丘をかけおりて、戸口を横ぎった。クエンティンとT・Pがけんかをしながら丘をあがってきた。T・Pは丘をころがりおちて、クエンティンが丘のうえに引きずりあげた。クエンティンがT・Pをぶった。ぼくは止まれなかった。

「立て」とクエンティンが言った。「ここを動くなよ。ぼくがもどってくるまでどこにも行くんじゃないぞ」

「おれとベンジーは結婚式にもどるんだー」とT・Pが言った。「うぇーーい」

クエンティンがまたT・Pをぶった。クエンティンがT・Pをドスンドスンと壁にぶつけだした。T・Pはわらっていた。クエンティンが壁にぶつけるたびにT・Pはうぇーーいと言おうとしたけど、わらって言えなかった。ぼくは泣きやんだけど、止まれなかった。T・Pがぼくのうえにたおれてきて、厩舎の戸がはなれていった。戸は丘をくだっていって、T・Pは一人でけんかをしていて、またたおれた。T・Pはまだわらっていて、ぼくは止まれなくて、ぼくは立ちあがろうとしてたおれて、ぼくは止まれなかった。ヴァーシュが言った、

「やっちまったな。おまえら、飲んだな。そのバカさわぎやめろ」

T・Pはまだわらっていた。T・Pは戸口にドシンとぶつかってわらった。「うぇーーい」とT・Pが言った。「おれとベンジーは結婚式にもどるんだー。サスプリラー」[*2]とT・Pが言った。

「だまれ」とヴァーシュが言った。「どこで見つけた」

「地下室だー」とT・Pが言った。「うぇーーい」

「おい、だまれ」とヴァーシュが言った。「地下室のどこらへんだ」

「どこでもだー」とT・Pが言った。T・Pはもっとわらっていた。

＊1　ベンジーのこと。出生時は伯父と同じモーリーという名を付けられ、五歳でベンジャミンと改名された。59ページ注＊2参照。

＊2　正しくはサルサパリラで、炭酸飲料の一種。T・Pとベンジーはシャンパンなどをサルサパリラと間違えて飲み、酔っぱらったものと思われる。

らった。「百本以上のこってたー。百万本以上だー。ほれほれーニガー、おれは叫ぶぞー」

クエンティンが言った、「その子、起こしてやれ」

ヴァーシュがぼくを起こした。

「これ飲みな、ベンジー」とクエンティンが言った。コップは熱かった。「さ、しずかにして」とクエンティンが言った。「飲むんだ」

「サスプリラー」とT・Pが言った。「おれにも飲ませてよー、ミスタ・クエンティン」

「おまえはだまってろ」とヴァーシュが言った。「ミスタ・クエンティンにとっちめてもらえ」

「ちょっとおさえてて、ヴァーシュ」とクエンティンが言った。

二人はぼくをおさえた。それはぼくのあごとぼくのシャツにかかって熱かった。「飲みな」とクエンティンが言った。二人はぼくの頭をおさえた。それはぼくのなかで熱くて、ぼくはまたはじめた。ぼくはいま泣いていて、なにかがぼくのなかで起こっていてぼくはもっと泣いて、二人がぼくをおさえていたらそれは起こるのをやめた。それからぼくはだまった。それはまだぐるぐる回っていて、それからあの形たちがはじまった。穀物庫をあけろ、ヴァーシュ。形たちはゆっくり動いていた。その空袋を床にひろげろ。形たちははやくなっていってもう十分なくらいのはやさになった。よし、足をもて。形たちはなめらかに明るく動いていった。T・Pがわらっているのが聞こえた。ぼくは形たちといっしょに明るい丘をあがっていった。


丘のてっぺんでヴァーシュはぼくをおろした。「こっちおいで、クエンティン」ふりかえって丘を見おろしながらヴァーシュが呼んだ。クエンティンはまだ小川のそばに立っていた。暗がりの、小川があるあたりに投げこんでいた。

「あんなヘソマガリ、ほうっておきなさいよ」とキャディが言った。キャディはぼくの手をとって、ぼくたちは厩舎を通りすぎて門をぬけた。レンガ道にカエルがいて、道のまんなかにしゃがんでいた。キャディはカエルをまたいでぼくを引っぱっていった。

「おいで、モーリー」とキャディが言った。カエルがまだそこにしゃがんでいると、ジェイソンがつまさきでつついた。

「イボができちまうぞ」とヴァーシュが言った。カエルはピョンピョンはねていった。

「おいで、モーリー」とキャディが言った。

「今夜はお客が来てるな」とヴァーシュが言った。

「どうしてわかるの」とキャディが言った。

「明かりがみんなついてるだろ」とヴァーシュが言った。

「ぜんぶの窓についてる」

「お客がいなくても、つけたいならぜんぶの明かりつけられるでしょ」とキャディが言った。

「いや、きっとお客だ」とヴァーシュが言った。「おまえたち、みんな裏から入ってそっと二階にあがったほうがいい」

「そんなのどうでもいい」とキャディが言った。「わたし、みんながいる客間にずんずん入ってっちゃうもん」

「そんなことしたら、お父ちゃんにムチでぶったたかれるぞ」とヴァーシュが言った。

「どうでもいい」とキャディが言った。「わたし、客間にずんずん入ってく。食堂にもずんずん歩いてって、ごはん食べる」

「どこにすわるつもりだよ」とヴァーシュが言った。

「おばあちゃんのイスにすわる」とキャディが言った。

「おばあちゃんはベッドで食べるから」

「おなかすいた」とジェイソンが言った。ジェイソンはぼくたちを追いこして道を走っていった。ジェイソンは両手をポケットに入れていて、ころんだ。ヴァーシュが行ってジェイソンを立たせた。

「ポケットから手出してりゃころんだりしねえのに」とヴァーシュが言った。「そんな太ってたら、つまずいてから手出そうとしても間にあわねえだろ」

お父さんが台所の踏み段のそばに立っていた。

「クエンティンはどうした」とお父さんが言った。

「すぐ来ますよ」とヴァーシュが言った。クエンティンはゆっくり来ていた。シャツがぼんやり白かった。

「来たね」とお父さんが言った。明かりが踏み段をころがってお父さんにふりかかった。

「キャディとクエンティンが水のかけっこしてたよ」とジェイソンが言った。

ぼくたちは待った。

「そうか」とお父さんが言った。クエンティンが来て、お父さんが言った、「今夜は台所でごはんを食べていいよ」お父さんはかがんでぼくを抱きあげて、明かりが踏み段をころがり落ちてぼくにもふりかかって、ぼくはキャディとジェイソンとクエンティンとヴァーシュを見おろせた。お父さんが踏み段のほうをむいた。「でもしずかにしてなきゃだめだぞ」とお父さんが言った。

「なんでしずかにしてなきゃいけないの、お父さん」とキャディが言った。「お客がいるの」

「そうだよ」とお父さんが言った。

「言ったろ、お客が来てるって」とヴァーシュが言った。

「言ってない」とキャディが言った。「お客が来てるって言ったのはわたしだもん。それでわたし　」

「おだまり」とお父さんが言った。みんなはだまって、お父さんがドアをあけてぼくたちは裏のポーチを通って台所に入った。ディルシーがそこにいて、お父さんがぼくをイスにおろしてエプロン板をとじてテーブルのほうにイスを押すと、そこにごはんがあった。ごはんから湯気がのぼっていた。

「みんな、ディルシーの言うことをきくんだよ」とお父さんが言った。「できるだけうるさくしないようにしてくれよ、ディルシー」

「はいよ」とディルシーが言った。お父さんがどこかに行った。

「いいね、ディルシーの言うことをきくんだよ」とお父さんがぼくたちのうしろから言った。ぼくはごはんがあるところに顔をつきだした。湯気がぼくの顔にあたった。

「今夜はみんなわたしの言うことときくようにして、お父さん」とキャディが言った。

「やだ」とジェイソンが言った。「ぼくはディルシーの言うこときく」

「お父さんがわたしの言うことききなさいって言ったら、きかなきゃいけないんだよ」とキャディが言った。「わたしの言うこときけって言って、お父さん」

「やだ」とジェイソンが言った。「おまえの言うことなんかきかない」

「おだまり」とお父さんが言った。「じゃあみんな、キャディの言うことをききなさい。みんなの食事がおわったら、裏階段から二階につれてってくれ、ディルシー」

「はいよ」とディルシーが言った。

「ほら」とキャディが言った。「これであんたたち、わたしの言うこときくね」

「ほれ、みんなおだまり」とディルシーが言った。「今夜はしずかにしてなきゃいけないんだよ」

「なんで今夜はしずかにしてなきゃいけないの」とキャディがささやいた。

「気にしなさんな」とディルシーが言った。「神さまのお定めになったときが来たら、おまえさんにもわかるよ」ディルシーがぼくのおわんをもってきた。おわんから湯気が出てぼくの顔をくすぐった。「こっちおいで、ヴァーシュ」とディルシーが言った。

「神さまのお定めになったときっていつ、ディルシー」とキャディが言った。

「日曜日だよ」とクエンティンが言った。「なにも知らないんだな」

「しーー」とディルシーが言った。「みんなしずかにしてろって、ミスタ・ジェイソンが言ってたろうが。さあ、ごはん食べな。ほれ、ヴァーシュ。この子のスプーンとりな」ヴァーシュの手がスプーンといっしょに来て、おわんのなかに入った。スプーンがぼくの口まであがってきた。湯気がぼくの口のなかをくすぐった。それからぼくたちは食べるのをやめておたがいを見てしずかになって、それからまたそれが聞こえてぼくは泣きだした。

「なに、あれ」とキャディが言った。キャディはぼくの手に自分の手をのせた。

「お母さんの声だったよ」とクエンティンが言った。スプーンがあがってきてぼくは食べて、それからぼくはまた泣いた。

「おだまり」とキャディが言った。でもぼくはだまらなくて、キャディが来てぼくを抱きしめた。ディルシーが行ってドアを両方ともしめて、それからそれは聞こえなくなった。

「泣かないのよ」とキャディが言った。ぼくは泣きやんで食べた。クエンティンは食べてなかったけど、ジェイソンは食べていた。

「お母さんの声だったよ」とクエンティンが言った。クエンティンは立ちあがった。

「すわってな」とディルシーが言った。「お客が来てるんだよ。あんたらの服、泥だらけじゃないか。キャディ、あんたもすわってごはん食べちゃいな」

「お母さん、泣いてたよ」とクエンティンが言った。

「だれかが歌ってる声だったよ」とキャディが言った。「そうでしょ、ディルシー」

「ほれ、みんなごはん食べな、ミスタ・ジェイソンも言ってただろ」とディルシーが言った。「神さまのお定めになったときが来たら、おまえさんたちにもわかるよ」キャディは自分のイスにもどった。

「わたしが言ったとおり、パーティなんだよ」とキャディが言った。

ヴァーシュが言った、「この子、食べおわったよ」

「おわんもってきな」とディルシーが言った。おわんはどこかに行った。

「ディルシー」とキャディが言った。「クエンティンがごはん食べてないよ。わたしの言うことききなきゃいけないんじゃないの」

「ごはん食べな、クエンティン」とディルシーが言った。「みんなさっさと食べおえてあたしの台所から出てっとくれ」

「ぼく、もうごはんいらない」とクエンティンが言った。

「食べなさいってわたしが言ったら、食べなきゃいけないんだよ」とキャディが言った。「そうでしょ、ディルシー」

おわんが湯気を出してぼくの顔にかかって、ヴァーシュの手がスプーンをそのなかに入れて、湯気がぼくの口のなかをくすぐった。

「ぼく、もういらない」とクエンティンが言った。「おばあちゃんが病気なのに、パーティなんかできっこないよ」

「一階でやるのよ」とキャディが言った。「踊り場まで来ればおばあちゃんも見れるし。わたしも寝まきに着がえたらそうしよ」

「お母さん、泣いてた」とクエンティンが言った。「泣いてたよね、ディルシー」

「あたしをこまらすんじゃないよ」とディルシーが言った。「あんたらが食べおえたらすぐお客さんがたのごはんつくんなきゃなんないんだ」

しばらくしてジェイソンも食べおえて、ジェイソンは泣きだした。

「おまえさんまで泣くんか」とディルシーが言った。

「おばあちゃんが病気になってから毎晩こうだよ。いっしょに寝れないから」とキャディが言った。「泣き虫」

「おまえのこと言いつけてやる」

ジェイソンは泣いていた。「あんたもう言いつけたじゃない」とキャディが言った。「もう言うことなんてないくせに」

「みんな、もう寝る時間だよ」とディルシーが言った。ディルシーが来てぼくをおろして、あたたかい布でぼくの顔と手をふいた。「ヴァーシュ、この子たちを裏階段からそーっと上につれてっとくれ。ほれ、ジェイソン、いつまで泣いてんだい」

「寝るにはまだはやすぎる」とキャディが言った。「こんなはやく寝かされたことない」

「今晩はもう寝るんだよ」とディルシーが言った。「夕ごはん食べたらみんなすぐ上に行けって、父ちゃんが言ってたろうが。聞こえてただろ」

「お父さんは、わたしの言うことときけって言ったもん」とキャディが言った。

「ぼく、おまえの言うことなんかきかない」とジェイソンが言った。

「きかなきゃいけないんだよ」とキャディが言った。

「さあ、ほら。わたしの言うことききなさい」

「この子たちをしずかにさせとくれ、ヴァーシュ」とディルシーが言った。「みんなしずかにするんだよ、いいね」

「なんで今夜はそんなしずかにしてなきゃいけないの」とキャディが言った。

「母ちゃんの具合がよくないんだよ」とディルシーが言った。「みんなヴァーシュについていきな、ほれ」

「言っただろ、お母さん泣いてたんだ」とクエンティンが言った。ヴァーシュがぼくを抱きあげて裏のポーチに出るドアをあけた。ぼくたちは外に出て、ヴァーシュがドアをしめると暗くなった。ヴァーシュの匂いがして、ヴァーシュの体が感じられた。みんなしずかにするんだぞ。わたしたち、まだ上には行かないもん。ミスタ・ジェイソンがすぐ上に行けって言ってただろ。お父さんは、わたしの言うことときけって言ったもん。ぼく、おまえの言うことなんかきかない。でもお父さんはみんなにそうしろって言ったんだよ。そうでしょ、クエンティン。ぼくにはヴァーシュの頭が感じられた。みんなの声を聞くことができた。そうでしょ、ヴァーシュ。ああ、そうだな。じゃあ命令、みんなでちょっと外に行く。さ、行くわよ。ヴァーシュがドアをあけて、ぼくたちは外に出た。

ぼくたちは踏み段をおりた。

「ヴァーシュのおうちに行くのがいいと思う。そしたらわたしたち、しずかにしてられるよ」とキャディが言った。ヴァーシュがぼくをおろして、キャディがぼくの手をとって、ぼくたちはレンガ道を歩いていった。

「おいで」とキャディが言った。「あのカエル、いなくなっちゃったね。ピョンピョンはねて花壇につくころかな。でもべつのカエルがいるかもしれないよ」ロスカスが牛乳のバケツをもって歩いてきた。クエンティンはそのまま通りすぎていった。クエンティンはぼくたちといっしょに来ていなかった。台所の踏み段にすわっていた。ぼくたちはヴァーシュの家に行った。ぼくはヴァーシュの家の匂いが好きだった。そこには火があって、T・Pがそのまえにシャツ一まいでしゃがんで、まきを入れて炎をおこしていた。

それからぼくは立ちあがって、T・Pがぼくの服を着せて、ぼくたちは台所に行って食べた。ディルシーが歌っていて、ぼくは泣きだして、ディルシーは歌をやめた。

「この子を家に近づけるんじゃないよ」とディルシーが言った。

「そっちは行けねえよ」とT・Pが言った。

ぼくたちは小川であそんだ。

「そっちはまわっていけねえって」とT・Pが言った。

「母ちゃんがだめだって言ってたろうが」

ディルシーが台所で歌っていて、ぼくは泣きだした。

「だまれ」とT・Pが言った。「さあ、ほら。厩舎に行くぞ」

ロスカスが厩舎のまえで牛の乳をしぼっていた。片手でしぼっていて、うなっていた。鳥たちが厩舎の戸にとまってロスカスを見ていた。一羽がおりてきて牛たちといっしょに食べた。T・Pがクイニーとプリンスにエサをあげているあいだ、ぼくはロスカスが乳をしぼるのを見ていた。子牛はブタの囲いに入っていた。金網に鼻をこすりつけて、モウモウないていた。

「T・P」とロスカスが言った。はいよ、とT・Pが厩舎のなかで言った。ファンシーが戸の上から頭をつきだした。T・Pにまだエサをもらっていなかったからだった。「そっちはもうおわりにしな」とロスカスが言った。「こっちの乳しぼりをやってくれ。右手がもう動かねえんだ」

T・Pが来て乳をしぼった。

「医者にみてもらいなよ」とT・Pが言った。

「医者なんかなんの役にも立たん」とロスカスが言った。

「この屋敷じゃな」

「この屋敷のなにがいけないの」とT・Pが言った。

「この屋敷にゃツキがねえ」とロスカスが言った。「それおわったら子牛をなかに入れな」

この屋敷にゃツキがねえ、とロスカスが言った。火がロスカスとヴァーシュのうしろで大きくなったり小さくなったりして、ロスカスとヴァーシュの顔のうえをすべった。ディルシーがぼくを寝かしつけた。ベッドはT・Pみたいな匂いがした。ぼくはそれが好きだった。

「あんたになにがわかるんだよ」とディルシーが言った。

「なんかにとりつかれちまったんか」

「とりつかれるまでもねえよ」とロスカスが言った。「あのベッドのうえにしるしが寝っころがってるじゃねえか。しるしならここにあるんだ、みんなもう十五年も見てきたろうが」

「だとしても」とディルシーが言った。「あんたや子どもたちがとばっちり食うわけじゃないだろうが。ヴァーシュはちゃんと仕事してるし、フローニーは嫁に行ってあんたの手をはなれたし、T・Pだってあんたがリウマチでだめになっても代わりがつとまるくらいおっきくなったろ」

「もう二人だぞ」とロスカスが言った。「そんで、いまにもう一人。おれはしるしを見たんだ。おまえも見ただろ」

「おれ、あの晩、ナキフクロウの声を聞いたよ」とT・Pが言った。「それに、ダンも晩めし食いにこようとしなかった。厩舎よりこっちにはこようとしなくてさ。そんで、日がしずんだらすぐ吠えだしたんだ。ヴァーシュが聞いたんだよ」

「もう一人どころじゃないだろうよ」とディルシーが言った。「死なない人間がいるならお目にかかりたいよ、まったく」

「死ぬってだけじゃねえ」とロスカスが言った。

「あんたの考えてるこたわかるよ」とディルシーが言った。「でもその名前を口にしたら、それこそツキが逃げてくよ。この子が泣いてるあいだ、あんたがずっとそばにいてやるならべつにいいがね」

「この屋敷にゃツキがねえ」とロスカスが言った。「はじめから気づいてたけど、この子の名前変えちまったときにはっきりわかったんだ」

「だまったらどうかね」とディルシーが言った。ディルシーは掛けぶとんを引きあげた。それはT・Pみたいな匂いがした。「みんな、もうおしゃべりはやめな。この子が寝つくまで」

「おれはしるしを見たんだ」とロスカスが言った。

「T・Pがあんたに代わって仕事をぜんぶやらなきゃならんってしるしだろ」とディルシーが言った。**この子とクエンティンをうちにつれてって、ラスターとあそばせときな、T・P。フローニーの目のとどくところでね。そしたらあんたは父ちゃん手伝いに行くんだよ。**

ぼくたちは食べおわった。T・Pがクエンティンを抱きあげて、ぼくたちはT・Pの家に行った。ラスターが泥のなかであそんでいた。T・Pがクエンティンをおろして、クエンティンも泥のなかであそんだ。ラスターが糸まきをもっていて、ラスターとクエンティンがけんかして、クエンティンが糸まきをとった。ラスターが泣いて、フローニーが来てラスターにブリキ缶をわたしてあそばせて、それからぼくが糸まきをとって、クエンティンがぼくとけんかして、ぼくは泣いた。

「おだまり」とフローニーが言った。「恥ずかしくないのかね。赤ん坊のおもちゃとったりして」フローニーがぼくから糸まきをとってクエンティンに返した。

「ほれ、だまりな」とフローニーが言った。「だまれって言ってるんだよ」

「だまりなって」とフローニーが言った。「ムチでたたかれないとわかんないか。あんたにゃムチが必要だね」フローニーがラスターとクエンティンを抱きあげた。

「さあ、こっちおいで」とフローニーが言った。ぼくたちは厩舎に行った。T・Pが牛の乳をしぼっていた。ロスカスが箱のうえにすわっていた。

「そいつ、こんどはどうした」とロスカスが言った。

「この人、ここにおいといてよ」とフローニーが言った。「また赤ん坊とけんかしてたんだよ。おもちゃとりあげちゃって。さ、T・Pといっしょにここにいな、そんでしばらくしずかにしてみな」

「乳首をきれいにふくんだぞ」とロスカスが言った。「おまえ、このまえの冬はあの若い牛の乳を干あがらせちまったからな。こいつも干あがらせるようなことがあったら、もう牛乳がなくなっちまうぞ」

ディルシーが歌っていた。

「そっちは行くなって」とT・Pが言った。「そっちまわってっちゃだめだって、母ちゃんが言ってたろうが」

みんな歌っていた。

「来い」とT・Pが言った。「ラスターとクエンティンのとこ行ってあそぶぞ。来いって」

クエンティンとラスターがT・Pの家のまえの泥のなかであそんでいた。家のなかで火が大きくなったり小さくなったりしていて、ロスカスが火に背中をむけてすわっていて黒かった。

「これで三人だ、ありがてえことにな」とロスカスが言った。「二年前に言っただろ。この屋敷にゃツキがねえんだ」

「なら出てったらどうかね」とディルシーが言った。ディルシーはぼくの服をぬがせていた。「あんたがツキがねえだの言ってるから、ヴァーシュがメンフィスに出ていこうなんて気おこしたんだろうが。それであんたの気もすんだろ」

「ヴァーシュのツキのなさもそれでおわりならいいけどな」とロスカスが言った。

フローニーが入ってきた。

「ぜんぶすんだのかい」とディルシーが言った。

「T・Pが片づけてるとこだよ」とフローニーが言った。「ミス・カーラインが、クエンティンを寝かしつけてくれって」

「なるたけはやく行くよ」とディルシーが言った。「あの人もいいかげんわからんかね、あたしゃ羽が生えてるわけじゃないんだ」

「だから言ってるだろ」とロスカスが言った。「自分ちの子どもの名前も口にしちゃならねえような家に、ツキがあるわけねえんだ」

「だまりな」とディルシーが言った。「またこの子をわめきださせたいんか」

「子どもに自分の母ちゃんの名前もおしえねえで、そんな育てかたあるか」とロスカスが言った。

「あの子のことは、あんたが気をもむようなことじゃないよ」とディルシーが言った。「子どもたちみんな、あたしが育てたんだ、もう一人くらい育てられるさ。ほれ、もうだまりな。この子が寝たいなら寝かせてやるんだ」

「名前を言うったって」とフローニーが言った。「この人はだれの名前もわかっちゃいないよ」

「なら言ってみて、わかっちゃいないかたしかめてみろ」とディルシーが言った。「寝てるときに言ったって、この子にはちゃあんと聞こえてるよ」

「こいつには、みんなが思うよりいろんなことがわかってるからな」とロスカスが言った。「あの人たちの最期が近づいてるのだって嗅ぎつけてただろ、ポインター犬みたいに。自分のときだって、言葉さえしゃべれたら教えてくれるだろうよ。おまえのときも、おれのときだってな」

「ラスターをベッドから出してよ、母ちゃん」とフローニーが言った。「ラスターまでまじないにかかっちゃうよ」

「だまっときな」とディルシーが言った。「もうちょっとましなこと考えられんかね。なんだってロスカスの言うことなんか本気にするんかね。さあベッドに入りな、ベンジー」

ディルシーがぼくを押して、ぼくがベッドに入ると、そこにもうラスターがいた。ラスターは眠っていた。ディルシーは長い木の棒をとりだして、ラスターとぼくのあいだにおいた。「いいかい、こっちがわにいるんだよ」とディルシーが言った。「ラスターはまだちっちゃいから、ケガさせちゃいけないからね」

まだ行っちゃだめだって、とT・Pが言った。待て。

ぼくたちは家の角からのぞいて、馬車たちがはなれていくのを見た。

「今だ」とT・Pが言った。T・Pがクエンティンを抱きあげて、ぼくたちは柵の角まで走っていって、みんなが通りすぎるのを見た。「ほら、おまえの父ちゃんが行くぞ」とT・Pが言った。「あのガラスがついてるやつ、見えるか。ほら、見てみろ。おまえの父ちゃん、あそこに横になってるんだ。見ろ」

さあ来い、とラスターが言った。このボールなくしちまわないように、うちにもってかえるから。いやいや、おまえにはもたせらんねえよ。おまえがもってるのをやつらに見つかったら、おまえがぬすんだことにされるぞ。おい、さわぐなって。おまえにはもたせらんねえよ。もってどうすんだよ。ボールあそびもできねえくせに。

フローニーとT・Pがドアのそばの泥のなかであそんでいた。T・Pはホタルの入ったビンをもっていた。

「あんたたち、なんで外にもどってきたの」とフローニーが言った。

「お客が来てるから」とキャディが言った。「お父さんが、今夜はみんなわたしの言うことききなさいって言ったの。あんたとT・Pもわたしの言うことききなきゃだめよ」

「ぼく、おまえの言うことなんかきかない」とジェイソンが言った。「フローニーもT・Pもきかなくていいよ」

「わたしが言ったら、きかなきゃいけないんだよ」とキャディが言った。「この二人には言わないかもだけど」

「T・Pはだれの言うこともききやしないよ」とフローニーが言った。「葬式はもうはじまったのかい」

「葬式ってなに」とジェイソンが言った。

「この子たちには言うなって、母ちゃんが言ってただろ」とヴァーシュが言った。

「みんなが泣いて悲しむところだよ」とフローニーが言った。「シス・*ビューラー・クレイのときはみんな二日間泣いて悲しんだんだよ」

みんなはディルシーの家で泣いて悲しんだ。ディルシーは泣いて悲しんでいた。ディルシーが泣いて悲しむと、ラスターがしずかにしろと言って、ぼくたちはしずかになって、それからぼくは泣きだして、ブルーが台所の踏み段の下で吠えた。それからディルシーが泣きやんで、ぼくたちは泣きやんだ。

「あら」とキャディが言った。「それはニガーたちのやるやつでしょ。白人は葬式なんてしないのよ」

「この子たちには言うなって、母ちゃんが言ってたろ、フローニー」とヴァーシュが言った。

「言うなって、なにを」とキャディが言った。

ディルシーが泣いて悲しんで、それが小屋につくとぼくは泣きだして、ブルーが踏み段の下で吠えた。ラスター、とフローニーが窓から言った。その子たちを厩舎につれていきな。そんな大さわぎされてたんじゃ、料理なんてできやしないよ。その犬も。みんなこっからつれだしとくれ。

おれ、行かない、とラスターが言った。あっちでじいちゃんに会ったらやだもん。昨日の夜見たんだ、厩舎のなかでじいちゃんが手ふってるの。

「どうして葬式しないなんてことがあるのさ」とフローニーが言った。「白人さんだって死ぬし、あんたのばあちゃんだって死んだだろ、ニガーとなんもかわんないよ」

「犬は死ぬよ」とキャディが言った。「それにナンシーがくぼ地に落っこちたときも、ロスカスが撃って、ハゲタカが来てすっぱだかにしちゃったわね」

黒いくぼ地の暗いツタが生えているところで、骨がくぼ地から月の光のなかに丸くつきでて、それはあの動く形たちの一部分が止まったみたいだった。それから形たちがぜんぶ止まって暗くなって、ぼくが止まってからまた泣きだそうとするとお母さんの声が聞こえて、どこかにすばやく歩いていく足音も聞こえて、それの匂いがした。それから部屋が出てきたけど、ぼくの両目はとじた。ぼくは泣きやまなかった。それの匂いがした。T・Pがぼくのベッドカバーのピンをぬいた。

「だまれ」とT・Pが言った。「しーーー」

でもぼくにはそれの匂いがした。T・Pがぼくを引っぱりだして、ぼくにすばやく服をきせた。

「だまれ、ベンジー」とT・Pが言った。「おれんちに行くぞ。うちに行きたいだろ、フローニーもいるし。だまれって。しーー」

＊ シスターの変形。同じ教会に属する女性への敬称として用いられる。

T・Pがぼくの靴ひもをむすんで帽子をかぶせて、ぼくたちは部屋から出た。廊下は明かりがついていた。廊下のむこうからお母さんの声が聞こえた。

「しーー、ベンジー」とT・Pが言った。「すぐ外に出るから」

ドアがあいて、今までよりももっとそれの匂いがして、頭がそこから出てきた。それはお父さんじゃなかった。お父さんはそこで病気をしていた。

「その人、外につれてってもらえるかな」

「今行くとこです」とT・Pが言った。ディルシーが階段をあがってきた。

「よしよし」とディルシーが言った。「しずかにおし。この子、うちにつれていきな、T・P。フローニーが寝床つくってくれるから。みんなでこの子のめんどうみるんだよ、いいね。しずかにおし、ベンジー。T・Pといっしょにお行き」

ディルシーはお母さんの声が聞こえるところに行った。

「ああ、そっちにいてもらったほうがいいな」それはお父さんじゃなかった。その人はドアをしめたけど、まだそれの匂いがした。

ぼくたちは階段をおりた。階段は暗がりのなかにくだっていて、T・Pがぼくの手をとって、ぼくたちは暗がりのなかからドアの外に出た。ダンが裏庭にすわって吠えていた。

「こいつは匂いを嗅ぎとってるんだ」とT・Pが言った。「おまえも匂いでわかったのか」

ぼくたちは踏み段をおりた。踏み段にはぼくたちの影があった。

「おまえのコートをわすれちまった」とT・Pが言った。「もってきたほうがいいんだろうけど。でももどらねえぞ」

ダンが吠えた。

「おい、だまれ」とT・Pが言った。ぼくたちの影が動いたけど、ダンの影は吠えるときしか動かなかった。

「そんなわめきちらしてちゃ、うちにつれてくわけにはいかねえぞ」とT・Pが言った。「むかしからやっかいだったのに、そんなウシガエルみたいな声出すようになっちまって。行くぞ」

ぼくたちはレンガ道を歩いていって、ぼくたちの影もいっしょに進んだ。ブタの囲いはブタみたいな匂いがした。牛が空き地に立っていて、ぼくたちにむかってムシャムシャしていた。ダンが吠えた。

「町じゅうみんな起こしちまうつもりかよ」とＴ・Ｐが言った。「どうしてしずかにできねえんだ」

ファンシーが小川のそばで食べているのが見えた。ぼくたちがそこにつくと、月が水のうえでキラキラしていた。

「いやいや、だめだ」とＴ・Ｐが言った。「まだ近すぎる。ここにはいられねえよ。行くぞ。おい、自分のすがた見てみろ。足びしょびしょにしちまって。さあ、行くぞ」ダンが吠えた。

ザワザワいう草のなかからくぼ地が出てきた。骨が黒いツタから丸くつきでていた。

「おい」とＴ・Ｐが言った。「頭ふっとばすくらいわめきたいってんなら勝手にしろ。今日は一晩じゅうわめいてられるし、この原っぱは二十エーカーもあるからな」

Ｔ・Ｐがくぼ地に横になって、ぼくがすわって骨を見ていると、ハゲタカがナンシーを食べて、黒くてゆっくりとして重たい羽をパタパタさせてくぼ地から飛びあがった。

さっきここに来たときはもってたんだ、とラスターが言った。おまえにも見せただろ。おまえも見ただろうが。このポケットからとり出して、おまえに見せただろ。

「あんた、ハゲタカがおばあちゃんもすっぱだかにしちゃうと思うの」とキャディが言った。「あんた、頭おかしいんじゃない」

「おまえはヘソマガリだ」とジェイソンが言った。ジェイソンは泣きだした。

「あんたはボンクラよ」とキャディが言った。ジェイソンは泣いた。両手をポケットに入れていた。

「ジェイソンは金もちになるよ」とヴァーシュが言った。「いっつも金にぎりしめてんだから」

ジェイソンは泣いた。

「もう、ジェイソンまで泣かせちゃって」とキャディが言った。「おだまり、ジェイソン。どうやったらハゲタカがおばあちゃんのとこまで入ってこれるのよ。そんなことお父さんがさせるわけないじゃない。あんたもハゲタカにすっぱだかにされたくないでしょ。ほら、おだまり」

ジェイソンはだまった。「フローニーが葬式だって言った」とジェイソンが言った。

「ううん、葬式じゃないの」とキャディが言った。「パーティなんだよ。フローニーはなんにも知らないんだから。この子、あんたのホタルほしいみたい、Ｔ・Ｐ。ちょっともたせてあげて」

T・Pがホタルのビンをぼくにわたした。

「客間の窓までまわっていけば、きっとなにか見えるよ」とキャディが言った。「そしたらわたしの言うこと信じるでしょ」

「あたしはもう知ってるから」とフローニーが言った。

「見るまでもないよ」

「よけいなこと言わないほうがいいぞ、フローニー」とヴァーシュが言った。「母ちゃんにムチでぶったたかれるぞ」

「なんのこと」とキャディが言った。

「あたしはちゃんと知ってんだ」とフローニーが言った。

「行きましょ」とキャディが言った。「表にまわってみよう」

ぼくたちは歩きだした。

「T・Pがホタルかえしてほしいって」とフローニーが言った。

「もうちょっともたせてあげて、T・P」とキャディが言った。「あとでちゃんとかえすから」

「あんたたち、自分でホタルつかまえたことないだろ」とフローニーが言った。

「あんたとT・Pも来ていいって言ったら、この子にもたせてくれる」とキャディが言った。

「あたしとT・Pまであんたの言うことききかなきゃいけないなんて、だれも言ってないだろ」とフローニーが言った。

「あたしの言うことききかなくてもいいって言ったら、もたせてくれる」とキャディが言った。

「わかった」とフローニーが言った。「もたせておいてあげな、T・P。あたしたちはみんなが泣いて悲しんでるとこ見に行こう」

「泣いて悲しんでなんかないよ」とキャディが言った。

「パーティだって言ったでしょ。みんな泣いて悲しんでるの、ヴァーシュ」

「ここにつったってちゃ、みんながなにしてるかなんてわからんよ」とヴァーシュが言った。

「行きましょ」とキャディが言った。「フローニーとT・Pはわたしの言うことききかなくてもいいよ。でもほかのみんなはききかなきゃだめ。この子抱っこしてあげないと、ヴァーシュ。暗くなってきたから」

ヴァーシュがぼくを抱きあげて、ぼくたちは台所の角をまわっていった。

ぼくたちが角からのぞくと、私道を明かりたちがやってくるのが見えた。T・Pが地下室のドアにもどってドアをあけた。

下になにがあるか知ってるか、とT・Pが言った。ソーダ水だ。ミスタ・ジェイソンが両手いっぱいに抱えて出てくるの見たんだ。ちょっとここで待ってろ。

T・Pが台所の戸口に行って中をのぞいた。ディルシーが言った、なにのぞいてんだ。ベンジーはどこだ。

ここにいるよ、とT・Pが言った。

さっさと行ってお守りしな、とディルシーが言った。家には入れるんじゃないよ。

はいよ、とT・Pが言った。まだはじまってないの。

さっさと行きな、あの子を見えないところにつれてくんだよ、とディルシーが言った。あたしゃやることが山ほどあるんだ。

ヘビが家の下から這いでてきた。ぼくヘビこわくないよ、とジェイソンが言って、こわいくせに、わたしはこわくないけど、とキャディが言って、二人ともこわいんだろ、とヴァーシュが言って、しずかにして、お父さんが言ってたじゃない、とキャディが言った。

そんなわめかなくたっていいだろ、とT・Pが言った。サスプリラー、おまえもほしいのか。

それはぼくの鼻と目をくすぐった。飲まねえんならおれによこせ、とT・Pが言った。わかったよ、ほら、やるから。じゃまが入らねえうちにもう一本もってきたほうがいいな。おい、しずかにしろ。

ぼくたちは客間のそばの木の下で止まった。ヴァーシュがぼくをぬれた草のうえにおろした。冷たかった。ぜんぶの窓に明かりがついていた。

「あそこにおばあちゃんがいるんだよ」とキャディが言った。「このごろ毎日ぐあいがわるいの。おばあちゃんがよくなったら、ピクニックに行こうね」

「あたしはちゃんと知ってんだ」とフローニーが言った。

木たちがザワザワいっていて、草もザワザワいっていた。

「おばあちゃんのとなりは、わたしたちがハシカするとこ」とキャディが言った。「あんたとT・Pはどこでハシカするの、フローニー」

「どこもなにも、かかったとこでするんだろうよ」とフローニーが言った。

「まだはじまってないね」とキャディが言った。

もうじきはじまるぞ、とT・Pが言った。おまえはこ

こにいろよ、おれはあの箱とってくるから、窓のなかのぞいてみよう。ほら、このサスプリラー飲みきっちまうぞ。これ飲むと、腹んなかにナキフクロウがいるみたいな感じだな。

ぼくたちはサスプリラーを飲んで、T・Pがビンを家の下の格子のすきまに押しこむと、どこかに行った。客間にいるみんなの声が聞こえて、ぼくは両手で壁をひっかいた。T・Pが箱を引きずってきた。T・Pはたおれて、わらいだした。寝ころがって、草にむかってわらっていた。T・Pは立ちあがって、わらいを止めようとしながら窓の下まで箱を引きずった。

「やばいな、叫びだしちまいそうだ」とT・Pが言った。

「箱にのって、はじまったか見てくれ」

「楽隊がまだ来てないから、はじまってないでしょ」とキャディが言った。

「楽隊なんか来ないよ」とフローニーが言った。

「なんでわかるの」

「あたしはちゃんと知ってんだ」とフローニーが言った。

「なんにも知らないくせに」とキャディが言った。キャディは木のところに行った。「わたしを押しあげて、ヴァーシュ」

「木には近づくなって、お父ちゃんが言ってたろうが」とヴァーシュが言った。

「それはずっとまえのことじゃない」とキャディが言った。「そんなの、お父さんわすれてるよ。それに、今夜はわたしの言うこときなさいって言ってたもん。ねえ、今夜はわたしの言うこときなさいって、言ってたでしょ」

「ぼく、おまえの言うことなんかきかない」とジェイソンが言った。「フローニーとT・Pだってきかないよ」

「わたしを押しあげて、ヴァーシュ」とキャディが言った。

「わかったよ」とヴァーシュが言った。「ムチでぶったたかれるのはおまえさんだからな。おれじゃねえ」ヴァーシュは行ってキャディを木のなかに押しあげて一番目の枝にのせた。ぼくたちはキャディのズロースの泥だらけのおしりを見た。それからキャディが見えなくなった。木がバサバサいうのが聞こえた。

「その木を折ったらムチでぶったたくって、ミスタ・ジェイソンが言ってたぞ」とヴァーシュが言った。

「それに、ぼくがあいつのこと言いつけてやる」とジェイソンが言った。

木がバサバサいうのをやめた。ぼくたちはしずかになった枝を見あげた。

「なにが見える」とフローニーが言った。

みんなが見えた。それからキャディが見えて、髪に花たちをさして、長いヴェールがキラキラする風みたいだった。キャディ　キャディ

「だまれ」とT・Pが言った。「みんなに聞こえちまうだろ。はやくおりてこい」T・Pがぼくを引っぱった。キャディ。ぼくは両手で壁をひっかいたキャディ。T・Pがぼくを引っぱった。「だまれ」とT・Pが言った。「だまれ。さっさとこっち来い」T・Pがぼくをもっと引っぱった。キャディ「だまれったら、ベンジー。みんなに聞かれたいのかよ。来い、もうちょっとサスプリラー飲みいこうぜ。あとでまたもどってこよう、おまえがしずかにしてたらな。もう一本飲まねえと、おれたち二人ともまた叫びだしちまうよ。ダンが飲んだことにしたらいい。あいつはかしこいって、ミスタ・クエンティンがいつも言ってるだろ。あいつはしかもサスプリラー犬なんですって、そう言おう」

月の光が地下室の階段をおりてきた。ぼくたちはもうちょっとサスプリラーを飲んだ。

「なにが起こってほしいとおれが思ってるか、わかるか」とT・Pが言った。「あの地下室のドアからクマがのしのし入ってきてほしいな。そしたらおれがどうするか、わかるか。そいつんとこ歩いてって、目ん玉にツバ吐きかけてやる。そのビンくれ、叫びだすまえにこの口止めなきゃ」

T・Pがたおれた。T・Pはわらいだして、地下室のドアと月の光がどこかに飛んでいって、なにかがぼくにあたった。

「だまれって」とT・Pがわらいを止めようとしながら言った。「まったく、みんなに聞こえちまうだろ。立て」とT・Pが言った。「立てって、ベンジー、はやく」T・Pはころがりまわってわらっていて、ぼくは立ちあがろうとした。地下室の踏み段が月の光のなかで丘をかけあがって、T・Pが丘をころげあがって月の光のなかに入って、ぼくは走って柵にぶつかって、T・Pが「だまれだまれ」と言いながらぼくのあとを走ってきた。それからT・Pが花たちのなかにたおれてわらって、ぼくは走って箱にぶつかった。でもぼくが箱のうえにのろうとすると、それは飛んでいってぼくの頭のうしろにあたって、ぼくののどが音を出した。のどがまた音を出してぼくは立ちあがろうとするのをやめて、のどがまた音を出してぼくは泣きだした。でもぼくののどは音を出しつづけてぼくは泣いているのかわからなくなって、T・Pがぼくのうえにたおれてわらって、のどが音を出しつづけてクエンティンがT・Pを蹴ってキャディがぼくを抱きしめて、キャディのヴェールがキラキラして、木の匂いはもうしなくてぼくは泣きだした。

ベンジー、キャディが言った、ベンジー。キャディがまたぼくを抱きしめたけど、ぼくははなれていった。

「ベンジー」とキャディが言った。「どうしたの、ベンジー。この帽子のせいなの」キャディが帽子をぬいでまた来て、ぼくははなれていった。

「ベンジー」とキャディが言った。「どうしたの、ベンジー。キャディがなにかした」

「その気どった服が気に食わないんだよ」とジェイソンが言った「おまえ、自分はもう大人だとか思ってるんだろ。だれよりもえらいと思ってるんだろ。気どり屋」

「あんたはだまってなさい」とキャディが言った。「くそがき。ベンジー」

「十四になったからって、もう大人だと思ってるんだろ」とジェイソンが言った。「一人前になったつもりなんだろ。なあ」

「おだまり、ベンジー」とキャディが言った。「お母さんにめいわくでしょ。おだまり」

でもぼくはだまらなくて、キャディがはなれていくとぼくはついていって、キャディが階段で止まって待って、ぼくも止まった。

「どうしたの、ベンジー」とキャディが言った。「キャディにおしえて。してほしいことするから。言ってみて」

「キャンダス」とお母さんが言った。

「はい」とキャディが言った。

「どうしてその子をいじめるの」とお母さんが言った。「こっちにつれてきて」

ぼくたちがお母さんの部屋に行くと、そこでお母さんが横になって頭にのせた布に病気をのせていた。*

「こんどはどうしたの」とお母さんが言った。「ベンジャミン」

「ベンジー」とキャディが言った。キャディがまた来たけど、ぼくははなれていった。

「この子になにかしたんでしょう」とお母さんが言った。「どうしてそっとしておけないの、気が休まるひまもないわ。この子に箱をあげて。そうしたらどっかに行って、この子のことはそっとしておいて」

キャディが箱をとって床においてあけた。箱は星でいっぱいだった。ぼくがじっとしていると、星たちもじっとしていた。ぼくが動くと、星たちはキラキラ、ピカピカ光った。ぼくはだまった。

それからキャディが歩いていくのが聞こえて、ぼくはまた泣きだした。

「ベンジャミン」とお母さんが言った。「こっち来なさい」ぼくはドアのところに行った。「これ、ベンジャミン」とお母さんが言った。

「こんどはどうした」とお父さんが言った。「どこに行くんだい」

「この子を下につれてって、だれかにお守りさせて、ジェイソン」とお母さんが言った「知ってるでしょう、わたしは具合がわるいの、なのにあなたときたら　」

お父さんはぼくたちのうしろのドアをしめた。

「T・P」とお父さんが言った。

「はい」とT・Pが下で言った。

「ベンジーが下に行くよ」とお父さんが言った。「T・Pといっしょにいるんだよ」

ぼくはバスルームのドアのところに行った。水が聞こえた。

「ベンジー」とT・Pが下で言った。

水が聞こえた。ぼくはその音を聞いていた。

「ベンジー」とT・Pが下で言った。

ぼくは水を聞いていた。

水が聞こえなくなって、キャディがドアをあけた。

「あら、ベンジー」とキャディが言った。キャディがぼくを見て、ぼくが行くとキャディがぼくを抱きしめた。「キャディのこと、また見つけたの」とキャディが言った。「キャディがどっか行っちゃったと思ったの」キャディは木みたいな匂いがした。

ぼくたちはキャディの部屋に行った。キャディが鏡のまえにすわった。キャディが手を止めて、ぼくを見た。

「あら、ベンジー。どうしたの」とキャディが言った。「泣いちゃだめ。キャディはどこにも行かないから。これ、見て」とキャディが言った。キャディがビンをとりあげて栓をぬいてぼくの鼻に近づけた。「いい香り。かいでみて。そうそう」

ぼくははなれていってだまらなくて、キャディはビン

＊　コンプソン夫人は、頭痛をやわらげるために樟脳《しょうのう》を染みこませた布を頭にのせている。

を手にもってぼくを見ていた。

「ああ」とキャディが言った。キャディはビンをおいて、来てぼくを抱きしめた。「これだったのか。それをキャディに伝えようとしたけど、できなかったのね。言いたくても言えなかったんだね。もちろんキャディはもうつけないよ。もちろん、キャディはもうつけない。服着るからちょっと待ってね」

キャディが服を着てビンをまたとりあげて、ぼくたちは下におりて台所に行った。

「ディルシー」とキャディが言った。「ベンジーからプレゼントだって」キャディがかがんでぼくの手にビンをおいた。「さ、手をのばして、それをディルシーにあげて」キャディがぼくの手をのばして、ディルシーがビンをとった。

「まあ、おどろいたよ」とディルシーが言った。「あたしの坊やがディルシーに香水くれるってさ。これ見てごらん、ロスカス」

キャディは木みたいな匂いがした。「わたしたちは香水好きじゃないから」とキャディが言った。

キャディは木みたいな匂いがした。

「ほれ、おいで」とディルシーが言った。「あんたはもうおっきいんだから、だれかといっしょに寝るのはおしまいにしないと。すっかりおっきくなったんだから。十三だろ。いいかげん一人で寝な、モーリーおじさんの部屋で」とディルシーが言った。

モーリーおじさんは病気だった。目が病気で、口も病気で、ヴァーシュが夕ごはんをおぼんにのせてもっていった。

「モーリーが、あのろくでなしを撃ち殺してやるとか言ってるが」とお父さんが言った。「パターソンに事前通達はしないほうがいいぞと言っておいたよ」お父さんは飲んだ。

「ジェイソン」とお母さんが言った。

「だれを撃つって、お父さん」とクエンティンが言った。「モーリーおじさんは、どうしてその人を撃つの」

「ちょっとした冗談もわからんやつだからさ」とお父さんが言った。

「ジェイソン」とお母さんが言った。「どうしてあなたは。モーリーがいきなり撃ち殺されても、どうせそこにすわってわらいながら見物してるんでしょう」

「ならモーリーも、いきなりおそわれるようなまねはひかえるんだな」とお父さんが言った。

「だれを撃つって、お父さん」とクエンティンが言った。

「モーリーおじさんはだれを撃つつもりなの」

「だれも撃たないよ」とお父さんが言った。「わたしは拳銃なんてもってないしな」

お母さんが泣きだした。「モーリーの食費がおしいなら、男らしく面とむかって言えばいいじゃないですか。子どもたちのまえでわらいものにするなんて、本人のいないところで」

「もちろんそんなこと思ってないさ」とお父さんが言った。「モーリーには感服してるんだ。わたしの人種的優越感のためにはかけがえのない人だよ。一対の馬とモーリーを交換してくれと言われたっておことわりだね。なぜかわかるかい、クエンティン」

「わかんない」とクエンティンが言った。

「エト・エゴ・イン・アルカディア、*ええと、干し草はラテン語でどう言うんだっけ」とお父さんが言った。

「おいおい」とお父さんが言った。「ただの冗談だよ」お父さんは飲んで、グラスをおいて、行ってお母さんの肩に手をおいた。

「冗談なんかじゃありませんよ」とお母さんが言った。「うちの家柄は、あなたの家にすこしも引けをとらないんですからね。ちょっとモーリーが体をこわしたからって」

「もちろん」とお父さんが言った。「不健康はすべての生の第一要因だからね。病に創られ、腐敗を生き、頽弊《たいへい》にいたる。ヴァーシュ」

「はい」とヴァーシュがぼくのイスのうしろから言った。

「デキャンタにおかわりを入れてきてくれ」

「それから、ディルシーにベンジャミンを上につれてって寝かせるように言ってちょうだい」とお母さんが言った。

「もうおっきいんだから」とディルシーが言った。「キャディだって、あんたと寝るのはもうたくさんだろうよ。ほれ、しずかにおし、そんなんじゃ眠れないよ」部屋がどこかに行ったけどぼくはだまらなくて、部屋がもどってきてディルシーが来てベッドにすわってぼくを見た。

「いい子にして、しずかにしないかね」とディルシーが言った。「しないつもりか。じゃ、ちょっとまってな」

＊「我もまたアルカディアにありき」という意味のラテン語。この発言の意図については諸説あるが、アルカディアは一種の理想郷であり、モーリーを養う余裕を見せることで、かつてのコンプソン家の栄華が偲《しの》ばれるということか。

ディルシーがどこかに行った。ドアのところにはなにもなかった。それからキャディがそこにいた。

「泣かないで」とキャディが言った。「わたしが来たからね」

ぼくは泣くのをやめて、ディルシーがベッドカバーをまくって、キャディがベッドカバーと毛布のあいだに入った。キャディはバスローブをぬがなかった。

「ほら」とキャディが言った。「わたし、ここにいるよ」ディルシーが毛布をもってきて、キャディのうえにひろげてキャディをくるんだ。

「この子、すぐ寝るから」とディルシーが言った。「あんたの部屋の明かりはつけっぱなしにしておくよ」

「わかった」とキャディが言った。キャディは枕のうえのぼくの頭に自分の頭をすりよせた。「おやすみ、ディルシー」

「おやすみ、ハニー」とディルシーが言った。部屋が暗くなった。**キャディは木みたいな匂いがした。**

ぼくたちは木のなかのキャディがいるところを見あげた。「あの子、なに見てるの、ヴァーシュ」とフローニーがささやいた。

「しーー」とキャディが木のなかで言った。ディルシーが言った、

「あんたたち、こっち来な」ディルシーが家の角をまわってきた。「あんたら、なんで父ちゃんの言うことききいて上に行かないのかね。あたしが見てないすきに、こっそりぬけだしたりして。キャディとクエンティンはどこだい」

「ぼく、木にのぼっちゃだめってキャディに言ったよ」とジェイソンが言った。「あいつのこと、言いつけてやる」

「だれがどの木にのぼってるって」とディルシーが言った。ディルシーが来て木のなかを見あげた。「キャディ」とディルシーが言った。枝がまたゆれだした。

「こら、わるがき」とディルシーが言った。「そっからおりてきな」

「しっ」とキャディが言った。「知らないの、お父さん、しずかにしなさいって言ってたでしょ」キャディの足が見えて、ディルシーが手をのばしてキャディを木から抱きおろした。

「こんなほうまで来させちまって、なに考えてんだ」とディルシーが言った。

「キャディが手つけらんなくて」とヴァーシュが言った。

「あんたたち、ここでなにしてんだい」とディルシーが言った。「屋敷のほうに来いなんてだれが言った」

「この子だよ」とフローニーが言った。「この子が来いって」

「この子の言うとおりにしなきゃいけないなんてだれが言った」とディルシーが言った。「ほら、うちに帰るよ」フローニーとT・Pが歩いていった。二人がまだはなれていっているとき、ぼくたちには二人が見えなくなった。

「夜おそくに、こんなとこ来て」とディルシーが言った。ディルシーがぼくを抱きあげて、ぼくたちは台所に入った。

「あたしが見てないすきにぬけだしたりして」とディルシーが言った。「寝る時間すぎてるって、わかってるだろうに」

「しー、ディルシー」とキャディが言った。「そんな大声でしゃべらないで。しずかにしてなきゃいけないんだよ」

「ならあんたこそ口とじてしずかにしてな」とディルシーが言った。「クエンティンはどこいった」

「クエンティンはへそまげてるのよ。今夜はみんな、わたしの言うことときかなきゃいけないから」とキャディが言った。「この子、T・Pのホタルのビンまだもってる」

「T・Pはそんなのなくても平気だろうよ」とディルシーが言った。「クエンティンを見つけてきとくれ、ヴァーシュ。厩舎にむかってるのを見たって、ロスカスが言ってたよ」ヴァーシュが歩いていった。ぼくたちにはヴァーシュが見えなくなった。

「あのなか、みんななにもしてなかったよ」とキャディが言った。「イスにすわってじっと見てるだけ」

「あんたらの手つだいが要《い》るようなことはしてないよ」とディルシーが言った。ぼくたちは台所の角をまわった。


こんどはどこ行こうってんだ、とラスターが言った。あいつらがボールぶったたいてるのまた見にもどろうってのか。あっちはもうさがしただろ。おい。ちょっと待てよ。ここで待ってろ、おれはもどってあのボールとってくるから。考えがあるんだ。


台所は暗かった。木たちが空を背にして黒かった。ダンが踏み段の下からよたよた出てきて、ぼくの足首をなめまわした。ぼくが台所の角をまわると、そこに月があった。ダンがずりずり歩いてきて、月のなかに入った。

「ベンジー」とT・Pが家のなかで言った。

客間のそばの花の木は暗くなかったけど、しげった木たちは暗かった。草が月の光のなかでザワザワいって、ぼくの影がその光のなかで草のうえを歩いていった。

「おい、ベンジー」とT・Pが家のなかで言った。「どこにかくれてんだ。ぬけだしたんだろ。わかってんだぞ」

ラスターがもどってきた。待て、とラスターが言った。おい。そっちには行くな。ミス・クエンティンが彼氏とあっちのブランコにいるんだ。こっち来い。もどってこい、ベンジー。

木たちの下は暗かった。ダンは来ようとしなかった。ダンは月の光のなかに立ちどまっていた。それからブランコが見えて、ぼくは泣きだした。

そっち行くな、もどれ、ベンジー、とラスターが言った。わかってるだろ、ミス・クエンティンがぶちぎれるぞ。

ブランコにはいま二人いて、それから一人になった。キャディがすばやくやってきて、暗やみのなかで白かった。

「ベンジー」とキャディが言った。「どうやってぬけだしたの。ヴァーシュはどこ」

キャディがぼくを抱きしめて、ぼくはだまってキャディの服にしがみついてキャディを引っぱっていこうとした。

「あらあら、ベンジー」とキャディが言った。「どうしたの。T・P」キャディが呼んだ。

ブランコにいた一人が立ちあがって来て、ぼくは泣いてキャディの服を引っぱった。

「ベンジー」とキャディが言った。「あれはチャーリーだよ。知ってるでしょ、チャーリー」

「お守りのニガー、どこ行ったの」とチャーリーが言った。「なんでこいつを勝手にうろつかせておくんだよ」

「しずかにして、ベンジー」とキャディが言った。「あっち行ってて、チャーリー。この子、あなたのこと好きじゃないの」チャーリーがはなれていって、ぼくはだまった。ぼくはキャディの服を引っぱった。

「あらあら、ベンジー」とキャディが言った。「わたしここにいてもいいかな、ちょっとチャーリーとお話ししたいの」

「あのニガーを呼んでこいよ」とチャーリーが言った。チャーリーがもどってきた。ぼくはもっと大きな声で泣いてキャディの服を引っぱった。

「あっち行ってよ、チャーリー」とキャディが言った。

チャーリーが来て両手をキャディにおいて、ぼくはもっと泣いた。大きな声で泣いた。

「だめ、だめ」とキャディが言った。「だめ、だめ」

「こいつしゃべれないんだろ」とチャーリーが言った。

「キャディ」

「頭おかしいんじゃないの」とキャディが言った。キャディの息がはやくなった。「目は見えるんだから。やめて。やめて」キャディがけんかした。二人とも息がはやかった。「おねがい、おねがい」とキャディがささやいた。

「こいつ、追っぱらえよ」とチャーリーが言った。

「そうするから」とキャディが言った。「はなして」

「追っぱらうんだな」とチャーリーが言った。

「うん」とキャディが言った。「はなして」チャーリーがはなれていった。「泣かないで」とキャディが言った。

「もう行っちゃったよ」ぼくは泣くのをやめた。キャディの息が聞こえて、キャディの胸の動きが感じられた。

「この子をうちにつれていかなきゃ」とキャディが言った。キャディがぼくの手をとった。「すぐもどるから」とキャディがささやいた。

「待てよ」とチャーリーが言った。「ニガーを呼んでこいって」

「だめ」とキャディが言った。「もどってくるから。おいで、ベンジー」

「キャディ」とチャーリーが大きな声でささやいた。ぼくたちは歩いていった。「もどってきたほうがいいぜ。もどってくるよな」キャディとぼくは走っていた。「キャディ」とチャーリーが言った。ぼくたちは月の光のなかに走りでて、台所にむかった。

「キャディ」とチャーリーが言った。

キャディとぼくは走った。台所の踏み段をかけあがってポーチに出て、キャディが暗いなかでひざをついてぼくを抱いた。キャディの息が聞こえて胸が感じられた。

「もうしない」とキャディが言った。「もう二度としないよ、ぜったい。ベンジー。ベンジー」それからキャディは泣いていて、ぼくは泣いて、ぼくたちは抱きあった。

「泣かないで」とキャディが言った。「泣かないで。二度としないから」それでぼくは泣きやんで、キャディが立ちあがって、ぼくたちは台所に入って明かりをつけて、キャディが台所のせっけんを手にとって流しで口をごしごしと洗った。キャディは木みたいな匂いがした。

おれはそっちに近づくなって何回も言ったぞ、とラス

ターが言った。二人はブランコのなかでさっとすわりなおした。クエンティンが両手を髪にのせた。男の人は赤いネクタイをしていた。

このキチガイじじい、とクエンティンが言った。あんたのこと、ディルシーに言いつけるから、いっつもこいつにわたしのあとつけまわさせて。たっぷりムチ食らわせてもらいいな。

「止めらんなかったんだよ」とラスターが言った。「こっち来いよ、ベンジー」

「ウソ、できたはず」とクエンティンが言った。「止めようとしなかったんでしょ。二人してあたしのこと嗅ぎまわって。おばあちゃんに送りこまれたの、あたしのことこっそり調べてこいって」クエンティンがブランコから飛びおりた。「いますぐこいつをどっかにつれてってら近づかないようにして。じゃないとジェイソンにムチ食らわせてもらうから」

「おれの言うことぜんぜんきかねえんだよ」とラスターが言った。「できると思うなら自分でやってみなよ」

「うるさい」とクエンティンが言った。「こいつつれてく気はあんの」

「あー、いさせてやれよ」と男の人が言った。赤いネクタイをしていた。太陽がそれにあたって赤かった。「ほら、見てろよ、そこの兄さん」男の人がマッチをすって口のなかに入れた。それからマッチを口からとりだした。それはまだ燃えていた。「やってみたいか」と男の人が言った。ぼくは口をあけた。クエンティンがマッチを手でたたいて、それはどこかに行った。

「ふざけないで」とクエンティンが言った。「泣きわめかせたいの。知らないの、一日じゅうわめくことになるんだから。あんたのこと、ディルシーに言いつけるから」クエンティンは走ってはなれていった。

「あ、おい」と男の人が言った。「おーい。もどってこいよ。もうこいつにちょっかい出さないから」

クエンティンはそのまま家まで走っていった。クエンティンは台所の角をまわった。

「あんたのせいで台なしだな、兄さん」と男の人が言った。「なあ、そうだろ」

「こいつにはあんたの言ってることわかんないよ」とラスターが言った。「耳も聞こえないし口もきけないんだ」

「そうかい」と男の人が言った。「いつからだ」

「今日で三十三年」とラスターが言った。「生まれつきのキチガイだよ。あんた、ショーの人かい」

「どうして」と男の人が言った。「ここいらで見かけたおぼえないからさ」とラスターが言った。

「で、それがどうした」と男の人が言った。

「べつに」とラスターが言った。「今夜行くから」

男の人がぼくを見た。

「あんた、ノコギリで曲弾ける人じゃないよな」とラスターが言った。

「それを知るには二十五セントかかるぜ」と男の人が言った。男の人はぼくを見た。「どうしてそいつをとじこめておかないんだ」と男の人が言った。「なんのために外につれだしてんだ」

「おれに言われてもな」とラスターが言った。「おれにはどうしようもないよ。おれはただ、二十五セント玉を落っことしちまってここにさがしに来たんだ。今夜ショーに行きたいんでね。どうも行けそうにないけど」ラスターは地面を見た。「あんた、二十五セント玉あまってたりしないよな」とラスターが言った。

「いや」と男の人が言った。「ないな」

「じゃあ、あの二十五セント玉見つけないとだな」とラスターが言った。ラスターはポケットに手を入れた。

「あんた、ゴルフボール買うつもりもない、よな」とラスターが言った。

「なんのボールだって」と男の人が言った。

「ゴルフボールだよ」とラスターが言った。「二十五セントでいいんだ」

「なんのために」と男の人が言った。「おれにそいつでどうしろって言うんだ」

「いらないと思ったよ」とラスターが言った。「こっち来い、マヌケ」とラスターが言った。「こっちきて、あいつらがボール打つの見てろ。ほれ。いいものがあるから、チョウセンアサガオとこれであそんでな」ラスターがそれをひろってぼくにわたした。それは明るかった。

「どこで見つけたんだ」と男の人が言った。歩くと、ネクタイが太陽のなかで赤かった。

「このしげみのなかだよ」とラスターが言った。「いっしゅん、おれがなくした二十五セント玉かと思ったよ」

男の人が来てそれをとった。

「だまれ。見おわったら返してくれるから」

「アグネス・メイベル・ベッキー*」と男の人が言った。

男の人は家のほうを見た。

* 金属製の丸い箱に入ったコンドームの商標。ラスターはその蓋を二十五セント玉かと思って拾いあげた。

「だまれって」とラスターが言った。「ちゃんとかえしてくれるから」

男の人がそれをぼくにわたして、ぼくはだまった。

「昨日の夜、あの子に会いにきたやつはだれだ」と男の人が言った。

「知らないよ」とラスターが言った。「あの人が木をつたっておりれる晩は、だれかしら来るけど。あとつけたりなんかしないよ」

「そのうちの一人が足あとを残しちまったってわけだな」と男の人が言った。男の人が家を見た。それから歩いていって、ブランコに横になった。「あっち行け」と男の人が言った。「おれにかまうな」

「こっち来い」とラスターが言った。「おまえが台なしにしちまったんだ。そろそろミス・クエンティンがおまえのこと言いつけてるぞ」

ぼくたちは柵に行って、くるんとした花がさく場所たちのすきまから見た。ラスターは草のなかでさがした。

「ちゃんとここに入れてたんだ」とラスターが言った。ぼくは旗がパタパタするのを見て、太陽が広い草のうえでななめになっているのを見た。

「またすぐに何人か来るよ」とラスターが言った。「あ、あそこにいるけど、むこうに行っちまうな。こっち来てさがすの手つだってくれよ」

ぼくたちは柵にそって歩いた。

「あいつらに来るつもりがないなら、おれには来させらんねえってば。待ってろ。すぐ来るから。むこう見てみな。ほら、来たぞ」

ぼくは柵にそって歩いて、門について、そこで女の子たちが学校のかばんをさげて通りすぎた。「おい、ベンジー」とラスターが言った。「こっちもどってこい」

門のすきまからのぞいてたってしょうがねえだろ、とT・Pが言った。ミス・キャディは遠くに行っちまったんだよ。結婚して、おまえをおいてっちまったんだ。門にしがみついて泣いたところで、しょうがねえんだよ。あの人には聞こえないんだから。

その子、どうしたいの、T・P、とお母さんが言った。いっしょにあそんであげて、しずかにさせておいて。

むこうに行って門のすきまをのぞきたがってんです、とT・Pが言った。

まあ、そんなのだめよ、とお母さんが言った。雨がふってるじゃない。いっしょにあそんであげて、しずかにさせてちょうだい。これ、ベンジャミン。

しずかにさせるなんてどうやったって無理ですよ、とT・Pが言った。門まで行けばミス・キャディがもどってくるって思ってんだから。

ばかばかしい、とお母さんが言った。

二人が話しているのが聞こえた。ぼくはドアの外に出て、二人の声が聞こえなくなって、ぼくは門まで歩いていって、そこで女の子たちが学校のかばんをさげて通りすぎた。女の子たちはぼくを見ると、頭をむこうにむけてすばやく歩いた。ぼくは言おうとしたけど、女の子たちは歩きつづけて、ぼくは柵にそって歩きながら言おうとして、女の子たちはもっとはやく歩いた。それから女の子たちが走りだして、ぼくは柵の角に来てそこから先に行けなくなって、女の子たちのうしろすがたを見ながら言おうとした。

「おい、ベンジー」とT・Pが言った。「なにやってんだ、ぬけだしたりして。ディルシーがムチ食らわせるぞ、わかんねえか」

「柵のすきまからうめいてよだれたらしたってしょうがねえだろ」とT・Pが言った。「あの子たちこわがらせちまったじゃねえか。見てみろよ、道の反対がわ歩いてるじゃねえか」

あの子はどうやって外に出たんだ、とお父さんが言った。おまえ、入ってくるとき門のかけ金を外したままにしたんじゃないか、ジェイソン。

もちろんそんなことしてないよ、とジェイソンが言った。そんなバカじゃないって、わからない。おれがのぞんでこんなこと起こしたとでも思ってるの。だいたい、この家は元から評判がわるいんだ。まえまえから言おうと思ってたけど。こんどこそこいつをジャクソン*に送るよね。そのまえにミスタ・バージェスに撃ち殺されなければ、だけど。

だまりなさい、とお父さんが言った。

まえまえから言おうと思ってたんだ、とジェイソンが言った。

ぼくがそれにさわるとそれはあいて、ぼくはたそがれのなかでそれにしがみついた。ぼくは泣いていなくて、声を止めようとしながら女の子たちがたそがれのなかを歩いてくるのを見ていた。ぼくは泣いていなかった。

「あそこ、あいつがいる」

女の子たちは止まった。

* ミシシッピ州の州都で、精神病院がある。

「どうせ出てこれないよ。どっちにしても、らんぼうなことはしないよ。行こ」

「こわいよ。わたし、こわい。道のむこうがわに行く」

「出てこれないってば」

ぼくは泣いていなかった。

「びくびくしないでよ。行こ」

女の子たちはたそがれのなかを歩いてきた。ぼくは泣いていなくて、門にしがみついた。女の子たちはゆっくり歩いてきた。

「わたしこわい」

「らんぼうなことはしないって。わたし毎日通ってるんだから。柵ぞいに走ってくるだけだよ」

女の子たちが歩いてきた。ぼくは門をあけて、女の子たちが止まってふりむいた。ぼくは言おうとして、女の子をつかまえて言おうとして、女の子が叫んで、ぼくは言おうとして、言おうとして、明るい形たちが止まりはじめて、ぼくは外に出ようとした。ぼくはそれを顔からとりはずそうとしたけど、明るい形たちがまた動きだしていた。形たちは丘をのぼると消えていって、ぼくは泣こうとした。でも息をすいこむと、また息を吐いて泣くことができなくて、ぼくは丘からころがりおちないようにして、丘からころがって明るいぐるぐるまわる形たちのなかにおちた。*


おい、キチガイ、とラスターが言った。また何人か来るぞ。ほら、そのよだれとうめき声止めろ。


その人たちが旗のところに来た。一人が旗をぬいて、みんなが打つと旗をもどした。

「ミスタ」とラスターが言った。

その人がふりかえった。「なんだ」とその人が言った。

「ゴルフボール買わないかい」とラスターが言った。

「見せてみな」とその人が言った。柵まで来て、ラスターがすきまからボールを差しだした。

「どこで手に入れた」とその人が言った。

「見つけたんだよ」とラスターが言った。

「それはわかってる」とその人が言った「どこでだ。だれかのゴルフバッグのなかか」

「庭のこのへんにころがってたんだよ」とラスターが言った。「二十五セントで売ってあげるよ」

「なんでこいつがおまえのものだと思うんだ」とその人が言った。

「おれが見つけたんだもの」とラスターが言った。

「なら、もう一個見つけるんだな」とその人が言った。

その人はそれをポケットに入れてはなれていった。

「おれ、今夜あのショーに行かなきゃいけないんだよ」とラスターが言った。

「そうかい」とその人が言った。その人はテーブルに行った。「打つぞ、キャディ」とその人が言った。その人が打った。

「まったくよお」とラスターが言った。「おまえってやつは、あいつらが見えなきゃさわぐし、見えてもさわぐんだから。なんでしずかにしてらんねえんだ。四六時中おまえの声聞かされてみんなあきあきしてるって、わかんねえか。ほら。チョウセンアサガオ落としたぞ」ラスターがそれをひろってぼくにかえした。「あたらしいのが要るな。もうぼろぼろじゃねえか」ぼくたちは柵のところに立ってその人たちを見た。

「いまの白人、食えないやつだったな」とラスターが言った。「おれのボールとられたの、見ただろ」その人たちは歩いていった。ぼくたちは柵にそって歩いた。ぼくたちは花壇について、そこから先には行けなかった。ぼくは柵にしがみついて、花の場所たちのすきまから見た。その人たちははなれていった。

「もう泣きわめく理由もなくなったろ」とラスターが言った。「だまれって。泣きわめきたいのはこっちのほうだよ、おまえじゃねえ。ほら。その花、なんでちゃんともっておかねえんだよ。こんどはそれでわめきだすくせに」ラスターがぼくに花をわたした。「どこむかってんだよ」

ぼくたちの影が草のうえにあった。影はぼくたちより先に木たちのところについた。ぼくの影が最初についた。それからぼくたちがついて、それから影がいなくなった。ビンに入った花があった。ぼくはそれにもう一本の花を入れた。

「おまえ、もう大の大人だろ」とラスターが言った。「ビンに花を二本さしてよろこんだりして。ミス・カーラインが死んだら、みんながおまえをどうするか、知ってるか。ジャクソンに送られちまうんだぞ。おまえにゃぴったりのところだよ。ミスタ・ジェイソンがそうするって言ってたんだ。そこなら、ほかのキチガイたちといっしょになって一日じゅう鉄格子つかんでよだれたらしてられるんだぞ。どうだ、うれしいだろ」

ラスターが手で花たちをたたき落とした。「ジャクソ

＊　ここでは女の子を襲ったときの光景と、その後に去勢手術を受けたときの光景とが混じり合っていると考えられる。

ンじゃ、わめきだしたらおまえもこうだぞ」

　ぼくは花たちをひろおうとした。ラスターがひろって、花たちがどこかに行った。ぼくは泣きだした。

「わめけ」とラスターが言った。「わめけ。わめく理由がほしいんだろ。よし、そんなら。キャディ」とラスターがささやいた。「キャディ。キャディ」

「ラスター」とディルシーが台所から言った。

　花たちがもどってきた。

「だまれ」とラスターが言った。「ほら、花だよ。見ろ。ちゃんと元どおりになっただろ。おい、だまれ」

「これ、ラスター」とディルシーが言った。

「はいよ」とラスターが言った。「すぐ行くよ。おまえのせいで台なしだ。立て」ラスターがぼくの腕をぐいっと引っぱって、ぼくは立ちあがった。ぼくたちは木たちのところから出た。ぼくたちの影はいなくなった。

「だまれ」とラスターが言った。「見てみろ、みんなおまえのこと見てるぞ。だまれって」

「その子をこっちにつれてきな」とディルシーが言った。

ディルシーは踏み段をおりてきた。

「その子になにした」とディルシーが言った。

「なんもしてないよ」とラスターが言った。「いきなりわめきだしたんだよ」

「いんや、したね」とディルシーが言った。「なんかしたんだろ。どこ行ってた」

「あっちの杉林のなか」とラスターが言った。

「クエンティンをカンカンに怒らせちまって」とディルシーが言った。「なんでこの子を近づけさせないようにできないんだ。この子についてこられるとクエンティンの機嫌がわるくなるの、わかってるだろ」

「あの人だってこいつの世話するひまぐらいあんだろ、おれとおんなじくらいにな」とラスターが言った。「こいつはおれのおじさんじゃねえんだし」

「なまいきな口きくんじゃないよ、ニガー小僧」とディルシーが言った。

「おれはなんもしてねえって」とラスターが言った。「あそこであそんでたら、急にわめきだしたんだよ」

「ベンジーのお墓にちょっかい出したんじゃないのか」とディルシーが言った。

「墓にはさわってねえよ」とラスターが言った。

「あたしにウソはつくんじゃないよ、小僧」とディルシーが言った。ぼくたちは踏み段をあがって台所に入った。ディルシーがストーブのドアをあけて、イスをそのまえに引きよせて、ぼくはすわった。ぼくはだまった。

母ちゃん泣かせて、あんたどうしたいんだ、とディルシーが言った。なんでこの子があそこに入らないようにしておけないんかね。

この子は火を見てただけだよ、とキャディが言った。お母さんはこの子にあたらしい名前を教えてたの。泣かせるつもりなんてなかったのに。

そうだろうよ、とディルシーが言った。まったく、家のこっちの端にはこの子、あっちの端にはあの人か。あたしのものにいたずらするんじゃないよ、いいね。あたしがもどってくるまで、なんにもさわるんじゃないよ。

「恥ずかしくねえのか」とディルシーが言った。「この子のことからかって」ディルシーがテーブルにケーキをおいた。

「からかってなんかねえよ」とラスターが言った。「こいつ、あのビンにカミツレモドキをいっぱいさしてあそんでたら、急にわめきだしたんだよ。聞こえただろ」

「この子の花にちょっかい出してないだろうね」とディルシーが言った。

「墓にはさわってねえって」とラスターが言った。「こいつのガラクタなんかどうでもいいし。おれはあの二十五セント玉さがしてただけだよ」

「なくしたのか」とディルシーが言った。ディルシーはケーキのうえのロウソクに火をつけた。何本かは小さいロウソクだった。何本かは大きいロウソクを小さく切ったものだった。「ちゃんとしまっておけっていっただろ。どうせ、もう一回二十五セント玉くれてやれって、あたしからフローニーにたのめっていうんだろ」

「あのショーに行かなきゃいけないんだよ、ベンジーがいたっていなくたって」とラスターが言った。「昼も夜もこいつについてまわりたくねえよ」

「この子がしてほしいことをあんたはしてやりゃいいんだよ、ニガー小僧」とディルシーが言った。「聞こえたか」

「いっつもしてやってるだろ」とラスターが言った。「いっつもこいつのしてほしいこと、してやってるじゃねえか。だよな、ベンジー」

「じゃ、それをつづけな」とディルシーが言った。「この子をここにつれてきたと思ったら、ぎゃあぎゃあさわがせて奥さままで泣かせちまうんだから。あんたたち、とっととこのケーキ食べとくれ、ジェイソンが帰ってくるまえに。自分の金で買ったケーキのことで、あれにがたがた言われたくないんだ。ここでケーキなんて焼けやしないよ、ジェイソンのやつ、この台所に入ってくる卵の数を一つ一つ数えてんだから。ほれ、その子のことはもうそっとしておきな、今夜ショーに行きたくないってんならべつだけどね」

ディルシーがどこかに行った。

「おまえ、ロウソクなんか吹きけせないだろ」とラスターが言った。「おれが吹きけすから見てろ」ラスターはまえかがみになって顔をふくらませた。ロウソクがどこかに行った。ぼくは泣きだした。「だまれ」とラスターが言った。「ほら、おれはケーキ切るから、火を見てろ」

時計が聞こえて、キャディがぼくのうしろに立っているのが聞こえて、屋根が聞こえた。まだふってるね、とキャディが言った。雨はきらい。ぜーんぶきらい。それからキャディの頭がぼくのひざのうえに来て、ぼくを抱きながらキャディが泣いていて、ぼくは泣きだした。それからぼくはまた火を見て、明るいなめらかな形たちがまた動きだした。時計と屋根とキャディが聞こえた。

ぼくはケーキをすこし食べた。ラスターの手が来て、もう一つとった。ラスターが食べているのが聞こえた。ぼくは火を見た。

長い針金がぼくの肩ごしにやってきた。それはストーブのドアに行って、それから火がどこかに行った。ぼくは泣きだした。

「こんどはなに吠えてんだ」とラスターが言った。「そこ見てみな」火がそこにあった。ぼくはだまった。「ばあちゃんが言ってたみたいに、おとなしくすわって火見てらんねえのか」とラスターが言った。「恥を知れってんだ。ほら。もうすこしケーキ食いな」

「こんどはこの子になにした」とディルシーが言った。「一度でもこの子をそっとしといてやれねえのか」

「おれはただだまらせようとしただけだよ、ミス・カーラインのめいわくになるから」とラスターが言った。「なんかのはずみでまた泣きだしちまったんだ」

「で、そのなにかがなんなのか、あたしにゃわかってるよ」とディルシーが言った。「ヴァーシュ[*1]が帰ってきたら、あんたのこと棒でぶったたいてもらうからね。なにつむじまげてんだか。一日じゅうその調子じゃないか。この子、小川につれてったんか」

「いんや」とラスターが言った。「ばあちゃんの言いつけどおり、一日じゅうここらへんの庭にいたよ」

ラスターの手がケーキをもう一つとりにきた。ディルシーがその手をたたいた。「もう一回手のばしてみろ、この肉切包丁ですっぱり切りおとしてやる」とディルシーが言った。「きっとこの子はまだ一切れも食べてないんだろ」

「食ったよ」とラスターが言った。「おれの二倍は食ってるよ。こいつにきいてみなよ」

「もういっぺん手のばしてみろ」とディルシーが言った。

「のばしてみろ」

そうさ、とディルシーが言った。次はあたしが泣く番だよ。モーリーも、あたしがすがりついて泣いたってゆるしてくれるだろ。

この子はベンジーって名前になったんだよ、とキャディが言った。

どうしてそんなことが、とディルシーが言った。この子はもって生まれた名前をまだ使いきっちゃいないだろうによ。

ベンジャミンて、聖書から来てるんだよ、[*2] とキャディが言った。この子にはモーリーよりそっちの名前のほうがいいの。

どうしてそんなことが、とディルシーが言った。

お母さんがそう言ってたもん、とキャディが言った。

ふん、とディルシーが言った。名前かえたってこの子の助けにはならないよ。害にもならんがね。名前かえたってツキにめぐまれるわけじゃない。あたしの名前は思い出せるよりもまえからディルシーだし、みんながあたしを忘れちまったずっとあとでもディルシーだよ。

みんなずっとまえに忘れちゃったなら、どうやってディルシーって名前がわかるの、ディルシー、とキャディが言った。

神さまの本にのってるんだよ、ハニー、とディルシーが言った。ちゃんと書いてあるんだ。

ディルシー、それ読めるの、とキャディが言った。

読めなくたっていいんだ、とディルシーが言った。代わりに読んでくださるからな。あたしはただ、はい、ここにいますって言やあいいのさ。

長い針金がぼくの肩ごしにやってきて、火がどこかに行った。ぼくは泣きだした。

ディルシーとラスターがけんかした。

＊1　他の場面に登場する、ディルシーの息子でフローニーの兄であるヴァーシュとは別人で、60ページ上段3行目に言及のあるラスターの父親（フローニーの夫）のことだと思われる。336ページ「訳者解説」参照。
＊2　「創世記」に登場するヨセフの末子ベニヤミンのこと。

「見たぞ」とディルシーが言った。「ほうらな、見たぞ」ディルシーはラスターをすみから引きずってきてゆすった。「なんもちょっかい出してねえだと、ええ。父ちゃんが帰ってくるの、待ってるんだな。あたしもむかしみたいに若けりゃ、おまえの耳引きちぎってやんのに。今夜はおまえを地下室にとじこめることにしたよ。ショーになんかぜったい行かせないからな」

「ええー、ばあちゃん」とラスターが言った。「ええー、ばあちゃん」

ぼくは火があったところに手をのばした。

「つかまえろ」とディルシーが言った。「その子をつかまえろ」

ぼくの手が引っこんで、ぼくはそれを口のなかに入れて、ディルシーがぼくをつかまえた。ぼくの声のあいまにまだ時計が聞こえた。ディルシーがうしろに手をのばして、ラスターの頭をたたいた。ぼくの声がどんどん大きくなっていった。

「あそこの重曹をもってきな」とディルシーが言った。ディルシーがぼくの手を口から出した。それでぼくの声がもっと大きくなって、ぼくの手は口のなかにもどろうとしたけど、ディルシーがそれをおさえた。ぼくの声が大きくなった。ディルシーがぼくの手に重曹をふりかけた。

「貯蔵室行って、クギにかかった布きれやぶいてもってきな」とディルシーが言った。「ほれ、おだまり。また母ちゃんが病気になったらやだろ。ほら、火を見てな。手の痛いのはディルシーがすぐなおしてやるから。火を見てな」ディルシーがストーブのドアをあけた。ぼくは火を見たけど、ぼくの手は止まらないで、ぼくも止まらなかった。ぼくの手は口のなかに行こうとしたけど、ディルシーがおさえた。

ディルシーが布をぼくの手にまいた。お母さんが言った、

「どうしたの。わたしは具合わるいときでも落ちついていられないの。ベッドから出てこの子を見に来なきゃいけないの、大の大人のニグロが二人もついてるのに」

「もうだいじょうぶだよ」とディルシーが言った。「すぐ泣きやむよ。手をちょっとやけどしただけさ」

「大人のニグロが二人もいて、この子を家に入れたらぎゃあぎゃあ泣かせないと気がすまないの」とお母さんが言った。「わざと泣かせてるんでしょう、わたしの具合がわるいとわかってて」お母さんが来て、ぼくのそばに

立った。「おだまり」とお母さんが言った。「いますぐに。あなたたち、この子にこんなケーキ食べさせたの」

「あたしが買ったんだよ」とディルシーが言った。「ジェイソンの貯蔵室からかすめとったわけじゃないよ。ちょっとした誕生日をしてやったんだ」

「そんな安物のケーキ食べさせて、この子に毒もろうっていうの」とお母さんが言った。「そんなことしようとしてるの。わたしは一分たりとも落ちついてちゃいけないの」

「上にもどって横になりな」とディルシーが言った。「もうすぐ痛みが引いて、しずかになるよ。さあ、さあ」

「あなたたちがまたこの子になにかやらかせるように、おいてけっていうの」とお母さんが言った。「どうやったら寝てられるのよ、この子が下でぎゃあぎゃあ泣いてるのに。ベンジャミン。いますぐおだまりなさい」

「ほかにつれてく場所ないだろうが。むかしみたいにひろい土地があるわけじゃなし。庭に出して泣かしとくわけにもいかないだろう、近所に丸見えなんだから」

「わかってる、わかってる」とお母さんが言った。「ぜんぶわたしがわるいの。わたしはもうすぐいなくなるし、そうしたらあなたもジェイソンも、もっとうまくやっていけるでしょう」お母さんが泣きだした。

「これ、泣くんじゃないよ」とディルシーが言った。「また寝こむことになっちまうよ。上にもどりなったら。この子はラスターが書斎につれてってあそばせるから。あたしはそのあいだに夕ごはんつくっておくよ」

ディルシーとお母さんが出ていった。

「だまれ」とラスターが言った。「だまれって。もう片方の手もやけどさせられてえのか。もう痛くないだろ。だまれ」

「ほれ」とディルシーが言った。「もう泣くのはやめな」ディルシーがぼくに上ぐつをわたして、ぼくは泣くのをやめた。「この子を書斎につれていきな」とディルシーが言った。「で、また泣き声が聞こえたら、あたしがこの手であんたをムチうってやるからな」

ぼくたちは書斎に行った。ラスターが明かりをつけた。窓が黒くなって、壁に暗くて高いところが出てきて、ぼくは行ってそこにさわった。それはドアみたいだったけど、ドアじゃなかった。

火がぼくのうしろに来て、ぼくは火のところに行って、上ぐつをにぎって床にすわった。火の背が高くなった。お母さんのイスのクッションのところまで高くなった。

「だまれ」とラスターが言った。「ちょっとでもおとなしくしてらんねえのかよ。せっかく火おこしてやったのに、見ようともしねえで」

あなたのお名前はベンジーよ、とキャディが言った。わかる。ベンジー。ベンジー。

そんな呼び方おしえないで、とお母さんが言った。こっちにつれてらっしゃい。

キャディがわきの下をもってぼくをもちあげた。

立って、モ——じゃなくて、ベンジー、とキャディが言った。

無理に抱っこしてこないで、とお母さんが言った。手を引いてつれてこれないの。それくらいのことも思いつかないの。

抱っこできるよ、とキャディが言った。「わたしに抱っこさせて、ディルシー」

「バカ言うんじゃないよ、ちびすけが」とディルシーが言った。「あんたのちっちゃい体じゃノミだってはこべないよ。さっさと行っておとなしくしてな、ミスタ・ジェイソンが言ってたみたいに」

階段の一番うえに明かりがついていた。そこにシャツを着たお父さんがいた。お父さんがしずかにしろという顔をしていた。キャディがささやいた、

「お母さん、病気なの」

ヴァーシュがぼくをおろして、ぼくたちはお母さんの部屋に入った。火があった。それは壁のうえで大きくなったり小さくなったりしていた。鏡のなかにもう一つ火があった。病気の匂いがした。それはお母さんの頭のうえでたたまれた布にのっていた。お母さんの髪がまくらにのっていた。火はそこにはとどかなかったけど、お母さんの手のうえでキラキラ光って、そこでお母さんの指輪が飛びはねていた。

「お母さんにおやすみ言いに行こ」とキャディが言った。ぼくたちはベッドに行った。火が鏡から消えた。お父さんがベッドから立ちあがってぼくを抱きあげて、お母さんがぼくの頭に手をおいた。

「いま何時」とお母さんが言った。目がとじていた。

「七時十分まえだよ」とお父さんが言った。

「この子を寝かせるにはまだはやいわね」とお母さんが言った。「夜明けに目をさましちゃうわ。今日みたいな日はもうこりごりなの」

「おいおい」とお父さんが言った。お父さんがお母さんの顔にさわった。

「わかってる、わたしはあなたの重荷でしかないの」とお母さんが言った。「でも、もうすぐいなくなりますから。そうしたら、わたしにわずらわされることもなくなるわ」

「いいかげんにするんだ」とお父さんが言った。「この子はしばらく下につれていくよ」お父さんがぼくを抱きあげた。「よし、行くよ。しばらく下におりてよう。クエンティンが勉強してるあいだはしずかにね、いいね」

キャディが行ってベッドのうえに顔をのりだして、お母さんの手が火の光のなかに来た。お母さんの指輪がキャディの背中で飛びはねた。

お母さんは病気なんだ、とお父さんが言った。ディルシーがおまえたちを寝かしつけてくれるからね。クエンティンはどこだい。

ヴァーシュがつれもどしに行ってるよ、とディルシーが言った。

お父さんは立ってぼくたちが通りすぎるのを見ていた。お母さんの声が部屋から聞こえた。キャディが言った、「しっ」ジェイソンはまだ階段をのぼっていた。両手をポケットに入れていた。

「みんな、今夜はいい子にしてるんだよ」とお父さんが言った。「それと、しずかにね。お母さんのめいわくにならないように」

「うん、しずかにする」とキャディが言った。「あんたもしずかにしなきゃだめよ、ジェイソン」とキャディが言った。ぼくたちはつま先で歩いた。

屋根が聞こえた。鏡のなかにも火が見えた。キャディがまたぼくを抱きあげた。

「さ、おいで」とキャディが言った。「火のところにはあとでもどってこれるから。ね、しずかにして」

「キャンダス」とお母さんが言った。

「しずかに、ベンジー」とキャディが言った。「お母さんがあなたにちょっとご用だって。いい子にして。そしたらもどってこれるから。ベンジー」

キャディがぼくをおろして、ぼくはしずかになった。

「ここにいさせてあげて、お母さん。火を見るのにあきたらお話しすればいいでしょ」

「キャンダス」とお母さんが言った。キャディがかがんでぼくを抱きあげた。ぼくたちはよろよろした。「キャンダス」とお母さんが言った。

「おだまり」とキャディが言った。「ここでも火は見えるでしょ。おだまり」

「こっちにつれてきなさい」とお母さんが言った。「あなたが抱っこするにはもう大きすぎるのよ。背中を痛めますよ。うちの女はみんな姿勢のよさが自慢なんですからね。洗濯女みたいになりたいの」

「そんな重くないよ」とキャディが言った。「抱っこできるもん」

「なら、わたしがいやなの、あなたがその子を抱っこするの」とお母さんが言った。「もう五歳なのよ。だめ、だめ。わたしのひざにものせないで。立たせなさい」

「お母さんが抱いてあげれば、泣きやむよ」とキャディが言った。「しずかに」とキャディが言った。「もうもどっていいよ。ほら。あなたのクッション。見て」

「よしなさい、キャンダス」とお母さんが言った。

「見せてあげて、そしたらおとなしくなるよ」とキャディが言った。「ちょっと体あげて、ぬきとるから。ほら、ベンジー。見て」

ぼくはそれを見てだまった。

「この子をあまやかしすぎよ」とお母さんが言った。「あなたもお父さんも。わかってないのよ、ツケをはらうのはわたしなんですからね。おばあちゃんがあんなふうにジェイソンをあまやかすものだから、しつけなおすのに二年かかったのよ。ベンジャミンに同じことしてあげる元気は、わたしにはもうないわ」

「お母さんはベンジーの心配しなくてへいきだよ」とキャディが言った。「わたしがお世話するもん。ね、ベンジー」

「キャンダス」とお母さんが言った。「その呼び方やめてって言ったでしょう。お父さんがあなたのバカげた呼び方をやめないだけでもうたくさんなのよ。この子にはそんなことゆるしませんからね。くずした呼び名なんて、いやしいものなの。下民しかそんなの使わないの。ベンジャミン」とお母さんが言った。

「わたしを見なさい」とお母さんが言った。

「ベンジャミン」とお母さんが言った。お母さんはぼくの顔を両手でつかんで、お母さんのほうにむけた。

「ベンジャミン」とお母さんが言った。「そのクッションをとりあげなさい、キャンダス」

「泣いちゃうよ」とキャディが言った。

「言うとおりにして、そのクッションをとりあげなさい」とお母さんが言った。「この子だって、言うことをきくようにちゃんとしつけないといけないの」

クッションはどこかに行った。

「おだまり、ベンジー」とキャディが言った。

「あなたはむこうに行ってすわってなさい」とお母さんが言った。「ベンジャミン」お母さんがぼくの顔を自分の顔に押しつけた。

「やめなさい」とお母さんが言った。「泣くのをおやめ」

でもぼくは泣きやまなくて、お母さんが両腕でぼくをかかえて泣きだして、ぼくは泣いた。それからクッションがもどってきて、キャディがそれをお母さんの頭のうえにもちあげた。キャディがお母さんをイスに引きもどして、お母さんが赤と黄色のクッションにうずまって泣いた。

「泣かないで、お母さん」とキャディが言った。「上行って横になって。そしたら病気してられるでしょ。わたし、ディルシー呼んでくる」キャディがぼくを火のところにつれていって、ぼくは明るいなめらかな形たちを見た。火と屋根が聞こえた。

お父さんがぼくを抱きあげた。お父さんは雨みたいな匂いがした。

「やあ、ベンジー」とお父さんが言った。「今日はいい子にしてたかい」

キャディとジェイソンが鏡のなかでけんかしていた。

「これ、キャディ」とお父さんが言った。

二人はけんかした。ジェイソンが泣きだした。

「キャディ」とお父さんが言った。ジェイソンは泣いていた。ジェイソンはもうけんかしていなかったけど、キャディが鏡のなかでけんかしているのが見えて、お父さんがぼくをおろして、お父さんも鏡のなかに行ってけんかした。お父さんがキャディを抱きあげた。キャディがけんかした。ジェイソンは床に寝ころがって泣いていた。ジェイソンは手にハサミをもっていた。お父さんがキャディを抱きしめた。

「あいつ、ベンジーの人形ぜんぶバラバラに切っちゃったの」とキャディが言った。「あいつのハラワタ切りさいてやる」

「キャンダス」とお父さんが言った。

「やってやる」とキャディが言った。「やってやる」キャディはけんかした。お父さんがキャディを抱きしめた。キャディがジェイソンを蹴った。ジェイソンは鏡から出て、すみにころがっていった。お父さんがキャディを火のところにつれていった。みんな鏡のなかから出た。火だけが鏡のなかにいた。火がドアのなかにいるみたいだった。

「やめなさい」とお父さんが言った。「お母さんに部屋で病気させたいのかい」

キャディはやめた。「あいつ、人形ぜんぶバラバラにしちゃったの。モ――ベンジーとわたしでつくったのに」とキャディが言った。「ただのいじわるでそんなことしたんだよ」

「してないよ」とジェイソンが言った。ジェイソンは起きあがって泣いていた。「あいつのだって知らなかったもん。ただの紙くずだと思ったんだもん」

「知らないわけない」とキャディが言った。「あんたがしたのはただの　　　」

「おだまり」とお父さんが言った。「ジェイソン」とお父さんが言った。

「明日またつくってあげるからね」とキャディが言った。「いっしょにたくさんつくろうね。ほら、クッションも見ていいよ」

ジェイソンが入ってきた。

おれはしずかにしろって何回も言ったぞ、とラスターが言った。

こんどはどうした、とジェイソンが言った。

「勝手につむじまげてんですよ」とラスターが言った。「一日じゅうこんな感じで」

「なら、なんでそっとしておかないんだ」とジェイソンが言った。「しずかにさせておけないなら、台所につれていけよ。おれたちは母さんとちがって、部屋にとじこもるわけにはいかないんだからな」

「ばあちゃんが、夕ごはんの用意ができるまでこの人台所に入れるなって」とラスターが言った。

「ならこいつとあそんでやって、しずかにさせておけ」とジェイソンが言った。「こっちは一日はたらいてきたってのに、こんなキチガイ病院に帰ってこなきゃならんのか」ジェイソンが新聞をひらいて読んだ。

火も鏡もクッションも見ていいんだよ、とキャディが言った。ね、夕ごはんまで待たなくてもクッション見ていいよ。屋根が聞こえた。ジェイソンが壁のむこうで大声で泣いているのも聞こえた。

ディルシーが言った、「帰ったか、ジェイソン。あんた、この子のことはそっとしておくんだよ」

「はいよ」とラスターが言った。

「クエンティンはどこだ」とディルシーが言った。「もう夕ごはんができちまうよ」

「おれは知らないよ」とラスターが言った。「見かけてないよ」

ディルシーがどこかに行った。「クエンティン」ディルシーが玄関ホールで言った。「クエンティン。ごはんだよ」

屋根が聞こえた。クエンティンも雨みたいな匂いがした。

ジェイソンがなにしたって、とクエンティンが言った。ベンジーの人形ぜんぶバラバラにしちゃったの、とキャディが言った。

ベンジーって呼ぶなって、お母さんが言ってたろ、とクエンティンが言った。クエンティンはじゅうたんのうえでぼくたちのそばにすわった。雨なんてふらなきゃいいのに、とクエンティンが言った。なんにもできないよ。

けんかしてきたの、とキャディが言った。そうでしょ。

たいしたものじゃないよ、とクエンティンが言った。

バレバレだよ、とキャディが言った。お父さんにもわかっちゃうよ。

かまうもんか、とクエンティンが言った。雨、ふらなきゃいいのにな。

クエンティンが言った、「ごはんできたってディルシーが言ってなかった」

「うん」とラスターが言った。ジェイソンがクエンティンを見た。それからまた新聞を読んだ。クエンティンが入ってきた。「もうすぐできるって」とラスターが言った。クエンティンがお母さんのイスにドスンとすわった。ラスターが言った、

「ミスタ・ジェイソン」

「なんだ」とジェイソンが言った。

「二十五セントくれませんか」とラスターが言った。

「なぜ」とジェイソンが言った。

「今夜ショーに行きたいんで」とラスターが言った。

「ディルシーがおまえのためにフローニーから二十五セントもらってくれるって話じゃなかったか」とジェイソンが言った。

「そうなんだけど」とラスターが言った。「なくしちまったんで。おれとベンジーとで一日さがしまわったんだけど。こいつに訊いてみてもいいですよ」

「ならそいつに借りろ」とジェイソンが言った。「おれは自分の金かせぐので精いっぱいなんでな」ジェイソンは新聞を読んだ。クエンティンが火を見た。火がクエンティンの目のなかと口のうえにあった。口は赤かった。

「おれ、そいつをあそこに近づけないようにしたんだ

よ」とラスターが言った。

「うるさい」とクエンティンが言った。ジェイソンがクエンティンを見た。

「またあのショーの男といるのを見かけたら、おれがどうするか、言ったよな」とジェイソンが言った。クエンティンが火を見た。「聞いてんのか」とジェイソンが言った。

「聞こえたよ」とクエンティンが言った。「ならやれば」

「心配すんな」とジェイソンが言った。

「してない」とクエンティンが言った。ジェイソンはまた新聞を読んだ。

屋根が聞こえた。お父さんがまえかがみになってクエンティンを見た。

やあ、とお父さんが言った。どっちが勝ったんだい。

「どっちでもないよ」とクエンティンが言った。「止められちゃったから。先生たちに」

「相手はだれだったんだい」とお父さんが言った。「おしえてくれるかな」

「心配ないよ」とクエンティンが言った。「ぼくと同じくらい大きな子だから」

「よし」とお父さんが言った。「原因はなんだったんだい」

「なんでもないよ」とクエンティンが言った。「あいつ、先生の机にカエル入れてやる、どうせあの女はムチでぶったりできないだろ、って言ったんだ」

「ほう」とお父さんが言った。「女か。それで」

「うん」とクエンティンが言った。「それで、ちょっとなぐったんだ」

屋根と火と、ドアのむこうですすり泣く音とが聞こえた。

「しかし、十一月にどこでカエルをつかまえるつもりだったんだろうね」とお父さんが言った。

「わかんない」とクエンティンが言った。

音が聞こえた。

「ジェイソン」とお父さんが言った。ジェイソンが聞こえた。

「ジェイソン」とお父さんが言った。「こっちに入ってきて、泣くのはやめなさい」

屋根と火とジェイソンが聞こえた。

「ほら、もうやめなさい」とお父さんが言った。「またムチでたたかれたいのかい」お父さんはジェイソンを抱きあげて、そばのイスにすわらせた。ジェイソンはすすり泣いた。火と屋根が聞こえた。ジェイソンはもうすこし大きくすすり泣いた。

「次また泣いたら」とお父さんが言った。火と屋根が聞こえた。

ディルシーが言った、ようし。みんなおいで、ごはんだよ。

ヴァーシュは雨みたいな匂いがした。犬みたいな匂いもした。火と屋根が聞こえた。

キャディがすばやく歩いているのが聞こえた。お父さんとお母さんがドアを見た。キャディがすばやく歩いてドアを通りすぎた。キャディは見なかった。キャディはすばやく歩いた。

「キャンダス」とお母さんが言った。キャディは歩くのをやめた。

「はい、お母さん」とキャディが言った。

「やめなさい、キャロライン」とお父さんが言った。

「こっちにいらっしゃい」とお母さんが言った。

「やめろ、キャロライン」とお父さんが言った。「ほうっておけ」

キャディがドアに来てそこに立ってお父さんとお母さんを見た。キャディの目がさっとぼくを見て、よそを見た。ぼくは泣きだした。声が大きくなって、ぼくは立ちあがった。キャディが入ってきて、壁に背をむけて立ってぼくを見た。ぼくは泣きながらキャディのほうに行って、キャディが壁まであとずさりして、ぼくはキャディの目を見てもっと大きな声で泣いて、キャディの服を引っぱった。キャディが両手を差しだしたけど、ぼくはキャディの服を引っぱった。キャディの目が走った。

ヴァーシュが言った、これからおまえの名前はベンジャミンだ。なあ、なんでベンジャミンになったか、わかるか。あの人ら、おまえを青歯ぐき*にしようとしてんだ。母ちゃんに聞いた話じゃ、むかし、おまえのじいちゃんがニガーの名前を変えたんだ。で、そいつ説教師になったんだけど、見れば青歯ぐきにもなってるじゃねえか。まえはそんなことなかったのに。んで、そのうちの母ちゃんが満月の夜にそいつの目を見たら、青歯ぐきの子どもが生まれてきたんだ。それからある日、十人ばかしの青歯ぐきの子どもたちがそのうちのあたりを走りまわった晩に、男は帰ってこなくなった。オポッサム狩りのや

＊ 南部黒人の間で言い伝えられた妖怪めいた存在で、畏怖の対象とされた。青い歯茎を持つ黒人は強い呪力を持ち、噛まれた者は死に至るという。

つらが森でそいつを見つけたときには、きれいに食われちまってたそうだ。だれが食ったかわかるか。青歯ぐきの子どもたちだよ。

ぼくたちは玄関ホールにいた。キャディはまだぼくを見ていた。キャディが口に手をあてていて、ぼくはキャディの目を見て泣いた。ぼくたちは階段をあがった。キャディがまた止まって、壁によりかかってぼくを見て、ぼくは泣いて、キャディが歩いていって、ぼくは泣きながらついていって、キャディが壁まであとずさりして、ぼくを見た。キャディが自分の部屋のドアをあけたけど、ぼくはキャディの服を引っぱって、ぼくたちはバスルームに行って、キャディがドアによりかかってぼくを見た。それからキャディが腕で顔をおおって、ぼくは泣きながらキャディを押した。

そいつになにしてんだ、とジェイソンが言った。なんでほうっておけないんだ。

おれ、指一本さわってないですよ、とラスターが言った。一日じゅうこんな調子で。ムチでぶったたいてやんなきゃだめですよ。

ジャクソンに送んなきゃ、でしょ、とクエンティンが言った。こんな家、だれが住めるんだよ。

おじょうさん、気に入らないなら出ていけばいいのでは、とジェイソンが言った。

そのつもりだから、とクエンティンが言った。ご心配なく。

ヴァーシュが言った、「ちょっとさがってくれよ、おれ、足かわかすから」ヴァーシュがぼくを押してすこしさがらせた。「おい、わめきだすなよ。そこでもまだ見えるだろ。おまえは火を見てりゃいいんだ。おれみたいに、雨のなか外出る必要ねえんだから。おまえさんは生まれながらツイてんのに、わかってねえんだな」ヴァーシュは火のまえであおむけになった。「なあ、なんでベンジャミンて名前になったか、わかるか」とヴァーシュが言った。「おまえのお母ちゃん、プライドが高すぎて、おまえにがまんならなかったのさ。うちの母ちゃんがそう言ってた」

「そこでじっとしてろよ、足かわかさせてくれ」とヴァーシュが言った。「じゃないとどうするか、わかるか。おまえのハラワタの皮ひんむいてやる」

火と屋根とヴァーシュが聞こえた。ヴァーシュがさっと起きあがって、足を引きもどした。お父さんが言った、

「いいんだよ、ヴァーシュ」

「今夜はわたしがごはん食べさせる」とキャディが言った。「この子、ヴァーシュがごはんあげると、たまに泣いちゃうし」

「このおぼんを上にもってっとくれ」とディルシーが言った。「そしたらすぐもどってきて、ベンジーにごはんあげな」

「ベンジーも、わたしにごはん食べさせてもらいたいよね」とキャディが言った。

こいつ、そのぼろぼろの上ぐつをテーブルにのせておかなきゃ気がすまないわけ、とクエンティンが言った。台所で食べさせればいいじゃん。ブタといっしょに食べてるみたい。

うちの食事のやり方が気に食わないなら、食卓に来なければいいのでは、とジェイソンが言った。

湯気がロスカスからあがっていた。ロスカスはストーブのまえにすわっていた。オーブンのドアがあいていて、ロスカスはそのなかに足を入れていた。湯気がおわんからあがっていた。キャディがぼくの口にスプーンをするする入れた。おわんの内がわに黒い点があった。

まあまあ、とディルシーが言った。この子はもう二度とあんたのじゃましないよ。

おわんの中身が点の下までさがった。それからおわんが空《から》になった。それはどこかに行った。「今夜はずいぶんおなかすいてたんだね」とキャディが言った。おわんがもどってきた。点は見えなかった。それから見えた。「今夜はおなかぺこぺこだったんだね」とキャディが言った。「見て、もうこんなに食べたよ」

ぜったいするし、とクエンティンが言った。みんなしてこいつにあたしのあとつけまわさせて。こんな家、だいっきらい。もう家出する。

ロスカスが言った、「一晩じゅう雨だな」

長いこと家から出てたじゃないか、食事に間にあわないほど遠くへは行かなかったみたいだが、とジェイソンが言った。

ウソだと思うなら見てな、とクエンティンが言った。

「そんならあたしゃどうしたらいいか、わかんないよ」とディルシーが言った。「腰にガタが来て、動くこともできないんだ。一晩じゅう階段をのぼりおりしてたもんだから」

べつにおどろかねえよ、とジェイソンが言った。おまえがなにしたっておどろくかよ。

クエンティンがナプキンをテーブルに投げた。

だまりな、ジェイソン、とディルシーが言った。ディルシーが行ってクエンティンを抱きしめた。おすわり、ハニー、とディルシーが言った。あいつは恥を知れってんだ、あんたはわるくないのに、あんたにあたって。

「奥さまはまたむくれてんのか」とロスカスが言った。

「だまりな」とディルシーが言った。

クエンティンがディルシーを押しのけた。クエンティンがジェイソンを見た。口が赤かった。クエンティンが水のコップをとって、ジェイソンを見ながら腕をうしろにふりあげた。ディルシーがその腕をつかまえた。二人はけんかした。コップがテーブルのうえで割れて、水がテーブルに流れた。クエンティンが走っていた。

「お母さん、また病気なんだね」とキャディが言った。

「ああ、そうだよ」とディルシーが言った。「こんな天気じゃ、だれだって病気になっちまうさ。あんた、どんだけ食べるつもりだよ」

ふざけんな、とクエンティンが言った。ふざけんな。クエンティンが階段をかけあがるのが聞こえた。ぼくたちは書斎に行った。

キャディがぼくにクッションをわたして、クッションと鏡と火が見えた。

「クエンティンが勉強してるあいだはしずかにね」とお父さんが言った。「なにしてるんだい、ジェイソン」

「なんにも」とジェイソンが言った。

「じゃあ、こっちに来てやったらいいじゃないか」とお父さんが言った。

ジェイソンがすみから来た。

「なに噛んでるんだい」とお父さんが言った。

「なんにも」とジェイソンが言った。

「こいつ、また紙噛んでるよ」とキャディが言った。

「こっちにおいで、ジェイソン」とお父さんが言った。

ジェイソンが火のなかに投げた。それはジュッと言ってまっすぐになって黒くなった。それから灰色になった。それからなくなった。キャディとお父さんとジェイソンはお母さんのイスにすわっていた。ジェイソンの目はふくれてとじていて、口は食べているみたいにもぐもぐ動いていた。キャディの頭はお父さんの肩にのっていた。キャディの髪は火みたいで、小さい火の点が目のなかにあって、ぼくは行って、お父さんがぼくもイスにすわらせて、キャディがぼくを抱いた。キャディは木みたいな匂いがした。

キャディは木みたいな匂いがした。すみは暗かったけど、窓が見えた。ぼくは上ぐつをにぎりながらそこにしゃがんでいた。ぼくには上ぐつが見えなかったけど、ぼくの手が上ぐつを見て、ぼくには夜になるのが聞こえて、ぼくの手が上ぐつを見たけどぼくには自分が見えなくて、だけどぼくの手には上ぐつが見えて、ぼくはそこにしゃがんで暗くなるのを聞いていた。

ここにいたのか、とラスターが言った。ほら、見てみろ。ラスターがぼくにそれを見せた。どこで手に入れたか、わかるか。ミス・クエンティンがくれたんだ。おれにはわかってたよ、おれをかやの外にはしちゃおけねえってな。おまえ、こんなとこでなにしてんだ。また外にぬけだしちまったのかと思ってたよ。今日はもうじゅうぶんわめいてよだれたらしただろ。こんなからっぽの部屋にかくれてぶつくさ言うこたねえじゃねえか。ほら、もう寝るぞ。ショーがはじまるまえにむこうについてきたいんだ。今日は一晩じゅうおまえとふざけてるひまはねえの。はじめのラッパがなるころにゃ、おれはもういないからな。

ぼくたちはぼくたちの部屋に行かなかった。

「ここ、わたしたちがハシカするとこだよ」とキャディが言った。「なんで今日はここで寝なきゃいけないの」

「どこで寝たってべつにいいだろ」とディルシーが言った。ディルシーはドアをしめてすわってぼくの服をぬがしだした。ジェイソンが泣きだした。「おだまり」とディルシーが言った。

「ぼく、おばあちゃんと寝たい」とジェイソンが言った。「おばあちゃんは病気なの」とキャディが言った。「おばあちゃんがよくなったら、いっしょに寝られるから。だよね、ディルシー」

「ほれ、おだまり」とディルシーが言った。ジェイソンがだまった。

「わたしたちの寝まきがある。それだけじゃなくて、ぜんぶあるよ」とキャディが言った。「引っこしみたい」

「ああ、だから着がえちまいな」とディルシーが言った。

「んで、ジェイソンのボタンはずしてやっとくれ」

キャディがジェイソンのボタンをはずした。ジェイソンが泣きだした。

「ムチでたたかれたいんか」とディルシーが言った。ジェイソンがだまった。

クエンティン、とお母さんが廊下で言った。

なに、とクエンティンが壁のむこうで言った。お母さ

んがドアのカギをしめるのが聞こえた。お母さんがぼくたちの部屋をのぞいて、入ってきて、ベッドのうえにかがんで、ぼくのおでこにキスをした。

この子を寝かしつけたら、ディルシーに湯たんぽを使ってもいいかきいてきて、とお母さんが言った。だめなら、なしでどうにかするからって伝えて。だめかききたいだけだからって。

わかりました、とラスターが言った。ほら。ズボンぬぎな。

クエンティンとヴァーシュが入ってきた。クエンティンは顔をむこうにむけていた。「どうして泣いてるの」とキャディが言った。

「おだまり」とディルシーが言った。「みんな、さっさと服ぬぎな。あんたは帰っていいよ、ヴァーシュ」

ぼくは服をぬがされて、自分を見て、泣きだした。だまれ、とラスターが言った。いくらさがしたってどうしようもねえだろ。なくなっちまったんだ。いつまでもそんな調子だと、もう誕生日やってやんねえぞ。ラスターがぼくにガウンを着せた。ぼくはだまって、それからラスターが頭を窓にむけて止まった。それからラスターが窓に行って外を見た。ラスターがもどってきて、ぼくの腕をとった。あの女が出てくるぞ、とラスターが言った。おい、しずかにしろ。ぼくたちは窓に行って外を見た。それはクエンティンの部屋の窓から出てきて、木にうつった。ぼくたちは木がゆれるのを見た。ゆれが木の下におりていって、それから木から出て、ぼくたちはそれが草をつっきってはなれていくのを見た。それからそれが見えなくなった。来い、とラスターが言った。ほら、な。聞こえるか、ラッパだ。ベッドに入れ、おれの足がおとなしくしてるうちに。

ベッドが二つあった。クエンティンがもう一つのベッドに入った。クエンティンが顔を壁にむけた。ディルシーがジェイソンをクエンティンといっしょのベッドに入れた。キャディが服をぬいだ。

「あんた、自分のズロース見てごらんよ」とディルシーが言った。「母ちゃんに見られなくてよかったな」

「ぼく、もう言いつけたよ」とジェイソンが言った。

「あんたなら、やるだろうね」とディルシーが言った。

「それであんたはなんかいいことあったの」とキャディが言った。「このチクり魔」

「ぼく、なんかいいことあったの」とジェイソンが言った。

「さっさと寝まき着たらどうかね」とディルシーが言った。ディルシーが行ってキャディがボディスとズロースをぬぐのを手つだった。「自分のすがた見てごらんよ」とディルシーが言った。ディルシーがボディスをまるめて、それでキャディのおしりをこすった。「からだまですっかり染みこんじまってるじゃないか」とディルシーが言った。「でも今夜は風呂入れないよ。ほれ」ディルシーがキャディに寝まきを着せて、キャディがベッドのなかに入って、ディルシーがドアに行って明かりに手をおいて立った。「みんな、おとなしくするんだよ、いいね」とディルシーが言った。

「わかった」とキャディが言った。「今夜はお母さん、こっち来ないんだよね」とキャディが言った。「じゃあ、みんなまだわたしの言うことときかなきゃね」

「ああ」とディルシーが言った。「さ、寝な」

「お母さんは病気なんだよ」とキャディが言った。「お母さんもおばあちゃんも、病気なんだよ」

「おだまり」とディルシーが言った。「寝な」

部屋はドア以外黒くなった。それからドアが黒くなった。キャディがぼくのうえに手をおいて言った、「しずかにね、モーリー」それでぼくはしずかにしていた。ぼくたちが聞こえた。暗がりが聞こえた。

暗がりがどこかに行って、お父さんがぼくたちを見た。お父さんはクエンティンとジェイソンを見て、それから来てキャディにキスをしてぼくの頭に手をおいた。

「お母さん、ひどい病気なの」とキャディが言った。

「いいや」とお父さんが言った。「ちゃんとモーリーのめんどう見てくれるかな」

「うん」とキャディが言った。

お父さんがドアに行って、またぼくたちを見た。それから暗がりがもどってきて、お父さんはドアのところに黒く立っていて、それからドアがまた黒くなった。キャディがぼくを抱いて、ぼくたちみんなが聞こえて、暗やみが聞こえて、なにかの匂いがした。それから窓が見えて、そこで木たちがザワザワいっていた。それから暗がりがなめらかな明るい形たちになって動きだしたけど、それはいつもそういうふうになったし、キャディがあなた眠ってたのよと言うときもそういうふうになった。

一九一〇年六月二日

窓枠の影がカーテンに映っているということは七時と八時のあいだで、それに気づいた僕は時間の中に戻っていて、懐中時計の音が聞こえていた。それは祖父の時計で、僕にそれをくれたとき、父さんは言った――おまえにあらゆる希望と欲望の霊廟を授けよう。およそ人間の経験というものは、おまえの個人的な欲求を満たすことなどできないし、おまえの祖父《じい》さんや曾祖父《ひいじい》さんの欲求を満たすこともなかったのだよ。その人間経験のキビョウ法*1を体得するのに、この時計は痛いほどにぴったりだろう。おまえが時間を覚えていられるようにこれを授けるのではない。ときには時間をしばし忘れて、時間の克服に人生を捧げるような真似をしないで済むように授けるのだ。なぜなら、どんな戦いであっても勝利で終わることなど決してないのだからと父さんは言った。戦いにすらなっていないのだよ。戦場が人間に知らしめるのは己の痴愚と絶望ばかりで、勝利は賢者と愚者の幻想に過ぎない。

それは付け襟《カラー》入れの箱に立てかけてあり、僕は横になってその音を聞いていた。もとい、その音が聞こえていた。誰も懐中時計や柱時計にわざわざ耳を傾けたりはしないだろう。そんな必要はない。時計の音なんか久しく忘れていたって、あるとき秒針がカチッと鳴った瞬間に、それまで聞こえてもいなかった時間が長く先細る行列となって少しも途切れることなく心に現れ出るのだから。父さんが言っていたように、長く孤独な光の条《すじ》を歩いていくイエスの姿が見える、みたいなことだ。それに、死をいとしき妹と呼んだあの善良な聖フランチェスコの姿も。彼に妹はいなかったけど。

壁のむこうからシュリーヴのベッドがきしむ音が聞こえて、それから床とこすれてシュッシュッと鳴るスリッパの音。僕は起きあがって鏡台に行き、その上を滑らせた手が時計に触れると、下向きに伏せてベッドに戻った。でも窓枠の影がまだ映っていて、僕にはもはやその位置から分単位で時間がわかるから、それに背を向けなければならなかったのだけれども、むかし後頭部が動物の頭のてっぺんにあったときそこについていた目が僕にもあるように感じられて、むずがゆくなった。怠け癖がついてしまったらいつだって後悔するものなんだ。父さんがそう言っていた。キリストは磔《はりつけ》になったのではない、とも。彼は小さな歯車のカチカチという微《かす》かな音にすり減らされてしまったのだよ。キリストにも妹はいなかった。

　そうしてもう見えなくなったとわかった途端、何時なのか気になりだしてしまった。父さんが言っていた。恣《し》意《い》的な文字盤上の、機械仕掛けの針の位置が常に気にかかるのは、心の働きの一つの症候。排泄《はいせつ》行為、とも父さんは言った。汗をかくようなもの。それで僕は、わかったよと言って。気にすればいいんだ。とことん気にしてやれ。

　曇りだったら、怠け癖について父さんが言ったことに思いをめぐらせながら窓を眺めることもできたのに。こんな天気がつづけばニュー・ロンドン[*2]に行ってる二人は気分がいいだろうな、とか考えたりも。いや、そりゃ気分はいいだろう？　花嫁の月、漂いし声は[*3]　**彼女は鏡の中から、積み重なる香りの中から、駆け出た。薔薇《ばら》。薔薇。ジェイソン・リッチモンド・コンプソン夫妻より結婚式のご案内です、このたび。**薔薇。ハナミズキ、トゥワタとは違って処女ではない。僕は近親相姦を犯したって言ったんだよ、父さん、と僕は言った。薔薇。狡猾にして清澄。ハーヴァードに一年通ってボート・レースを見ないんだったら、学費を返してもらわないとな。その分はジェイソンにやってよ。ジェイソンもハーヴァードに一年通わせてあげたらいい。

　シュリーヴがカラーをつけながらドアロに立っていた。眼鏡が薔薇色に光って、まるで自分の顔で眼鏡を洗ったみたいだ。「今朝はサボリ？」

＊1　帰謬《きびゅう》法のこと。ラテン語では *reductio ad absurdum* だが、コンプソンは誤って reducto absurdum と言っている。
＊2　コネチカット州の町。ハーヴァード大学対イエール大学のボート・レースが毎年この町で行われる。
＊3　十九世紀の英詩人・神学者ジョン・キーブルの詩「聖なる結婚」冒頭からの引用。

「もうそんな時間？」

彼は懐中時計を見た。「あと二分で鐘」

「そんな時間だとは思わなかった」彼はまだ時計を見ていて、口が言葉を発しかけた。「急がなきゃ。もうサボれないんだよ。学生部長に先週言われたんだ――」彼は時計をポケットに戻した。それで僕はしゃべるのをやめた。

「さっさとズボン穿《は》いて、走ったほうがいいよ」と彼は言った。そして出ていった。

僕は立ちあがってうろうろしながら、壁のむこうで彼が歩く音を聞いた。彼は居間に入ってドアに向かった。

「支度できた？」

「まだ。先に出てて。僕も間に合うように行くから」

彼は出ていった。ドアが閉まった。足音が廊下を遠ざかっていった。すると、時計の音がまた聞こえた。僕はうろうろするのをやめて窓際に行き、カーテンを開けてみんなが礼拝堂にむかって走っていくのを眺めた。同じような連中が同じように上着に手を通そうと袖をバタバタ振り回し、同じような本とひらひらしたカラーが洪水に運ばれる塵芥のように流れていって、それからスポードの姿。シュリーヴのことを、僕の旦那だなんて言いやがって。なあ、こいつのことはほうっといてやれよ、とシュリーヴは言った。こいつが薄汚いアバズレどもを追いかけ回すような馬鹿じゃないからって、おまえには関係ないだろ。南部では、純潔は恥ずかしいことなのだよ。子どもも大人も、男たちはみんな童貞じゃないと嘘をつく。なぜなら、女は処女であることにあまり意味を見出さないのだから、と父さんは言った。父さんいわく、純潔を発明したのは男であって、女じゃない。父さんは言っていた、それは死のようなものだ、残りの者たちが置いてきぼりにされてしまう一つの状態に過ぎない、それで僕は言った、でもそれを信じる分にはかまわないでしょう、すると父さんが言った、何事においてもそこが悲しいところなのだよ、純潔だけじゃなくてね、それで僕は言った、なんで非純潔になったのが彼女ではなくて僕じゃいけなかったんだ、すると父さんは言った、そこも悲しい理由なのさ、何事もわざわざ変更する価値すらないのだよ、そしてシュリーヴが言った、こいつが薄汚いアバズレどもを追いかけ回すような馬鹿じゃないからって、そして僕は言った、きみは一度でも妹を持ったことがあるのか？　あるのか？　あるのか？

駆けていく学生たちの真ん中にいるスポードは、風に飛ばされる枯葉で埋めつくされた通りを歩む亀さながら、カラーを耳元に巻きつけていつものようにゆったりと歩いていた。サウス・キャロライナ出身の四年生。礼拝堂に走っていったこともなければ、時間に間に合ったこともないし、四年間欠席したことも、礼拝や一限の講義にシャツや靴下をちゃんと身に着けてきたこともない。それがあいつの入っている学生クラブの自慢だった。十時頃にトムソンの店に来てコーヒーを二杯頼むと席につき、ポケットから靴下を取り出して靴を脱ぎ靴下を履くあいだにコーヒーは冷めていく。昼頃には、みんなと同じようにシャツを着てカラーをつけたあいつの姿を見ることになる。他の学生たちが走って追い越していくのに、あいつはちっとも急ぐ素振りを見せなかった。しばらくすると中庭には誰もいなくなった。

一羽の雀が陽射しをよぎって窓の張り出しに降り立ち、頭を僕に向かって傾《かし》げた。目がまんまるでキラキラしていた。初めは片目で僕を見て、それからクルッ！　もう片方の目で僕を見つめ、喉はいかなる鼓動よりも速く膨張と収縮を繰り返す。正時を告げる鐘が鳴りだした。雀は目を交互に僕に向けるのをやめ、片側の目で鐘が鳴りやむまで僕をじっと見つめていて、まるでこいつも鐘に耳を傾けているみたいだった。それから、張り出しから飛び降りてどっかに行ってしまった。

最後の鐘の響きが消えるまでしばらくかかった。それは大気中に留まり、長いこと聞こえた、というよりは、感じられた。あたかもかつて鳴らされたすべての鐘の残響が絶えゆく光の長い条《すじ》にいまだ鳴りわたるなか、イエスと聖フランチェスコが妹について語り合うがごとく。なぜなら、もし地獄行きというだけのことなら、それだけのことなら。それで完結。物事がそれ自体で完結するなら。そこにいるのは彼女と僕だけで。もし僕たちがあまりにも恐ろしいことをしたために、僕たちのほかはみんな地獄から逃げ出してしまう、なんてことがありえたなら。**僕は近親相姦を犯したんだと僕は言った父さん僕だったんだよドールトン・エイムズじゃない**　それであいつが持たせたときドールトン・エイムズ。ドールトン・エイムズ。ドールトン・エイムズ。あいつが僕の手に拳銃を持たせたとき、僕はやらなかった。そういうわけで僕はやらなかったんだ。でなきゃあいつもそこにいることになってしまって、彼女もいて僕もいて。ドールトン・エイムズ。ドールトン・エイムズ。ドールトン・エイムズ。もし僕たちがあまりにも恐ろしいことをなしえたなら、それで父さんが言った、それも悲しいところなのだよ、人はそれほどに恐ろしいことなどできないひどく恐ろしいことなどまったくできない今日恐ろしかったことを明日まで覚えていることすらできないのだよ、それで僕は言った、あらゆることから逃げ出せはするでしょう、それで父さんは言った、ああ、おまえにはできるのかい。そうして僕がうつむくと、ぶつぶつと呟《つぶや》く自らの骨と、風のような風の屋根のような深い水の流れが見えることだろうし、年月が経てば、踏み入る者とてない侘《わび》しい砂地に打ち捨てられた僕の骨は判別すらつかなくなっているだろう。最後の審判の日に神が「立ちあがれ」と言うと、唯一鉄鏝《てつごて》のみが浮かび上がってくる、その時まで。逃げ出せるとすればそれは、何事も――宗教も、誇りも、なんであれ――助けにはならないと悟ったときではなく、いかなる助けも必要ないと悟ったときなのだよ。ドールトン・エイムズ。ドールトン・エイムズ。ドールトン・エイムズ。もしも僕があいつを産んだ母親で、開けっぴろげに横たえた体を笑いながら起こし、あいつの父親を手で引き留め押さえつけ、あいつが生まれた途端に死ぬのを眺め、見守ってやれていたなら。一瞬、**彼女はドアロで立ちどまった**

鏡台に行き、文字盤を伏せたまま時計を取り上げた。鏡台の角で風防を叩き、ガラスの破片を手に取り灰皿の中に入れ、針をもぎ取ってそれも灰皿に入れた。時計はチクタク鳴りつづけていた。ひっくり返すと、何もない文字盤の奥で小さな歯車が他にどうすることもできずカチカチと動いていた。イエスはガリラヤ湖を歩いて渡り、ワシントンは嘘をつかず。父さんはセントルイス万博でジェイソンの土産に時計鎖の飾り《チャーム》を買ってきた――片目で覗くと針の頭ほどのなかに摩天楼や蜘蛛の巣めいた観覧車やナイアガラの滝が見える、ちっちゃなオペラグラス。文字盤に赤い染みがついていた。それが目に入るや、親指が痛みだした。時計を置いてシュリーヴの部屋に行き、ヨードチンキを取り出して傷口に塗った。タオルを使って時計の縁に残ったガラスを払い落とした。

靴下とシャツとカラーとネクタイと下着のセットを二組取りのけ、トランクに荷物を詰めた。スーツを新しいのと古いのと一着ずつ、靴を二足と帽子二つ、それと本を取りのけて、他はすべて入れた。本は全部居間に運んでテーブルの上に積み上げた。家から持ってきた本も、こっちで借りた　父さんは言っていた、かつて紳士は**蔵書からその人となりがわかったものだが、昨今では借り**

たまま返していない本からわかるのだよ、それからトランクに鍵をかけて宛名を書いた。十五分の鐘が鳴った。僕は手を休め、その音がやむまで耳を傾けた。

　風呂に入り、髭を剃った。水がしみて指がちょっとズキズキしたので、ヨードチンキを塗り直した。新しいスーツを着て時計をつけ、もう片方のスーツと下着類と剃刀《かみそり》とブラシを手提げ鞄に詰めてから、トランクの鍵を紙に包み封筒に入れて父さんの宛名を書き、二通の手紙を書いて封をした。

　影はまだ玄関の階段から完全に消えてはいなかった。僕は玄関の内側で立ちどまり、影が動くのを見つめていた。それはかろうじて動きがわかるくらいの速度で玄関の内側に這い戻り、玄関の中に影を押し戻した。ただ、**それが聞こえたときには彼女はすでに駆けだしていた。何が起きているのか僕が理解する前に、彼女は鏡の中を駆けていた。それほどに速く、裳裾を腕にかけた彼女が鏡の中から雲のごとく走り出ると、ヴェールはキラキラとたなびき先を急ぐヒールは覚束《おぼつか》なく、ドレスの肩口をもう片方の手でぎゅっと摑んだ彼女が鏡から走り出て、諸々の香り薔薇薔薇薔薇エデンに漂いし声は。それから彼女がポーチをつっきりヒールの音が聞こえなくなり、それから流れるヴェールの影が月明かりのなか雲のごとく草むらを駆けていき、その先にはわめき声。走るうちにドレスは脱げかけ、その花嫁衣裳を摑みながら彼女がわめき声の中に駆け込むと、そこでは夜露にまみれたT・Pがうぇーーいサスプリラー、箱の下に転がったベンジーのわめき声。父さんの走る胸にはV字型の銀の胸当てがついていて**

　シュリーヴが言った、「なあ、結局来なかったじゃ……結婚式かお通夜でもあるの？」

「間に合わなかったよ」と僕は言った。

「そんなおめかししてたんじゃあな。どうしたんだよ？　日曜日だと思ってる？」

「新しいスーツを一度着てみたからって、警察に捕まるわけじゃないだろ」と僕は言った。

「ハーヴァード・スクエアのやつらのことが頭に浮かんだよ。やつら、きみのこともいかにもなハーヴァードの学生だと思うだろうな。きみまでプライドが高くなりすぎて、授業なんか出てられんと言うのかい？」

「とりあえず何か食べてくる」階段の影は消えていた。日向《ひなた》に出ると、僕の影がまた現れた。僕は影より少しだけ先んじて階段を降りた。三十分の鐘が鳴った。それから音がやんで絶え果てた。

ディーコン[*1]のやつは郵便局にもいなかった。僕は二通の封筒に切手を貼り、父さん宛のほうは投函しシュリーヴ宛のほうは内ポケットに入れると、どこでディーコンを最後に見たか思い出した。南北戦争追悼記念日[*2]だ。北軍軍人会の制服を着て、パレードの真ん中を歩いていた。そこらの街角で辛抱強く待ってさえいれば、何かしらのパレードに紛れ込んだあいつを必ずや見つけられる。その前はコロンブスだかガリバルディだかの生誕記念日[*3]だった。道路清掃人の列にまじったあいつは、シルクハットを被って二インチのイタリア国旗を掲げ、箒やスコップに囲まれながら葉巻をふかしていた。だけど最後に見たのは北軍軍人会のやつのはずだ。というのも、シュリーヴが言っていた、

「ほら、あれ。きみの祖父さんがあの哀れな老いぼれニガーに何をしたのか、見てみろよ」

「ああ」と僕は言った。「おかげであいつは毎日飽きもせずパレード行進をしてられるってわけだ。祖父さんがいなかったら、白人みたいに働きづめになるところだったね」

どこに行ってもあいつは見つからなかった。だけど、職のあるニガーだって用があるときに見つかったためしはないんだ、ましてや悠々自適の暮らしをしている奴なんて。路面電車がやってきた。僕は町に出向いてパーカー・ハウス・ホテルに行き、朝食をたっぷり食べた。食べている途中で正時の鐘が聞こえた。そうは言っても、人は歴史よりも長い間、時間の機械的な進行を体に染みつかせてきたんだから、時間を忘れ去ろうったって少なくとも一時間はかかるさ。

朝食を食べ終えると、葉巻を買った。店員の女の子が五十セントのが一番いいやつだと言うのでそれを一本買って火をつけ、通りに出た。表で立ちどまり何度か葉巻をふかすと、それを手に持ったまま通りの角に向かった。宝石屋のショーウィンドウを通りかかったけれども、なんとか目を逸《そ》らすことができた。角で靴磨き二人に捕まり、両側からクロウタドリみたいに甲高い声で騒ぎ立てられた。一人に葉巻をあげ、もう一人には五セント玉をやった。それで彼らは僕を解放してくれた。葉巻のほうはもう一人に五セントでそれを売ろうとしていた。

時計があった。高くそびえて日を浴びている。すると僕はつくづく思う、いくらあることをしたくないと思っても、体が心を欺いて、ほとんど気づかないうちにそれ

をさせようとしてくるんだ。首の後ろの筋肉が疼《うず》くのが感じられ、それから僕の時計がポケットの中でチクタク鳴っているのが聞こえてきて、そのうちに他の物音は一切遮断されて、ポケットの中の時計の音だけが残った。僕は通りを引き返してショーウィンドウに向かった。店主はウィンドウの奥のテーブルで作業をしていた。禿げかけの男だった。片目に眼鏡を嵌めている——顔に金属のチューブを捻じ込んだような具合だ。僕は店に入った。

店の中はチクタクという音で満ちていて、九月の草むらの蟋蟀《こおろぎ》みたいで、とりわけ店主の頭上の壁にかかった大きな時計の音が耳に入ってきた。店主が顔を上げると、眼鏡の奥で大きなぼやけた目がせわしなく動いていた。僕は時計を取り出して彼に渡した。

「時計が壊れちゃったんです」と僕は言った。

店主はそれを手の上でひっくり返した。「そのようですな。きっと踏んづけたんでしょう」

「そうなんです。暗かったもんだから、鏡台から落として踏んづけちゃったんです。まだ動いてはいるんですけど」

店主は裏蓋を剝《は》がして中を覗き込んだ。「問題なさそうですな。詳しく見ないと断言できませんがね。午後に見てみますよ」

「あとでまた持ってきます」と僕は言った。「ちょっとうかがいたいんですが、ショーウィンドウの時計で時間が合ってるのはありますか？」

店主は時計を手のひらに置いたまま顔を上げ、せわしなく動くぼやけた目を僕に向けた。

「友達と賭けをしたんです」と僕は言った。「でも今朝は眼鏡を忘れちゃって」

「ああ、そうですか」と店主は言った。彼は時計を置くと、スツールから腰を浮かせて仕切りの奥を覗いた。それから壁をちらりと見上げた。「今は二十——」

「言わないで」と僕は言った。「お願いです。合ってるのがあるかだけ教えてください」

店主は僕をふたたび見た。スツールに座り直し、片眼鏡を額に押し上げた。目の周りに丸い跡が赤く残っていて、それも消えると彼の顔全体がむき出しになってるみ

＊1　執事《ディーコン》はキリスト教の教会の役職の一つで、ここではあだ名として使われている。
＊2　五月の最終月曜日。一九一〇年では、五月三十日にあたる。
＊3　コロンブスとガリバルディはどちらもイタリア出身の偉人。当時のコロンブス記念日は十月十二日で、コロンブスのアメリカ大陸発見を記念する。ガリバルディの誕生日は七月四日。

たいに感じられた。「今日は何のお祝いですかな？」と彼は言った。「例のボート・レースはまだ来週ですよね？」

「ええ。これは単なる個人的なお祝いです。誕生日なんです。合ってるのはあるんですか？」

「いや。そこのはまだ調整も時刻合わせもしてないもんで。どれか買うおつもりなら――」

「いえ。時計は要《い》らないんです。居間に柱時計がありますから。必要になったらこいつを直してもらいます」僕は手を伸ばした。

「今置いていったらどうです」

「あとでまた持ってきます」彼は僕に時計を渡した。僕はそれをポケットに入れた。音は他の時計の音にかき消されて今は聞こえなかった。「どうもありがとうございました。お時間を取らせてすみません」

「お気になさらず。直したくなったら持っておいでなさい。それと、お祝いは我々がボート・レースに勝ってからまとめてしたほうがいいでしょうな」

「そうですね。確かにそのほうがいい」

　僕は店を出て、チクタク音に対してドアを閉ざした。振り返ってショーウィンドウの中を見た。店主が仕切り越しに僕を見つめていた。ウィンドウの中では一ダースほどの時計が一ダースの異なる時刻を指し示し、それぞれが断固たる確信をもって相反する主張を戦わせ、針のない僕の時計も同じ確信をもって参戦していた。互いに相反しながら。ポケットの中でチクタクと時を刻む僕の時計の音が聞こえていた。誰にも見えないのに、見えたとしても何も伝えられやしないのに。

　それで僕は、あの時刻にしようと自分に言い聞かせた。時計は時間を殺すと父さんが言っていたから。父さんいわく、時間は小さな歯車にカチカチと刻まれているあいだは死んでいる。時計が止まったときに初めて時間は生き返るのだ。その時刻を指す両針は水平からわずかに角度をつけて左右に広がっていて、まるで風に身を傾けるカモメのようだった。かつて僕が遺憾に思ったすべてのことを抱えて飛んでいく。ニガーたちが言うところの、新月が水を抱えるようにして。* 宝石屋は作業を再開し、金属管を顔に嵌め込んで机の上に身を屈めていた。髪は真ん中で分けてあった。分け目が駆け上がった先は禿げていて、十二月の干あがった沼みたいだった。

　通りの向かいに金物屋を見つけた。鉄鏝《てつごて》がポンド単位で売られているとは知らなかった。

「仕立屋用のアイロンなんてどうです」と店員は言った。「これなら十ポンドありますよ」でもそれは思ったより大きかった。そこで僕は六ポンドの小さいやつを二つ買った。これなら包んでもらえば一足の靴に見えるだろう。二つ合わせれば十分な重さに感じられたけど、父さんの言っていた人間経験のキビョウ法のことを思い返し、僕は考える。どうやらハーヴァードで学んだことを実地に移す唯一の機会がやってきたようだ。いや、たぶん来年までには——たぶん二年も通えば、あれを適切に実行する方法を学べたんだけど。

でも地上ではじゅうぶんな重さに感じられた。路面電車がやってきた。僕は乗り込んだ。電車は満員で、そのほとんどが新聞を読んでいる裕福そうな人たちだった。唯一の空席はニガーの隣だった。ダービー帽とピカピカの靴を身に着け、火の消えた葉巻の吸いさしを手にしている。南部人は常にニガーたちのことを意識していなければならない、と以前は思っていた。それが北部人の考えだと思っていたのだ。初めて東部に来たときには、やつらはニガーじゃなくて黒人《カラード》の人たちだぞ、忘れるなよ、と絶えず自分に言い聞かせていた。実際こっちで連中と一緒になることはあまりなかったけど、そうでなければ、あらゆる人間に相対する最良の方法を学ぶまでに多大なる時間と労力を無駄にしたことだろう。その方法とは、相手が黒であろうと白であろうと、その人が考えるその人自身をそのまま受け入れて、あとは放っておくことだ。そう思うようになって僕は悟った——ニガーというのは人を指すのではなく、一つの行動様式のことなのだ。ニガーはいわば、周りに暮らしている白人たちを鏡映しにひっくり返したものなんだ。でも初めのうち僕が思ったのは、たくさんのニガーに囲まれた生活が恋しくなるだろうな、ということで、それは僕が恋しがるはずだと北部人が思うと思ったからに過ぎないけれども、ヴァージニアでのあの朝まで、僕は本当にロスカスやディルシーやみんなのことを恋しがっていることに気づいていなかった。目が覚めると汽車が停まっていて、僕は日除けを上げて外を眺めた。客車が踏切をふさいでいて、その踏切に向かって二列の白い柵が丘を下り、途中から白骨化した角《つの》の一部のように外側に広がってさらに下に続いている。それから、硬くなった轍《わだち》の真ん中に騾馬《らば》に乗ったニガーがいて、汽車が動くのを待っている。どのくらい

＊　新月が水を蓄えこみ晴天になる、という言い伝えから。

の間そこにいたのかわからないけど、騾馬にまたがったそいつの頭には毛布の切れ端が巻かれ、まるでそいつは柵と道とともに、あるいは丘とともに、丘自体から彫り出されてそこに備え付けられていたかのようで、「ようこそ故郷へ、お帰りなさい」と書かれた看板が立ててあるみたいだった。そいつは鞍を付けていなくて、だらりと垂れた足が地面につきそうだった。騾馬が兎《うさぎ》みたいに見えた。僕は窓を上げた。

「おーい、おじさん」と僕は言った。「こんなふうにやるんだっけ?」

「なんです?」そいつは僕のほうを見ると毛布を緩めて持ち上げ、耳を出した。

「クリスマス・ギフト!」と僕は言った。[*1]

「あらら、今行きますよ、だんな。こりゃすっかりやられちまったな」

「今回は勘弁してやるよ」僕は小さな網棚からズボンを引っぱり出して、二十五セント玉を取り出した。「でも次は気をつけろよ。年が明けて二日したらまたここを通って帰るからな。その時は気をつけるんだぞ」僕は窓から二十五セント玉を投げた。「自分へのクリスマス・プレゼントでも買いな」

「ええ、そうしますとも」とそいつは言った。騾馬から降りて二十五セント玉を拾うと、脚に擦《こす》りつけた。「どうも、お若いだんな。こりゃどうも」すると汽車が動きだした。僕は窓の外の冷たい空気の中に身を乗り出して振り返った。そいつは痩せっぽちの兎みたいな騾馬の傍らに突っ立ったままで、どちらもみすぼらしくじっとしていて、じれる素振りも見せなかった。汽車がカーブを曲がり、蒸気を短く重くポッポッと噴き上げると、そいつと騾馬はそのまますうっと視界から退いていった。みすぼらしくも時間を超越した忍耐と、不動の静謐《せいひつ》さとを湛《たた》えながら。子どもっぽくてすぐサボる役立たずかと思えば、逆に頼りになるところもある、例のそんな佇《たたず》まいだ。だからあいつらは理屈抜きで愛する者たちを世話して守りつつ、その人たちから繰り返し盗みを働くのだし、ごまかしと呼ぶにはあまりにも堂々と責任や義務を逃れ、盗みやサボりを咎められても、まるで紳士が公正な競技で自らを打ち負かした相手を称えるかのようにそれに気づいた人を素直に心から称賛するばかり、一方で白人たちの気まぐれに対してはたゆまぬ寛大さを見せ、まるで何をしでかすかわからない困った孫に対する祖父母のような甘やかし方。こうしたことを、僕は忘れていたのだ。

それでその日一日、汽車が山間《やまあい》を駆け抜け、動きと言えば疲弊した車輪が必死にうめく音しかない岩棚を行き、永久《とこしえ》の山々が雲に覆われた空の中に姿を消していく間、僕が考えていたのは故郷のこと、寒々とした駅と泥道、少しずつ広場に集まってくるニガーたちや奥地の人たち、彼らが持ち寄る玩具《おもちゃ》の猿や荷車や袋入りのキャンディや手持ち花火のことで、そうするうちにお腹のあたりがむずむずしてきて、むかし学校で鐘が鳴るときに感じたような疼きを僕は覚えたのだった。

　僕は時計が三時を打つまで数えはじめないようにしていた。そして数えだしたら六十秒で指を一本折り曲げ、折られるのを待ちわびている残り十四本の指のことを考え、十三、十二、八、七と徐々に減っていくうちにふと気がつくと、静寂と瞬き一つしないみんなの目線とに囲まれていて、僕が「先生?」と言うと、「あなたの名前はクエンティンよね?」とローラ先生が言う。するとさらなる静寂、瞬き一つしない残酷な目線、そして静寂の中に次々と突き上げられる手。「ミシシッピ川を発見したのは誰か、クエンティンに教えてあげて、ヘンリー」「デソートです」それで目線は離れていき、しばらくすると僕は遅れてしまったんじゃないかと思い、数えるスピードを上げて指をもう一本折り、今度は速すぎたんじゃないかと思ってスピードを落とし、それからまた不安になってスピードを上げる。だから鐘とぴったり同時に数えおわったためしはなくて、解放されたみんなが早くもどかどかと動きだして足が擦れる床に大地を感じ、ガラス板のような陽光の軽やかな鋭い一撃を浴びると、じっと座ったままの僕のお腹はむずむずと疼きだすのだった。**じっと座ったままむずむずと。我が腹の内、汝のために動きたり。**[*2]**一瞬、彼女はドアロで立ちどまった。ベンジー。わめき声。我が老年の子ベンジャミン**[*3]**のわめき声。キャディ! キャディ!**

わたし家出するもん。彼が泣きだし彼女が彼のところに行って触れた。泣かないで。家出したりしないから。泣かないで。彼は泣きやんだ。ディルシー。

この子はその気になりゃみんなの言うことが匂いでわ

*1　クリスマスの日に、先に「クリスマス・ギフト」と言ったほうがプレゼントをもらえるという、主に南部の黒人と白人の間で行われた遊び。
*2　「雅歌」5章4節を基にした表現。
*3　フォークナーはしばしばヤコブとラケルの長子であるヨセフを、ベニヤミンと混同している。「老年の子」は「創世記」37章3節に出てくる表現で、ヨセフを指す。165ページ注も参照。

かるんだ。聞いたり話したりしなくてもな。

こいつ、あの人らがつけた新しい名前も匂いでわかんのか？　ツキのなさも匂いでわかんのか？

ツキがどうのなんて、この子の知ったこっちゃないよ。ツキなんか、この子にゃなんの悪さもできやしないんだ。

ツキをどうにかしようってんじゃなきゃ、なんで名前変えたりしたんだ？

電車が停まり、走りだし、また停まった。窓の下を行き交う人々の頭を僕は眺めた。みんなまだ白さの抜けていない真新しい麦藁帽を被っている。気づけば車内には買い物籠《かご》を持った女の人たちがいて、男も作業着を着た人のほうがピカピカの靴を履いてカラーをつけた人よりも多くなってきていた。

隣のニガーが僕の膝に触れた。「すみません」と彼は言った。僕は両脚を座席の外に出して通してやった。電車はのっぺりとした壁に沿って進んでいき、ガタゴト走る音が車内に跳ね返ってきて、買い物籠を膝に載せた女の人たちや薄汚れた帽子のバンドにパイプを挟んだ男めがけて響いた。水の匂いがして、壁の割れ目からきらめく川面と二本のマストが見え、それからカモメが一羽、そのマストの間に見えない針金で吊るされているかのように中空で静止しているのが見えると、僕は手を持ちあげ先ほど書いておいた手紙に上着越しに触れた。電車が停まると僕は降りた。

帆船を通すために橋が上がっていた。船はタグボートに繋がれ、船尾の下に潜り込んだタグボートが煙をたなびかせながら船をのんびりと押し進めていたのだけれども、船自体は一見すると動力もなしに動いているみたいだった。上半身裸の男が船首甲板の先端で綱を出して輪っかにまとめていた。体は日焼けして葉煙草の色をしていた。もう一人、てっぺんの抜けた麦藁帽を被った男が舵のところにいた。帆を畳んだまま橋をすーっと通りぬける船は白昼の幽霊みたいで、三羽のカモメが船尾の上に浮かぶ姿は見えない針金で吊られた玩具みたいだった。

橋が閉じると僕は反対側に渡り、立ち並ぶボート小屋を見下ろす手摺りにもたれた。浮桟橋《うき》に人影はなく、ボート小屋の扉はどれも閉まっていた。選手たちはこのごろ午後遅くに漕ぐだけで、それまでは休んでいた。橋の影、列になった手摺りの影、僕の影が平たくなって川面に張りついている。僕から離れようとしない影のやつを、僕はいともたやすく罠にかけてやったのだ。あそこまで少なくとも五十フィートはあるから、あとはあいつを水の中に沈めておけるもの、溺れるまで押さえつけておけるものさえあれば、水面には靴を一足包んだように見える包みの影が横たわるばかりになる。ニガーたちが言うには、水死人の影はその人をずっと見守っているそうだ。キラキラと瞬く川は息をしているみたいで、ゆらゆら揺れる栈橋もまた息をしているように見え、塵芥は半ば沈み、水は海へおもむき海の洞窟や岩穴へと流れながら癒えていく。物体が押しのける水の量イコール何かの何か。あらゆる人間経験のキビョウ法、そして六ポンドの鉄鏝《てつごて》かける二は仕立屋用アイロンよりも重い。なんて無駄づかいだよバチ当たりな、とディルシーなら言うだろう。おばあちゃんが死んだとき、ベンジーはわかっていた。ベンジーは泣いていた。**この子には匂いでわかるんだよ。この子には匂いでわかるんだよ。**

タグボートが川を下って戻ってくると、切り裂かれた水が長い円筒を転がしたような形にうねり、そのうちに浮栈橋が波で揺れだして、転がってきた円筒にバシャッと音を立てて斜めに乗り上げギーギーきしんでいると、扉が開いて競技用ボートを抱えた二人の男が現れた。二人がそれを川に浮かべると、まもなくブランドがオールを持って出てきた。やつはフランネルのズボンを穿いて灰色のジャケットを羽織り、硬い麦藁帽を被っていた。やつかやつの母親が、オックスフォードの学生はボートを漕ぐときにはフランネルのズボンを穿いて麦藁帽を被るという話をどこかで読んだんだろう、だからある年の三月初旬、ジェラルドは一人乗りの競技用ボートを買ってもらい、フランネルのズボンと硬い帽子を身に着けて川へおもむいた。ボート小屋の連中は警察を呼ぶぞと脅したけど、やつは構わず川に出てしまった。雇いの車から降りてきたやつの母親は、北極探検家が着るような毛皮の上下に身を包み、二十五マイルの風が吹き荒れるなかやつが汚れた羊のような氷塊の群れが絶えず流れてくる川を下っていくのを見送った。それ以来僕は、神は紳士でスポーツマンであるばかりでなく、ケンタッキー人でもあるのだと信じるようになった。やつのボートが遠ざかると、母親は迂回してからまた川べりに出てきて、低速ギアにした車をやつと並んで走らせた。聞くところによれば、二人が顔見知りだとはとても思えず、まるで王と王妃みたいにお互いに目を合わせることすらなく横並びになってマサチューセッツ州を横断していく様は、平行な軌道をたどる一対の惑星を思わせた、とのことだ。

やつはボートに乗り込み、漕ぎだした。今ではかなり上手く漕げるようになっていた。それもそのはずだ。話によると、母親はやつにボートを諦めさせて何か同級生たちが誰もできないこと、やろうとしないことをさせようとしたそうだが、その時ばかりはやつも強情だったらしい。それを強情と呼べるなら、だけれども。というのも、黄色い巻き毛に菫《すみれ》色の瞳、長い睫毛《まつげ》をしたあいつはニューヨーク仕立ての服に身を包んで退屈した王子様みたいに座り込み、かたや母親のほうはジェラルドの馬たちとかジェラルドのニガーたちとかジェラルドの女たちとかについてくっちゃべっている、といった具合なんだから。ケンタッキーの夫たち、父親たちは彼女がジェラルドをケンブリッジ[*1]に連れ去ってくれてひどく喜んだに違いない。彼女は町にアパートを一部屋借りていて、ジェラルドも大学の寮の他に一部屋借りていた。彼女がジェラルドと僕の友達付き合いを認めたのは、僕がうっかりメイソン・ディクソン線[*2]の南で生まれてしまったことで貴族の義務《ノブレス・オブリージュ》を多少なりとも果たしていたからで、他にも地理的に（最低限の）条件を満たしていた何人かは認められていた。少なくとも、許されてはいた。あるいは、大目に見られていた。でも彼女が礼拝堂から出てくるスポードに出くわしたあの　あいつはあの人は貴婦人《レディ》なんかじゃないレディは夜のあんな時間に出歩いたりしないと言っていた　あの晩以来、スポードが五つもの名が連なる名前を持ち、その中にはイギリスの現存する公爵家の名も含まれていることを、彼女は断じて許せなくなった。[*3]きっと彼女は、マンゴー家かモーティマー家のはみ出し者が別荘番の娘にでも産ませた子なんだと思い込んで自分を慰めたことだろう。彼女がそんな話をこしらえたかはともかく、大いにあり得る話だ。スポードという男は世界チャンピオン級のドラ息子で、反則上等ルール無用ってやつなんだから。

　ボートは今や小さな点になっていた。オールが一定の間隔で陽光をとらえて輝き、まるで船体自身がチカチカと瞬きながらジェラルドと一緒に進んでいくみたいだった。**あなたは一度でも妹を持ったことがあるんですか？いいや、でもあいつらはみんな売女だよ。あなたは一度でも妹を持ったことがあるんですか？　一瞬、彼女は。売女。売女じゃない一瞬、彼女はドアロで立ちどまった**ドールトン・エイムズ。ドールトン・エイムズ。ドールトン・シャツ。あれはカーキ服、軍支給のカーキ服だと僕はずっと思っていたけど、あいつの顔があんなに色黒に見えて眼も青く見えるからには、厚手の中国絹か上等なフランネルだったんだろう。ドールトン・エイムズ。紳士たるにはわずかに足りない男。まるで舞台道具。単なる張り子細工だ、ほら触ってみな。ああ、石綿か。ブロンズ製ってわけじゃないんだな。**でもあいつと家で会おうとしないんだよ。**

いいかい、キャディも女なのだよ。あの子だって女の理屈で物事を為すしかないんだ。

なんでおまえはあの男を家に連れてこないんだ、キャディ。なんでおまえはニガーの女たちみたいにやらなきゃいけないんだ原っぱで窪地で暗い森で火照《ほて》って人目を盗んで猛《たけ》り狂って暗い森で。

それからしばらくして、ちょっと前から時計の音が聞こえていたことに気づき、手紙が上着越しに手摺りにあたってカサカサいうのが感じられ、僕は手摺りにもたれかかって僕の影を見つめ、影のやつが首尾よく罠にかかった様を眺めた。僕は手摺りに沿って進んだけど僕のスーツも暗い色をしていたから手を拭くことができて、僕はその間も僕の影を見つめ、影のやつが首尾よく罠にかかった様を眺めていた。僕は波止場のほうまで歩いていってやつをその影の中に追いやった。それから東に向かった。

ハーヴァード私の息子はハーヴァードの学生ハーヴァードハーヴァード　色とりどりのリボンで飾り付けられた運動会で彼女が出会ったあのニキビ面の小僧。柵沿いにこそこそ歩きながら、子犬を呼びつけるみたいに口笛で彼女を呼び出そうとして。食堂に招き入れようとしてもあいつは全然入ってこようとしないから、あいつは彼女と二人きりになったら魔法か何かで彼女の心を奪うつもりなんだと母さんは信じていた。でもどんなに悪いやつだって　**彼は窓の下の箱の脇に転がってわめいていた**ボタンホールに花を挿してリムジンで乗りつけられるやつは。**ハーヴァード。クエンティン、こちらはハーバート。私の息子はハーヴァードの学生。ハーバートがお兄さんになるのよもう約束してくれたのジェイソンに**

愛想はいいけれどもセルロイド・フィルムみたいにペラペラで、行商人みたいなやつ。顔いっぱいに白い歯をむき出しにしているけど笑っていない。**彼のことは向こうでよく聞かされてましたよ。**歯をむき出しにしている

＊1　マサチューセッツ州ケンブリッジ。ハーヴァード大学の所在地。

＊2　かつて自由州と奴隷州を分ける境界線の一部を成し、北部と南部を分ける境界線とも見なされた。

＊3　夜の礼拝堂はしばしば逢引きの場となったため、ミセス・ブランドはスポードの不品行に憤っているのだと思われる。

けど笑っていない。おまえが運転するのか？

乗って、クエンティン。

おまえが運転するのか？

この子の車なの町で最初の自動車持ちが妹だなんて誇らしいでしょハーバートよ彼がくださったんだって。ルイスが毎朝この子に運転を教えてくれてるの私の手紙受け取ってないの　ジェイソン・リッチモンド・コンプソン夫妻より結婚式のご案内です、このたび夫妻の息女キャンダスとシドニー・ハーバート・ヘッド氏が、一九一〇年四月二十五日、ミシシッピ州ジェファソンにて結婚式を執り行います。八月一日以降の住所はインディアナ州サウスベンド市なんとか通りなんとか番。シュリーヴは言った、きみ、それ開けもしないの？　三日間。三回。ジェイソン・リッチモンド・コンプソン夫妻が　若きロキンヴァー[*1]が馬に乗って西部を立ち去るのがちょっとばかり早すぎたってとこか？

　僕は南部出身だよ。おかしなやつだな。

　ああ、そっか、どっか田舎のほうってのは知ってたんだけど。

　おかしなやつだな。サーカスにでも入ったら。

　入ってたよ。それで、象のノミに水やりしてたら目を悪くしちゃってね。三回　こういう田舎娘たちときたら。何考えてるかわかったもんじゃないからね。まあどちらにしても、バイロン卿だって想いを遂げられなかったん[*2]だ、ありがたいことにね。でも眼鏡をかけたやつは殴らない。きみ、それ開けもしないの？　それはテーブルの上に横たわり封筒の四隅には燃える蠟燭が立てられ薄汚れたピンクのガーターで括りつけられたるは二本の造花。眼鏡をかけたやつは殴らない。

　田舎の人たちってかわいそう一度も自動車を見たことがないのねほとんどの人はね警笛を鳴らしなさいキャンダスそうしたら　彼女は僕を見ようともしなかった　あの人たちどいてくれるから　僕を見ようともしなかった　誰かに怪我でもさせたらお父さんに叱られるわよやっぱりお父さんだってそろそろ自動車を買わなきゃいけないわね私はあなたがこれを持ってきてくださって恨めしいくらいですのよハーバートあんまりにも楽しいものだからもちろん馬車もありますよでもね私が出かけようと思うとたいてい主人が黒人《ダーキー》たちに何かさせていて邪魔しようものなら命を取られかねないくらいなのよいつでもロスカスを使えるようにしてるじゃないかとあの人は言い張るんですけど私にはわかってるんですよそれがどうい

うことかわかってるんです人はえてして自分の良心を満足させるためだけに空約束するものだってあなたも私の大事な娘をそんなふうに扱うつもりなのハーバートでもわかってるんですよあなたはそんなことしないってハーバートは私たちみんなをとびきり甘やかしてくれてるのよクエンティン手紙に書いたかしらあの方はジェイソンが高校を卒業したら自分の銀行に入れてくださるんですってジェイソンは素晴らしい銀行家になりますわあの子は私の子どもでただ一人実務の才があるんですからそれについては私に感謝していただいて結構ですわあの子は私の血を受け継いでいるんですの他の子はみんなコンプソンなんですけれど　**ジェイソンは小麦粉を提供した。二人は裏のポーチで凧を作り、一つ五セントで売った。ジェイソンとパターソンの息子とで。ジェイソンは会計係だった。**

　この車両にニガーは乗っていなくて、窓の下には白さの抜けていない帽子たちの流れがいまだ行き交う。ハーヴァード行き。売ったんですベンジーの　**彼は窓の下の地面に転がってわめいていた。売ったんですベンジーの原っぱを、クエンティンがハーヴァードに行けるように**あなたと兄弟になるんですのよ。あなたのかわいい弟に。ぜひ車を買うべきですよこの車だってとっても役に立ってくれたでしょうきみもそう思わないかいクエンティン僕はもういきなり彼をクエンティンて名前で呼んでるんですよ彼のことはキャンダスから散々聞かされていたものですから。

　それは結構ですわね息子たちとは友達以上になってほしいんですのよええキャンダスとクエンティンも友達以上ですの　**お父さん、僕は近親相姦を**　あなたにごきょうだいがいないのはお気の毒ですわ　**妹がいない妹がいない妹を持ったことがない**　クエンティンにはお訊ねにならないでこの子も主人も私が食卓に降りてくるくらい元気だとなんだか馬鹿にされたような気になるんですの私も今は気力で持っているようなものですから全部済んであなたが私のいとしい娘を連れていっておしまいになったらそのツケを払うことになりますわ　**我がいとしき妹は持たざりき。**[*3] **もし僕が母さんと呼べたなら。　母さん**

＊1　ウォルター・スコット『マーミオン』（一八〇八）の登場人物。恋人の他の男との結婚式に馬で乗りこみ、花嫁をさらう騎士。
＊2　英詩人ジョージ・ゴードン・バイロンは異母姉オーガスタと近親相姦関係にあるとの噂があった。
＊3　「雅歌」8章8節より。

僕が誘惑に負けて代わりにあなたを連れていってしまうのでなければですけどねご主人も自動車には追いつけないでしょうから。

あらハーバートったらねえキャンダスいまの聞いた**彼女は僕を見ようともしなかった柔らかく頑なな顎のラインを見せたまま振り返らず**　でもやきもちは焼かなくていいのよお世辞を言ったって私なんかただのおばあさんなんだからあなたも嫁入りしてもう一人前の娘だっていうのにほんとびっくりしちゃうわ。

ご冗談を乙女のように麗しくていらっしゃるのにキャンダスよりもずっと若いですよ頬の色なんてまるっきりうら若き乙女で　**非難と涙の浮かぶ顔に樟脳《しょうのう》と涙の香り黄昏《たそがれ》に照らされたドアの向こうでとめどなく柔らかく泣きつづける声忍冬《すいかずら》の黄昏色に染まった匂い。屋根裏部屋から空のトランクを数個抱えて階段を降りてくるとそれらは棺のような音を立てたフレンチ・リック。塩場《ソルト・リック》で見つけたのは死ではなく**[*1]

白さの抜けない帽子たちと帽子のない頭たち。三年後には、僕も帽子を被らないことができる。[*2]僕にはできなかった。もう過去の存在《ワズ》になっているのだ。その頃には帽子は存在するんだろうか、もう僕は存在していなかったし、そうしたらハーヴァードも存在しないのだから。父さんいわく、死んだツタの蔓《つる》が死んだ古煉瓦にこびりつくようにここには最上の思考がこびりついている。その頃にはハーヴァードも存在しない。どっちみち僕にとっては。もう一度。過去の存在になることよりも悲しい。もう一度。何よりも悲しい。もう一度。

スポードがシャツを着ていた。ということは、きっと今の時刻は。だとすれば、気を抜くと首尾よく罠にかけて水の中に追いやったはずの僕の影がまた目に入ってしまうどんな手も効かない僕の影をまた踏みしめることになってしまう。でも妹がいない。僕ならそんなことはしなかった。**私の娘をこそこそ見張るような真似はさせんよ**　僕ならしなかった。

どうやって私にあの子たちを抑えつけられると言うんですかあなたはいつもあの子たちに私のことも私のお願いも気にかけなくていいと教えているっていうのにわかってますあなたが私の家柄を下に見ていることはでもだからと言って子どもたちに苦労して育てたこの私の子どもたちに気にかけなくていいなんて教えていいわけがありますか　硬い踵《かかと》で影の骨をコンクリートにむけて踏みつけると、時計の音が聞こえているのに気づき、僕は上着越しに手紙に触れた。
おまえだろうがクエンティンだろうが誰であっても私の娘をこそこそ見張るような真似はさせんよあの子が何をしたとおまえが思っているとしても
少なくとも目を光らせておかなければいけない理由があるとは思ってらっしゃるのね
僕ならしなかった僕ならしなかった。そうだろうともそんなに強く言うつもりはなかったんだが女というのはお互いのことも自分自身のこともまったく気にかけたりしないのだよ
でもなんで母さんは　僕が影を踏んづけると同時に鐘が鳴りだしたけど、それは十五分の鐘だった。ディーコンはどこにも見当たらなかった。僕ならするだろうと思ったんだろう　できるだろうと
お母さんだってそんなつもりではなかったのだよ女というのはああいうふうにやるものなのさそれはお母さんがキャディを愛しているからなのだよ
街灯の列は丘を下り、それから町のほうへ上っていた僕は影の腹の上を歩いた。手を影よりも先まで延ばせた。父さんを背後に感じ夏と八月の耳障りな暗闇の向こうで街灯の列は　父さんと僕とで女たちを守るんだお互いから彼女たち自身から我々の女たちを　女というのはそういうものなのだよ人間について知識を得るということがないんだ私たちはそのためにいるのだよ女は実用的かつ肥沃な猜疑心を持って生まれ時折それが実を結びたいていはそれが当たっているんだ女には悪への適性があり悪自体に欠けているものがあれば何でも補ってしまうしまどろみながら布団を引き寄せるがごとく本能的に悪を身の回りに引き寄せて悪に向かう心を肥沃にしやがては悪が目的を果たしてしまうのだよそれがそもそも存在していようがいまいが　彼は数人の一年生に挟まれてやってきた。パレードの余韻から抜け切れていないようで、僕にむかって敬礼を、それも上級将校がするようなやつをしてきた。
「ちょっと話せるかな」と僕は立ちどまって言った。
「わたしと？　わかった。じゃあみんな、またな」と彼も立ちどまって言い、振り返って、「諸君と話ができて

＊1　フレンチ・リック（French Lick）はインディアナ州南部にあるリゾート地で、キャディはそこで後に夫となるハーバート・ヘッドに出会う。塩場《ソルト・リック》は動物たちが塩を舐めに集まる場所。猟師たちにとっては恰好の狩場となる。
＊2　ハーヴァードでは、四年生は帽子を被らなくてもよいことになっていた。

よかったよ」これでこそディーコンのやつだ、どこからどう見ても。生まれながらの心理学者ってやつだ。噂では、学年初めの汽車を四十年ものあいだ一度も遅れることなく出迎えてきたし、一目で南部人を見つけ出せるらしい。絶対に見逃さないうえに、一度しゃべるのを聞けば州まで言い当てられた。汽車を出迎えるときにはお決まりの服があって、継ぎはぎだらけでアンクル・トムの小屋風の衣装を着ていった。

「どうもどうも。どうぞこっちへ、若だんな、よくいらっしゃった」なんて言いながら鞄を取る。「おい、ボーイ、こっちだ、この鞄持ちな」すると荷物の山が動きこちらに寄って来て、十五歳くらいの白人の少年が運んでいたことがわかる。ディーコンはどうにか鞄をもう一つ少年に引っかけたら追い払ってしまう。「おいおい、そいつを落とすんじゃねえぞ。どうもどうも、若だんな、この老いぼれニガーに部屋番号を教えておくんなさい、そしたらお着きになるころにゃ、ちゃあんと届いてますから」

それからは相手がすっかり懐柔されてしまうまでしょっちゅう部屋に出入りし、そこら中に現れやかましくしゃべりたてるのだけれども、徐々に衣服が良いものになっていくとともに物腰まで北部風に変化していき、すっかり金を搾り取られてそういうことだったのかとようやく気づくころにはもうクエンティンだとかなんとか呼び捨てにしている始末、次に見かけるときには拾ってきたようなブルックスのスーツを着て誰かからもらったプリンストンの学生クラブのバンドがついた帽子を被っていて、どのクラブだったかは忘れたけど、彼はそれがエイブ・リンカーンの軍服の飾帯から切り取られたものだと信じこんで喜んでいるのだ。何十年も前にどこからだか知らないがやってきて大学のあたりに初めて姿を現したとき、彼が神学部の卒業生だという噂が広まった。それがどういう意味かわかると、彼はその噂がいたく気に入って自分からその話を言いふらしだし、ついには自分でも本当にそう思い込むようになったんだろう。ともかく彼は、自分の神学生時代の長ったらしくて要領を得ない小咄《こばなし》を披露してまわっては、今はもう故人となった教授たちを馴れ馴れしくファースト・ネームで呼ぶのだけれども、たいていは名前が間違っていた。でもこれまで数えきれないほどの純朴で孤独な新入生が彼に案内人となり指導者となり友人となってもらってきたのだから、しょうもない詭弁や偽善が鼻につきはするけど、神の鼻孔が彼に嗅ぎとる悪臭は他の人の臭いと大差ない。

「あんた、三、四日見かけなかったな」いまだに軍人のような雰囲気を漂わせて僕を見つめながら彼は言った。

「病気でもしてたのかね?」

「いや。元気だったよ。勉強してたからかな。でもあんたのことは見かけたよ」

「へえ?」

「こないだのパレードでね」

「ああ、あれか。たしかに、わたしもいたよ。ああいったことには全然興味ないんだがね、わかるだろ、でも連中が来てくれって頼むもんで、退役軍人のやつらがね。ご婦人がたも、退役軍人には全員顔を出してほしがってるんでね。だから、ご期待に背《そむ》くわけにゃいかなかったのさ」

「それと、あのイタ公の祝日でも」と僕は言った。「てことは、ＷＣＴＵ*のご期待にも応えてたんだな」

「あれか? あれは義理の息子のためさ。市の仕事に就《つ》きたいって言うもんでね。道路清掃の仕事だよ。おまえが欲しいのは寄りかかって寝るための箒だろって、あいつには言ってるんだがね。わたしのこと、見たんだよな?」

「うん、二回とも」

「いやつまり、わたしの制服姿を。どうだった?」

「様になってたよ。いちばん似合ってた。あんた、将軍にしてもらうべきだよ、ディーコン」

彼は僕の腕に軽く触れた。ニガーの手にありがちな、使い倒された、もの柔らかな手だった。「いいか、ここだけの話だ。あんたには教えてやろう、あんたとわたしは言ってみれば同胞なわけだからな」彼は僕のほうに少し身を傾け、視線を背けながら早口で言った。「ちょうど今、ツテを見つけたところなんだ。来年まで待ってくれ。まあ待ってな。来年、わたしがどこで行進してるか見てみなよ。どうやって話をつけるかまでは言わないでいいよな。とにかく、楽しみにしててくれよ、おまえさん」すると視線を僕に向けて肩をポンと叩き、ぐっと身を起こすと僕にうなずきかけた。「そうなんだ。三年前、わけもなく民主党に乗りかえたわけじゃないんだ。義理の息子は市の仕事、わたしは――そうなんだ。民主党に乗りかえるだけであのろくでなしが仕事をもらえるんなら……それにわたしも。まあ、来年のおとといの日、あ

＊ キリスト教婦人禁酒協会。イタリア人男性はアルコール好きであるというステレオタイプを念頭に置いたジョークだと思われる。

の角に立って見てるんだな」

「そうなるといいね。あんたにはその資格があるよ、ディーコン。それはそうと――」僕はポケットから手紙を取り出した。「明日、これを僕の部屋まで持ってってシュリーヴに渡してくれないか。そしたらあいつがお返しをくれるからさ。でも明日になってからだよ、いいね」

彼は手紙を受け取ってじろじろ眺めた。「封がしてあるな」

「うん。で、中に書いてあるんだ、明日までは駄目だって」

「ふうん」と彼は言った。そして口をすぼめながら封筒を眺めた。「お返しがあるって?」

「ああ。僕からあんたへの贈り物だよ」

今では彼は僕を見つめていた。封筒は陽光に照らされ、黒い手の中で白かった。彼の目は柔らかく、虹彩がなくて茶色で、僕は思いがけずそこにロスカスの姿を見た。制服だとか政治だとかハーヴァード流の物腰だとかいった白人気取りの猿芝居の後ろから、ロスカスが僕を見つめていた。遠慮がちで口が堅く、口下手で、悲し気な男。

「あんた、老いぼれニガーをからかってるんじゃねえよな?」

「そんなわけないだろ。今までに南部人があんたをからかったことあるかい?」

「たしかに。南部人はいい人ばかりだよ。でも、一緒には暮らせない」

「暮らしたことあるの?」と僕は言った。でもロスカスの姿は消えていた。ディーコンはふたたびいつもの彼に戻っていた。世間の目に対して長年身にまとうことを習慣づけてきた、尊大で、下品とまでは言わないが胡散臭い、例の態度だ。

「おまえさんのお願い、つつしんでたまわろう」

「明日になってからだよ、いいね」

「うむ」と彼は言った。「了解したよ。それじゃ――」

「僕はあんたが――」と僕は言った。彼は穏やかな、悟ったような表情で僕を見下ろした。思わず僕は手を差しだして握手をした。市の仕事や軍隊をめぐる夢を胸に抱いた彼は、尊大に僕を見下ろしながら厳かに手を握りかえした。「あんたはいい人だね、ディーコン。僕はあんたが……あんた、なんやかや多くの若者の助けになってきたんだよな」

「どんなやつともきちんと付き合うようにしてきたんでね」と彼は言った。「身分でつまらん線引きはしないよ。

どんな身分だって、わたしにとっちゃ人は人なんだ」

「僕はあんたがこれからも今までどおりたくさんの友達を作れるといいなと思ってるんだ」

「若いやつらとはね。気が合うんだ。連中もわたしのことを忘れずにいてくれるしな」と彼は封筒を振りながら言った。それから封筒をポケットに入れて、上着のボタンを留めた。「そうなんだ」と彼は言った。「いい友達をたくさん作ってきたんだよ」

　鐘がまた鳴りだした。三十分の鐘。僕は影の腹のあたりに立ち、まだ薄く小ぶりな木の葉に囲まれながら陽光の中を一音ずつしずやかに渡っていく鐘の響きに耳を澄ませた。一音ずつ、安らかに、穏やかに、いつもの秋の気配を漂わせて。鐘の響きは常に、花嫁の月にあってさえも秋を感じさせる。**窓の下の地面に転がりながらわめいて**　彼女を一目見ただけで彼にはわかったのだ。幼な児の口により。＊　**街灯の列は**　鐘が止んだ。僕は影を舗道に踏みつけながら郵便局に戻った。**丘を下り、それから町のほうへ上っていき、まるでたくさんのランタンが縦に並んで壁にかかっているようだった。**父さんは言った、それはお母さんがキャディを愛しているがゆえなのだよお母さんは人をその欠点によって愛するんだ。暖炉の前に足を広げて立つモーリー伯父さんもクリスマスの乾杯をする間はグラスを持った手を口から離さなければいけなかった。ジェイソンが両手をポケットに突っ込んで走っていき、ころんで羽を縛られた鳥みたいに倒れたままになっていたのでヴァーシュが立たせてやった。**走るときくらいポケットから手出しておけってそしたら自分で立ちあがれるだろうが**　揺りかごの中で頭をごろごろ動かし背もたれにこすりつけて。キャディがジェイソンとヴァーシュに言った、モーリー伯父さんが働いてないのは小さいころ揺りかごのなかで頭をごろごろさせてたからなんだよ。

　シュリーヴが肥えた体を必死に揺らして歩道をよたよたと歩いてくる。せわしない木の葉の下でキラキラ光る眼鏡が小さな水たまりみたいだ。

「ちょっと頼み事があってディーコンに手紙を預けたんだけど、今日の午後は留守にしてるかもしれないから、明日まではあいつに何も渡さないでくれるかな」

「いいよ」彼は僕を見つめた。「なあ、それはいいけど、今日は何があるんだよ？　そんなにめかしこんで、これ

＊「マタイによる福音書」21章16節および「詩篇」8篇2節より。クエンティンはベンジーを特別な力を持つ幼な児に比している。

から殉死を控えた未亡人みたいにぼんやりしちゃって。今朝の心理学には出たの？」

「何もないよ。ひとまず、明日までは」

「そこに持ってるやつ、それ何？」

「何でもない。靴だよ。革底を補修してもらってたんだ。明日までは駄目だよ、いいね？」

「ああ、わかったよ。あ、そういえば、今朝テーブルの上に置いた手紙受け取った？」

「いや」

「テーブルにあるよ。セミラミス[*1]から。十時前に運転手が届けにきたんだ」

「わかった。取っておくよ。今度は何の用だろうな」

「またバンドの演奏会じゃないの。タンプティ、タ、タ、ジェラルド、ブラーってね。『ドラムをもうちょっと大きく、クエンティン』まったく、僕は紳士の生まれじゃなくてよかったよ」シュリーヴは本を慈しむように抱え、肥えた体を懸命に揺らして、いくぶん不恰好に歩いていった。**街灯の列は**　父さんがそんなふうに考えるのは、うちの先祖には知事になった人がいて将軍になった人も三人いるのに、母さんのほうには一人もいなかったからなの

生きている人間は誰だって死んだ人間よりましだが、生きていようと死んでいようと他の生きている人間や死んだ人間よりはるかに勝っているなんてことはないのだよ　**でも母さんはもう終わったと思ってるよ。おしまい。おしまいなんだ。だから僕たちはみんな毒されてしまったんだ**　おまえは罪と道徳とを混同しているのだよ女はそんなことはしないお母さんは道徳のことを考えているんだ罪かどうかなんて考えたこともないんだ
　ジェイソン私は出ていかなくちゃいけないの他の子はあなたが育ててください私はジェイソンを連れて誰も私たちのことを知らないところに行きますからあの子がちゃんと育ってこんなことは全部忘れてしまえるように他の子たちは私のことを愛してもなければ何も愛したことがないのよコンプソンの身勝手さと間違った誇りを受け継いでいるから私が恐れずに心を寄せられるのはジェイソンだけなの
　馬鹿なことをジェイソンは大丈夫さおまえの気分が良くなったらキャディとフレンチ・リックにでも行ってきたらどうかと思ってたんだ
　それで、あなたと黒人《ダーキー》たちしかいないこんなところにジェイソンを残していけとでも

あの子もあの男のことを忘れるだろうし、そうすればああいった噂も消えていくだろうよ　**塩場《ソルト・リック》で見つけたのは死ではなく**

ひょっとしたらあの子に結婚相手を見つけてあげられるかもしれないわね　**塩場《ソルト・リック》で死ではなく**

電車が来て停まった。三十分を告げる鐘はまだ鳴っていた。僕が乗ると電車はまた走りだし、三十分の鐘をかき消した。違う、四十五分の鐘だ。じゃあともかくあと十分はある。ハーヴァードを離れて　**お母さんの夢だったのだよそのためにベンジーの原っぱを売って**

こんな子どもたちを授かるなんて私が何をしたっていうの罰ならベンジャミンだけでじゅうぶんなのに今度はあの子まで私を蔑《ないがし》ろにして実の母親なのにあの子のために私は苦しんで夢を見て計画を立てて犠牲になってきたわ私は谷間へ降りていったのに[*2]あの子は生まれて目を開けてから一度だって私に気を遣ってくれたことがないの時々あの子を見てるとこれが実の子なわけがあるかしらと思ってしまうわジェイソンは別だけどあの子を初めてこの腕に抱いてから一時《いっとき》でも私を悲しませたことがないのよ腕に抱いた瞬間にわかったのこの子は私の喜び私の救いになるだろうって私がどんな罪を犯してきたとしたって罰ならベンジャミンだけでじゅうぶんだと思ってた私が誇りを捨てて私を見下している男と結婚したことへの罰なんだって不満なわけじゃないの罰だからこそどの子よりもあの子に一番愛を注いできたのそれが私の義務だからそのあいだもずっとジェイソンのことが心に引っかかっていたけどでも今わかりましたまだ私は苦しみ足りないのね今わかりました私は自分の罪だけじゃなくあなたの分も償わなくてはいけないのねあなたは何をしでかしたのあなたのお偉い一族の方々はどんな罪を私に押しつけたのでもあなたは一族をかばうんでしょうねあなたは自分の血筋のためならいつだって言い訳を見つけてきましたものねジェイソンだけは悪さをしかねないと言うんでしょうあの子はコンプソンというよりバスコム気質だからそれに比べてあなたの娘のほうは私のかわいい娘は私の大切な娘はあの子はあの子だって大して変わらないじゃないの若いころ私は不遇だったわ私はバスコム家のひとりに過ぎなかった女はレディかレディでないか

＊1　古代アッシリアの伝説上の女王。夫のニノス王の死後、バビロンを建設したとされる。ここではミセス・ブランドのあだ名として使われている。

＊2　「詩篇」23篇4節「たとひわれ死のかげの谷をあゆむとも禍害《わざはひ》をおそれじ」への言及。

のどちらかでその間はないと教えこまれたけどあの子をこの腕に抱いたときには夢にも思わなかったわこの私の娘があんなふうに自分をご存じないんですかあの子の目を見れば私にはわかるってあなたはあの子が自分から話してくれると思ってらっしゃるかもしれませんけどあの子は言いませんよあの子は平気で隠し事をしますわあなたはあの子のことを知らないんですわ私は知ってるわ私だったらあなたに知られるくらいなら死を選ぶようなことをあの子がしてきたってええそうよ好きなだけジェイソンを非難なさればいいわあの子にキャディを見張らせた廉《かど》で私のこともお責めになればいいまるでそれが犯罪だとでも言うみたいにそうしている間もあなたの娘は私にはわかっていますあなたがジェイソンを愛していないことは自分にはない短所があの子にはあるとあなたは信じたいんでしょうええモーリーを馬鹿にしてきたみたいにあの子のことも馬鹿になさればいいあなたに私は傷つけられませんわあなたの子どもたちに散々傷つけられてきたんですものそれにもうすぐ私は消えますからそうしたらジェイソンを愛してくれる人もこんなことから守ってくれる人も誰一人いなくなってしまうのよ私は毎日ジェイソンを見ながら恐れているのコンプソンの血がとうとうあの子にもあらわれだすんじゃないかってだって自分の姉が家を抜け出してどんな間柄と言ったらいいかもわからない輩に会いに行くのを見せつけられているのだものじゃああなたは一目でもその人をご覧になったことがあるのどこの誰なのか調べさせてもくれないんでしょう私のためじゃないの私はそんな男見たくもないんですこれはあなたのためなのあなたを守るためなのでも血筋の悪さには誰だって抗えませんわあなたは調べさせてもくれないんだから私たちは手をこまねいて傍観しているしかないわそうこうしているうちにあの子はあなたの名に泥を塗るばかりかあなたの子どもたちが吸う空気まで汚してしまうのよジェイソン私が出ていくことを認めてくださいもう耐えられないのジェイソンは連れていきますから他の子はあなたが育ててくださいあの子たちはジェイソンと違って私の血を分けた子じゃないの他人であって私のものじゃないしあの子たちが怖いのよ私はジェイソンを連れて誰も私たちのことを知らないところに行きますから私はひざまずいて祈ります私の罪がすべて赦されるようにあの子がこの呪いから逃れられるように他の子がいたなんてことは忘れるよう努めて

あれが四十五分の鐘だったとすれば、もうあと十分もない。ちょうど電車が一台出たところで、人々はすでに次の電車を待っていた。正午前に出る電車がまだあるか訊いてみたけど、その人は知らなかった。都市間電車《インターアーバン》はあんまり本数がなさそうだからな。最初に来たのはやっぱりまた市街電車《トロリー》だった。僕はそれに乗った。正午は感覚でわかる。地中奥深くにいる鉱夫でもそうなのかな。いや、だから笛を使うのか。汗水たらして働いてる人たちにはそういうものがないと。とすれば、汗からしかるべき距離を取っていれば笛の音は聞こえないし、あと八分もすればボストンの汗からじゅうぶん離れた場所にいるだろう。父さんいわく、人間とはその人の不幸の総和だ。いつの日か不幸も倦《う》み果てるはずだと思うかもしれないが、そうしたら今度は時間がおまえの不幸となるのだよ、と父さんは言った。見えない針金で中空に吊られたカモメがゆっくりと進んでいく。おまえは自らの挫折の象徴を永遠へと運んでいくんだな。そうなれば翼は大きくなるだろうが、と父さんは言った、誰がハープを弾けるというのかね。

　電車が停まるたびに懐中時計の音が聞こえたけれども、それほど頻繁ではなかったもう食事時だったから　**誰が弾くと**　食事我が身の内の食事という営み空間もあるのに空間と時間が混同され胃が正午を告げ脳が食事の時間だと言い　わかったよ　何時なんだろうかいやそんなのどうだっていい。乗客が降りていった。トロリーはもうそれほど頻繁には停まらなかった。食事のために人が減ったからだ。

　それから、その時間を過ぎた。僕は降りて自分の影の中に立ち、しばらくして電車がやってくるとそれに乗ってインターアーバンの駅に戻った。ちょうど電車が出るところで、僕は窓際の席を見つけた。電車が動きだして外を眺めていると、よろよろと進む電車は閑散とした干潟を抜けて木立ちの中に入った。ときどき川が見えて、僕は思う、ニュー・ロンドンに行ってる二人は気分がいいだろうなもしこんな天気がそしてきらめく午前を厳かに進みゆくジェラルドのボートそれとあの婆さんは今度は何の用なんだろうな、朝の十時前に手紙を寄こすなんて。ジェラルドの写真でも撮るのかどんな写真でも僕はどうせにぎやかしの　**ドールトン・エイムズ　ああ、石綿か　クエンティンは撃った**　一人だ。女の子たちも呼んで何かやるんだろう。女には実際　**がやがや喋る声をいつだって突き抜けて漂いし彼の声は**　悪への適性があって、女は誰も信用ならないし男は往々にして純朴すぎて自分自身を守ることもできないと思い込むものなんだ。垢ぬけない女の子たち。遠い親戚だったり家族同士が友人だったりするために、おざなりな付き合いしかないのにある種の血縁の義務、貴族の義務《ノブレス・オブリージュ》を負わせられて。そして座って眺めながら彼女はみんなの面前で言うのだ、まったく残念ですわジェラルドは一族の顔立ちをそっくり受け継いでしまったんですのよ男性にはそんなもの必要ないのにむしろ器量が悪いほうがうまくいくのにでも女の子だったら不器量なだけで破滅ですわね。ジェラルドの女づきあいについて　**クエンティンはハーバートを撃った彼はキャディの部屋の床越しにやつの声を撃った**ご満悦な口調で自慢して。「この子が十七歳のときある日私言ったんですのよ　『まったく残念ねあなたの口がそんなでそういう口は女の子の顔に付いていなくちゃ』そうしたらこの子　**カーテンがそよぎ林檎の木の香り立ちこめる黄昏どき彼女の頭は黄昏を背にし頭の後ろに組まれた両腕からは化粧着の翼が広がってエデンの園に漂いし声はベッドの上に脱ぎ捨てられた服は鼻によって見てとれるほどに林檎よりも強く香り**　なんて言ったと思います？　まだ十七ですよ？　『お母さん、たしかに女の子によくある口ですね』ですって」それであいつは王族みたいな態度で座ったまま、睫毛の隙間から女の子たちの中の二、三人を眺めて。女の子たちはと言えば、あいつの睫毛に飛びかかろうとしているツバメばりにぺちゃくちゃ騒ぎ立てていた。シュリーヴはずっと　**ねえベンジーとお父さんの面倒見てあげてよね**

おまえの口から父さんとベンジーの名前は聞きたくないな一度でもあの二人のことを考えたことがあるのかキャディ

約束して

おまえが心配することじゃないさおまえは順風満帆で出ていくんだからな

約束して私具合が悪いのねえ絶対に約束して　誰がそんなジョークを思いついたのか疑問だったらしいけど彼はミセス・ブランドのことを驚くほど歳を取らない女性だとも思っていたそうで彼女はジェラルドを仕込んでいつか公爵夫人を口説き落とさせるつもりなんだろうと言っていた。彼女はシュリーヴのことをあの太ったカナダ人の青年と呼び二度も僕には何の相談もなしに僕のルームメイトを変えようとしたことがあり、一度は僕が引っ越しさせられそうになって、もう一度は

黄昏の中、彼はドアを開けた。顔がパンプキン・パイ

のように見えた。

「それじゃあ、心よりのお別れを申し上げるとしよう。残酷な運命が我らを分かとうとも、僕は決してきみ以外の者を愛さないよ。決してね」

「なんの話？」

「八ヤードもある杏《あんず》色のシルクをまとい、ガレー船の奴隷と比しても一ポンドたりとも引けを取らない重さの金属を身に着けた残酷な運命の話さ。旧南部連合の遊歩せる便所として揺るぎない地位を築いた男の、唯一の所有者にして権利者の話だよ」それから彼が言うには、彼女は彼を追い出そうと学生監のところに行ったのだけれども、学生監は下劣な頑固さを見せて、まずシュリーヴの話を聞くべきだと言い張ったらしい。すると彼女はすぐシュリーヴを呼んできて話を聞いたらどうなのと言いだし、学生監がそれを拒否したものだから、それ以降彼女はシュリーヴに礼儀正しく接することをやめたそうだ。

「僕は女性に厳しいことは言わない主義なんだけどね」とシュリーヴは言った、「ここいらの主権諸州および自治領のレディには、あの女ほどのアバズレはいないな」

そして今、テーブルの上には使者の手で届けられた手紙、蘭の香りと色に染められた命令書もしそれがそこにあるのを知りながら僕が窓のほぼ真下を素通りしたのを彼女が知ったなら　親愛なる奥様いまだあなたからのお便りを受け取る機会には恵まれておりませんが今日のところは欠席させていただくことを予《あらかじ》めお伝えいたしますいや昨日も明日もいつだって　僕の記憶ではたしか次の会ではジェラルドがお付きのニガーを階段から投げ落とす方法とそのニガーがご主人さまジェラルドさまのそばにいたいがゆえに神学部に入学させてほしいと懇願したときの話が披露されるんでしたねそのニガーときたらジェラルドさまがお発ちになるときには目にいっぱい涙を溜めて駅までずっと馬車の脇を走ってついてきたというじゃありませんか僕は製材所の亭主が散弾銃を手に勝手口に押しかけてきた話の日まで待つことにいたしますそのときはジェラルドが降りていって銃を真っ二つに嚙みちぎりそれを突っ返すとシルクのハンカチで両手を拭いそのハンカチをストーブに投げ入れたということでしたねその話はまだ二回しか聞いておりませんので
越しにやつを撃った　きみがここに入るのが見えてねチャンスをうかがってやってきたというわけだよきみとお近づきになりたくてね葉巻吸うかい
どうも僕は吸いません

へえそうかい向こうも僕がいたころとはだいぶ雰囲気が変わったんだろうな一服失礼してもいいかね
ええどうぞ
ありがとういろいろ聞いたよこの衝立《ついたて》の奥にマッチを捨ててもご母堂は気にされないよなきみについてはいろいろねフレンチ・リックではキャンダスがいつもきみの話ばかりしてたものでね　まったく妬《や》けたよこのクエンティンてやつは何者なんだこの野郎がどんな面《つら》してるか拝まなきゃならんぞなんて思ってさなにしろ僕はあの子を一目見たとたんぶん殴られたみたいにまいっちまったんだ実を言えばあの子がずっと兄貴の話をしてるだなんて夢にも思わなかったんだよたとえ世界にきみしか男がいないとしたってあんなにきみの話ばかりできるものかね亭主の入りこむ余地はなかったねなあ気を変えて一服しないか
吸いません
それなら無理強いはしないさでもこれかなり上等な葉っぱなんだぜハヴァナにいる友人から買ったんだがね卸値で百本二十五ドルもしたんだやっぱり向こうはずいぶん変わったろうなそのうち行こう行こうとは思ってるんだがね全然暇がなくてさこの十年働きづめなんだよ銀行の仕事から逃れられないんだ学校に行ってると生活もだいぶ変わるだろう学部生からしたら大事《おおごと》に思えることってあるよな向こうの様子を聞かせてくれよ
父にも母にも話しませんよもしあなたがあのことを気にしてるなら
話さないって何をあああれかあのことを言ってるのかいいかいきみが話そうが話すまいが僕は気にせんよああいったことはね不運ではあったけど警察ざたになったわけじゃないしやったのは僕が最初でもなければ最後でもないちょっとツイてなかっただけさきみは運がよかったのかもな
嘘だ
落ち着けよきみが言いたくないことを無理に言わせようとしてるわけじゃない気を悪くさせるつもりはなかったんだもちろんきみくらい若ければああいったことを重く考えるのも当然さ五年も経てば変わるだろうがね
カンニングについては一つの考え方しか知りませんねハーヴァードで違った考え方を学ぶとも思えません
芝居顔負けじゃないか演劇クラブにでも入ったのかいああきみの言うとおりご両親に話す必要はないさ過ぎたことは過ぎたことでいいじゃないかおいおいなんであんな

つまらないことで僕ときみがいがみ合わなきゃならないんだ僕はきみが気に入っているんだぜクエンティンきみの顔つきが気に入ってるんだここいらの田舎者とは一味違うからなこんなふうにきみと仲良くなれそうでうれしいんだよジェイソンの力になるってご母堂と約束したんだがきみにも手を貸してやりたいと思ってるんだジェイソンはここでもうまくやっていけるだろうがこんなせせこましい町にきみみたいな若者の未来はないからな
どうもでもあなたはジェイソンのことだけ考えていればいいんですよ僕よりもあいつのほうがあなたと合うでしょうから
あの一件に関しては僕も後悔してるんだよでもまだ子どもだったからねきみのご母堂みたいにこまごましつけてくれる母親もいなかったしご母堂に打ち明けたところで不必要に傷つけるだけだろうそうさきみの言うとおり話す必要はないんだもちろんキャンダスにも
僕は父と母のことしか言ってませんよ
おいこっちを見ろ僕を見てみろ僕相手にどれくらい持ちこたえられると思ってるんだ
あなたが学校で喧嘩の仕方も習ったと言うのなら無理に耐えるつもりはないですよどれくらいか試してみたらいいでしょう
おいクソ坊主おまえは自分が何を言ってるかわかってるのか
試してみればいい
あっくそ葉巻が炉棚に焦げ跡を見つけたらご母堂がなんて言うだろうな危ないところだったよいいかクエンティンこんなことしてたら僕ら二人とも後悔することになるぜ僕はきみが気に入ってるんだ一目で気に入ったんだよ僕は思ったねこいつが誰であろうときっとものすごくいいやつだじゃなきゃキャンダスがあんなに入れあげるわけがないってまあ聞けよ僕は社会に出てもう十年になるんだそうするとこんなことでいちいち大騒ぎしなくなるきみにもそのうちわかるさなあこの件については僕ときみとで心を一つにしようじゃないか二人とも古き良きハーヴァードっ子なわけだし向こうはもうすっかり変わってるだろうな若者には世界最高の場所だよ息子ができたらみんなあそこへ行かせるつもりさ僕よりも良い機会に恵まれるようにね待てよまだ行かないでくれこの件について話し合おう若者はそういう考えを持つものだしそれはまったくいいことだと思うよ学生時代にはそれが自分のためになるそうやって人格形成をしていくんだし伝統

のためにも良いことだ学校にとってもしかし社会に出たら自分なりの考え方をできるかぎりうまく作りあげなきゃならないんだよだって他のみんなもそうしてるってわかるしそうなりゃどうでもよくなるわけでほら握手しよう過ぎたことは過ぎたことでいいじゃないかご母堂のためにも具合が思わしくないんだろうほら手を出して見てごらん修道院から出てきたばかりの尼さんみたいだろまだシミ一つないしシワだってないさあほら
冗談じゃないあんたの金なんて
おいおいそう言わずに僕はもう家族の一員だろなあ若者の懐事情はわかってるよおおっぴらには言えないことだっていろいろあるだろう父親から金を引き出すのはいつだって簡単じゃないよなわかるよ僕も向こうにいたんだからねそれにはるか昔ってわけでもないでも今となっちゃ僕は結婚やらを控えた身だし向こうに行ったら特におい馬鹿はやめるんだ今度腹を割って話す機会があればボストンにいる素敵な未亡人について教えてやりたいんだがね
それも聞いたことがありますよその金さっさとしまってください
じゃあ貸してあげるってことでどうだちょっと目を閉じてれば五十ドルがきみの手に
僕に触らないでくださいその葉巻炉棚からどけたほうがいいですよ
じゃあ話してみるがいいさそうしたらどういうことになるかきみが救いようのない馬鹿でもないかぎりわかってるだろう僕はあの人たちの心をがっちり摑んでいるんだから生半可なガラハド[*1]もどきの兄貴じゃ相手にならないってご母堂が教えてくれたよきみの家系は思い上がりが甚だしくておっときみも来たのかいどうぞお入りちょうどクエンティンと親睦を深めていたところなんだハーヴァードの話をしてたんだよ僕に何か用でもどうもこの子は夫から片時も離れていられないみたいだね
ちょっと席を外してハーバートクエンティンと話がしたいの
さあさあお入りみんなでおしゃべりして親睦を深めようじゃないかクエンティンに話してたところなんだあの
ねえハーバートしばらく席を外して
ああわかったよいいさきみとお兄ちゃまはもう一度お互いの顔を見ておきたくて仕方ないってわけか
その葉巻炉棚からどけたほうがいいですよ
あいかわらず正しいよえらいえらいじゃあ僕はぶらぶら

してくるかなきみは今のうちにみんなの言いなりになってやるといいさなあクエンティン明後日《あさって》からはねえお願いよ旦那様ってな調子になるんだぜそうだろキャンダス
さあ僕らにキスしてくれよハニー
もうやめてよそれは明後日まで取っておいて
そんなら利子もつけてもらわないとなクエンティンにはやり通せもしないことをさせないようにするんだぜああそう言えばクエンティンにあの話はしたかなある男がオウムを買っていてそいつに何が起こったか悲しい話なんだけどそれを思い出したよきみもそれについて考えてみたまえそれじゃあバイバイまた逢う日まで
それで
それで
今度は何するつもり
なにも
また私の邪魔をするつもりなんでしょ去年の夏さんざん邪魔したくせに
キャディおまえは熱があるんだ　**具合が悪いのかどこが悪いんだ**
　とにかく具合が悪いの。訊けないし。
越しにやつの声を撃った

あの悪党は駄目だキャディ
　景色の奥で時おり川がきらめいていた。正午を越えて午後へ飛びかかるかのようなきらめき。もう正午はだいぶ越えただろうが、今頃あいつがいそうなあたりはすでに通りすぎた。あいつは上流へ向かっていまだ漕ぎつづけている。威風堂々、神を神々を面前にして。神々のほうがいい。[*2] マサチューセッツ州ボストンにおいては神も下層民にすぎないのだろうから。それか、妻帯者ではないだけかも。濡れたオールがチカチカと瞬きながら、きらめく瞬きと女性たちの手のひらに囲まれたあいつを運んでいく。媚びへつらい。妻帯者でもないかぎり誰もかれも媚びへつらうからあいつは神でさえ無視するんだろう。**あの悪党は、キャディ**　きらめく川は飛びかかるようなカーブの向こうに退いていった。
私具合が悪いのねえ絶対に約束して
悪いってどこが悪いんだ
とにかく具合が悪いのまだ誰にも訊けないしねえ約束

＊1　アーサー王伝説に登場する円卓の騎士の一人で、騎士道を重んじ高潔で知られる。
＊2　ボストンではキリスト教的な、道徳的「神」の権威は無きに等しく、ブランドらには異教的な「神々」のほうが似つかわしい、とクエンティンは示唆している。

してよ
あの二人が面倒を見てもらわなきゃならないんだとしたらそれはおまえのせいだどこが悪いんだ　窓の下から車が駅に向かって出ていく音が聞こえた。八時十分の汽車でやってくるいとこたちを迎えに。ヘッド家の者たち。次から次へとヘッドの頭数《ヘッド》は増殖していくけれども床屋ではない。マニキュア係の娘たち。かつてうちでは純血種の馬を飼っていた。厩舎ではたしかにそうだったけど、鞍を付けたらただの駄犬。クエンティンはキャディの部屋の床越しにやつらの声をすべて撃ちぬいた

電車が停まった。降り立つと僕は自分の影の真ん中にいた。一本の道が線路と交差していた。張り出した木造の庇《ひさし》の陰で老人が紙袋から何かを取り出して食べていた。そのうち電車の音も遠ざかって聞こえなくなった。道が木立ちの中に入るとあたりは薄暗くなったけれども、ニュー・イングランドの六月の葉叢《はむら》は故郷の四月程度の茂り方だ。煙突が見えた。僕はそれに背を向け、土埃にむけて自分の影を踏みつけた。私の中に何か恐ろしいものがいた時々夜になるとそれが私を見てニヤニヤ笑ってるのが見えたあの人たちの中からあの人たちの顔の中からそれが私を見てニヤニヤ笑ってるのが見えたそれがいなくなって私は具合が悪くなったの

キャディ
触らないで約束だけして
具合が悪いならできないだろう
できるよ式が済めば大丈夫なんの問題もなくなるあの子をジャクソンに送らせないようにするって約束してよ
約束するよキャディキャディ
触らないで触らないで
それはどんな見た目だったんだキャディ
なんのこと
おまえを見てニヤニヤ笑うやつだよあいつらの中にいたってやつ

煙突はまだ見えていた。川はあの辺りのはずで、水は海へ安らかな洞窟へと流れながら癒えていく。運ばれていくものたちは安らかに転げまわり、神が「立ちあがれ」と言うと唯一鉄鍋《てつごて》のみが。ヴァーシュと一日じゅう狩りをしていると昼飯をとらなかったから十二時には腹ペコになったものだった。一時頃までは腹ペコのままで、それから急に、もう腹が空いていないということさえ忘れてしまう。街灯の列は丘を下りそして車が丘を下る音が聞こえた。僕の額の下で平たく冷たく滑らかな肘掛け

が椅子の形を思い起こさせ林檎の木は鼻によって見てとられたエデンの服を越えて漂い僕の髪にしなだれかかって　おまえは熱があるんだ昨日もおまえは熱かったまるでストーブのそばにいるみたいだ。
触らないで。
キャディ具合が悪いなら式はできないだろう。あんな悪党。
私は誰かと結婚しなきゃいけないの。それから僕は骨をもう一度折らなくてはならないと言われた
とうとう煙突が見えなくなった。道の脇に塀が続いていた。陽光のしぶきを浴びた木々が塀に覆いかぶさっていた。塀の石は冷たかった。近くを歩いているとその冷たさが感じられた。ただ、僕らの故郷はこの辺りとは違っていた。故郷では歩いているだけでも何か感じるものがあった。飢えすら満たしてしまう静かで激しい一種の豊饒さというか。それは辺り一面に漂うものであって、ちっぽけな石という石までいちいち抱きとめて育むようなものじゃない。どうやらここでは木々に緑が行きわたるよう豊饒さをやりくりしなきゃいけない始末で、遠くに見える青にもあの奇想天外な豊かさはない。骨をもう一度折らなくてはならないと言われて僕の身の内からあぁあぁあぁという声がしはじめ僕は汗をかきだした。何を気にすることがあるんだ脚の骨を折るのがどんなものか僕は知ってるじゃないか何もかもわかってるどうってことないもうしばらく家の中でおとなしくしてなきゃならないってだけさそれだけなんだすると顎の筋肉がしびれてきて僕の口が汗の合間から待ってちょっと待ってと言い歯の奥であぁあぁあぁと言って父さんはあの駄馬めあの駄馬めと。待って僕が悪いんだ。あいつは毎朝籠をさげ塀に沿って台所のほうにやってきた毎朝塀に沿って木の枝を引きずりながら歩いてきた僕はギプスやらをつけた体を窓辺まで引きずっていき石炭をひとかけ握りしめて待ち伏せしたディルシーは言ったあんた体こわしちまうつもりかよもうちっとマシなこと考えられんかね脚折って四日もたってないってのに。待ってすぐに慣れるからちょっと待ってすぐに
ここの空気の中では音でさえ衰えてしまうようで、まるで空気があまりに長いこと音を運んでいたせいで疲れ果ててしまったみたいだった。犬の声のほうが汽車よりも遠くまで届く。少なくとも暗闇では。それから一部の人たちの声も。ニガーたちだ。ルイス・ハッチャーは角笛と古ランタンを持ち歩いているのにその角笛を使った

ためしがなかった。僕は言った、「ルイス、最後にそのランタンを掃除したのいつ？」

「しばらく前だわな。北のほうで洪水があって人がみんな流されちまったの覚えてっか？　掃除したのはちょうどその日よ。あの晩はばあさんと暖炉の前に座っててよ、『ルイス、あの洪水がこっちまで来たらどうすんだ？』なんてばあさんが言うもんだから、おれは『そらそうだ。あのランタン掃除しといたほうがよさそうだな』って言ったのよ。そんであの晩掃除したってわけさ」

「あの洪水があったのはずっと北のペンシルヴェニアだろ」と僕は言った。「こんなとこまで来るわけないじゃないか」

「あんたはそう言うがね」とルイスは言った。「ペンシルヴェニーだろうがジェファソンだろうが水ってのはどこでもあふれて水びたしにしちまえるもんじゃねえかね。大水《おおみず》がこんなとこまで来るわけねえなんて言ってる連中にかぎって棟木《むなぎ》にかじりついたまま流されちまうもんよ」

「あの晩おまえとマーサは逃げたの？」

「おう、そうしたよ。ランタン掃除したらばあさんと墓場の裏手の丘のてっぺんのぼってよ、一晩じゅう座ってたんだ。もっと高いとこ知ってたらそっちにのぼってたろうよ」

「で、ランタンを掃除したのはそれが最後か」

「用もねえのになんで掃除しなきゃならねえ？」

「つまり、また洪水が来るまでは、ってこと？」

「こいつがおれらを洪水から救ってくれたんでな」

「おいおい、やめてよ、ルイスじいさん」

「いやウソじゃねえ。あんたはあんた、おれはおれのやり方でやりゃいい。このランタン掃除すりゃ大水が来ても助かるってんならよ、だれとも言い合いするつもりはねえよ」

「ルイスじいさんは獲物つかまえんのに明かりつけて見つけやすくしたりなんかしねえんだ*」とヴァーシュが言った。

「おれはおめえの親父が頭に灯油塗ってもらってシラミの卵始末してたころからこの土地でオポッサム狩りしてたんだぞ、坊主」とルイスは言った。「生け捕りもやったぞ」

「まちがいねえ」とヴァーシュは言った。「この土地でルイスじいさんよりオポッサム捕まえたやつはいねえだろうな」

「そうともさ」とルイスは言った。「オポッサムに見せる光ならたっぷりあるからよ。やつらが文句言うのは聞いたことがねえよ。ほれ、さわぐな。あそこだ。ほーーい。行けー犬ども」そうして僕らが枯れ葉の中に座っていると、待ちかまえる僕らのゆっくりとした呼吸や大地と無風の十月のゆっくりとした息遣いに合わせて枯れ葉がカサカサと微かにささやき、ランタンの悪臭が冷澄な空気を穢《けが》すなか、僕らは犬が吠える声と谺《こだま》となって絶えていくルイスの声とに耳を澄ませたものだった。彼は決して声を張り上げなかったけど、ある日の静かな晩、うちの玄関ポーチからでも声が聞こえたことがあった。肩にさげて持ち歩いていた角笛を彼は一度も使ったことがなく、犬を呼び戻すときにはその角笛そっくりの声を出したのだけれども、彼の声のほうが澄みきって心地よく、まるで声が暗闇と静寂の一部で、そこからまろび出てはまたその中へ戻っていくかのようだった。フゥウーーー。フゥウーーー。フゥウーーーーーーーーーー。**誰かと結婚しなきゃいけないの**

今まで大勢相手にしてきたのかキャディ

わからない多すぎてねえベンジーとお父さんの面倒を見てあげて

じゃあ誰のかもわからないのかあいつは知ってるのか

触らないでねえベンジーとお父さんの面倒を見てあげて

水が近づいている感じがしてきて、やがて橋にたどり着いた。橋は灰色の石造りで苔が生え、ところどころじっとり湿ってカビが広がっていた。橋の下の水は澄みわたり影の中を静かに流れ、石材まわりではひそひそとささやき舌打ちしながら渦を巻き、空がくるくる回ってそこに吸い込まれていった。**キャディあの**

私は誰かと結婚しなきゃいけないの　ヴァーシュが自らを不具にした男の話をしてくれた。その男は森に入ると窪地に座りこみ、剃刀でそれを行った。折れた剃刀が切ったものを肩越しに後ろに投げ飛ばし、ほとばしり縺《もつ》れあう血もその完璧な動作に導かれ弧を描くこともなく後ろへ飛んでいった。でもそうじゃないんだ。それを持ってないようになるということじゃないんだ。初めからずっと持ってなかったということなわけでそれなら僕はああその話それは中国の風習だろ中国のことなんて知ったこっちゃないよと言えるのだ。そして父さんが言った、

＊　当時のオポッサム狩りでは、犬に獲物を木の上まで追い詰めさせたのち明かりをつけ、目に反射した光で獲物を見つけていた。

それはおまえが童貞だからだよ、わからないかね？　女は初めから処女じゃないんだ。無垢とは否定の状態でありそれゆえ自然に反しているのだよ。おまえを傷つけているのは自然であってキャディではないんだ、それで僕は言った、そんなの詭弁だ、そして父さんが言った、処女性も同じことさ、それで僕は言った、父さんにはわからないよ。わかるはずがないんだ、そして父さんが言った、わかるさ。悲劇なんてものは誰かの使い古しにすぎないと悟った途端にな。

　橋の影が落ちるあたりでは深くまで見通すことができたけど、底までは見えなかった。葉っぱを長いこと水に浸けておくとやがて組織は消え失せ細かい繊維だけが眠りの動きのようにゆらゆらと揺れる。繊維が互いに触れ合うことはない。かつてどれほど固く結び合わされていたとしても、かつてどれほどしっかり骨組みに貼りついていたとしても。そしてたぶん神が「立ちあがれ」と言うと、深い静けさと眠りの中から両の目も浮かび上がってきて栄光を目の当たりにするのだ。そうしてしばらくすると鉄鏝《てつごて》が浮かび上がってくる。僕は鉄鏝を橋のたもとの陰に隠すと戻って手摺りにもたれかかった。

　底は見えなかったけれども水の動きは奥深くまで見通せて、目が疲れるまで見ていたらやがて流れに突き刺さった太い矢のごとく留まる影が目に入った。水面すれすれを飛びまわるカゲロウが橋の影に出たり入ったりしていた。**その向こうには地獄しかないなら。清らかな炎に包まれて僕ら二人は死ぬだけでは済まず。そうなればおまえには僕しかいなくなりそうなれば僕しかいなくなりそうなれば僕ら二人は清らかな炎の向こう後ろ指と恐怖のただ中で**　矢がその場で膨らみ、グルッと渦を巻いたかと思うと水面下でマスがカゲロウを咥《くわ》えていて、象がピーナッツをつまみあげるときにその巨軀が見せる優美さを思わせた。薄れゆく渦巻が下流へと流れていくとまた矢が現れ、鼻先を流れに突き刺しながら水の動きに合わせて優美に揺れているその上では、カゲロウが身を傾けて飛びまわったり止まったりしていた。**そうなればおまえと僕だけが清らかな炎に囲いこまれ後ろ指と恐怖のただ中で**

　マスは揺れる影の間で優美に身じろぎもせず留まっていた。釣り竿を持った男の子が三人、橋にやってきて、僕と一緒に手摺りにもたれてマスを見下ろした。三人はそのマスのことを知っていた。この辺りの名物なのだ。

「二十五年前からみんなあのマスを捕まえようとしてき

たんだ。ボストンにはあいつを捕まえたら二十五ドルの釣り竿をくれるっていう店もあるんだぜ」

「じゃあ捕まえたらいいじゃないか。二十五ドルの釣り竿、欲しいだろ？」

「うん」と彼らは言った。彼らは手摺りにもたれてマスを見下ろした。「もちろん欲しいけど」と一人が言った。

「僕は釣り竿なんかいらない」ともう一人が言った。「それならお金が欲しい」

「お金はくれないんじゃないか」と最初の子が言った。

「きっと釣り竿を渡してくるよ」

「じゃあ売っぱらうよ」

「売っても二十五ドルにはならないぜ」

「じゃあもらえるものをもらっとくよ。この釣り竿でも二十五ドルの竿に負けないくらいよく釣れるけどね」それから三人は二十五ドルあったら何に使うかという話をした。一斉にしゃべる彼らの声は互いに譲らず相反しながらもどかしげで、非現実を可能性に、それから蓋然性《がいぜんせい》に、そして争うべからざる事実に作り変えてしまうのだったが、人が欲望を言葉にする際には得てしてそういうことが起こるのだ。

「僕なら馬と馬車を買うよ」と二番目の子が言った。

「へー、そうかい」と他の二人が言った。

「そうだよ。二十五ドルで買えるところだって知ってるもん。売ってくれる人がいるんだよ」

「誰だよ？」

「誰でもいいだろ。とにかく二十五ドルで買えるんだ」

「やーい」と他の二人は言った。「どうせそんな人知らないんだろ。出まかせだよ」

「そう思う？」と男の子は言った。二人はその子をからかいつづけたけど、彼はそれ以上何も言わなかった。ただ手摺りにもたれ、彼の中ではすでに金と引き換え買い物に費やしてしまったマスを見下ろしていると、急に二人の声から辛辣さも挑みかかるような調子も消え、その様子はあたかもその子がもうマスを捕まえて馬と馬車を買ったものと二人までもが思っているようで、沈黙によって優位な立場を装うことで何事にも確信を得てしまうという大人の特性を彼らも身につけてしまったみたいだった。人は言葉で自身やお互いを操るものだけど、少なくとも寡言《かげん》こそ英知なりという考えは常に存在してきたはずで、二人がしばらくの間なんとかもう一人の子をたらしこんで馬と馬車を奪い取る手段について考えをめぐらせているのが感じとれた。

「あの釣り竿を売っても二十五ドルにはならないよ」と最初の子が言った。「賭けてもいい」

「まだマスを捕まえてもないんだぜ」と三番目の子が急に言うと、二人は一緒になって叫んだ、

「やーい、言っただろ？　その人、なんて名前なんだよ？　言ってみろってんだ。そんな人いないんだろ」

「もう、うるさい」と二番目の子が言った。「見なよ。また来たよ」じっと動かず手摺りにもたれる三人の恰好はそっくりで、釣り竿が陽光のなかすらりと斜めに突き出ている様子までそっくりだった。マスがゆったりと浮かんでくると影が微かに揺れて膨れあがり、小さな渦巻がゆっくりと下流へ流れながら薄れていった。「うわあ」と最初の子がつぶやいた。

「俺たちはもうあいつを捕まえようとはしてないんだよ」と彼は言った。「ボストンの人たちが捕まえに来るのを見てるだけ」

「この淀みにいる魚はあいつだけなの？」

「うん。あいつが他の魚をみんな追い出しちゃったんだ。ここいらで釣りするなら川下にあるエディが一番だよ」

「違うよ」と二番目の子が言った。「ビゲロー製粉所のほうが二倍は釣れるよ」それから三人はどっちが一番いい釣り場かについてしばらく言い合ったのち急に話を止め、マスがまた浮き上がってきて水面にできた歪んだ渦に空の切れ端が飲み込まれていくのを眺めた。僕は一番近い町までどれくらいあるか尋ねた。三人は教えてくれた。

「でも一番近い電車の線はあっちだよ」と二番目の子が言って、元来た道を指さした。「どこに行くの？」

「いや別に。散歩してるだけだよ」

「大学生？」

「うん。その町に工場はある？」

「工場？」三人は僕を見つめた。

「ないよ」と二番目の子が言った。「そこにはない」三人は僕の服を見た。「仕事探してるの？」

「ビゲロー製粉所はどうかな？」と三番目の子が言った。

「あれ工場だろ」

「工場なわけないだろ。もっとちゃんとした工場のこと言ってるんだよ」

「汽笛が鳴る工場だよ」と僕は言った。「まだ一時の笛を聞いてないからね」

「ああ」と二番目の子が言った。「ユニテリアル教会[*1]の塔に時計があるよ。時間ならそこでわかるよ。その鎖、

時計ついてないの？」

「今朝壊しちゃってね」僕は三人に時計を見せた。彼らは難しい顔で時計をじっくり眺めた。

「まだ動いてるよ」と二番目の子が言った。「そういう時計っていくらするの？」

「これはもらいものなんだ」と僕は言った。「高校を卒業したときに父さんがくれたんだよ」

「お兄さんてカナダ人？」と三番目の子が言った。その子は赤毛だった。

「カナダ人？」

「カナダ人のしゃべり方じゃないよ」と二番目の子が言った。「カナダ人がしゃべるの聞いたことあるもん。この人のしゃべり方はミンストレル・ショー[*2]みたいだよ」

「おいおい」と三番目の子が言った。「殴られても知らないぜ」

「殴られるって？」

「黒人《カラード》みたいなしゃべり方だなんて言って」

「もう、うるさいな」と二番目の子が言った。「あそこの丘を越えたら塔が見えるよ」

僕は三人にお礼を言った。

「それじゃあみんながんばれよ。でもあそこのマスのやつは捕まえるんじゃないぞ。あいつはそっとしておいてもらえるだけの価値はあるよ」

「あの魚は誰にも捕まえられないよ」と最初の子が言った。三人は手摺りにもたれて川を見下ろし、斜めに突き出た三本の釣り竿は日に照らされて三条の黄色い火の糸のようだった。僕は自分の影の上を歩いていき、まだらに広がる木々の影にむけてまたそれを踏みつけた。道はカーブに差しかかると上り坂になり川から離れた。丘を越え曲がりくねった道を下っていくと目は、心は静かな緑のトンネルの向こうに見える光景にいざなわれ、木々の上に角ばったキューポラと丸い時計の文字盤が見えたけれどもまだまだじゅうぶんな距離があった。僕は道端に座った。くるぶしほどの高さの草が無数に生い茂っていた。道に落ちる影はじっとして動かず、まるで斜めに差す陽光の色鉛筆が型紙を使ってそこに刷りこんだみたいだった。でもそれはただの汽車の汽笛で、しばらく響いていたけれども徐々に木々の向こうへと消えていき、

＊1　ユニテリアンの言い間違い。ユニテリアンはキリスト教の一派で、三位一体説を否定し神の唯一性を主張する。
＊2　黒塗りをした役者が戯画化された黒人を演じた大衆演芸。ここではクエンティンの発音に南部訛りがあることが示唆されている。

すると懐中時計の音と遠ざかっていく汽車の走行音が聞こえてきて、汽車はまるでどこかで別の月か別の夏を走り抜けているようで、汽車が中空に静止したカモメの下を駆け去るとともにあらゆるものが駆けてくるようだった。ジェラルドは別だけれども。あいつはいわば荘厳さまでをも備え、正午をまたいで孤独に漕ぎつづけ、いとも容易《たやす》く正午から抜け出て明るい大気の中を神の化身のごとくはるかに昇っていきまどろむ無限へと至ると、そこにはもはやジェラルドとカモメしかおらず、カモメはすさまじき不動を堅持し、片や一定のリズムで着実に引いては戻すジェラルドは慣性そのものの性質を帯び、太陽を遮る彼らの影の下には世界が卑小に横たわるのだ。**キャディあの悪党はあの悪党はキャディ**

　男の子たちの声が丘の向こうから聞こえてきて、三本の釣り竿が斉射の銃火さながら均衡のとれた条《すじ》となってすらりと突き出ているのが見えた。三人は追い抜きざまに僕を見たけど、歩みはゆるめなかった。

「ふむ」と僕は言った。「あいつの姿はないようだね」

「捕まえようとはしてないってば」と最初の子が言った。「あの魚は捕まんないよ」

「時計はあそこにあるよ」と二番目の子が指さしながら言った。「もうちょっと近づけば時間がわかるよ」

「そうだね」僕は言った。「よし」僕は立ちあがった。「きみたち三人は町に行くの？」

「ウグイを釣りにエディに行くんだよ」と最初の子が言った。

「エディじゃなんも釣れないよ」と二番目の子が言った。「おまえ、どうせ製粉所に行きたいんだろ。あそこじゃみんなしてバシャバシャやるから魚が怖がって一匹残らず逃げていっちゃうってのに」

「エディじゃ魚なんか釣れないよ」

「とにかく行かなきゃ、どこでもなんにも釣れないだろ」と三番目の子が言った。

「なんでエディのことばっか言うのかわかんないよ」と二番目の子が言った。「あそこじゃなんも釣れないのに」

「おまえは行かなきゃいいだろ」と最初の子が言った。「俺に紐で繋がれてるわけじゃないんだから」

「製粉所に行って泳ごうぜ」と三番目の子が言った。

「俺はエディに行って釣りをする」と最初の子が言った。「おまえらはおまえらで好きにしなよ」

「ねえ、エディでなにか釣れたって最後に聞いたのはどれくらい前？」と二番目の子が三番目の子に言った。

「製粉所に行って泳ごうぜ」と三番目の子が言った。キューポラが木々の向こうにゆっくりと沈んでいき、丸い時計の文字盤はまだまだ遠くにあった。僕たちはまだらな影の中を進んだ。ピンクと白に色づく果樹園があらわれた。蜂がたくさんいた。ブンブン飛びまわる音がもう聞こえてきたのだ。

「製粉所に行って泳ごうってば」と三番目の子が言った。果樹園の脇から小径が伸びていた。三番目の子が足取りをゆるめて立ちどまった。最初の子は歩きつづけ、まばらに降りそそぐ陽光が肩に立てかけた釣り竿に沿って滑りシャツの背中にこぼれ落ちた。「なあって」と三番目の子が言った。二番目の子も立ちどまった。**なんで誰かと結婚しなくちゃいけないんだキャディ**

私にそれを言わせたいの私がそれを言えばそうじゃなくなるとでも思ってるの

「製粉所に行こうよ」と彼は言った。「ねえ」

最初の子は歩きつづけた。裸足の足は音も立てず、うっすらと漂う土埃の中に落ち葉よりも柔らかく降ろされた。果樹園では風が立つときのような音を蜂が立てていて、まるで高まりゆく途上で音が魔法にかけられ引き延ばされたかのようだった。小径は壁沿いに伸び、木々が覆いかぶさり花が舞い散るなか木立ちの中へ溶けていった。日の光が点々と斜めに鋭く差し込んでいた。黄色い蝶の群れがまばらな陽光のように日陰を舞っていた。

「どうしてエディになんか行きたいんだよ」と二番目の子が言った。「釣りがしたいなら製粉所でもできるじゃないか」

「もうほっとけよ」と三番目の子が言った。二人は最初の子の後ろ姿を見送った。歩いていく彼の両肩を陽光がちぎれちぎれに滑り、釣り竿に沿って黄色い蟻が行進しているかのようにきらめいた。

「ケニー」と二番目の子が言った。**それ父さんに言ってみろよ僕が言ってやる僕は僕の父祖だ生殖力溢れる僕こそが父さんをこしらえたんだ創造したんだ僕が父さんをだから父さんにそれを言えばそうじゃなくなるなぜなら父さんは私は存在しなかったと言うだろうからそうすればおまえと僕だけでだって生殖力が漲《みなぎ》っているのだから**

「なあ、行こうぜ」と三番目の子が言った。「みんなもう泳いでるぞ」二人は最初の子の後ろ姿を見送った。「やーい」と二人は急に言いだした、「そんなら行っちまえ、このママっ子が。きっとあいつ、泳ぎに行って頭を濡らして帰ったらお仕置きされるんだぜ」二人は小径に入って歩きつづけ、黄色い蝶の群れが日陰を進む二人の周りを斜めに舞っていた。
　それは他に何もありはしないからなのだよ僕はなにかしらあると思ういやないかもしれないけどでもそれなら僕はおまえにもいずれわかるだろういくら不正な行いをしたところでおまえが成り果てたと信じているような者におまえがなることは到底ないのだよ　男の子は僕には一瞥《いちべつ》もくれず、歯を食いしばった横顔を見せながら破れた帽子の下で顔を少しだけ背けていた。
「なんで二人と泳ぎに行かないの？」と僕は言った。あの悪党はキャディ
　あの人に喧嘩ふっかけてたんでしょ
　嘘つきのろくでなしなんだキャディトランプでいかさまして学生クラブを追い出されたんだ縁を切られたんだよ中間試験でもカンニングして放校になったんだぞ
　だから何よ別に私あの人とトランプするつもりないし
「水泳より釣りが好きなの？」と僕は言った。蜂の羽音は小さくなったけれどもまだ聞こえていて、まるで静寂に沈みこむかわりに、僕らの間に横たわる静寂が、水位が上がるみたいにただ嵩《かさ》を増しただけのように感じられた。道はまたカーブした先で街路になり、両側には白い家々の立ち並ぶ木陰に覆われた芝生が続いていた。キャディあの悪党はおまえはベンジーと父さんのことを考えたうえでもそんなことができるのか僕のことじゃなくて
　他にどんなことが考えられるの私が他にどんなことを考えてきたっていうの　男の子は通りから逸れた。振り返りもせずに杭垣《くいがき》を乗り越え芝生をつっきって木のもとに行き、釣り竿を下に置いて木の股によじのぼり、通りに背を向けてそこに座ると、白いシャツに降りかかるまだらな日の光はとうとう動きを止めた。他に考えてきたっていうの私は泣くこともできないのに私は去年死んだんだよ前にも言ったとおりでもそのときにはどういうことかわかってなかった自分の言ってることがわかってなかった　故郷では八月下旬にこんな日が何日かあって、こんなふうに空気が薄く鋭くて、どこか悲しく切なく懐かしいものが漂っている。人は風土的経験の総和だと父さんは言った。人はなんたらの総和。長々と計算しても必ずゼロになる諸々の不純物の計算問題、塵と欲望の膠着状態。　でも今は確かにわかる私は死んだんだって
　ならどうして結婚なんてなあいいか僕たちは逃げ出せるんだおまえとベンジーと僕とで誰も僕らを知らないところへそこで　馬車を引く白馬が薄い土埃のなか脚をパ

カパカと鳴らし、蜘蛛の巣めいた車輪がカタカタとかぼそい乾いた音を立てるなか、馬車は小さく波打つショールのような木の葉がかぶさる坂道を上っていった。楡《エルム》。いや、エラム。エラム。*

お金はどこからあんたの学費を使うのあんたがハーヴァードに行けるように原っぱを売って作った金をわかんないのあんたはもう大学を卒業するしかないのあんたが卒業しなかったらベンジーにはもうなんにもなくなっちゃうんだよ

原っぱを売った　木の股に座る男の子の白いシャツはじっと動かず、木の葉の影が揺らめいていた。車輪は蜘蛛の巣みたいだった。馬車がたわむ下では蹄《ひづめ》が婦人の刺繍さながら素早く巧みに動き、進んでいるようには見えないのに小さくなっていって、まるで踏み車に乗った役者が舞台袖にすーっと引かれていくみたいだった。通りはまた曲がっていた。白いキューポラが見え、丸い時計が馬鹿みたいに時間を誇示していた。**原っぱを売った**

お酒をやめなければあと一年で死ぬって話なのにお父さんはやめないしやめられないんだよね私のことが去年の夏のことがあってからずっとそしたらベンジーはジャクソンに送られちゃう私は泣けないの泣くこともできない一瞬彼女はドアロで立ちどまり次の瞬間には彼が彼女のドレスを引っぱっていてガンガンと響くわめき声が波のごとく四方の壁の間を寄せては返し彼女は壁を背に縮こまり体をますます小さくしながら顔は蒼白で目は親指を顔に押しこんだみたいでそのうちに彼は彼女を部屋から押し出しガンガンと響く声は寄せては返しあたかも自身の推進力のせいで止まることができないかのよう静寂の中には居場所がないかのようでわめき声は

ドアを開けるとベルがチリンと鳴ったけど、鳴ったのは一度きりで、ドアの上の小ざっぱりとした暗がりの中で高く澄んだ音が小さく響いただけだったから、まるでその澄んだ小さな音が一度だけ鳴るよう寸法も焼き戻しの度合いも調整してあるみたいで、それならベルが磨り減らないし、ドアが開いて焼きたてのパンの温かい香りへと開かれた際にも静寂を取り戻すためにたくさん静寂を消費しなくて済むとでもいうみたいだった。小汚い子どもがいた。ぬいぐるみのクマみたいな目で、二本のおさげは固く編まれてエナメル革みたいだった。

「やあ、お嬢ちゃん《シスター》」甘く温かい空無の中で女の子の顔

* ボストンの辺りではこのように発音される。

はコーヒーを少しだけ垂らした一杯のミルクのようだった。「誰かいるかな？」

　でも女の子は僕を見つめるばかりで、しばらくすると奥のドアが開いて女の人が出てきた。ガラスケースの中にカリカリに焼けたパンが何列も並ぶカウンターの上を、彼女の小ぎれいな灰色の顔、薄い髪をひっつめた小ぎれいな灰色の頭、小ぎれいな灰色の縁の眼鏡がすーっと近づいてきて、まるで針金づたいに滑ってくる何かみたいで、お店の銭箱を思わせた。[*1] 彼女は図書館の司書みたいな見た目だった。きっちりと整頓された埃っぽい棚にしまいこまれ現実と絶縁して久しく、安らかに干からびていくだけの何かのようで、まるで不正が行われるのを目にしてきた大気がひとたび吹きかかれば
「これを二つください」

　カウンターの下から四角く切った新聞紙を取り出しカウンターの上に広げると、彼女は丸パンを二個つまみ出した。女の子は瞬きもせずパンをじっと見つめていて、その目は薄いコーヒーのカップに浮かんで静止する二粒の干しブドウみたいで、ユダ公の国イタ公の故郷。[*2] パンを、小ぎれいな灰色の手を、左の人差し指にはめられた太い金の指輪を見つめ、それがはまった指の関節は青みがかり。

「パンはこの店で焼いてるんですか、おかみさん？」

「なんです？」と彼女は言った。出た出た。なんです？舞台の台詞みたいに。なんです？「五セントです。他に何か？」

「いいえ。僕は大丈夫です。こちらのお嬢さんが何か欲しいみたいですよ」彼女はケース越しに見下ろせるほど背が高くなかったので、カウンターの端まで行って女の子を見た。

「あなたが連れてきたの？」

「いえ、僕が来たときにはもういましたよ」

「このちびガキ」と彼女は言った。カウンターを回って出てきたけれども、女の子に手は触れなかった。「ポケットに何か入ってるんじゃないかい？」

「この子の服にポケットなんかついてませんよ」と僕は言った。「何もしてませんでしたよ。ただここに立ってあなたを待っていただけで」

「ならなんでベルが鳴らなかったんでしょうねえ？」彼女は僕を睨みつけた。彼女は小枝で作った鞭を持って2×2＝5と書かれた黒板の前に立っているのがお似合いだ。「服の中に入れちゃえばわかんないからねえ。これ、

あんた。ここにどうやって入った?」

女の子は何も言わなかった。おかみさんを見つめ、それからさっと振り返って黒い目で僕を一瞥し、またおかみさんを見た。「外国人のやつら」とおかみさんは言った。「どうやってベルを鳴らさずに入ったんだろうねえ?」

「僕がドアを開けたときに入ったんですよ」と僕は言った。「一回のベルで、僕たち二人が。どちらにしたって、ここからじゃこの子には何にも手が届きませんよ。それに、そんなことするとも思えませんし。だよね、お嬢ちゃん」女の子は心の内が見えない、考え込むような目つきで僕を見た。「何が欲しいの? パン?」

彼女はこぶしを突き出した。手を開くと湿って汚れた五セント玉が載っていて、湿った汚れが手のひらにこびりついて畝《うね》を作っていた。硬貨はじっとりとして温かかった。微かに金属的な匂いが漂ってきた。

「五セントの食パンはありますか、おかみさん?」

カウンターの下から四角く切った新聞紙を取り出しカウンターの上に広げると、彼女はそれに食パンを包んだ。僕は硬貨をカウンターの上に置き、さらにもう一枚置いた。「それと、丸パンをもう一個お願いします」

彼女はケースから丸パンをもう一つ取り出した。「その包みをください」と彼女は言った。僕が渡すと彼女はそれを開き、三つ目の丸パンを入れてから包みなおし、硬貨二枚を取り上げると、一セント玉を二枚エプロンから取り出して僕によこした。僕はそれを女の子に渡した。それを握りこんだ彼女の指はじっとりと熱く、ミミズみたいだった。

「その子にそのパンあげるつもりなの?」とおかみさんは言った。

「ええ」と僕は言った。「あなたの焼いたパンはとってもいい匂いだし、この子にとってもそうでしょうからね」

僕が二つの包みを取り上げて食パンのほうを女の子に渡すあいだ、全身鉄灰色のおかみさんは冷たい確信を持った目で僕らを見つめていた。「ちょっとお待ち」と彼女は言った。そして裏へ引っ込んだ。ドアがまた開いて閉じた。女の子はパンを汚れた服に押しつけるように抱えて僕を見つめていた。

＊1　かつて商店では針金に吊られ、針金づたいにカウンターの上を滑って動かすことのできる銭箱が使われていた。
＊2　アメリカ合衆国国歌「星条旗」の一節をもじったもの。

「名前はなんて言うの?」と僕は言った。彼女は僕を見るのをやめたけれども、いまだにじっとして動かなかった。息さえしてないように見えた。おかみさんが戻ってきた。手に変な形をしたものを持っていた。まるでペットのネズミの死骸を持ってきたとでもいうような運び方だった。

「ほら」と彼女は言った。女の子は彼女を見た。「持っておいき」と彼女は言って、女の子に向かってそれを突き出した。「見た目が変なだけだよ。食べる分には違いなんてわかんないさ。ほら。一日じゅうここに突っ立ってるわけにゃいかないんだから」女の子はおかみさんを見つめつづけたままそれを受け取った。おかみさんはエプロンで両手を拭った。「ベルを直してもらわないとね」と彼女は言った。彼女はドアまで行ってぐいっと開けた。小さなベルはチリンという澄んだ音を一度だけ、視界の外で微かに鳴らした。僕たちはベルを覗いているおかみさんの背中にむかって歩いていった。

「ケーキありがとうございました」と僕は言った。「外国人のやつら」ベルが鳴った暗がりを見上げたまま彼女は言った。「悪いことは言わないから、やつらには近寄らないほうがいいよ、お兄さん」

「わかりました」と僕は言った。「おいで、お嬢ちゃん」僕たちは外に出た。「どうもありがとうございました」

彼女がドアを勢いよく閉めてからまたぐいっと開けると、ベルが一度小さな音を立てた。

僕たちは歩きつづけた。「さて」と僕は言った。「アイスクリームでも食べない?」彼女は節くれだったケーキを食べていた。「アイスクリーム好き?」彼女はもぐもぐしながら平静な黒い目を僕に向けた。「おいで」

僕たちはドラッグストアに着くとアイスクリームを買った。彼女は食パンを置こうとはしなかった。「それ置いたら? そのほうが食べやすいよ」と僕は言って、パンを受け取ろうとした。でも彼女はパンにしがみついたまま、タフィでも食べているみたいにアイスクリームをもぐもぐと食べた。食べかけのケーキはテーブルの上に置いてあった。彼女は黙々とアイスクリームを食べつづけ、それが終わると陳列棚を見回しながらまたケーキに取りかかった。僕もアイスクリームを食べおえると、僕たちは外に出た。

「どっちのほうに住んでるの?」と僕は言った。

馬車が通った。白馬に引かれたあの馬車だ。ただし、医者のピーボディ先生は太っている。三百ポンドもある。

先生と馬車に乗ると、こちら側が浮き上がるから馬車にかじりつくことになる。子どもたちは。かじりついてまで乗るよりも歩いたほうが楽なのに。**もう医者に診てもらったのか　もらったのか　キャディ必要ないよ今はまだ訊けない後でなら大丈夫だけどなんの問題もなくなるから**

女というのはきわめて繊細きわめて神秘的なものだからねと父さんは言った。均衡する二つの月のあいだで周期的な穢れが平静を繊細に保つ。二つの月と父さんは言った中秋の月のように黄色く満ちて彼女の尻は太ももは。外側は女どもの外側はいつだってしかし。黄色。両脚が足の裏がまるで歩いているみたいに。それから知ることになるどこかの男が内に秘められたすべての神秘的で不遜なものが。女どもはそうしたものをすべて内側に隠しながらもの柔らかな外面を形づくり触れられるのを待つ。溺れ死んだもののごとき液状の腐敗がぶよぶよに膨れた淡色のゴムのように浮かび忍冬《すいかずら》の匂いをすっかり混じりこませ。

「そのパン、家に持って帰ったほうがいいんじゃない？」

彼女は僕を見た。静かに黙々と口を動かしていて、小さな膨らみが定期的に喉をすーっと下りていった。僕は包みを開いて丸パンを一つ渡した。「それじゃあね」と僕は言った。

僕は歩きだした。それから振り返った。彼女は後ろをついてきていた。「この先に住んでるの？」彼女は何も言わなかった。僕の横に並んで、肘あたりの下を歩きながら食べていた。僕たちは歩きつづけた。あたりは静かでほとんど人影もなく忍冬の匂いを混じりこませ彼女は**僕には話してくれるはずだったのに僕はただ階段に座って彼女の部屋のドアが黄昏にバタンと閉まるのを聞きベンジーがまだ泣いているのを聞いていたもうじき夕飯だそうしたら彼女も降りてこなければいけないだろう忍冬をそのなかに混じりこませ**　僕たちは曲がり角に差しかかった。

「じゃあ、僕はこっちに行かなきゃいけないんで」と僕は言った。「じゃあね」彼女も立ちどまった。彼女はケーキの最後の一口を飲みこむと丸パンに取りかかり、パン越しに僕を見つめた。「じゃあね」と僕は言った。僕は角を曲がって歩きつづけたけれども、次の角に着くと立ちどまった。

「どっちのほうに住んでるの？」と僕は言った。「こっち？」僕は通りの先を指さした。彼女は僕を見つめるばかりだった。「あっちの先に住んでるの？　きっと駅の近くに住んでるんでしょ、汽車の駅のさ。でしょ？」彼女は僕を見つめるばかりで、静かに、心の内を見せずに口を動かしていた。通りはどちらの方角にも人気《ひとけ》がなく、木々の間にひっそりとした芝生と家々が整列していたけれども、もと来たあたりを除いては人の姿はなかった。僕たちは踵《きびす》を返して戻っていった。商店の前に置かれた椅子に男の人が二人座っていた。

「この女の子ご存じですか？　ちょっと仲良しになったんですけど、家がどこなのかわからなくて」

　二人は視線を僕から彼女に移した。

「きっと新しく越してきたイタリア人家族のどれかの子どもだろ」と一人が言った。色褪せたフロックコートを着ていた。「前に見かけたことがあるよ。名前はなんて言うんだ、嬢ちゃん？」彼女は口をもぐもぐ動かしながら黒い目で二人をしばらく見つめた。口の動きを止めずに飲みこんだ。

「その子、英語しゃべれないんじゃないか」ともう一人が言った。

「パンを買いに行かされたんです」と僕は言った。「少しはしゃべれるはずですよ」

「父ちゃんの名前はなんて言うんだ？」と最初の男が言った。「ピート？　ジョー？　ジョンって名前か？」彼女はまた丸パンにかぶりついた。

「この子、どうしたらいいでしょうかね」と僕は言った。「ついてきちゃうんですよ。これからボストンに戻らなきゃいけないのに」

「あんた、学生？」

「そうです。だから戻らないと」

「この通りの先に行ってアンスに預けるといい。貸馬車屋にいるはずだ。保安官だよ」

「そうするのがよさそうですね」と僕は言った。「とにかくこの子をどうにかしなきゃ。どうもありがとう。おいで、お嬢ちゃん」

　僕たちは通りの日陰になった側を歩いていくと、家並みの影がゆっくりとにじむように道の反対側にむかって伸びていた。僕たちは貸馬車屋に着いた。保安官はいなかった。横長の低い戸口に椅子を傾けて座っている男がいて、立ち並ぶ仕切りの間をアンモニア臭のする暗くて冷たい風が吹き抜けてくる中、男は郵便局を覗いてみるといいと言った。彼も女の子のことは知らなかった。

「あの外人ども。見分けもつきやしねえ。線路の向こうのやつらが住んでるとこへ連れていけば、うちの子だって言うやつが出てくるだろうさ」

僕たちは郵便局に着いた。それは通りを戻ったところにあった。フロックコートを着た男の人が新聞を広げていた。

「アンスならついさっき町を出たところだよ」と彼は言った。「駅を越えて、川沿いに並んでる家の前を歩いてみたらいいんじゃないか。そこなら誰かしらその子を知ってるだろう」

「それがよさそうですね」と僕は言った。「おいで、お嬢ちゃん」彼女は丸パンの最後の一口を口に押し入れて飲みこんだ。「もう一ついる?」と僕は言った。彼女はもぐもぐ口を動かしながら、瞬きもせず黒い目で親しげに僕を見つめた。僕は残った丸パン二つを取り出し、片方を彼女にあげてもう片方にかぶりついた。駅までの道を男の人に尋ねて教えてもらった。「おいで、お嬢ちゃん」

駅に着いて線路を越えると、川が見えた。川には橋が架かっていて、渡った先の通りには木造の家が川を背にごたごたと立ち並んでいた。むさくるしい通りだけれども、雑然とした活気も感じられた。ところどころ欠けて穴が開いている杭垣に囲われた、草が生え放題になっている敷地の真ん中に、傾《かし》いだ旧式の馬車とぼろぼろの家屋があり、二階の窓から鮮やかなピンクの服が垂れ下がっていた。

「あれ、きみのおうちだと思う?」と僕は言った。彼女は丸パン越しに僕を見た。「これなの?」と僕は指さしながら言った。彼女はもぐもぐと口を動かすばかりだったけれども、そこには肯定するような雰囲気、乗り気ではないが認めはするといった雰囲気がなんとなく感じられた。「これなの?」と僕は言った。「じゃあ行こう」僕は壊れた門の中に入っていった。振り返って彼女を見た。「ここかい?」と僕は言った。「ここがきみのおうちだと思う?」

彼女は僕を見つめながらすばやく首を縦に振り、半月形になった湿っぽいパンに齧《かじ》りついた。僕たちは奥へ歩いていった。割れた隙間から大ぶりな雑草の葉が生き生きと突き出た敷石の乱雑な列が、玄関口の壊れかけの階段まで続いていた。家の周りには動くものの気配がまったくなく、ピンクの服が二階の窓から風にも吹かれず垂れ下がっていた。呼び鈴から延びる約六フィートの針金の先に陶器製の持ち手があったけれども、僕はそれを引くのはやめてドアをノックした。もぐもぐ動いている女の子の口の端にパンの皮がついていた。

　女の人がドアを開けた。彼女は僕を見てから女の子に早口のイタリア語で語尾を上げながら話しかけ、それから言葉を切って問い詰めるような顔をした。そしてまた話しはじめると、女の子は残ったパンの皮越しに彼女を見つめ、汚れた手でそれを口の中に押しこんだ。

「この子が、ここが自分の家だと言ってるんです」と僕は言った。「町で会ったんですけどね。このパンはあなたが頼んだんですか?」

「はなす、ない」と女の人は言った。それからまた女の子に話しかけた。女の子は彼女を見つめるばかりだった。

「ここ、住んでない?」と僕は言った。女の子を指さし、女の人を指さし、それからドアを指さした。女の人は首を横に振った。彼女は早口で何かしゃべった。ポーチの端まで来て、しゃべりつづけながら道の先のほうを指さした。

　僕も首を縦に激しく振った。「こっち、来て、教えて?」と僕は言った。彼女の腕を取り、もう片方の手を道にむかって振った。「こっち、来て、教えて」と僕は言って、階段の下まで連れていこうとした。

「わかった《シー》、わかりましたよ《シー》」と彼女は足を踏ん張りながら言って、何かはわからないけど指さして教えてくれようとした。僕はまた首を縦に振った。

「ありがとう、ありがとう、ありがとう」僕は階段を降りて、門にむかって走りはしなかったけれどもかなり足早に歩いた。門に着くと立ちどまって女の子を少しのあいだ見つめた。パンの皮はもうなくなっていて、彼女は黒い親しげな目で僕を見た。女の人は階段の上に立って僕たちを眺めていた。

「それじゃあ、行こう」と僕は言った。「いつかはきみのおうちを見つけださないとね」

　彼女は僕の肘の真下を歩いてついてきた。僕たちは進みつづけた。家はどれも空き家に見えた。人っ子一人見当たらない。空き家特有の、息の絶えたような気配。でも全部が空き家なわけはなかった。もしもいきなり壁を切り取ることができたなら、多種多様な部屋が現れるはずだ。奥さんすみません、あなたの娘さんですよ。違います。奥さん、お願いですから、あなたの娘さんなんですよ。彼女は僕の肘の真下を、固く編んだおさげをテカテカさせながらついてきて、そのうちに家並みが尽きてしまい、道の先は川に沿って曲がり壁の向こうに消えていた。先ほどの女の人がショールを頭に被り顎の下で押さえながら、壊れた門から出てこようとしていた。人気《ひとけ》のない道はさらに曲がりつづけていた。僕は硬貨を取り出して女の子にあげた。二十五セント玉だ。「じゃあね、お嬢ちゃん」と僕は言った。それから走りだした。

僕は振り返りもせず懸命に走った。道が曲がりきった先に出る直前で振り返った。道に突っ立った彼女の小さな体は食パンを汚らしい小さな服に押しつけるように抱えこみ、じっと見つめる黒い目は瞬きもしなかった。僕は走りつづけた。

道の脇に小径があった。僕は小径に入り、しばらくすると速度を落として早歩きをした。小径は家々の裏手に伸びていた――ペンキの剝げた家並みに、ぎょっとするくらい派手な衣服がまたもやかかった物干し綱、こんもりした果樹の中ではガタガタになった納屋が静かに朽ちゆき、伸び放題の草に覆われた果樹園はピンクと白に色づき陽光と蜂の羽音でざわめいていた。僕は後ろを振り返った。小径の入り口には誰もいなかった。僕がさらに速度を落とすと僕の影も歩調を合わせ、柵を隠すくらい茂った草の中に頭を引きずっていた。

小径の先には閂《かんぬき》のかかった門があり、そこで小径は草の中に消え果て、ただ踏みならされた跡だけがひっそりと若草に刻みこまれていた。僕は門を乗り越えて植林地に入りこみ、奥まで進むとまた別の塀に行き当たり、その塀に沿って歩いていると、僕の影が今度は後ろからついてきた。ツタや蔓草が絡まり合っていたけれども、故郷だったらそこには忍冬《すいかずら》が生えていたはずだ。とりわけ雨の日の夕暮れ時には匂いが押し寄せてきて忍冬は夕闇に混じりこみ、あたかもその匂い無しでは物足りず、耐えがたさがまだ足りないとでもいうかのよう。どうしてあんなやつにキスをさせてやったんだキスを

させてやったんじゃなくて私からさせたのよ僕が逆上するのを眺めながら　これならどうだ？　彼女の顔に僕の手の跡が赤く浮かび上がってまるで手の下で灯りをつけたみたいで彼女の目は爛々と輝き

キスしたから叩いたんじゃないぞ。十五歳の少女の両肘が　父さんは言ったおまえ喉に魚の骨が刺さったみたいな顔して食べてるがいったいどうしたんだそして向かいに座ったキャディは僕のほうを見ようとせず。させたのが町のしょうもないごろつきだったから叩いたんだまだやる気かどうなんだこれでもう降参する気になっただ

ろう。僕の赤い手形が彼女の顔に浮かび上がり。これでどうだ彼女の頭をぐりぐりと擦りつけ。縦横に生い茂る草が肉をチクチクと突っつき彼女の頭を擦りつけ。降参すると言えよ言えって

それでも私はナタリーみたいな汚らしい子とキスしたわけじゃない　塀が影の中に入ると僕の影もそこに入った、僕はまたこいつを罠にかけてやったのだ。川が道に沿って曲がっているのを僕は忘れていた。僕は塀を乗り越えた。するとパンを服に押しつけるように抱えた彼女がいて、僕が飛び降りるのを眺めていた。

僕は草むらの中に降り立ち、しばらく彼女と見つめ合った。

「どうしてこっちのほうに住んでるって教えてくれなかったの、お嬢ちゃん?」

パンは包み紙からはみ出してだんだんぼろぼろになってきていた。もう新しいのが必要だった。「えっと、じゃあ行こうか。おうちの場所教えてよ」ナタリーみたいな汚らしい子としたわけじゃない。雨が降っていた屋根に当たる音が聞こえた天井の高いがらんとした納屋の香《かぐわ》しい空間じゅうに雨のため息が響きわたった。

ここ?　と彼女に触りながら

そこじゃない

ここ?　土砂降りではなかったけれども屋根の雨音以外何も聞こえず疼いているのが僕の血なのか彼女の血なのかも

あの子あたしを梯子《はしご》から突き落として逃げてったのあたしをほったらかしてキャディがやったのよ

キャディが逃げてったとき痛めたのはここかいここかい

あん　彼女は僕の肘の真下を歩いていて、頭のてっぺんがエナメル革みたいで、ぼろぼろになったパンが包み紙から飛びだしていた。

「急いでおうちに帰らないとそのパン駄目になっちゃうよ。そしたらきみのママはなんて言うかな?」だいじょうぶ僕が抱きあげてあげるよ

無理よあたし重いもん

キャディは行っちゃったのかい家に帰ったのかい僕んちから納屋は見えないんだよきみは僕んちから納屋を見ようとしてみたことあるかい

あの子がいけないのあたしを突き落として逃げてったの

抱きあげられるよほらだいじょうぶだろう

あん　彼女の血なのか僕の血なのか　あん　土埃がうっすらと舞うなかを歩いていく僕たちの足はゴムみたいに音も立てず、土埃がうっすらと舞うなか木立ちには鉛筆のような陽光が何本も斜めに突き刺さっていた。それから、水が密《ひそ》やかな暗がりを安らかに滔々《とうとう》と流れているのがまた感じられた。

「きみのおうちはずいぶん遠いんだね。ひとりであんな遠くの町まで行けるなんて、とってもお利口なんだね」

座りながらダンスしてるみたいだね座りながらダンスしたことある？　雨が、飼い葉桶の鼠が、馬のいないがらんとした納屋が聞こえた。ダンスするときはどんなふうに抱き合うのこんなふうに抱き合うの

あん

僕はよくこんなふうに抱いてたんだよ僕がこんなに力持ちだとは思ってなかったでしょ

あん　あん　あん　あん

僕はこくよんなふうに抱いてたんだああ違った僕がなんて言ったか聞こえた僕がなんて

あんあんあんあん

道はひっそりと人気《ひとけ》がないまま続いていて、太陽もだいぶ傾いてきた。彼女の固い小さなおさげは先っぽを真っ赤な布切れで結んであった。彼女が歩くのに合わせて包み紙の端がパタパタと小さく揺れ、パンの鼻面がむき出しになっていた。僕は立ちどまった。

「ねえねえ。きみのおうちはこの道の先？　もう一マイルくらい一軒も家を見てないけど」

彼女は黒くて心の読めない親しげな目で僕を見つめた。

「きみのおうちはどこ、お嬢ちゃん？　今来た町のほうに住んでるんじゃないの？」

林には傾いた日の光がまばらに切れ切れに差し込んでいて、その奥から鳥の声がした。

「パパが心配するんじゃないかな。そのパンを持ってまっすぐ帰らないと、ムチで叩かれちゃうと思わない？」

鳥がまたさえずったけれども姿は見えず、意味はないものの趣深く抑揚のないその声がナイフでスパッと断ち切られたかのように止み、それからまた聞こえてくると、密やかな物陰を安らかに滔々と流れる水の気配が、目でも耳でもなく、肌で感じられた。

「ああ、ちょっと、お嬢ちゃん」包み紙の半分ほどがだらりと垂れ下がっていた。「それじゃもう役に立たないね」僕は紙を引きちぎって道端に投げ捨てた。「おいで。町に戻らないと。川沿いに戻っていこう」

僕たちは道を離れた。苔の合間に淡い色の小さな花が咲いていて、聞こえも見えもしない水の気配があった。僕はこくよんなふうに抱いてたんだああ違ったよくこんなふうに抱いて　彼女は戸口に立ち両手を腰に当てて僕らを見つめていた

あたしを突き落としやがってあんたがいけないんだあたしケガもしたんだから

僕たちは座りながらダンスしてたんだきっとキャディは座りながらダンスなんてできないよ

やめてやめて

私はあなたの服の背中のゴミを払ってあげようとしただけよ

汚らしい手であたしに触んないであんたがいけないんだあたしを突き落としやがってあたし怒ってるんだからね

勝手にすれば彼女は僕らを見つめていた勝手に怒ってればいいじゃない彼女は行ってしまった　叫び声や水がバシャバシャいう音が聞こえてきた。一瞬、ぎらぎら光る茶色い体が見えた。

勝手に怒ってればいいじゃない。僕のシャツは濡れてきていて、髪も濡れてきた。屋根越しに今では激しくなった屋根の音を聞きながら僕にはナタリーが雨に打たれながら庭を駆けていくのが見えた。水びたしになればいいんだあんたなんか肺炎になればいいさっさと帰んなよ牛みたいな顔しちゃって。僕は豚が掘った窪みに思い切り激しく飛びこみ、黄色い泥に腰まで浸かって臭くなって突き進むうちにころんでしまうと泥の中で転がりまわった。「みんなが泳いでるの聞こえる、お嬢ちゃん？僕も泳ぎたいところだけどね」時間さえあれば。時間を僕が持っているときなら。懐中時計の音が聞こえた。泥は雨より温かく酷い臭いがした。僕に背を向ける彼女の前に回った。僕が何してたかわかるか？　彼女は背を向け僕は彼女の前に回った雨が泥に浸みこみ服の下にまで入りこんでボディスがぺったりと体に張りついていた酷い臭いがした。あの子を抱きしめてたんだそれが僕のしてたことだよ。彼女は背を向け僕は彼女の前に回った。なあ聞けよあの子を抱きしめてたんだ。

あんたが何してようがどうでもいい

そうかそうかそうはいかないどうでもよくなくさせてやるさ。彼女は僕の手を払いのけた僕はもう片方の手で彼女に泥をなすりつけた彼女が濡れた手で叩いても感触はなかった自分の両脚から泥を拭い背を向けて強ばる彼

女の濡れた体になすりつけると彼女の指が僕の顔に食いこむ音が聞こえたが感触はなくただ唇に流れこむ雨が甘くなりだして

水から頭や肩を出した子どもたちのほうが先に僕らを見つけた。みんなが叫び声をあげ、その輪の中の一人が屈んだまま身を起こして飛びはねた。彼らはまるでビーバーみたいで、顎周りに水をピチャピチャさせながら叫んでいた。

「その女、連れて帰れよ！　なんでここに女なんか連れてきたんだよ！　帰れって！」

「この子は何もしやしないよ。僕らはちょっと見学したいだけなんだよ」

彼らは水の中にしゃがんでいた。頭が寄っていき一塊になって僕たちをじろじろと見つめ、それからパッと散らばり僕らのほうへ突進してきて、両手で水を跳ねかけてきた。僕たちは慌てて避《よ》けた。

「ちょっとちょっと、きみたち、この子は何もしやしないってば」

「帰れ、ハーヴァード野郎！」それはあの二番目の子、橋の上で馬と馬車に思いを馳せていたあの子だった。「みんな、水をかけろ！」

「あがってってやつらを水に投げ入れてやろうぜ」と別の子が言った。「俺は女なんか怖くねえ」

「水をかけろ！　水をかけろ！」彼らは僕らのほうへ突進してきて水を跳ねかけた。僕たちは後ろにさがった。「帰れ！」彼らは叫んだ。「帰れ！」

僕たちはその場を離れた。彼らは土手のすぐ下に集まって、きらめく水面《みなも》を背景にテカテカした頭を一列に並べていた。僕たちは歩きつづけた。「僕たち、場違いだったね」ますます傾いて真横から差してくるような日の光が苔の上にまばらに降りかかっていた。「かわいそうに、きみはただの女の子なのにね」今まで見たこともないくらい小さな花が苔の合間に咲いていた。「ただの女の子なのにね。かわいそうに」踏みならされてできた道が川に沿って曲がっていた。すると川はまた静かになり、暗く静かに滔々と流れていた。「単なる女の子にすぎないっていうのに。かわいそうにね、お嬢ちゃん」　**僕らは濡れた草むらに横たわって喘ぎ、雨は冷たい弾丸のように僕の背中に突き刺さった。どうでもよくなくなったかどうだどうなんだ**

ああもう私たちひどいことになってるよほら立って。雨が額に触れるとそこがじんじんと疼きだした離した手

は赤く染まり雨に流されピンク色の筋になった。痛むの
もちろん痛いよ何だと思ってるんだ
目ん玉ほじくり出してやろうと思ったんだけどああもう私たちひどい臭いだよ小川で洗い落としたほうがいいね「また町に来たよ、お嬢ちゃん。今度こそおうちに帰らないと。僕だって学校に戻らなくちゃいけないんだよ。ほら、こんなに日も暮れてきたよ。もうおうちに帰るよね?」でも彼女は黒くて心の読めない親しげな目で僕を見つめるばかりで、半分むき出しになったパンを胸に抱きかかえていた。「それ、濡れちゃったね。飛びのいて避《よ》けられたと思ったけど」僕はハンカチを取り出してパンを拭いてあげようとしたけど、皮がぼろぼろと崩れてきてしまったのでやめた。「自然に乾くのを待つしかなさそうだね。こんなふうに持つといいよ」彼女は言われたとおりに持ちかえた。パンは今では鼠の群れに齧られたみたいになっていた。　すると水はしゃがむ背中の上へ上へとのしかかり悪臭を放つ泥が水面《みなも》へ剝がれ落ちてパタパタと雨に打たれる水面にあばた模様を描くさまはストーブの上で熱せられた油のようだった。どうでもよくなくさせてやるって言ったろ
あんたが何しようがどうでもいいってば

それから誰かが走ってくる足音が聞こえたので立ちどまって振り返ると、こちらに走ってやってくる男の人が見え、真横から伸びてくる影が次々と彼の脚の上にちらめいた。

「急いでるみたいだね。僕たちも――」するともう一人、年配の男の人が棒を握りしめて鈍臭《どんくさ》く走ってくるのが見え、さらに上半身裸の男の子がズボンを手で引きあげながら走ってきた。

「ジュリオだ」と女の子が言って、男のイタリア人らしい顔と目が入るやその男は僕に飛びかかってきた。僕たちは倒れこんだ。彼は両手で僕の顔をバシバシと殴り、何かを言いながら僕に噛みつこうとしたみたいだったけれども他の人たちに引きはがされ、みんなに止められながらも息荒く腕を振り回してわめき散らし、両腕を押さえつけられると今度は僕を蹴ろうとするので、とうとう後ろへ引きずられていった。女の子は両腕にパンを抱えながら泣きわめいていた。上半身裸の男の子はズボンを引きあげながら駆けたりぴょんぴょん跳ねたりしていて、誰かが僕を立たせてくれたちょうどその時、もう一人素っ裸の人影がひっそりとした道の曲がり角から走って現れ、途中で急に向きを変えて林の中に飛びこむと、体の

後ろになびく服が板みたいにピンと伸びているのが見えた。ジュリオはまだもがいていた。僕を立たせてくれた人が言った、「さあおとなしくしろよ。捕まえたぞ」彼はベストを着ていたけど上着は着ていなかった。ベストには金属製のバッジがついていた。もう片方の手にはゴツゴツとした、磨きあげられた警棒が握りしめられていた。

「あなた、アンスさんですよね?」と僕は言った。「あなたを探してたんですよ。いったいどうしたんですか?」

「警告だ、おまえの発言はどれもおまえに不利な証拠として使われることがある」と彼は言った。「おまえは逮捕されたんだ」

「あいつころす」とジュリオが言った。彼はもがいた。男の人が二人がかりで彼を押さえていた。女の子はパンを抱えながらずっと泣きわめいていた。「おまえ、おれのいもうとぬすむ」とジュリオが言った。「はなせ、みんな」

「妹を盗む?」と僕は言った。「まさか、僕はただ――」

「黙れ」とアンスが言った。「言い訳は治安判事にするんだな」

「妹を盗む?」と僕は言った。ジュリオが押さえている男たちを振り切ってまた僕に飛びかかってきたけれども、保安官が押しとどめ、二人が揉み合っていると他の二人がジュリオをまた羽交《はが》い絞《じ》めにした。彼から手を離したアンスは息が上がっていた。

「クソ外人が」と彼は言った。「おまえも捕まえたっていいんだぞ、暴行罪で」彼はまた僕のほうを向いた。「おとなしくついてくるか? それとも手錠をかけてやろうか?」

「おとなしくついていきますよ」と僕は言った。「何でもしますよ、もしそれで誰か見つかって――かたをつけられ――妹を盗んだなんて」と僕は言った。「盗んだなんて、そんな――」

「警告はしたぞ」とアンスは言った。「こいつは強姦を企てたかどでおまえを訴えるつもりだ。おい、おまえ、そのわめいているガキ黙らせろ」

「おやおや」と僕は言った。それから笑いだした。ぺったりとした髪とまん丸な目をした男の子がもう二人、肩や腕のところが早くも濡れて張りついているシャツのボタンを留めながら茂みから出てきて、僕は笑いを止めようとしたけどできなかった。

「気をつけろよ、アンス、こいつきっと狂ってやがるんだ」

「と、止めなきゃい、いけないんだけど」と僕は言った。「すぐ止まりますから。前にもあぁあぁあぁなんて声が出たことあったな」と僕は笑いながら言った。「ちょっと座らせてください」僕は座りこみ、みんなは僕を見つめ、女の子は顔に涙の筋をつけて罌られたみたいに見えるパンを抱え、水は道の下を安らかに滔々と流れていた。しばらくすると笑いが尽きた。でも僕の喉は笑おうとするのをやめなくて、胃がもう空っぽなのにまだえずいているような感覚だった。

「おい、おとなしくしろ」とアンスが言った。「いったん落ち着け」

「はい」と僕は喉をぐっと引き締めながら言った。黄色い蝶がまた一羽飛んでいて、まるで木洩れ日の一かけらが縛めを抜け出してきたみたいだった。しばらくすると喉をそれほど引き締めていなくてもよくなった。僕は立ちあがった。「もう大丈夫です。どっちへ行くんですか？」

僕たちは踏みならされた跡をたどっていき、あとの二人がジュリオを見張っていた。女の子と男の子たちは後ろのほうからついてきた。川沿いに延びる跡は橋まで繋がっていた。橋を越え線路を渡ると人々が戸口に出てきて僕たちを眺め、男の子たちがどこからともなくわらわらと現れて、メイン・ストリートに出る頃にはかなりの行列になっていた。ドラッグストアの前に大きな自動車が一台停まっていて、初めは誰の車かわかっていなかったのだけれども、ミセス・ブランドが呼びかけてきた、「まあ、クエンティン！　クエンティン・コンプソン！」するとジェラルドの姿が目に入り、後部座席ではスポードがふんぞり返っていた。それとシュリーヴ。あとの二人は僕の知らない女の子たちだった。

「クエンティン・コンプソン！」とミセス・ブランドが言った。

「こんにちは」と僕は帽子を上げながら言った。「逮捕されちゃいました。お手紙受け取れなくてすみません。シュリーヴからお聞きになりました？」

「逮捕された？」とシュリーヴが言った。「ちょっと失礼」と彼は言った。重い体を持ちあげみんなの脚をまたいで車から出てきた。僕のフランネルのズボンを穿いていて、手袋みたいにぴちぴちになっていた。そのズボンを忘れていたことに今の今まで気づかなかった。ミセス・ブランドが何重顎なのかにも気づいていなかった。かわいいほうの女の子はジェラルドと一緒に前の席に座っていた。女の子たちはヴェール越しに、いわば優美な恐れを持って僕を見つめていた。「誰が逮捕されたって?」とシュリーヴが言った。「これはどういうことですか、保安官?」

「ジェラルド」とミセス・ブランドが言った。「この人たちを追い払ってちょうだい。あなたは車に乗りなさい、クエンティン」

ジェラルドが出てきた。スポードは動く気配すらなかった。

「彼は何したんです、警部?」と彼は言った。「鶏小屋でも荒らしたんですか?」

「警告だ」とアンスは言った。「被告人の知り合いなのか?」

「知り合いも何も」とシュリーヴは言った。「あのですね——」

「では治安判事のところへ同行してもよろしい。あんたらは公務の執行を妨害してるんだぞ。さあ来い」彼は僕の腕を揺すった。

「それじゃ、ごきげんよう」と僕は言った。「みなさんにお会いできてよかったですよ。ご一緒できなくてすみません」

「ほら、ジェラルド」とミセス・ブランドが言った。

「あの、お巡りさん」とジェラルドが言った。

「警告だ、あんたらは法の執行者の邪魔をしてるんだぞ」とアンスは言った。「言いたいことがあるなら、治安判事のところに行って被告人の受理をするんだな」僕たちは歩きつづけた。今ではかなりの行列になっていて、アンスと僕がその先頭だった。みんなが事のあらましを教えてもらっているのが聞こえてきて、スポードがいろいろ質問をしているとジュリオが荒々しいイタリア語で何か言ったので僕が振り返って見たら、女の子が縁石の上に立って例の親しげな謎めいた目で僕を見つめていた。

「うちにかえれ」とジュリオが彼女に叫んだ。「ぶったたくぞ」

通りを歩いていき芝生の生えた一画に入ると、通りから奥まったところに白く縁どった煉瓦の平屋が建っていた。敷石をたどって玄関まで行くと、アンスは僕ら以外の全員を立ちどまらせて外で待っているよう命じた。中に入ると、そこは煙草の臭いが立ちこめる殺風景な部屋だった。砂を敷き詰めた木の枠の真ん中に鉄板ストーブがあり、壁には色褪せた地図とくすんだ郡区の図面が貼られていた。傷だらけで散らかったテーブルの奥には鉄灰色の髪を後ろに撫でつけ激しく逆立てた男がいて、鉄縁の眼鏡越しに僕たちをじっと見つめていた。

「捕まえたんだな、アンス?」と彼は言った。

「捕まえました、判事」

彼は埃まみれの巨大な帳簿を開いて手元に引き寄せると、石炭の粉みたいなものが詰まったインク壺に薄汚いペンを浸した。

「あのですね、判事さん」とシュリーヴが言った。

「被告人の名前」と判事は言った。僕は答えた。彼は苦しくなるくらい慎重にペンを動かし、ゆっくりと帳簿に名前を書き留めた。

「あのですね、判事さん」とシュリーヴが言った。「僕らはこの男の知り合いなんです。僕らは――」

「法廷では静粛に」とアンスが言った。

「なあ、黙ってな」とスポードが言った。「やりたいようにさせておけよ。何言ったってそうするんだろうしな」

「年齢」と判事は言った。僕は答えた。彼は書くのに合わせて口を動かしながらそれを書き留めた。「職業」僕は答えた。「ハーヴァードの学生だと?」と彼は言った。彼は顔を上げ、首を少しうつむけて眼鏡の上の隙間から僕を見た。彼の目は冷たく澄んで、山羊の目みたいだった。「何しとるんだきみは、こんなところまで来て子どもを誘拐したりなんかして?」

「やつらは狂ってるんですよ、判事」とシュリーヴが言った。「こいつが誘拐しようとしてたなんて言うやつはどう考えたって――」

ジュリオが激しく詰め寄った。「くるってる?」と彼は言った。「おれあいつつかまえてる、だろ? おれじぶんの目で見てる――」

「嘘をつけ」とシュリーヴが言った。「ほんとは何も――」

「静粛に、静粛に」とアンスが声を張りあげて言った。

「全員静かにしたまえ」と判事が言った。「静かにせんやつがいたら追い出してしまえ、アンス」みんな静かになった。判事はシュリーヴを見て、スポードを見て、ジェラルドを見た。「きみたち、この若者の知り合いだって?」と彼はスポードに言った。

「そうです、判事殿」とスポードが言った。「こいつはあそこの大学に通ってるただの田舎者ですよ。悪事を働くような男じゃありません。保安官さんも勘違いだったとわかってくださるでしょう。こいつの父親は会衆派の牧師なんです」

「ふむ」と判事は言った。「実際のところ、きみは何をしとったんだね?」僕が答えている間、彼は淡い色の冷たい目で僕を見つめていた。「どうだね、アンス?」

「そのとおりかもしれませんな」とアンスは言った。

「クソ外人ども」

「おれアメリカ人」とジュリオが言った。「しょるい持ってる」

「女の子はどこかね?」

「こいつが家に帰しました」とアンスが言った。

「その子はおびえたりしてたかね?」

「いいえ、そこのジュリオが被告人に飛びかかるまでは。川沿いの道を歩いて町に向かっていただけですね。川で泳いでた子どもたちが、二人がどっちに行ったか教えてくれたんです」

「勘違いですよ、判事」とスポードが言った。「こいつはいつもこんなふうに子どもとか犬とかに気に入られちまうんです。こいつにはどうしようもないんですよ」

「ふむ」と判事は言った。しばらく窓の外を眺めていた。僕たちは彼を見守った。ジュリオが体を掻きむしっているのが聞こえた。判事が振り返った。

「女の子が怪我してないのは確かなんだね? これ、おまえ」

「ケガない、いまは」とジュリオは忌々《いまいま》しそうに言った。

「その子を探すために仕事を放りだしてきたのかね?」

「そう、放りだした。おれ走る。一生けんめい走る。こっち見る、あっち見る、そしたら人がおれに教える、こいつが妹にやる、妹がたべる。妹がこいつと行く」

「ふむ」と判事は言った。「なあ、きみ、私の見積りでは、仕事から離れさせた分の金をいくらかジュリオに払うべきだろうね」

「そうですか」と僕は言った。「いくらですか?」

「私の見積りでは、一ドルだな」

僕はジュリオに一ドル渡した。

「よし」とスポードは言った。「もし他に何も――こいつはもう放免ということでいいんですよね、判事殿?」

判事は彼のほうを見なかった。「この者をどれくらい追いかけたのかね、アンス?」

「少なくとも、二マイルは。捕まえるまで二時間くらいかかりましたね」

「ふむ」と判事は言った。そしてしばらく考えこんだ。僕たちは彼を、彼の固そうな鶏冠《とさか》を、鼻の上に下げられた眼鏡を見守った。窓の形の黄色い光が床の上をゆっくり伸びて壁に達し、その壁を登っていった。埃の粒がくるくる渦を巻いたり斜めに飛びまわったりしていた。

「六ドルだな」

「六ドル？」とシュリーヴが言った。「なんのために？」

「六ドルだ」と判事は言った。彼は一瞬シュリーヴに目を向けてから、また僕を見た。

「あのですね」とシュリーヴは言った。

「黙ってろって」とスポードが言った。「なあ、払っちまえよ、そんでさっさと出ていこうぜ。ご婦人がたが待ってるんだ。六ドル持ってるか？」

「あるよ」と僕は言った。僕は判事に六ドル渡した。

「本件は棄却する」と彼は言った。

「領収書もらっとけよ」とシュリーヴは言った。「払った金の領収書を署名入りでもらっとけって」

判事は落ち着き払ってシュリーヴを見た。「本件は棄却する」と彼は声を張りあげることもなく言った。

「こんな馬鹿げた――」とシュリーヴは言った。

「こっち来いよ」とスポードが言って彼の腕を取った。「ではごきげんよう、裁判官殿。どうもお手数をおかけしました」僕たちがドアから外に出ると、ジュリオがまた声を荒らげるのが聞こえ、それから声がやんだ。スポードがその茶色い目で、からかうような、いくぶん冷たい視線をよこしてきていた。「さてと、なあおまえ、女の子を追い回したいなら今後はボストンでやるんだな」

「この馬鹿」とシュリーヴが言った。「一体どういうつもりなんだ、こんなほうまでほっつき歩いてきて、イタ公どもにちょっかい出したりして」

「行こうぜ」とスポードは言った。「ご婦人がたがそろそろ待ちわびてる頃だぞ」

ミセス・ブランドが彼女たちに話しかけていた。名前はミス・ホームズとミス・デインジャーフィールドで、二人は彼女の話を聞くのをやめてあの優美で好奇心に満ちた恐れを持ってまた僕を見つめ、小さな白い鼻の上で折り返されたヴェールの奥の目はそわそわと動いて謎めいていた。

「クエンティン・コンプソン」とミセス・ブランドは言った。「あなたのお母さまはなんとおっしゃるかしら。若い男の方はとかく面倒に巻き込まれるものなんでしょうけど、道を歩いていたら田舎の警官に逮捕されましただなんて。あの人たちはクエンティンが何をしたと思ったの、ジェラルド?」

「なんでもないですよ」とジェラルドが言った。

「馬鹿おっしゃい。なんだったの、ねえ、スポード?」

「あの小汚い女の子を誘拐しようとしたけど、その前に捕まったんですよ」とスポードは言った。

「馬鹿おっしゃい」とミセス・ブランドは言ったけど、その声は消え入るように小さくなって彼女は僕を一瞬睨みつけ、女の子たちは息を飲んで二人して柔らかい音を立てた。「馬鹿馬鹿しい」とミセス・ブランドがきっぱりと言った。「この辺りの無知で低俗な北部人がいかにもやりそうなことね。お乗りなさい、クエンティン」

シュリーヴと僕はそれぞれ小さな補助席に座った。ジェラルドがクランクを回してエンジンをかけてから中に乗り込むと、僕たちは出発した。

「さて、クエンティン、この馬鹿げた騒ぎはどういうことなのか、説明してちょうだい」とミセス・ブランドは言った。僕が話すと、シュリーヴは小さな座席の上で体を丸めながら怒り狂いスポードはミス・デインジャーフィールドの隣でまたもふんぞり返っていた。

「そんで笑っちまうのは、我々がクエンティンにずっと騙されてたってことですよ」とスポードが言った。「こいつは模範的な若者で誰もが安心して娘を預けられるとずっと思い込んでたけど、その非道な所業がとうとう警察によって暴かれたわけです」

「おだまりなさい、スポード」とミセス・ブランドは言った。車は通りを進んで橋を渡り窓にピンクの服が垂れ下がっている例の家の前を通りすぎた。「私の手紙を読まないからそんなことになるんですよ。どうして取りに帰らなかったの? 手紙のことはちゃんと伝えたって、ミスタ・マッケンジーは言ってたわよ」

「ええ、そのつもりだったんですが、結局部屋には戻らなかったので」

「ミスタ・マッケンジーがいたからよかったけど、そうでなきゃあそこでどれくらい座って待つことになってたかわかったものじゃないわ。あなたが帰ってないことをこの方が教えてくださって、席が一つ余ってしまったからこの方もお誘いすることにしたの。ともかくご一緒してくださってうれしいですわ、ミスタ・マッケンジー」シュリーヴは何も言わなかった。腕を組んでジェラルドの帽子《キャップ》の先の景色をまっすぐ睨みつけていた。それはイングランド製の自動車運転用の帽子だった。ミセス・ブランドがそう言っていた。例の家を通りすぎ、さらに三軒過ぎて次の家の庭の前に差しかかると、あの女の子が門のそばに立っていた。もうパンは抱えていなくて、顔は石炭の粉で筋をつけたみたいになっていた。僕は手を振ったけど反応はなく、彼女は車が通りすぎるのに合わせてゆっくり首の向きを変えながら、あの瞬きもしない目で僕たちを追うばかりだった。それから僕たちは壁の脇を走り、僕たちの影も壁に沿って走り、しばらくして道端に落ちている破れた新聞の切れ端を越えていくと、僕はふたたび笑いだした。喉にそれが感じられたので、僕は午後の日が斜めに差す木立ちを見やりながら午後のことや鳥や泳いでいた男の子たちのことを考えた。それでもまだ止められず無理に止めようとすれば泣きだしてしまうとわかっていたので僕は自分が純潔ではありえないことについてぐるぐる考えたことについて考え、というのもあんなにたくさんの女の子たちが影の中をそぞろ歩いているわけで、囁きあう彼女たちの乙女らしい柔らかな声が暗がりにいつ果てるともなく響き発せられる言葉や匂いや眼差しが目には見えずとも感じられるのだから、でもそれをするのがそんなに簡単なんだったらそれは大したことじゃないわけでそれが大したことじゃないんだったら、僕は何なんだするとミセス・ブランドが言った、「クエンティン？　この人、具合が悪いのかしら、ミスタ・マッケンジー？」するとシュリーヴの丸々とした手が僕の膝に触れスポードがしゃべりだし僕は止めようとするのをやめた。

「その籠が邪魔なんだったら、ミスタ・マッケンジー、あなたのほうに寄せてあげてくださいな。籠一杯にワインを持ってきたのよ、だって私、若い紳士方はワインを飲むべきだと思いますの、もっとも私のお父さま、ジェラルドのお祖父さまは　」**あれをしたこと　あんたはあれをしたことあるの　微かな光差す灰色の夕闇彼女は両手で膝を**

「そうしますよ、手に入るときにはね」とスポードは言った。「なあ、シュリーヴ？」　**抱えこみ顔は空を見上げ忍冬《すいかずら》の匂いを顔と喉に浴びて**

「ビールもな」とシュリーヴが言った。彼の手がまた僕の膝に触れた。　**まるでライラック色の塗料を薄く一塗りされたみたいになってあいつの話をしあいつを**

「おまえは紳士じゃないな」とスポードは言った。　**僕らの間に持ちこむとそのうちに彼女の輪郭がぼやけだしたけれども暗闇のせいではなく**

「ああ、僕はカナダ人だよ」とシュリーヴは言った。あいつの話をしオールの水かきがチカチカと瞬きながらあいつを運んでいくチカチカと瞬きながらイングランド製の自動車運転用の帽子をそしてすべての時がその下を猛烈に流れていくと二人の姿は互いの中に永久《とこしえ》にぼやけつづけあの人軍隊にいたのよ人も殺したことあるんだから
「私、カナダ大好きです」とミス・デインジャーフィールドが言った。「素晴らしいところだと思いますわ」
「香水飲んだことある?」とスポードが言った。あいつなら片手で彼女を肩に担ぎあげてそのまま走ることだってできる走って　走りながら
「ないよ」[*1]とシュリーヴが言った。走りながら二つの背中を持つ獣となり彼女はオールの瞬きの中にぼやけながら走っていきエウブーレウス[*2]の豚は群れの中で交尾しあいながら走りいったい何人とキャディ
「俺もないよ」とスポードが言った。わからない多すぎて私の中に何か恐ろしいものがいたの何か恐ろしいものが　父さん僕は近親相姦を　あんたはあれをしたことあるの　私たちはしなかった私たちはあれをしなかった私たちがあれをしたっていうの
「それでジェラルドのお祖父さまはいつも朝食の前にご自身でミントを摘んでらしたのよ、まだ露で濡れているうちにね。お祖父さまはウィルキー爺やにだって触らせなかったのよ覚えてるかしらジェラルドいつもご自身で集めてきてご自身でジュレップを作ったのよ。ジュレップについてはまるでオールド・ミスみたいに口うるさくてね、ご自身の頭の中のレシピに従って全部きっちり量ってらしたわ。そのレシピを教えてあげた方は後にも先にもたった一人だけで、その方は　」僕たちはしたんだおまえが知らないわけないだろちょっと待ってなどんなだったか僕が話してやるからそれは罪なんだ僕たちは恐ろしい罪を犯したんだ隠しようもない罪なんだ隠せると思うのかまあ待てよ　かわいそうなクエンティンあれをしたがことないのね　じゃあどんなだったか話してやるよ父さんにも話すよそしたらそういうことになるんだだっておまえは父さんを愛してるんだしそしたら僕たちは逃げ出さなくちゃいけなくなる後ろ指と恐怖のただ中で清らかな炎に囲まれて僕たちはしたんだとおまえに言わ

*1　シェイクスピア『オセロー』の中の台詞から。性行為をしている様子を表す。
*2　ギリシャ神話の中の、ハーデースによるペルセポネー誘拐の挿話に登場する豚飼い。

せてやる僕のほうがおまえより力が強いんだ僕たちはしたんだとおまえにわからせてやるおまえはあいつらとしたと思ってたんだろうが僕だったんだ聞けよ僕はおまえをずっと騙してたんだ僕だったんだよ僕はあの忌々しい忍冬《すいかずら》が立ちこめる家の中にいると思ってたんだろう何とか考えまいとしながらブランコのことを杉林のことを密やかな高まりのことを荒い息を飲みこみながら取っ組み合うあの息遣いのことをあのいい　いい　いいいい「ご自分ではワインをお飲みにならなかったけど、いつもおっしゃってたわ紳士ならピクニックにはどの本でそれを読んだんだいあれだよあのジェラルドのボート服が籠一杯のワインを持っていかなくちゃならんて」　おまえはあいつらを愛していたのかキャディあいつらを愛していたのか　あの人たちに触られたときに私は死んだんだよ

　一瞬彼女はそこで立ちどまり次の瞬間には彼が叫びながら彼女の服を引っぱっていた二人は玄関ホールに行くと出て階段を上がりだし上がっていき叫びながら彼女を二階へと押していって浴室のドアに着いたらそこで止まらせて背中をドアに押しつけ腕で顔を隠す彼女を叫びながら浴室の中に押しこもうとしたT・Pに夕食を食べさせてもらっているところに彼女がやってくるとまたぐずりだし初めはめそめそと泣いているだけだったのが彼女に触れられたとたん叫び声をあげた彼女はそこに立ち尽くしその目は追い詰められた鼠みたいだったそのとき僕は灰色の夕闇を駆けていた雨の匂いと湿った暖かい空気が放つあらゆる花の香りがした蟋蟀《こおろぎ》が草むらで鋸《のこぎり》を引くような鳴き声を立てるなか小さな静寂の島が僕の足並みに合わせて漂流していった柵越しに僕を見つめるファンシーは物干し綱にかかったキルトみたいにまだらで僕はくそあのニガーまた餌をやり忘れたなと考えた僕は丘を駆けおりる間もあの蟋蟀の真空地帯に囲まれたままであたかも鏡を横断する息のようだった彼女は頭を砂だまりに載せて水の中に横たわり水が腰の周りを流れていた水の中はほのかに明るくスカートは半ば水に浸り脇腹のあたりで水の動きに合わせて重たげに波打ち揺らめいていたその波はどこへも行けずに自らの動きでまた新たな波を立てるばかりだった僕は土手に立っていた開閉柵に巻きつく忍冬の匂いがした忍冬と蟋蟀の鳴き声が大気と混じり合い霧雨のように肌で感じられる気がした

ベンジーはまだ泣いてるの

知らない泣いてるよ知らないけど

かわいそうなベンジー

僕は土手に座った草が少し湿っていて靴が濡れていることに気づいた

水からあがれよ頭おかしいのか

でも彼女は身じろぎもせず顔は髪に縁どられてぼんやりとした砂から白くぼんやりと滲みでていた

ほらあがってこいよ

彼女は体を起こしそれから立ちあがったスカートが体にあたって揺らめき水を滴らせていた彼女は服を揺らめかせながら土手をのぼり座った

なんで水を絞らないんだ風邪引きたいのか

そうだよ

水はピチャピチャゴボゴボ音を立てながら砂州を越え柳の木立ちに覆われた暗がりに入り浅瀬を流れていった波立つ水は布切れのようで常のごとくほのかな光を留めていた

あの人は海という海を越えて世界中を回ったのよ

それから彼女は濡れた膝を抱えながらあいつの話をつづけ灰色の光のなか顔を後ろに傾けていた忍冬《すいかずら》の匂い母さんの部屋に明かりがついていたそれからT・Pに寝かしつけられているベンジーの部屋にも

あいつを愛してるのか

彼女の手が伸びてきた僕は動かなかった手は僕の腕を伝い降りた彼女は僕の手を取ると胸にぎゅっと押しあて彼女の心臓が激しく鼓動した

ううんまさか

じゃあ無理にされたんだなあいつが無理やりしたんだなそうさせるしかなかったんだなあいつのほうが力が強いものだからあいつは僕が明日あいつを殺す絶対に殺すそれが済むまで父さんには言わなくていいそうすればおまえと僕はいや誰にも言う必要はない僕らには僕の学費がある入学を取り消せばいいキャディおまえはあいつを憎んでるんだろそうだろ

彼女は僕の手を胸に押しあて彼女の心臓が激しく鼓動した僕は彼女のほうを向いて腕を摑んだ

キャディあいつを憎んでるんだろ

彼女は僕の手を持ち上げ喉に当てた心臓はそこでドクンドクンと脈打っていた

かわいそうなクエンティン

彼女の顔は空を見上げていた空は低くとても低く夜のあらゆる匂いと音が詰め込まれているみたいでまるで弛《たる》んだテントの下にいるみたいだった特に忍冬その匂いは僕

の呼吸に入りこんできた彼女の顔や喉にも塗料のように降りかかった彼女の血が僕の手をバクバクと打った僕はもう片方の腕に寄りかかっていたその腕がガクガクと痙《けい》攣《れん》しだし僕はその濃密な灰色の忍冬《すいかずら》からほんの少しでも空気を得るために激しく息をしなければならなかった
うん憎んでるよあの人のせいで私は死ぬのあの人のせいで私はもう死んだんだよこんなことがあるたび何度も何度も私はあの人のせいで死ぬんだよ
手を上げても縦横に突き出た小枝や草が手のひらに食いこむ焼けるような感触がまだ残っていた
かわいそうなクエンティン
彼女は両手で膝を抱えながら腕を支えに体を後ろに傾けた
あなたはあれをしたことがないのね
何をしたって何のことだ
あれだよ私はしたことある私がしたこと
あるよあるよ何度もしたよいろんな女の子と
それから僕は泣いていた彼女の手がまた僕に触れて僕は彼女の濡れたブラウスに顔を埋めて泣いていたすると彼女は仰向けに寝転がって僕の頭越しに空を覗きこんだ彼女の虹彩の下に白い縁が見えた僕はナイフを開いた
おばあちゃんが死んだ日のこと覚えてるかおまえはズロースを穿いたまま川の中に座っちゃって
うん
僕はナイフの先を彼女の喉に突きつけた
一秒もかからないよたった一秒だそうしたら僕も後を追えばいい僕も後を追うよそうしたら
わかったあなた自分でできるの
ああ刃は十分長いからベンジーはもう寝たころかな
そうだね
一秒もかからないよ痛くないようにするから
わかった
目を閉じて
ううんこのままでもっと力を込めないと
手で触れてごらん
でも彼女は動かなかった目を見開き僕の頭越しに空を見つめていた
キャディ覚えてるかおまえズロースを泥んこにしてディルシーに散々叱られたよな
泣かないで
泣いてないよキャディ
力を込めて本当にやる気あるの

やってほしいのか
うん力を込めて
手で触れてごらん
泣かないでかわいそうなクエンティン
でも僕は涙を止められなかった彼女は僕の頭を濡れた固い胸に抱きかかえた心臓は今では激しく鼓動するのではなくゆっくり着実に脈打ち水は柳の木立ちに覆われた暗がりをゴボゴボと流れ忍冬《すいかずら》が大気を満たし波となって押し寄せた僕の腕と肩が体の下で捻じれた
どうしたの何してるの
彼女の筋肉が硬くなった僕は体を起こした
ナイフだよ落としちゃったんだ
彼女も体を起こした
いま何時
わからない
彼女は立ちあがった僕は地面を手探りした
私もう行くよあきらめなよ
家に帰るんだよな
彼女がそこに立っているのが感じられた彼女の濡れた服の匂いがしてそこにいるのが感じられた
絶対このあたりにあるんだ
あきらめなよ明日見つければいいじゃない行こう
ちょっと待って見つけるから
行くのが怖いの
ほらあったずっとここにあったんだよ
よかったね行こう
僕は立ちあがってついていった僕たちは丘を上がった前方の蟋蟀《こおろぎ》の鳴き声が止んだ
笑っちゃうよな座ったまま物を落としたのにそこらじゅう探し回らなきゃいけないなんて
灰色あたりは灰色で露が灰色の空へと立ちのぼり彼方の木立ちは
ああもう忍冬がこの匂いどうにかならないかな
昔は好きだったじゃない
僕たちは丘の頂を越えて木立ちへむかって歩きつづけた彼女が僕にぶつかった彼女は少し体を避《よ》けた窪地は灰色の草むらに刻まれた黒い傷だった彼女がまた僕にぶつかった彼女は僕を見つめて体を避けた僕たちは窪地に着いた
こっち行こう
なんで
ナンシーの骨がまだあるか見てみよう覗いてみようなん

て長いこと考えもしなかったなおまえ考えたことあったか
そこは蔓草や茨が絡まりあって暗かった
ちょうどこのあたりだったよなあるかどうかわかんないなおまえわかるか
やめてクエンティン
来いよ
窪地は狭くなっていった行き止まりになった彼女は木立ちのほうを向いた
やめてクエンティン
キャディ
僕はまた彼女の前に回りこんだ
やめてってば
僕は彼女を抱きしめた
僕のほうが力が強いんだ
彼女は硬く強ばり身を預けようとはしなかったけど抗いもせずじっとしていた
喧嘩したくないからやめてもうやめようよ
キャディだめだキャディ
こんなことしたってどうしようもないんだよそんなこともわからないの放してよ
霧雨のような忍冬《すいかずら》がますます濃密になっていった円になって僕たちを見守る蟋蟀《こおろぎ》の声が聞こえた彼女は後ずさりすると僕を躱《かわ》して木立ちのほうへ向かった
家に帰りなよついてこなくていいから
僕は歩きつづけた
なんで家に帰らないのよ
ああもう忍冬が
僕たちは柵に着いた彼女はくぐり抜けた僕はくぐり抜けた僕が体を起こすとあいつが木立ちから僕たちのいる灰色へと向かってくるところだった僕たちのほうへ来たあいつは背が高くのっぺりとして動きがなく歩いていても動いてないみたいだった彼女があいつのもとに行った
これがクエンティン私濡れてるのびっしょりなのよそんなことしなくて大丈夫だよしたくないなら
二人の影が一つになり彼女の頭が上昇した彼女の頭はあいつの頭の上で空に突き出てさらに高くなって二つの頭が
そんなことしなくて大丈夫だってしたくないなら
それから二つの頭ではなくなり夕闇は雨の匂いが濡れた草と葉っぱの匂いがした灰色の光が霧雨のように降りそそぎ忍冬は湿った波となって押し寄せた彼女の顔が見え

たあいつの肩を背にしてぼんやりかすみあいつは彼女を子どもを抱えあげるみたいに片腕で難なく抱えあげていたあいつが手を伸ばしてきた
やあよろしく
僕たちは握手したそれからそこに佇み彼女の影はあいつの影と重なって高く突き出て一つの影に
このあとは何するのクエンティン
ちょっと散歩しようかな森を抜けて道に出て町を通って帰るよ
僕は体の向きを変えて歩きだした
おやすみ
クエンティン
僕は止まった
なんだよ
森では大気の中に雨の匂いを嗅ぎとった雨蛙《あまがえる》が鳴いていたその声はうまく回らない玩具のオルゴールみたいでそれから忍冬《すいかずら》
こっち来て
なんだよ
こっち来てクエンティン
僕は戻った彼女は屈みこんで僕の肩に触れた彼女の影がぼんやりかすんだ顔が背の高いあいつの影から屈みこんで僕は後ずさりした
気をつけろよ
まっすぐ帰りなよ
まだ眠くないんだ散歩してくるよ
小川で待ってて
散歩に行ってくる
すぐ行くから待っててねえ待ってよ
いや僕は森を抜けていくから
僕は振り返らなかった雨蛙は僕のことを気にもかけなかった苔みたいな灰色の光が木々の合間から降りそそいでいたけどまだ雨は降らなそうだったしばらくすると僕は向きを変えて森の外れに戻ったそこに着いた途端に忍冬の匂いがまたしはじめた郡庁舎の時計の明かりが見えそれから町の光が広場が空にきらめくのや小川沿いの暗い柳の木立ちや母さんの部屋の窓明かりが見えベンジーの部屋にもまだ明かりがついていたそして僕は柵をくぐり抜け原っぱをつっきって走った僕は灰色の草むらを蟋蟀《こおろぎ》に囲まれながら走った忍冬がますます強く匂ってきたそして水の匂いそれから川が見えた灰色の忍冬の色だ僕は土手に寝転び地面に顔を近づけた忍冬を嗅がないでいら

れるようにそれで匂いはしなくなりそこに横たわって服を突き抜けてくる大地を感じながら川の音にしばらく耳を澄ましていると息も落ち着いてきてそこに横たわったまま考えたもし顔を動かさなければ息が激しくなって忍冬《すいかずら》を嗅いでしまうこともないだろうそれから僕は何も考えなくなった彼女が土手沿いに歩いてきて立ちどまった僕は動かなかった
もう晩《おそ》いよ家に帰りなよ
なんだって
家に帰りなよもう晩いよ
わかったよ
彼女の服がさらさらと鳴った僕は動かなかった服の音が止んだ
さっき言ったとおりおまえも帰るんだよな
何も言われてないよ
キャディ
わかった帰るよそうしてほしいなら帰る
僕は体を起こした彼女は地面に座っていた両手を組み合わせて片膝を抱えていた
言ったとおり家に帰れよ
うんしろって言うならなんでもするよなんでもうん

彼女は僕のほうを見もしなかった僕は彼女の肩を摑んで激しく揺さぶった
黙れよ
僕は彼女を揺さぶった
黙れ黙れ
うん
彼女が顔を上げると僕のほうをまったく見ようともしていないことがわかったあの白い縁が見えた
立てよ
僕は彼女を引っぱった彼女の体は力が抜けていた僕は彼女を持ちあげて立たせた
さあ行くぞ
あなたが出てくるときベンジーはまだ泣いてたの
行くぞ
僕たちは小川を渡った屋根が見えてきて二階の窓も見えてきた
あの子もう寝てるね
僕は立ちどまって門の閂を掛けなければいけなかった彼女は灰色の光のなか雨の匂いのなかを歩きつづけたけどまだ雨は降りそうになく忍冬の匂いが花壇の柵のほうから漂ってきて匂いだすと彼女は影の中に入ったすると彼

女の足音が聞こえた
キャディ
僕は踏み段で立ちどまった彼女の足音が聞こえなくなった
キャディ
彼女の足音が聞こえ僕の手が彼女に触れると温かくも冷たくもなくただじっとしていて彼女の服はまだ少し湿っていた
なああいつを愛してるのか
ゆっくりと微かに息をするばかりでまるで遠くで息をしているようで
なあキャディあいつを愛してるのか
わかんない
外には灰色の光いろいろな物の影が淀みに沈む死んだ物のようで
おまえなんか死ねばいいんだ
そうあなたも家に入るんでしょ
今もあいつのことを考えてるんだろ
わかんない
何考えてるのか言ってみろよ言えよ
やめてやめてクエンティン
黙れ黙れ言うこときけよ黙れって黙るかどうなんだ
わかった黙るからもうやめてこんなことしてたらうるさいでしょ
殺してやるよ聞いてるか
ブランコに行こうここじゃみんなに聞こえちゃうから
僕は泣いてなんかない僕が泣いてるって言うのか
言ってないよもう黙ってベンジーを起こしちゃう
おまえは家に入れよほら行けよ
入るから泣かないでよどうあがいたって私は悪い女なのどうしようもないんだよ
僕たちは呪われてるんだ僕たちのせいじゃない僕たちのせいなのか
黙ってってば行こうよもう寝ましょう
そんなわけにはいかない僕たちは呪われてるんだ
ついに僕はあいつを見つけたちょうど床屋に入っていくところだったこっちを見た僕はもう少し歩いてから待った
この二三日あなたを探してたんですよ
俺に用があったのかい
会って話がしたくて
あいつは二つくらいの動作でさっと煙草を巻いたあいつ

は親指でマッチを擦った
ここじゃ話せないだろどこかで待ち合わせよう
あなたの部屋に行きますよホテルに泊まってるんですか
いやそれはあんまりよくないな小川にかかってる橋知っ
てるだろあの裏手の
ええわかりました
一時でどう
大丈夫です
僕は体の向きを変えた
どうもありがとうございます
なあ
僕は立ちどまって振り返った
あの子は元気かい
あいつはまるで青銅でできているみたいで例のカーキ色
のシャツ
あの子が俺になんか用でもあるのかい
一時にあそこに行きますよ
一時にプリンスに鞍をつけておいてくれと僕がT・Pに
言うのを彼女は聞いていた僕があまり食べていないのを
彼女はじっと見ていたそして僕のところに来た
何する気
なんでもないよ馬に乗りたいから乗っちゃだめなのか
なんかする気なんでしょなんなの
おまえには関係ないだろ売女売女
T・Pがプリンスを脇の戸口に連れてきていた
やっぱり馬はいいや歩いていく
僕は私道を歩いていって門の外に出た小径に入ると走り
だした橋に着く前にあいつが手摺りにもたれているのが
見えた馬が森の中に繋がれていたあいつは肩越しにこち
らを見ると背を向けた僕が橋に着いて立ちどまるまで顔
を上げなかった両手で木の皮を持って少しずつ千切って
は手摺りの上から川に落としていた
町から出てってほしいと言いに来たんです
あいつは木の皮をゆっくりと千切って切れ端を川の中に
慎重に落としそれが流れていくのを眺めていた
町から出ていかなきゃならないと言ったんですよ
あいつは僕を見た
あの子がおまえを寄こしたのか
出ていかなきゃならないと言ってるんです父でも誰でも
なく僕が言ってるんです
なあそれはちょっと措《お》いておいて教えてくれよあの子は
元気でやってるのかい家じゃみんなにいびられてるんじ

ゃないか
あなたが心配することじゃないですよ
それから僕は日没まで時間をやるから出ていけと自分が
言うのを聞いた
あいつは木の皮を千切って切れ端を川に落とすと皮を手
摺りに置いてまた二つの動作で煙草をさっと巻きマッチ
を手摺りの上で回して擦った
出てかなかったらどうするんだ
殺しますよ勘違いしないでもらいたいんですが僕があなた
にはほんの子どもに見えるからといって
煙が二つの鼻の穴から勢いよく噴き出しあいつの顔の前
を漂った
おまえいくつなんだ
僕は震えだした両手は手摺りの上にあった手を隠したと
してもあいつには理由がわかってしまうだろうと思った
今日の夜まで時間をあげますよ
まあ聞けよおまえ名前はなんていうんだベンジーっての
は白痴なんだよなおまえは
クエンティン
僕の口が言った断じて僕が言ったのではなかった
日没まで時間をあげますよ

クエンティン
あいつは煙草を手摺りに擦りつけ丁寧に灰を落とした鉛
筆を削るみたいにゆっくり丁寧にやっていた僕の両手は
震えるのをやめた
なあそんな深刻に考えてもしょうがないだろおまえが悪
いわけじゃないんだ坊主俺じゃなくても他の誰かがやっ
てたよ
あなたは一度でも妹を持ったことがあるんですかあるん
ですか
いいやでもあいつらはみんな売女だよ
僕はあいつを殴った僕の手は握り拳であいつの顔を殴り
つけたい衝動を抑えて開いたままだったあいつの手は僕
の手と同じくらい速く動いた煙草が手摺りの向こうへ飛
んでいった僕はもう片方の手を振りあげたあいつは煙草
が水面に着く前にその手も捕まえた僕の両手首を片手で
摑みもう片方の手を上着の中の脇のあたりにさっと差し
いれたあいつの後ろで日が傾きその日差しの彼方で鳥が
囀《さえず》っていたその鳥が囀るなか僕たちは見つめ合ったあい
つは僕の手を放した
見てな
あいつは手摺りから木の皮を取りあげ川に落とした浮か

びあがった皮は流れに乗って運ばれていった手摺りに置かれたあいつの手は拳銃を軽く握っていた僕たちは待った

おまえにゃあれはもう撃てないだろうな

そうですね

皮はさらに流れていった森の中は静まりかえっていた鳥の声がまた聞こえそれから水の音が聞こえた拳銃が持ちあげられたあいつは狙いをつける様子もなかった木の皮が消え粉々になった破片が浮かびあがって広がったあいつはさらに二つの破片を撃ちぬいたそれらは一ドル銀貨ほどの大きさしかなかった

これくらいで十分だろ

あいつは弾倉を振り出し銃身に息を吹きこんだ一筋の薄い煙が立ち消えたあいつは三つの薬室にふたたび弾を装塡して弾倉を閉じた握りをこちらに向けて拳銃を僕に渡した

どうしろって言うんですかあんなのやりませんよ

あんなこと言ったからにはそれが要るだろおまえにやるよ使い途《みち》は今見たよな

あんたの銃なんか使えるか

僕はあいつを殴ったずっと殴りかかろうとしていたあいつに両手首を捕まえられてからもまだ殴ろうとしたすると色付きガラス越しにあいつを見ているような感じになった自分の鼓動が聞こえそれからまた空が見えその空を背景に木々の枝が見えその枝の間から差し込む日の光が見えあいつが僕を抱えて立たせた

僕を殴ったのか

聞き取れなかった

なんだって

ああ殴ったよ気分はどうだ

大丈夫だから放せよ

あいつは僕を放した僕は手摺りにもたれかかった

本当に大丈夫か

ほっといてくれよ大丈夫だから

家までちゃんと帰れるか

行けよ僕のことはほっといて

歩いて帰ろうなんて思うなよ俺の馬を使えよ

いらないよもう行けよ

鞍頭に手綱《たづな》を引っかけて放したら自分で馬小屋まで帰ってくるから

ほっといてくれもう行けってばほっといてくれよ

僕は手摺りにもたれて川を見つめていたあいつが木から

馬をほどいてその馬に乗って去っていくのが聞こえしばらくすると水の音以外何も聞こえなくなりそれから鳥の鳴き声がまた聞こえた橋を離れ座って木に寄りかかり頭を木にもたせかけて目を閉じた陽光が一筋差し込み両目に降りかかったので木の奥のほうに少し回りこんだ鳥の声がまた聞こえ水の音が聞こえそれから何もかもが流れ去ってしまったみたいになって何も感じなくなったここ最近の日々や眠ろうとすると忍冬《すいかずら》が暗闇から部屋の中へ入りこんできた毎夜を思えば気分は良いくらいだったしばらくしてあいつは僕を殴ってなんかなくて嘘をついたんだとしかも彼女のためを思ってそうしたんだと気づき僕は女の子みたいに気を失っただけなんだとわかったけどそんなことさえもうどうでもよくなって僕は木に寄りかかってそこに座り小枝についた黄色い木の葉みたいな陽光の小さな斑点に顔を撫でられながら水の音に耳を傾け何も考えずにいた走ってくる馬の足音が聞こえたときでさえ僕は目を閉じたままそこに座って駆けてくる脚がシュッシュッと砂を蹴り上げる音や人が走ってくる足音や激しく動き回る彼女の両手の音を聞いていた

馬鹿馬鹿ケガしたの

僕が目を開けると彼女の両手が僕の顔を撫でまわしていた

どっちのほうかわかんなかったの銃声を聞くまでどこだかわかんなかったのあの人とあなたがこそこそ抜け出して会うだなんて思わなかったあの人がこんなことするなんて思わなかった

彼女は僕の顔を両手で挟み僕の頭を木にぶつけた

やめろやめろって

僕は彼女の両手首を摑んだ

やめろよやめろってば

わかってたよあの人はそんなことしないってわかってたあの人はそんなことしない

彼女は僕の頭を木にぶつけようとした

あの人に二度と私に話しかけないでって言っちゃったの言っちゃったんだよ

彼女は手首を振りほどこうとした

放して

やめろ僕のほうが力が強いんだもうやめろって

放して私あの人を見つけて許してって放してよクエンティンお願いだから放して放して

突然彼女は止まった手首から力が抜けた

そうだねちゃんと話せばいいんだよねいつでも話せばあ

の人に信じてもらえるんだからちゃんと話せば
キャディ
彼女はプリンスを繋いでいなかったその気になれば家に向かって駆け出しかねなかった
いつでも私を信じてくれるんだから
おまえはあいつを愛してるのかキャディ
私がなんだって
彼女が僕を見つめそれから彼女の目から何もかもが抜け落ちてまるで彫像の目みたいに空っぽで何も見ていない穏やかな目になった
私の喉に手を当ててみて
彼女は僕の手を取り喉にぴたりと当てた
あの人の名前を言って
ドールトン・エイムズ
彼女の喉元に血潮が押し寄せる最初の波を感じたどんどん速くなる激しい鼓動に乗って血潮は押し寄せた
もう一回言って
彼女は木立ちのほうへ顔を逸らしそこでは日が斜めに差し込み鳥が
もう一回言って
ドールトン・エイムズ
血潮がドクンドクンと僕の手を打ちながら絶え間なく押し寄せた

それは流れつづけたけど、僕の顔は冷たく、死んだみたいに感じられ、目もそんな感じで、指の切れたところがまたズキズキ痛みだした。シュリーヴがポンプを動かしているのが聞こえ、それから彼が盥《たらい》を持って戻ってくると、その中ではぼんやり丸く映った黄昏の光が揺らめいていて、黄色い縁は萎みゆく風船みたいで、それから僕が映った。僕は盥の中の自分の顔を見ようとした。

「止まった？」とシュリーヴは言った。「その布貸してみな」彼は僕の手から布を取ろうとした。

「ちょっと」と僕は言った。「自分でできるよ。うん、もうほとんど止まったよ」僕はまた布を水に浸して風船を割った。布を入れると水が赤く染まった。「きれいなのがあるといいんだけど」

「その目、ステーキ肉を当てとかないとな」とシュリーヴは言った。「明日には間違いなくアザになるぞ。あのクソ野郎」と彼は言った。

「少しでもあいつに傷をつけてやれたかな？」僕はハンカチを絞ってベストから血を拭い取ろうとした。

「それは取れないよ」とシュリーヴが言った。「洗濯屋に出さないと。なあ、それは目に当てといたら」

「ちょっとは取れるだろ」と僕は言った。でもあまりうまくいかなかった。「僕のカラー、どんな具合になってる？」

「知らないよ」とシュリーヴは言った。「目に当てとけよ。ほら」

「ちょっと」と僕は言った。「自分でできるって。少しでもあいつに傷をつけてやれたかな？」

「きみの拳があいつに当たった可能性はあるかもね。ちょうどそのとき僕がよそ見してたか瞬きかなにかしてたのかもしれないしな。あいつはきみをボコボコに殴ってたけどね。体じゅう殴りまくってたよ。どうしてあいつと殴り合いの喧嘩なんてしようと思ったんだよ？　まったく馬鹿だな。気分はどう？」

「大丈夫」と僕は言った。「ベストを拭けるものなにかないかな」

「おい、服のことなんか忘れろよ。目は痛む？」

「大丈夫」と僕は言った。なんだかすべてが菫《すみれ》色になって静止しているみたいで、家の破風《はふ》の向こうでは空の緑が金色へと薄まりつつあり煙突からは一筋の煙が風に吹かれもせずモクモクと立ちのぼっていた。ポンプの音がまた聞こえた。男の人が桶に水を汲んでいて、ポンプを押す肩越しに僕たちを見ていた。女の人がドアロを横切ったけど外は見なかった。牛がどこかでモウモウ鳴いているのが聞こえた。

「なあ」とシュリーヴは言った。「服はほうっておいて布は目に当てなって。明日一番に洗濯に出してやるから」

「わかったよ。せめてちょっとでもあいつに血を流させることができなくて残念だよ」

「あのクソ野郎」とシュリーヴは言った。スポードがどうやらさっきの女の人に話しかけながら家から出てきて、庭をつっきってきた。彼はいつもの冷たいからかうような目つきで僕を見た。

「なあ、おい」と彼は僕を見つめながら言った。「おまえってやつは揉め事を起こさなきゃ楽しめないらしいな。誘拐の次は喧嘩か。休日は何してんだ？　放火でもすんのか？」

「僕は問題ないよ」と僕は言った。「ミセス・ブランドはなんて言ってた？」

「ジェラルドをこっぴどく叱りつけてたよ、おまえを血だらけにしたんだからな。おまえを見つけたらおまえのことも叱るだろうよ、そんな真似をあいつにさせたってんでね。あの人は喧嘩が気に食わないんじゃなくて、血が嫌なんだ。そんなに血を流したからには、あの人の中でおまえの格は少しばかり下がっただろうな。どんな気分だ?」

「そうだよな」とシュリーヴが言った。「ブランド家の人間になれないんだったら、次善の策としてはブランド家の誰かと姦通するか酔っ払ってあいつと喧嘩するしかないよな、どっちがいいかは場合によるけど」

「確かにな」とスポードは言った。「でもクエンティンが酔っ払ってたとは知らなかったな」

「酔ってはなかったよ」とシュリーヴは言った。「あのクソ野郎を殴りたいと思うのに酔っ払う必要なんてあるか?」

「まあ、俺だったら実際に殴りかかるにはだいぶ酔わないといけないだろうな、クエンティンの有様を見ちまったしな。あいつ、どこで拳闘を習ったんだ?」

「マイクのジムに毎日通ってるんだ。町にあるんだよ」

「あいつが?」とスポードは言った。「おまえ、殴りかかったときそれ知ってたのか?」

「さあね」と僕は言った。「知ってたんじゃないかな。うん」

「もう一回濡らしなよ」とシュリーヴは言った。「水替えるか?」

「このままでいいよ」と僕は言った。僕は布をまた水に浸けて目に当てた。「ベストを拭けるものがあるといいんだけどな」スポードはまだ僕を見つめていた。

「それで」と彼は言った。「どうしてあいつを殴ろうなんて思ったんだ? あいつ、おまえに何言ったんだよ?」

「さあね。なんであんなことしたか、自分でもわからない」

「気づいたらおまえが突然立ちあがって『きみは一度でも妹を持ったことがあるのか?』とか言ってて、あいつがないと答えたらおまえがあいつを殴ったんだ。おまえがあいつをずっと見つめてるのはわかってたけど、誰が何を言っても聞いちゃいない様子だったのに、いきなり立ちあがって妹を持ったことがあるかなんて訊いたんだよ」

「へっ、あいつはいつもどおり吹かしてやがったんだよ」とシュリーヴが言った。「あいつの女たちについてね。わかるだろ、女の子たちがいるといつもやる、何の話をしてるんだかよくわからなくなるやつ。クソみたいなほのめかしや嘘だらけで、ほとんどは意味も不明な、あれ。あの時はどっかの小娘とのデートの話で、アトランティック・シティのダンス・ホールで会うことになってたのにすっぽかしてホテルに行ってベッドに横になりながら、あの子のとこに行って望みを叶えてやるかわりに桟橋で待ちぼうけにしちゃって申し訳なく思ってた、とかなんとか。それから女体の美しさとそれがたどる残念な結末だとか、女というのは仰向けに寝っ転がるほかは何もできないから辛いもんだって話とか。茂みに隠れたレダが白鳥を思って嘆きすすり泣く、みたいなことだな。あのクソ野郎。僕が殴ってやりたいくらいだ。まあ僕ならミセス・ブランドのワイン籠を摑みあげて、そいつでぶん殴っただろうけどな」

「ほう」とスポードが言った、「淑女の守護者ってわけだな。なあ、おまえってやつは称賛を通り越して恐怖まで呼び起こすぜ」彼は冷たいからかうような目で僕を見た。「まったく」と彼は言った。

「殴ったのは悪かったよ」と僕は言った。「戻っていって落とし前をつけるには、身なりが悪すぎるかな？」

「謝罪なんてやめろよ」とシュリーヴが言った。「あんなやつら、地獄へ落ちりゃいいんだ。僕たちは町へ行こうぜ」

「こいつは紳士らしく戦いに挑む男なんだから、それをわからせるために戻るべきだろ」とスポードが言った。「いや、紳士らしくぶちのめされる男か」

「こんな状態で？」とシュリーヴは言った。「服なんか全身血まみれだぜ？」

「ああ、そうかよ」とスポードは言った。「おまえが一番わかってるもんな」

「下着でうろつかせるわけにもいかないしな」とシュリーヴは言った。「まだ四年生でもないし。さあ、町へ行こう」

「きみは来なくていいよ」と僕は言った。「ピクニックに戻りなよ」

「あんなやつら、クソくらえだ」とシュリーヴは言った。「ほら、行こう」

「あいつらには何て言ったらいいんだ？」とスポードが言った。「おまえもクエンティンと喧嘩しましたってか？」

「何も言わなくていいよ」とシュリーヴは言った。「あの人には、あなたの選択権は日没とともに失効しましたとでも言ってくれ。行こう、クエンティン。あの女の人に訊いてみるよ、インターアーバンの最寄り駅はどこに――」

「いや」と僕は言った。「僕は町には戻らない」

シュリーヴは立ちどまって僕を見つめた。振り返ると眼鏡が二つの小さな黄色い月みたいに見えた。

「それで何するつもりなんだよ？」

「まだ町には戻らない。きみはピクニックに戻りなよ。僕は服が汚れたから戻りたがらなかったとでも言っといて」

「おいおい」と彼は言った。「何を企んでるんだよ？」

「なんにも。僕は大丈夫。きみとスポードは戻って。じゃあまた明日」僕は庭を横切って道路のほうに向かった。

「駅の場所、わかるの？」とシュリーヴが言った。

「探すよ。じゃあ二人とも、また明日。パーティ台無しにしてすみませんって、ミセス・ブランドに伝えて」二人は突っ立ったまま僕を見つめていた。僕は家の角を曲がった。石畳の道が道路まで延びていた。道の両脇には薔薇が生えていた。僕は門を通りぬけ、道路へ出た。道路は下り坂になって森のほうへ続いていて、道端にあいつらの自動車が停まっているのが見えた。僕は丘を上っていった。上るにつれて光が強くなり、頂上に着く前に電車の音が聞こえた。黄昏のはるか彼方から聞こえてくるその音に、僕は立ちどまって耳を澄ました。自動車はもう見分けがつかなかったけど、シュリーヴが家の前の道路に立って丘を見あげているのはわかった。その後ろでは家の屋根が黄色い絵具を一塗りされたみたいに光っていた。僕は片手を挙げると、電車に耳を傾けながら丘を越えていった。それから家が見えなくなり、僕は緑と黄の光の中に立ちどまって電車の音がどんどん大きくなるのを聞いていた。やがて音が小さくなりだしたと思った途端に完全に止んだ。音がまた聞こえてくるまで僕は待った。それから歩きだした。

　坂を下るにつれ光は徐々に弱まっていったけれども質感は変わらなくて、まるで光ではなく僕のほうが変化して弱くなっていくみたいだった。それでも、道路が木立ちに入りこんだときでさえまだ新聞が読めそうなくらいだった。まもなく小径が出てきた。僕はその小径に入った。そこは道路よりも狭くて暗かったけど、トロリーの停留所に出ると――また木造の庇――光には依然として変化がなかった。小径を通った後では明るくなったように感じられて、まるで小径では夜の中を通り抜け、また朝へと出てきたみたいだった。まもなく電車がやってきた。乗り込むと乗客たちが振り返って僕の左目をじろじろ見てきたので僕は左側に席を見つけた。

　電車の中は明かりがついていたので、木立ちの間を走っているときに僕に見えたのは自分の顔と、折れた羽根飾りのついた帽子を頭のてっぺんにちょこんと載せた、通路の向かいの女の人だけだったけれども、木立ちを抜けるとまた黄昏が目に入り、太陽が地平線の向こうに沈んだばかりのその光の質感と言ったら、まるで時間が本当に止まってしまったみたいで、やがて電車は老人が袋から何かを取り出して食べていた庇を通りすぎて、道は黄昏の光のもと、黄昏へと向かって延び、その彼方には安らかに滔々と流れる水の気配。それから電車は走りつづけ、開いたドアから入ってくる風がどんどん強まり、そのうちに夏と暗闇の匂いが車内をひっきりなしに吹き抜けていったけど、忍冬《すいかずら》の匂いはしなかった。忍冬こそは、あらゆる匂いの中で最も悲しい匂いだった、と僕は思う。いろいろな匂いを覚えている。藤はその一つだ。雨の日、母さんの具合が窓辺に来られないほどには悪くなければ、僕らは藤棚の下で遊んだものだった。母さんが寝込んでいるときには、ディルシーが僕らに着古した服を着せて、雨の中に出ていかせてくれた。ディルシーいわく、雨が子どもの体に悪《わる》さすることなんかないのだ。でも母さんが起きてると僕らは必ず初めはポーチで遊び、母さんがうるさいわねえと言い出したらようやく外へ出て藤棚の下で遊ぶのだった。

　今朝最後に川を見たのは、この辺りだった。黄昏の向こうに水が感じられた。匂いがしたのだ。春になり花が咲いて雨が降ると匂いがそこら中に立ちこめた他のときにはあまり気にならないのに雨の日の黄昏時には匂いが家の中に入りこんできた黄昏には雨が激しくなるものなのか光のほうに何かがあるのかそれはわからないけど匂いが一番強くなるのはいつも黄昏時でそのうちに僕はベッドに横たわりながらこれはいつ止むんだいつ止むんだと考えたものだった。ドアから絶え間なく吹き込んでくる風は湿っぽく、水の匂いがした。そんなことを何度も言いながらなんとか眠りについたことも時にはあったけど、忍冬が夕闇にすっかり混じりこんでしまい一切のものが夜と不安の象徴になってしまうと僕は眠りも目覚めもせずに横になったまま灰色の薄明りに照らされた長い廊下を見下ろしているような気がしてきてその廊下では揺るぎないはずのあらゆるものが影のようにぼんやりとして逆説的になり僕がしてきたあらゆることは影で僕が感じ苦しんできたあらゆることが目に見える形を取ると珍妙で陰険なそいつらは脈絡もなくあざ笑いそいつらが確約してくれるはずだった意義はそいつら自体によって内在的に否定され僕は考えた僕はいる僕はいない誰がいないのかいないのは誰か。

　夕闇の向こうで曲がりくねる川の匂いが感じられ、最後の光が干潟でのんびり穏やかにきらめいているのが見えた。それから割れた鏡の破片のようなその光の向こうで仄暗い澄んだ大気の中に明かりが灯りはじめ、まるで蝶の群れが遥か遠くでたゆたっているみたいだった。ベンジャミン我が老年の。あの鏡の前によく座ってたな。争いが和らげられ鎮まり収まる確かな待避場。我が老年の子ベンジャミンはエジプトに売られ囚われの身となり。*おおベンジャミン。ディルシーいわく、あれは母さんのプライドが高すぎて彼に我慢ならなかったからなのだ。彼らはそんなふうに黒い細流となって白人の生活に急に鋭く入りこんできては、白人の紛《まご》うかたなき事実を顕微鏡で覗いたみたいに識別し、一瞬のあいだ取り出してみせるものなのだ。それ以外のときは笑うことなんか何もないのに笑う声、泣く理由もないのに流れる涙にすぎない。葬式で弔問客の数が奇数か偶数かで賭けをする連中だ。メンフィスで売春宿いっぱいの男たちが宗教的忘我に陥り、裸で通りに駆け出していったこともあった。そのうちの一人を取り押さえるのに警官三人を要したということだ。はい、イエスさま　おお、善き人イエスさま　おお、かの善き人よ。

　電車が止まった。僕はみんなに目を見られながら降りた。トロリーが着くと満員だった。僕は後部の乗降デッキの上で立ちどまった。

「前のほうに空席がありますよ」と車掌が言った。僕は車内を覗いた。左側には空席がなかった。

「遠くまで行くわけじゃないんで」と僕は言った。「ここに立ってます」

　電車は川を渡った。つまり橋を渡ったということだけど、橋は沈黙と無に挟まれながら虚空へ向かってゆっくりと高い弧を描き、その周りで光――黄や赤や緑の――がしきりに瞬いてはふるえていた。

「前に来て座ったほうがいいですよ」と車掌が言った。

「ほんとにすぐ降りるんで」と僕は言った。「ほんの数ブロック先なんです」

　郵便局まで行かないうちに僕は降りた。みんな今ごろはどこかでぶらぶらしてるんだろうけど、すると懐中時計の音が聞こえていて僕は鐘の音を聞こうと耳を澄ましはじめ上着越しにシュリーヴへの手紙に触れると、楡の木立ちの翳られたような影がその手の上でそよいだ。それから大学の中庭に入っていくとちょうど鐘が鳴りだし僕が歩きつづけるあいだ鐘の調べは池に広がる波紋のように打ち寄せては僕を追いこし、僕は歩きつづけながら独り言《ご》ちた、何時四十五分なんだ？　わかったから。何時四十五分なんだよ。

　僕らの部屋の窓は暗かった。寮の玄関には誰もいなかった。中に入ると僕は左側の壁際を歩いたけれども、誰にも合わなかった。そこにあるのは曲線を描いて影の中へと昇っていく階段と悲しい何世代にもわたる足音の谺《こだま》だけで、影の上にふんわりと積もった埃みたいなその谺は僕が歩くと埃が立ちのぼるように呼び起こされ、またふんわりと積もるのだった。

　明かりをつける前に手紙が見えた。見えやすいようにテーブルの上の本に立てかけられていた。シュリーヴのことを僕の旦那だなんて。たしかスポードはこれからどこかへ出かけるから遅くなるまで戻らないだろうと言っていたし、ミセス・ブランドは代わりの付き添い役の男を必要とするはずだとも言っていた。それに戻ってきていればどこかで顔を合わせたはずだし、もう六時は過ぎているから、次の電車に乗るには一時間は待たなければならない。僕は懐中時計を取り出し、もはや嘘をつくことさえできないということも知らずにカチカチと鳴りつづけるその時計に耳を傾けた。それから文字盤を上にしてテーブルに置きミセス・ブランドの手紙を取って二つに引き裂きゴミ箱に捨て、上着、ベスト、カラー、ネクタイ、シャツを脱いだ。ネクタイも汚れていたけど、まあニガーたちだったら。たぶん血がこびりついていても、あいつならこれはキリストが身に着けていたものだとかなんとか言い出しかねない。僕はシュリーヴの部屋でガソリン缶を見つけ、ベストをテーブルの上に平らになるように広げると、缶の蓋を開けた。

町で最初の自動車ほんの小娘が小娘が　それがジェイソンには耐え難かったのだガソリンの臭いに気持ちが悪くなりつつかつてないほど頭にきたのはほんの小娘が小娘が　妹を持ったことはないけどベンジャミンベンジャミン我が哀しみの子もし僕に母親がいて母さんと呼べさ

＊　実際にはエジプトに売られたのはヨセフであり、ベニヤミンはエジプトで捕らえられそうになるものの最終的に難を逃れる。「創世記」37〜50章のヤコブの息子たちの物語を参照。

えしたなら母さん　大量のガソリンをかけたら、やがてまだ染みが抜けていないのかガソリンだけなのか見分けがつかなくなった。ガソリンで傷がまたズキズキしだしたので手を洗いに行ったときにベストを椅子に掛けコードを引っぱって電球を低くし染みこんだところが乾きやすくなるようにした。顔と手を洗っても石鹸にまぎれたガソリンの臭いがまだ鼻を刺すので、鼻孔が少しきゅっとなった。それから鞄を開けシャツとカラーとネクタイを取り出して血塗れになった服を中に入れ鞄を閉じ、着替えた。髪にブラシをかけていると三十分の鐘が鳴った。でもとにかく四十五分まではまだ、ただもしも　**疾走する闇に浮かびあがるのは自分の顔のみで折れた羽根飾りはないあんな人が二人いるのでない限りはでもああいった人が二人も同じ晩にボストンに行くわけがなくだから僕の顔と彼の顔つかのま轟音を挟んで向かい合う明かりのついた窓が二つ暗闇から現れ轟音を立てながら厳として駆け去るその瞬間に彼の顔と僕の顔がただただ見える見えた見えたのかさよならもなく庇にはもの食う人もなく道路は暗闇のなか静寂のなか閑散として橋は静寂へ暗闇へ眠りへむかって弧を描く川は安らかに滔々とさよならもなく**

明かりを消して寝室に行くと、ガソリンから逃れてきたのにまだ臭いがした。僕は窓辺に立ったカーテンが暗闇からまるで誰かの寝息みたいにゆっくりとそよいできて僕の顔に触れ、その感触を残したままふたたび暗闇の中へそよいでいった。**二人が二階へ行ってしまうと母さんは椅子にあおむけになり、樟脳を染みこませたハンカチを口にあてた。父さんはじっと動かず隣に座って母さんの手を握っていたわめき声がガンガンと鳴り響き静寂の中には居場所がないかのようだった**　小さい頃、僕らが読んでいた本の中に一枚の絵が載っていた。暗がりに一条の微かな光が斜めに差し込み、影の中から二つの顔を浮かび上がらせていた。**わたしが王様だったら何するかわかる？**　彼女が王妃や妖精になったためしはなかったいつも王様か巨人か将軍だった　**この場所をこじ開けてこの人たちを引きずりだしてムチでうんと叩いてやるの**　絵は引きちぎられ、びりびりに破かれた。僕はうれしかった。僕はたびたびその絵のところに戻ってしまっていたのだ、そしてそうするうちに地下牢が母さん自身になり母さんと父さんは手を取り合って微かな光を見上げ僕たちは二人よりもさらに下にある一条の光すら差さない場所に迷いこんでしまうのだ。すると忍冬《すいかずら》が入りこんできた。僕が明かりを消して寝ようとするやそれは部屋の中に波のように押し寄せますます強くなってついにはそこから少しでも空気を得るために激しく息をしなければならなくなり挙句には立ちあがって小さい頃のように手探りで歩かないといけなくなるのだった　手は見ることができる触れることで心の中に見えないドアを思い描き　ドアだ　もう手には何も見えない　僕の鼻にはガソリンが、テーブルの上のベストが、ドアが見えた。廊下はいまだに空っぽで水を求めて歩く悲しい何世代もの足音もまったく聞こえなかった。でも見えない両目は歯を食いしばるみたいにぐっと閉じられ脛《すね》にもくるぶしにも膝にも痛みがないことにさえ不信感も疑念も抱かず目に見えない階段の手摺りが延々と流れる暗闇は眠る母さん父さんキャディジェイソンモーリーに満たされここで一歩でも足を踏み外せば　ドア　僕は怖くないただ母さん父さんキャディジェイソンモーリーはもう眠ってずっと先まで行ってしまった僕もぐっすり眠るんだもし僕がドアを　ドアまで　ドアは　そこにも誰もいなくて、あるのは配管、陶製の台、汚れた静かな壁、瞑想の玉座。コップを持ってくるのを忘れたけど、まあ大丈夫　手には冷えゆく指が目に見えない白鳥の首が見えるモーセの杖＊ならぬコップに触れる手つきはおずおずとして細く冷たい首をゴボゴボと打ち鳴らしその金属を打ち鳴らし冷やしコップは満杯になり溢れコップを指を冷やし眠りを洗い流し喉の長い沈黙の内に湿った眠りの味を残して廊下を帰っていくと失われた足音たちがささやき合う群れとなって沈黙の中に呼び起こされ、ガソリンの臭いの中に戻ってみれば暗いテーブルの上で懐中時計が猛烈な嘘を吐いていた。それからカーテンが暗闇からそよいできて僕の顔に触れ、僕の顔に息の感触を残していった。まだあと十五分は。そしてそのときには、僕はもういない。何よりも安らかな言葉だ。何よりも安らかな言葉。我在らざりき。我在り。我在りき。我在らず。昔どこかで鐘の音を聞いた。ミシシッピかマサチューセッツ。僕はいた。僕はいない。マサチューセッツかミシシッピ。シュリーヴは旅行鞄の中に酒を一本ひそませている。きみ、それ開けもしないの　ジェイソン・リッチモンド・コンプソン夫妻より結婚式の　三回。三日間。きみ、それ開けもしないの　ご案内です、このたび夫妻の息女キャンダスと　酒というものは手段と目的とを混同する方

＊「出エジプト記」17章6節の、モーセが杖で岩を叩くと水が溢れ出たというエピソードを踏まえた表現。

法を教えてくれるのだよと　僕はいる。飲む。僕はいなかった。ベンジーの原っぱを売り払おうそうすればクエンティンはハーヴァードへ行けるし私は自分の骨同士を何度も何度もぶつけ合っていられるのだからね。私ももう死ぬんだあと。キャディは一年もしたらって言ってたかな。シュリーヴは旅行鞄の中に酒を一本ひそませている。けっこうです僕はシュリーヴの酒なんていりません僕はベンジーの原っぱを売ってしまったんだからハーヴァードで死ぬことができるとキャディは言った海の洞窟や岩穴の中ゆらめく潮に乗って安らかに転げまわりだってハーヴァードって響きがとにかく素敵でしょ素敵な響きのためなら四十エーカーなんて安いもの。素敵な死んだ響きだ僕たちはベンジーの原っぱと素敵な死んだ響きとを交換するんだ。ベンジーもしばらくは大丈夫さ聞いてもわかりゃしないんだから鼻で嗅ぎつけないかぎりは**彼女がドアから入ってきたとたん彼は泣きだした**　いつも父さんが彼女にちくちくと嫌味を言っているのはどうせ町のごろつきどもの誰かのことなんだろうとずっと思っていたけどそのうちに。あいつはよそ者とか旅回りのセールスマンとかと変わらないくらい僕の全然知らないやつだったあれは軍支給の服だと思ってたでもあるとき僕は突然気づいたあいつに危害を加える力が僕にあるなんてあいつはまったく思ってなくて僕を見ているときだって彼女のことを考えていて彼女を通して僕を見ているのだとまるで色ガラスを通して見ているみたいに　**どうして余計な口出しせずにいられないのそんなことしたってどうしようもないってわからないのそんなのはお母さんとジェイソンだけでじゅうぶんってあなたもわかってると思ってたのに**

母さんはジェイソンにおまえの見張りをさせたのか

僕ならしなかった

女というのは世間の道徳規範を拠り所にするしかないんだそれはお母さんがキャディを愛しているからなのだよ　具合が悪くても母さんは一階に留まっていた父さんがジェイソンの前でモーリー伯父さんのことをからかったりしないように父さんいわくモーリー伯父さんは薄っぺらい古典主義者だから不滅の盲目少年《キューピッド》の役を自分で果たすことができなかったのだジェイソンにやってもらえばよかったのだよジェイソンならモーリー伯父さん自身がしたはずのへまと同じようなへましかしないし目にアザを作るようなことにはならなかっただろうからパターソンの息子はジェイソンよりも小さいしね二人は一個五

セントで屑を売っていたけどそのうちに金のことで揉めてジェイソンはもっと小さい子を新しい相棒にしたT・Pが言うにはジェイソンが引きつづき会計係をしていたそうだからともかくその程度には小さい子だったんだろうでも父さんいわくなぜモーリー伯父さんが働かなきゃならないというのかオーブンに足を突っ込んで座っているばかりで何もしないニガーどもを五、六人も養っているんだからモーリー伯父さんに時おり宿を与えてやったり金を少々貸してやったりするくらいはもちろんできるとも我が一族は天に連なる種族なのだという父さんの信念を伯父さんは熱く滾《たぎ》らせつづけてくれるのだすると母さんは泣きだして言ったものだあなたはうちの家系よりご自分の家系のほうが優れていると思っているんですそれで子どもたちにも同じ考えを教えこむためにモーリーのことを馬鹿にするんだわ母さんにはわからなかったのだ父さんが僕たちに教えこんでいたのはおよそ人間はガラクタの寄せ集めでゴミの山からかき集められたおが屑を詰めこんだ人形に過ぎないということだったのにそしてそのゴミの山にはこれまでのすべての人形が捨てられていていずれかの脇腹の何らかの傷*からおが屑が流れ出しているのだけれども僕のために死んだのではない。かつて僕は死のことを人間のように考えていたお祖父さんに似た人お祖父さんの友だちお祖父さんだけの特別な友だち例えばそれはお祖父さんの机は僕たちが触ってはいけないものでそれが置いてある部屋で大声でしゃべることさえいけないと思っていたのと同じようなことだ僕の想像の中では二人はいつも一緒で老サートリス大佐が一員に加わるのをどこかで待っているのだったそこは杉林の向こうにある高い場所でサートリス大佐はさらに高い場所から遠くの何かを見晴らしていて二人は大佐が見終えて降りてくるのを待っているのだお祖父さんは軍服を着ていて杉林の向こうにいる二人の微かな声が僕たちにも聞こえた二人はずっとしゃべっていてお祖父さんの言うことはいつも正しかった

四十五分の鐘が鳴りはじめた。初めの一音は焦らず穏やかに、長閑《のどか》ながらも断固として響き、ぐずぐず居座る静寂を次の一音のために追い払って、ああそうだよなもし人もこんなふうにいつまでもただ次々と入れ替わっていけたなら一瞬噴き上がる炎の渦のように混じり合ってから冷たい永遠の闇の中へときれいに吹き消されてしま

＊ キリストの脇腹の傷（「ヨハネによる福音書」19章34節）への言及。

えたならそうすればブランコのことを考えまいとしながら横になることもそのうちに杉林全体がベンジーのあれほど嫌った香水の鮮烈な死の匂いを放ちだすこともなくて済んだのだ。あの木立ちを想像するだけで僕にはささやき声が密やかな昂ぶりが聞こえ開けっぴろげな狂おしい肉の内で鼓動する熱い血潮の匂いがするように思われて赤い瞼の裏には縄を解かれた豚が番《つがい》になって交尾しながら海の中へ突進していく*1様が見えるのだったすると父さんが我々は少しのあいだ目をさましていて悪がなされるのを見とどけねばならんのだよとはいえそれは必ずしもそれでぼく*2は勇気ある男なら少しのあいだもいらないよすると父さんがおまえはそんなものが勇気だと思っているのかいそれでぼくはそうですよ父さんはそう思わないのすると父さんが男はみな自らの徳の裁定者なのだよおまえがそれを勇気と思うかどうかのほうが行いそのものよりどんな行いより大事なんだそうでなければまじめになんてなれやしないのだからそれでぼくはぼくが本気だと思ってないんだねすると父さんがおまえがあまりに本気だから不安がるまでもないのだよそうでなければおまえは近親相姦を犯したなんてウソを私につくほど追い込まれることもなかったはずだからねそれでぼくはウソじゃないウソじゃないすると父さんがおまえは人間のあたりまえな愚行を恐怖へと昇華したうえでそれを真実によって祓《はら》おうとしたのだろうそれでぼくはあれはあいつをやかましい世界から引きはなすためだったんだそうすればどうしたって世界のほうがぼくらから離れていかなきゃならないしそのやかましい音だって初めからなかったみたいになるすると父さんがおまえはあの子にそれをさせようとしたのかいそれでぼくはぼくには怖くてできなかったあいつが本当にするんじゃないかと思うと怖くてもしそうなれば何の意味もなくなってしまうしでももしぼくたちはしたんだと父さんに言えたらそうだったということになってそうしたら他の男たちはそうじゃなかったんだということになってそうしたら世界はがらがらと音を立てて消えてなくなるんだすると父さんがじゃあもう一つのほうについてもおまえはウソをついていないんだねでもおまえにはまだ自分の内にあるものが見えていないんだ一般的真実のあの部分がね自然の出来事とその原因との因果がわかっていないのだよそれはすべての男の顔をベンジーの顔をさえも翳《かげ》らせるものだというのにねおまえは有限性のことを考えず究極の境地にばかり思いをめぐらせているんだ一時《いっとき》のものにすぎない精神状態が肉体のうえで均衡をたもち精神自身とそれが棄てきれない肉体との両方を認識しているような境地にだからおまえは死ぬことすらないのだろうよそれでぼくは一時《いっとき》のものにすぎないだってすると父さんがおまえが耐えられないのはいつかこのことが今ほどの痛みをおまえに与えなくなるという考えなのだよおまえはこのことを見た目はまったく変わらないのに髪だけが一晩で真っ白になってしまうような経験だと思い込んでいるようだねこんな状況ではおまえはやらないよそれは一種の賭けなのだよおかしなことに人間というのは偶然によって孕《はら》まれ息をするたびに不利な細工がしこまれたサイコロを振りなおしているようなものなのにいずれは向き合わなければならないとわかっていた人生の最終局面にはなかなか向き合おうとせずまずは暴力から子どもさえもだませないちゃちなごまかしまであらゆる策を弄してみるものでそれからいつの日かほとほと嫌になったらようやく一枚のカードを適当に引きそれにすべてを賭けてしまうんだ初めて激しい絶望や自責や死別を味わったくらいでそんなことをする人間はいない絶望や自責や死別でさえ闇の博奕打ちにはさして大したことではないと思い知ったときにのみ人はそれをするのだよそれでぼくは一時のものにすぎないだってすると父さんがこんな考えは受け入れがたいだろうが愛や悲しみとは何の見通しもなく購入される債券であって否応なしに満期になり予告もなしに回収されてそのとき神々がたまたま発行していた券と取り替えられてしまうのだよいやおまえはそんなことはしないよいつかあの子でさえもおそらく絶望に値しないと信じるようになるときが来るまではそれでぼくはぼくは絶対にそんなこと信じないぼくの頭の中がわかっている人なんて一人もいないんだすると父さんがおまえはいますぐケンブリッジに行ったほうがいいんじゃないかな一か月ほどメイン州に行くのもいいかもしれない出費に気をつければそれくらいの余裕はあるだろうそれがいいかもな財布のヒモをしめることはキリスト以上に多くの傷を癒してきたんだからねそれでぼくは父さんがいずれぼくも思い知ると信じていることを向こうに行って翌週か翌月にぼくが思い知ってしまったとしたらすると父さんがそうしたらきっとおまえは思い出すだろうおまえがハーヴァードに行くことはおまえが生まれてからずっとお母さ

＊1 「マタイによる福音書」8章28～32節に基づく。

＊2 原文ではこの箇所以降、段落の終わりまで大文字や句読点が消え、一人称のIも小文字のiで記される。

んの夢だったことをそしてコンプソン家の男は一度だってレディを失望させたことはないのだよそれでぼくは一《いっ》時《とき》のものにすぎないだってでもそうしたほうがいいでしょうぼくのためにもみんなのためにもすると父さんが男はみな自らの徳の裁定者なれども誰も他人の幸せを規定するべからずだよそれでぼくは一時のものにすぎないだってすると父さんがあらゆる言葉の中でもっとも悲しいのは過去の存在《ワズ》という言葉なのだよ世界にはほかに何もないんだ時間の中に入るまでは絶望にもならず過去の存在になるまでは時間ですらないのだから

最後の音が鳴った。とうとうその響きがやむと暗闇はふたたび静かになった。僕は居間に入って明かりをつけた。それからベストを着た。ガソリンの臭いはもう微かになってほとんど気にならず、鏡を見ても染みはわからなかった。少なくとも、僕の目ほどには目立たなかった。僕は上着を着た。シュリーヴの手紙が服越しにカサカサ鳴ったので取り出し、宛名を確かめてから脇ポケットに入れた。それから懐中時計をシュリーヴの部屋に持っていって引き出しにしまい、自分の部屋に戻って新しいハンカチを取り、ドア口に行って手を明かりのスイッチの上に置いた。それから歯を磨いていなかったことを思い出したので、また鞄を開けなければならなかった。歯ブラシを見つけるとシュリーヴの歯磨き粉を少しもらって洗面台に行き歯を磨いた。歯ブラシの水気をできるだけ切ってから鞄の中に戻して鞄を閉じ、またドア口に行った。明かりを消す前に他に忘れていることがないか辺りを見回し、帽子を忘れていたことに気づいた。郵便局の脇を通らないといけないからきっと何人か学生に会うだろうし、やつらは僕のことを四年生の真似をしながらハーヴァード・スクエアをうろついている学生連中の一員だと思うだろうな。僕は帽子にブラシをかけるのも忘れていたけど、シュリーヴがブラシを持っているからもう鞄は開けなくてもよかった。

一九二八年四月六日

いったんアバズレになりゃ一生アバズレだ、俺に言わせればな。俺は言うんだ、心配事はあいつが学校サボって遊びまわってることだけだってんなら、母さんはツイてるよ。俺は言う、今だって台所に降りてきてなきゃおかしいのに、二階の部屋にこもって顔に粉を塗りたくってやがる。で、ニガーどもが朝メシ作ってくれるのをいつまでも待ってるんだ。あいつら六人とも、大皿いっぱいのパンと肉をわたしてやらなきゃふらついちまって椅子から立ちあがることもできねえってのに。それで母さんが言う、

「でも、私にはあの子をしつけられないなんて学校の先生がたに思われたり、私に力がなくて――」

「だって」と俺は言う。「実際できてないだろ？　一度もあいつをどうにかしようとしたことないじゃないか」と俺は言う。「いまさらどうやってしつけようって言うんだよ。あいつ、もう十七だぜ？」

母さんはしばらく考えこんだ。

「でもそんなふうに思われたら……あの子が通信簿をもらってることも知らなかったのよ。去年の秋、あの子が言ったの、今年から通信簿はなくなったって。そうしたらジャンキン先生からお電話があるじゃない、それでもう一回欠席したら放校になるだなんておっしゃるのよ。どうしてそんなことになるの？　あの子はどこに行ってるのよ？　あなたは一日じゅう町にいるんだから、あの子がほっつき歩いてたら見かけるはずでしょう」

「ああ」と俺は言う。「町なかにいるんならね。わざわざ学校サボってんだから、人前でできることをあいつがするとは思えないけどな」と俺は言う。

「どういうこと?」と母さんは言う。

「なんでもないよ」と俺は言う。「質問に答えただけさ」するとと母さんはまた泣きだして、血肉を分けた家族が私にたてついていじめるだのと言い出す。

「母さんが訊いたんだろ」と俺は言う。

「あなたのことじゃないの」と母さんは言う。「うちで私の顔に泥を塗らないでいてくれるのはあなただけなんだから」

「そうさ」と俺は言う。「俺にはそんな暇なかったからな。ハーヴァードに行く暇も、死ぬまで飲んだくれる暇もなかった。なんせ働かなきゃいけなかったから。でももちろん、あいつを付けまわして何やってるか探ってほしいっていうなら、店を辞めて夜働ける仕事を見つけてくるよ。そうすりゃ昼間は俺があいつを見張れるし、夜はベンにやらせときゃいいんだから」

「わかってる、私はあなたには足手まといの厄介ものでしかないって」と母さんは言って、枕に頭を載せたまま泣く。

「そいつはもちろん俺にもわかってる」と俺は言う。「三十年間、ずっと聞かされてきたんだから。今じゃベンだってわかってるだろうな。それで、あいつに俺からなんか言ってほしいわけ?」

「効き目はあると思う?」と母さんは言う。

「俺が取りかかろうってときに母さんが降りてきて横槍を入れるようなら駄目だろうな」と俺は言う。「俺にあいつをしつけてほしいんなら、それだけ言ってあとは手出ししないでくれよ。俺がどうにかしようとするたびに母さんが口を挟んでくるから、二人ともあいつに馬鹿にされるんじゃないか」

「忘れないでちょうだい、あの子も血肉を分けた家族だってこと」と母さんは言う。

「わかってるさ」と俺は言う。「ちょうど俺もそのことを考えてたんだ——肉のことを。それと好きにやらせてもらえるなら、血も少々出るかな。ニガーみたいなふるまいをするんなら、誰であれニガーみたいな扱いをしてやるほかないからな」

「あなたがあの子に逆上しないか、心配なの」と母さんは言う。

「あのね」と俺は言う。「母さんのやり方じゃうまくいってないじゃないか。俺にどうにかしてほしいんだろ、違う?　どっちかはっきりさせてくれよ。もう仕事に行かなきゃいけないんだよ」

「わかってる、あなたは私たちのために一生奴隷みたいに働かなくちゃいけないんだものね」と母さんは言う。「わかってるでしょう、もし私の好きにできるなら、あなたに自分の事務所を持たせて、仕事時間だってバスコムの人間にふさわしいものにするわ。だってあなたはバスコムなんですから、名前は違ってもね。わかってるの、もしお父さんがちゃんと先を見通して——」

「あのね」と俺は言う。「父さんにだってたまに読みを外す権利くらいあるだろ。他のみんなと同じさ、スミスだのジョーンズだのってやつらと」母さんはまた泣きだした。

「亡くなったお父さんの悪口をあなたの口から聞くなんて」と母さんは言った。

「わかった」と俺は言う。「わかったよ。好きにしなよ。でも俺には自分の事務所なんてないんだから、今やるべきことをやらなきゃいけないんだ。それで、あいつに俺からなんか言ってほしいわけ?」

「あなたがあの子に逆上しないか、心配なの」と母さんは言う。

「わかった」と俺は言う。「ならなにも言わない」

「でもなんとかしなくちゃ」と母さんは言う。「あの子が学校をサボって町をほっつき歩くのを許してるとか、私には止められないとか人さまに思われたら……ジェイソン、ジェイソン」と母さんは言う。「よくもあなたは。よくもあなたはこんな重荷を私に遺していけましたわね」

「まあまあ」と俺は言う。「そんな調子じゃまた具合悪くなっちまうよ。日中も部屋に閉じこめておくか俺に全部任せるかして、あいつの心配なんかやめたらいいじゃないか」

「血肉を分けた家族なのよ」と母さんは泣きながら言う。それで俺は言う、

「わかったよ。あいつの面倒は俺が見るから。ほら、泣くのはやめなって」

「逆上しないでね」と母さんは言う。「あの子はまだ子どもだってこと、忘れないでちょうだい」

「ああ」と俺は言う。「逆上なんかしないよ」俺は部屋を出てドアを閉めた。

「ジェイソン」と母さんが言う。俺は返事をしなかった。廊下を歩いていった。「ジェイソン」ドアの向こうで母さんが言う。俺は階段を降りた。食堂には誰もいなかったが、台所からあのガキの声が聞こえた。もう一杯コー

ヒーを飲ませてくれとディルシーに頼みこんでいた。俺は台所に入った。

「おまえはその恰好で学校に行くんだな？」と俺は言う。「それとも今日は祝日だったかね？」

「カップ半分だけでも、ディルシー」とあいつは言う。「おねがい」

「いんや、いけません」とディルシーが言う。「あげねえってば。一杯以上飲むもんじゃねえ、十七の娘っ子が。ミス・カーラインにも言われてるだろ。さっさと学校の服に着替えてくるんだよ、そんでジェイソンに町まで乗せてってもらいいな。また遅れちまうよ」

「そんなことにはさせんよ」と俺は言う。「その件は今から片をつけるところだ」あいつはカップを持ったまま俺を見た。顔にかかった髪をかきあげるとナイトガウンが肩からずり落ちた。「カップを置いてちょっとこっちに来い」と俺は言う。

「なんでよ？」とあいつは言う。

「来い」と俺は言う。「カップを流しに置いてこっち来い」

「なにしようってんだい、ジェイソン」とディルシーが言う。

「祖母《ばあ》さんやほかのやつらと同じように俺にまでなめた真似できると思ったら」と俺は言う。「大まちがいだぜ。十秒やるから言われたとおりカップを置いてこい」

あいつは俺から目を逸《そ》らした。そしてディルシーを見た。「いま何時、ディルシー？」とあいつは言う。「十秒たったら口笛吹いて。ねえカップ半分だけ。ディルシー、おねが――」

俺はあいつの腕をつかんだ。あいつはカップを落とした。カップが床に当たって割れ、あいつは俺をにらみながら身を引いたが、俺はまだ腕をつかんでいた。ディルシーが椅子から立ちあがった。

「これ、ジェイソン」とディルシーが言う。

「放して」とクエンティンが言う。「ひっぱたくわよ」

「へえ、そうかい？」と俺は言う「へえそうかい？」あいつは俺を叩こうとした。俺はその手も捕らえて山猫みたいに押さえつけた。「へえ、そうかい？」と俺は言う。「できると思ってるのか？」

「これ、ジェイソン」とディルシーが言う。俺はあいつを食堂に引きずりこんだ。ナイトガウンがはだけて体の周りでひらつき、裸同然になった。ディルシーがよたよた歩いてきた。俺が振りむいてドアを蹴ると、ディルシの鼻先でドアは閉まった。

「おまえは入ってくるな」と俺は言う。

クエンティンはテーブルに寄りかかってナイトガウンの前を合わせていた。俺はあいつを見つめた。

「さて」と俺は言う。「どういうつもりか教えてもらおうか。学校はサボるし、祖母さんにはウソつく、通信簿には祖母さんの署名を自分で書いて、具合が悪くなるほど心配かける。こりゃいったいどういうことだ？」

あいつは何も言わなかった。ナイトガウンをぎゅっと体に巻きつけて、顎の下までしっかり前を合わせようとしていた。まだ化粧をする暇はなかったようで、顔は銃を拭くボロ切れで磨いたみたいだった。俺は近づいて手首をつかんだ。「どういうことなんだ？」と俺は言う。

「あんたには関係ないでしょ」とあいつは言う。「放して」

ディルシーが入ってきた。「これ、ジェイソン」とディルシーは言う。

「入ってくるな、さっきも言っただろ」と俺は振り返りもせずに言う。「学校サボってどこに行ってるのか、教えてもらおうか」と俺は言う。「町なかにはいないよな、じゃなきゃ見かけてるはずだ。誰とつるんでるんだ？あの髪をテカテカにした軟派野郎どもの一人と森でこそこそやってんのか？　なあ、森へ行ってんだろ？」

「この――このくそジジィ！」とあいつは言う。あいつは抵抗したが俺は手を放さなかった。「このくそジジィ！」とあいつは言う。

「わからせてやるよ」と俺は言う。「老いぼれ婆さん相手なら脅せばなんとかなるかもしれないがな、今おまえを捕まえてるのが誰か、わからせてやる」片手であいつを押さえているとあいつは抵抗をやめ、黒々とした目を大きく見開いて俺をにらみつけた。

「なにするつもり？」とあいつは言う。

「まあ待て、このベルトを引きぬいたらわからせてやるから」と俺はベルトを引きぬきながら言う。するとディルシーが俺の腕をつかんだ。

「ジェイソン」とディルシーは言う。「これ、ジェイソン！　あんた恥ずかしくないんかね」

「ディルシー」とクエンティンは言う。「ディルシー」

「そんなことあたしがさせやしないから」とディルシーは言う。「心配ないよ、ハニー」ディルシーは俺の腕にしがみついた。そのときベルトが抜けたので俺は腕を振りはらって突き飛ばした。ディルシーはよろめいてテーブルブルにぶつかった。ディルシーは老いぼれで、かろうじて動くのがやっとなんだ。だがそれで充分。台所には若造どもが持ち帰りきれなかった残飯を食いつくしてくれるやつが必要だからな。よたよたと歩いてきたディルシーは俺たちの間に割りこみ、また俺を捕まえようとした。「なら、あたしをぶちな」とディルシーは言う、「誰かをぶたなきゃ気が済まねえんなら。あたしをぶちな」と言う。

「ぶたないと思ってるのか?」と俺は言う。

「あんたならどんなひどいことだってやれると思ってるよ」とディルシーは言う。そのとき階段を降りてくる母さんの足音が聞こえた。やっぱりな、母さんが口を挟まないわけがないんだ。俺は手を放した。あいつはうしろによろめいて、ナイトガウンがはだけないように押さえながら壁にぶつかった。

「よかろう」と俺は言う。「こいつはまた今度ということにしてやるよ。だがな、俺になめた真似できると思うなよ。俺は老いぼれ婆さんでもなければ、死にかけのニガーでもないんだ。クソったれの淫売が」と俺は言う。「ディルシー」とあいつは言う。「ディルシー、お母さんを呼んでよ」

ディルシーはあいつのもとへ行った。「ほれほれ」とディルシーは言う。「あたしがここにいるあいだはあんたに指いっぽん触らせやしないよ」母さんはまだ階段を降りていた。

「ジェイソン」と母さんは言う。「ディルシー」

「ほれほれ」とディルシーは言う。「あんたに触らせやしないから」ディルシーはクエンティンの体に手を添えた。あいつはその手をはたき落とした。

「くそ老いぼれニガー」とあいつは言う。そしてドアのほうに走っていった。

「ディルシー」と母さんは階段の途中で言う。クエンティンはその脇を抜けて階段を駆けあがっていった。「クエンティン」と母さんは言う。「これ、クエンティン」クエンティンはそのまま駆けていった。階段の上について廊下を走っていくのが聞こえた。それからドアがバタンと閉まった。

母さんは立ちどまっていた。それからまた降りはじめた。「ディルシー」と母さんは言う。

「はいよ」とディルシーは言う。「いま行くよ。さあ、あんたは車用意しに行きな。あの子を学校に送ってやるんだろ」

「心配するな」と俺は言う。「ちゃんと俺が学校へ連れてって抜け出さないようにするさ。いったんはじめたからには最後までやってやるよ」

「ジェイソン」と母さんが階段の途中で言う。

「ほれ、行きな」とディルシーがドアに向かいながら言う。「あの人にまでぎゃあぎゃあ言いださせたいんかね？　いま行くよ、ミス・カーライン」

俺は外に出た。階段で話す二人の声が聞こえた。「ほれ、ベッドに戻んな」とディルシーが言っていた。「まだ起きてこられるほど調子よくなってねえだろうに、自分でわかんないかね？　さあ、戻った戻った。あの子はちゃんと学校に間に合うようにあたしが見ておくから」

俺は裏口から出て車を出そうとしたが、そうするにはまず表までぐるりと回っていってやつらを見つけなければいけなかった。

「あのタイヤを車のうしろに付けておけって言ったよな」と俺は言う。

「時間がなかったもんで」とラスターが言う。「ばあちゃんが台所仕事終えるまで、この人を見ておける人が誰もいなかったんで」

「そうだよな」と俺は言う。「俺はこいつのあとをつけ回してもらうために台所いっぱいのニガーどもを養ってるわけで、俺が自動車のタイヤを交換したけりゃ自分でやるしかないもんな」

「この人をあずけておける人がいなかったもんで」とラスターは言う。するとやつがうめき声をあげてよだれを垂らしはじめた。

「とっとと裏へ連れていけ」と俺は言う。「なんだってこんな人目につくところにうろちょろさせておくんだ？」やつが本格的にわめきだす前に俺は二人を追い払った。日曜だけでもうんざりしてるんだ。日曜になりゃ家に面汚しの見世物もいなければニガーを六人養う必要だってない連中があのクソ原っぱにわんさか押しかけてきて、クソでかい防虫ボールを打ってまわりやがるんだからな。そいつらが目に入るたびにやつはひたすらわめきながら柵沿いを行ったり来たりしてるもんだから、気づけば俺にゴルフ会費の請求が来てたなんてことになってもおかしくないくらいだ。そうなったら母さんとディルシーには陶製のドアノブをいくつかと杖をいっぽん手に入れてどうにか道具を作ってもらわないといけないな。どちらにしたって夜中にランタン片手にやらなきゃならんがな。そうすりゃ俺たちみんなジャクソン送りにしてくれるさ。きっとその暁には、「帰郷週間《オールド・ホーム・ウィーク》」＊でも開催されることだろうよ。

俺は車庫に戻った。タイヤが壁に立てかけてあったが、自分で取りつけなんてしてたまるか。俺はバックで車を出して向きを変えた。あいつは私道の脇に立っていた。俺は言う、

「おまえ、本一冊も持ってないだろ。よかったら本をどうしたか教えてくれないかね、俺に関係あるかはわからんが。ああ、俺には訊ねる権利なんてなかったな」と俺は言う。「俺がしたことと言えば、去年の九月に本代十一ドル六十五セント払ったことぐらいだもんな」

「本を買ってくれてるのはお母さんだし」とあいつは言う。「あんたの金なんか、一セントだってあたしにかかってない。そんなことになるなら飢え死にしたほうがまし」

「そうかい？」と俺は言う。「それ、祖母さんに言ってみな。そしたらどんな言葉が返ってくるか。おまえは素っ裸には見えないがねえ」と俺は言う、「まあどんな服を着たところでその顔に塗りたくってるもののほうがおまえのことを隠してくれるんだろうがな」

「これ買うのにあんたやお祖母ちゃんの金が一セントでもかかってるって言うわけ？」とあいつは言う。

「祖母さんに訊いてみろよ」と俺は言う。「送られてきた小切手がどうなったか、訊いてみな。祖母さんが小切手を一枚取って焼いてるとこ、たしかおまえも見たよな」あいつは聞いてもいなかった。顔は化粧でベタベタで、ファイス犬みたいにきつい目つきをしていた。

「これ買うのにあんたかお祖母ちゃんが一セントでも出したとわかったら、どうするかわかる？」とあいつは服に手をかけながら言う。

「どうするんだ？」と俺は言う。「樽でも着るか？」

「いますぐ引き裂いて通りに投げ捨ててやる」とあいつは言う。「嘘だと思ってるの？」

「いや、おまえはやるだろうな」と俺は言う。「いつもやってるんだろ」

「嘘かどうか、見てな」とあいつは言う。両手で服の首元をつかみ、破くふりをした。

「その服、破いてみろ」と俺は言う、「もしやったら、今ここで鞭でぶったたいて一生忘れられないようにしてやる」

＊　故郷を離れた人々が帰省し故郷を懐しむ、アメリカ合衆国の様々な自治体で行われているイベント。

「嘘か見てなよ」とあいつは言う。するとあいつが本気で服を破こうとしているのが、引き裂いて脱ぎ捨てようとしているのが見て取れた。俺が車を停めてあいつの両手をつかむころには十人ばかりの見物人が集まってきていた。それで俺は一瞬頭に血がのぼって目の前が真っ暗になったように感じた。

「もう一度でもそんなことをしてみろ、生まれてきたことを後悔させてやるぜ」

「もうしてる」とあいつは言う。服を破こうとするのはやめたが、あいつの目がおかしな具合になってきたので俺は心の中で言う、もしこの車の中で、往来のど真ん中で泣きやがったら鞭で打つからな。とことん痛めつけてやるぞ。あいつにとって幸運なことに泣きはしなかったから、俺はあいつの手首を放して車を進めた。幸いなことに路地の近くまで来ていたから、裏通りに曲がって広場を避けることができた。ビアードの敷地ではもうテントを張りはじめていた。ショー・ウィンドウにポスターを貼らせてやったお礼にもらった二枚の入場券を、アールは俺にくれていた。あいつはおとなしく座っていたが、顔を背けて唇を噛んでいた。「もう後悔してる」とあいつは言う。「自分がなんで生まれてきたのかわかんない」

「ああ、そのことについてどう考えてみても合点がいかんって男を、少なくとももう一人知ってるよ」と俺は言う。俺は校舎の前で車を停めた。始業のベルが鳴り終わり、最後の生徒が入っていくところだった。「今回ばかりはなんとか間に合ったようだな」と俺は言う。「校舎に入ったあとはちゃんとおとなしくしてるか、それとも俺もついていっておとなしくさせとかなきゃならんか？」あいつは車を降りてドアをバタンと閉めた。「俺の言葉をよく覚えておけよ」と俺は言う。「本気だからな。どこぞの若造と路地裏をうろついてるなんてことがもう一度俺の耳に入ってみろ」

それを聞いてあいつは振り返った。「うろついてなんかない」とあいつは言う。「わたしがいちいちなにしてるかなんて、誰にだってわかってたまるもんか」

「だがみんな知ってるぜ」と俺は言う。「この町の者はみんなおまえがどういう人間か知ってるんだ。しかしこれ以上は俺が許さんからな、いいか？　俺個人としてはおまえがなにしてようがかまわんが」と俺は言う。「俺にもこの町での立場ってもんがあるからな、ニガーの売女みたいなのが身内にいられると困るんだよ。わかったか？」

「どうでもいい」とあいつは言う。「わたしは悪い女で地獄行きなんだし、どうでもいい。あんたのそばにいるくらいなら地獄のほうがよっぽどまし」

「おまえが学校に行っていないってもう一度俺の耳に入ったら、たしかに地獄のほうがましだと思い知ることになるぜ」と俺は言う。あいつは向きを変えて校庭を駆けていった。「もう一度でもだぞ、忘れるなよ」と俺は言う。あいつは振り返らなかった。

俺は郵便局へ行って手紙を受け取ってから、店まで車を走らせ駐車した。店に入るとアールが俺を見つめていた。遅刻したことについて何か言うチャンスをくれてやったのに、やつはこう言っただけだった、

「例の耕運機、着いたぞ。アンクル・ジョーブのところに行って組み立てるのを手伝ってやってくれ」

裏に行くと、アンクル・ジョーブが一時間にボルト三本くらいのペースで木枠を外していた。

「おまえ、うちで働いたほうがいいんじゃないか」と俺は言う。「この町の能無しニガーはおまえ以外みんなうちの台所でメシ食ってるぜ」

「おれは土曜の晩に給料くれる人んとこで働いてんだ」とやつは言う。「そうすっとよ、他の人んとこで仕事するヒマなんてほとんどねえのよ」やつはナットを締めた。「ここいらであくせく働くもんといやあゾウムシ*くらいのもんだわな」とやつは言う。

「ゾウムシじゃなくてよかったと思ったほうがいいぜ、この耕運機が入荷されたからにはな」と俺は言う。「きっと働きづめで死んじまうぜ。こっちが駆除の準備をするまでもねえだろうな」

「まちがいねえ」とやつは言う。「ゾウムシもたいへんだわな。雨が降ろうが晴れとろうが、暑いおてんとさまの下で一週間まるまる休みもなしに働かなきゃならねえ。座ってスイカが育つのをながめようにも玄関ポーチもねえし、土曜日だってゾウムシにとっちゃ何の意味もねえときた」

「おまえにとっても土曜日は何の意味もなくなるぜ」と俺は言う。「もしおまえに給料を払うのが俺だったらな。ほら、そいつらを木枠から出して店の中に引きずってこい」

俺はまずあいつからの手紙を開けて小切手を取り出した。女のやりそうなこった。六日遅れ。それなのに女ど

* ワタミハナゾウムシ。綿の栽培にとっての大敵。

もは商才があると男に思ってもらいたがる。月始めが六日だと思っている男の商売が長続きするわけねえだろ。で、たぶん銀行から明細が届いたら、どうして俺が給料を六日まで預けなかったか、母さんが訊いてくるってわけだ。そんなことになるなんて、女にはとうてい思いつかねえんだ。

「手紙の返事が来ていません。クエンティンのイースター用のドレスについて訊ねた手紙です。ちゃんと届きましたか？　最近あの子に出した手紙二通の返事もありません。二番目の手紙に入れた小切手は、前の小切手と一緒に現金化されたようですが。あの子は病気なんですか？　すぐにお知らせください。さもなければ私がそちらに行って自分で確かめます。あの子に必要なものがあれば知らせてくれると約束したでしょう。十日までには返事をください。いえ、やっぱりすぐに電報を打って。あの子への手紙を勝手に開けているのね。目の前で見ているようによくわかります。この住所宛にすぐに電報を打ってあの子の近況を知らせてください」

ちょうど読み終わるころにアールがジョーブにむかって怒鳴りだしたから、俺は手紙をしまってやつに活《かつ》を入れてやろうと裏へ行った。この国に必要なのは白人の労働力だ。こういう役立たずのニガーどもは二年ばかし食いっぱぐれさせてみりゃいいんだ。そうすりゃいかにチョロい仕事をさせてもらってたか、やつらにもわかるだろ。

十時近くになると俺は表へ出ていった。旅回りのセールスマンが店に来ていた。十時まであと二、三分だったから、俺はそいつを誘って通りの先にコカコーラ*を飲みに行くことにした。作物の話題になった。

「しょうもない話さ」と俺は言う。「綿は山師の作物だ。農家にあることないこと吹きこんでたっぷり収穫をあげさせたら、相場を上げ下げしておめでたい連中から金を巻きあげる。それで農家が得るものといやあ、日焼けした赤い首《レッドネック》とひどい猫背以外になんかあると思うか？　汗水たらして綿を植えれば、その日暮らしよりちったあマシな生活ができると思うかもしれんがね」と俺は言う。「収穫をたっぷりあげたところで摘むだけの価値もなくなっちまうし、収穫を減らせば綿繰り機を動かすまでもなくなっちまう。なんでそんなことになる？　そりゃ東部のくそユダヤ人どもがいや俺はユダヤ教を信じるのが悪いって言ってるんじゃないぜ」と俺は言う。「ユダヤ人にも立派な市民がいることは、知り合いがいるからわかってる。あんたもその一人なのかもしれんが」と俺は言う。

「いいや」とそいつは言う。「俺はアメリカ人だよ」

「気を悪くしないでくれよ」と俺は言う。「俺は誰にだって公平な男だぜ、宗教だのなんだのにかかわらずな。個人としてのユダヤ人にはとやかく言うつもりねえよ」と俺は言う。「問題は人種全体としてなんだ。やつらがなにも産みださないってことは認めるだろ。開拓民の後を追って新しい国に潜りこんでは服を売りつけるって連中さ」

「あんたが言ってるのはアルメニア人のことだな」とそいつは言う。「そうだろう。開拓民には新しい服なんて要らないしな」

「気を悪くしないでくれよ」と俺は言う。「宗教のことでとやかく言うつもりはねえんだ」

「かまわんよ」とそいつは言う。「俺はアメリカ人だからな。うちの家にはフランスの血も入ってるから、鼻はこんな形だがね。俺はたしかにアメリカ人さ」

「俺もそうさ」と俺は言う。「今となっちゃ少なくなったけどな。で、俺が言ってるのは、ニューヨークで腰もあげずにおめでたい博奕《ばくち》打ちどもから金を巻きあげてるやつらのことなんだ」

「まったくだ」とそいつは言う。「貧乏人が博奕を打ったってどうしようもねえ。法律で禁じるべきだよ」

「俺の言うとおりだと思わないか？」と俺は言う。

「ああ」とそいつは言う。「あんたの言うとおりだろうな。農家はどう転んでも損することになるんだ」

「俺の言うとおりだってこたあわかってるんだ」と俺は言う。「ありゃおめでたいやつら向けのゲームだ、事情通から内部情報でも手に入れない限りはな。俺はたまたま現場にちょっとした伝手《つて》があるもんでね。そいつら、ニューヨークでも一、二を争う相場操縦の達人を顧問にしてるんだ。俺のやり方ではな」と俺は言う、「いっぺんに大きな賭けには絶対に出ない。やつらが狙いをつけてるのは、なんでもわかってると思いこんで、三ドルで

＊ コカコーラはもともと頭痛薬として売り出された。その後成分が変わり、この当時はすでに清涼飲料水として販売されていたが、頭痛持ちのジェイソンは痛みがやわらぐことを期待して、この後も何度かドラッグストアでコカコーラを飲む。

大儲けしてやろうなんて手合いなんだからな。それだからやつらは商売をやっていけるのさ」

そのとき時計が十時を打った。俺は電信局へ行った。出だしは上向きだった。やつらの言ったとおりだ。俺は隅に行き、念のためまた電報を取り出した。それを見ているあいだにレポートが入ってきた。二ポイント上昇。みんな買いに走ってるんだ。みんなの口ぶりからもそれはうかがわれた。乗り遅れるな、ってな調子だ。先行きはもう決まってるってことを知らねえみたいだ。まるで買い以外は禁止する法律かなんかでもあるみたいだ。そりゃあ、東部のユダヤ人どもにだって生活ってもんがあるからな。だが神さまに送りこまれた国では食べていけねえようなクソ外国人が、この国に来たらアメリカ人のポケットから金を掠《かす》めとり放題になっちまうんだから、とんでもねえご時世になったもんだ。さらに二ポイント上昇。全部で四ポイント。くそっ、でもやつらは向こうにいて事情がわかってるはずだ。それに助言を無視しちまうんだったら、俺はなんのために月に十ドルもやつらに払ってるんだ。俺はいったん外に出たが、ふと思い出して中に戻り電報を打った。「バンジジュンチョウ。Qテガミキョウダス」

「Q?」と電信技師が言う。

「ああ」と俺は言う。「Qだよ。Qの綴りわかんねえのか?」

「いちおう確かめただけですよ」とそいつは言う。

「俺が書いたとおりに送れば、確かめるまでもねえことは俺が請け負うよ」と俺は言う。「受取人払いで頼む」

「なに送ってんだ、ジェイソン?」とドック・ライトが俺の肩越しに覗きこみながら言う。「そりゃ買えって意味の暗号文か?」

「気にすんな」と俺は言う。「あんたらは自分の判断を信じなよ。ニューヨークのやつらなんかよりよっぽどよくわかってるだろう」

「そりゃ、そうだろうけど」とドックは言う。「一ポンドあたり二セント高く値が付けられてたら、今年は金を貯められたんだがなぁ」

また新着情報が入ってきた。一ポイント下降。

「ジェイソンは売りなのか」とホプキンズが言う。「やつの顔見てみろよ」

「俺がどうしようと気にすんな」と俺は言う。「あんたらは自分の判断に従いな。ニューヨークの金持ちユダヤ人にも生活があるんだ、他のみんなと同じようにな」

俺は店に戻った。アールは店先で忙しく立ち働いていた。俺は奥のデスクに行き、ロレインからの手紙を読んだ。「いとしいダディあなたがここにいてくれたらいいのに。あなたが町にいないとパーティも退屈あなたが恋しいのわたしのかわいいダディ」そうだろうよ。こないだは四十ドルくれてやったんだ。あいつにな。俺は女になんの約束もしねえし、なにをくれてやるつもりかも話さねえ。女ってやつをうまくあしらうにはそれしかねえんだ。次はなにかといつも考えさせておく。やつらへのサプライズがさっぱり思いつかねえってんなら、顎に一発くらわせてやればいい。

俺は手紙を引き裂いて痰壺の上で燃やした。女の字が書いてある紙きれは絶対に取っておかないと決めている。それに俺のほうは手紙なんていっさい書かない。ロレインはいつも手紙をちょうだいとせがむが、俺はこう言ってやるんだ、俺が言い忘れたことがあっても次メンフィスに来たときでいいだろ、でも、と俺は言う、おまえがたまに俺に手紙を出す分にはかまわないぜ、無地の封筒ならな、だが俺に電話しようなんて気を起こしたらメンフィスにいられなくしてやるからな、と俺は言う。俺は言う、そっちにいるときは俺も客の一人だがな、どんな女だろうと俺に電話をかけるのは許さねえ。ほら、と言って俺は四十ドルをわたす。酔っ払って俺に電話をかけようなんて思うことがあったら、いま言ったことをよおく思い出して、実行する前に十数えるんだな。

「いつなの？」とあいつは言う。

「なにが？」と俺は言う。

「次来てくれるのは」とあいつは言う。

「そのうち連絡する」と俺は言う。それからあいつはビールを買おうとしたが、俺がそうはさせなかった。「その金は取っておけ」と俺は言う。「そいつで服でも買いな」俺は女中にも五ドルわたした。結局、いつも言ってるように、金にはなんの価値もねえ。どう使うかが重要なんだ。金は誰のものでもねえし、しまいこんでたってどうしようもねえ。金は手に入れて持っておけるやつのものってだけだ。まさにこのジェファソンにもニガーどもにガラクタを売りつけてボロ儲けしたやつがいて、そいつは店の二階の豚小屋なみに狭い部屋に住んで、自炊までしてやがった。四、五年前だったか、そいつは病気になった。それですっかりビビっちまって、治ったと思ったら教会の信者になって、中国へ伝道師を送るってんで年に五千ドルも寄付するようになった。で、俺はよく考えるんだ、もしそいつが死ぬことになって天国なんてありゃしないと気づいたら、その年五千ドルのことを思い出して腹が立って仕方ないだろうってな。いつも言ってるように、そういうやつはさっさと死んじまって金を無駄にしないほうがいいんだ。

手紙が燃えつき、残りの手紙を上着のポケットに突っこもうとしたところ、ふと虫の知らせで家に帰るまでにクエンティン宛の手紙を開けたほうがいい気がしたが、ちょうどそのときアールが店先から俺を大声で呼びはじめたから、俺は手紙をしまって表へ行きクソ百姓《レッドネック》の対応をしたんだが、そいつは軛《くびき》につける革紐を二十セントのにするか三十五セントのにするかで十五分も迷ってやがった。

「そっちの良いやつを買ったほうがいいですよ」と俺は言う。「安い道具で仕事しようってんなら、うまくいくわけがありますかね？」

「こいつがそんなに使えねえ品なんだったら」とそいつは言う、「なんで店に並べておくんだ？」

「使えないとは言ってないですよ」と俺は言う。「そっちに比べたら良くないって言っただけです」

「なんでわかんだ？」とそいつは言う。「どっちかでも使ったことあんのか？」

「こっちは三十五セントもしないですから」と俺は言う。「だからそっちほど良くないってわかるんですよ」

そいつは二十セントのやつを両手で握り、指で挟んで引っ張っていた。「おれぁこっちにするよ」とそいつは言う。包むから貸してくださいと俺は言ったが、そいつは品物を丸めてオーバーオールのポケットに突っこんだ。それからそいつは煙草入れを取り出し苦労して紐をほどくと、袋を振ってコインを何枚か出した。そいつは二十五セント玉を俺にわたした。「十五セントありゃ、ちょっとした昼めしが買えるからな」とそいつは言う。

「そうですか」と俺は言う。「どうぞご自由に。でも来年また新しいのを買わなきゃならなくなっても、俺に文句言ってこないでくださいよ」

「来年の作物はまだ作ってねえからな」とそいつは言う。ようやくそいつを追い払えたが、あの手紙を取り出すたびに何かやらなきゃいけないことが出てくる。猫も杓子もショーを見に町に出てきてやがるし、やつらがぞろぞろやってきて金を落とす相手ときたら町にとっちゃ何の得にもならねえやつらで、あとに残すものは役場へのみかじめ料だけ、しかもその金だって市長室の汚職役人どもが山分けにしちまうし、アールはと言えば鶏小屋の牝鶏みたいに客を追っかけまわしては、「はい、奥さん、ミスタ・コンプソンがご用をうかがいます。ジェイソン、こちらのご婦人に攪拌機をお見せしろ、網戸の留め金を五セント分持ってきてさしあげろ」とか抜かしやがる。

ほんと、ジェイソンは働くのが好きなんですのよ。俺は言う、そうじゃない俺は大学へ通うなんて恩恵に与《あずか》らなかっただけの話さハーヴァードじゃ泳ぎ方も知らないのに夜に泳ぎに行く方法を教えるんだしスウォニー*じゃ水がどういうものなのかさえ教えてくれないんだからな。俺は言う、俺を州立大学に通わせてみたらどうだい、そしたら俺は鼻スプレーで時計を止める方法を習えるだろうし、そうなったらベンは海軍にでも送ってやればいいと俺は言う、いや騎兵隊でもいいけど、騎兵隊じゃ去勢馬を使うんだろ。それからあいつが俺に面倒を見ろとクエンティンをよこしてきたときもと俺は言う、それもきっとよかったんだよ、はるばる北部まで職を探しに行かなくてもいいように俺のところまで職をよこしてくれたんだから、すると母さんが泣きだしたから俺は言う、こいつを引き受けるのが嫌なわけじゃないんだ、そうしてほしいなら仕事をやめて俺がこいつの世話をするし、小麦粉樽をいっぱいにするのは母さんとディルシーに任せるよ、それかベンに。あいつを見世物に貸し出したらいいじゃないか、十セント払ってあいつを見たいってやつもどっかにはいるだろ、すると母さんはますます泣いて苦しんでばかりでかわいそうな私の坊やとか繰り返し言うもんだから俺は言う、そうさあいつも大きくなったら母さんをおおいに助けてくれるだろうよ今は俺の一・五倍の背丈しかないけどな、すると母さんが言う、私はもうすぐ死ぬからそうしたらみんなもっといい暮らしができるわね、それで俺は言う、わかった、わかった、好きにしなよ。この子は母さんの孫なんだから、相手方の祖父さん祖母さんはそんなにきっぱりとは言いきれないだろうけど。でもね、と俺は言う、時間の問題だよ。あいつが約束どおりこの子には会いに来ないと信じてるなら思い違いをしてるよだってあの最初の時も　母さんは繰り返し言っていたありがたいわあなたは名前以外はコンプソンじゃないんだもの、だって私に残されたものはあなただけ、あなたとモーリーだけなんだから、それで俺は言う、まあ俺はモーリー伯父がいなくても平気だけど

＊　テネシー州の町。そこにあるサウス大学がコンプソンきょうだいの父親の出身校なのだと思われる。

ね、そのときみんなが来て出発の準備ができたと言った。母さんはそれで泣きやんだ。母さんがヴェールを降ろすと俺たちは一階へ降りていった。伯父が食堂から出てくるところで、ハンカチを口にあてていた。みんなが並んで道みたいになっているところを通って俺たちが玄関を出ると、ちょうどディルシーがベンとT・Pを屋敷の角から裏のほうへ追い払っているのが見えた。俺たちは踏み段を降りて馬車に乗りこんだ。伯父はかわいそうな妹、かわいそうな妹と言いつづけ、しゃべりながら口をもごもごさせたり母さんの手をポンポンと叩いたりしていた。口がどうしたのか知らないが、もごもごとしゃべっていた。

「喪章はつけたの?」と母さんが言う。「どうして出発しないの、ベンジャミンが来たらひどい騒ぎになっちゃうじゃないの。かわいそうな坊や。なにもわかってないのよ。理解したくてもできないんだから」

「ほらほら」と伯父が母さんの手をポンポンと叩きながらもごもごと言う。「そのほうがいいんだ。いずれ知らなきゃならないときが来るまでは身内が死ぬ悲しみなんて知る必要ないのさ」

「ほかの女の人なら、こんなとき支えてくれる子どもたちがいるのに」と母さんは言う。

「おまえにはジェイソンも俺もいるじゃないか」と伯父は言う。

「つらくて仕方がないの」と母さんは言う。「二年もたたずに身内が二人もこんなことになってしまったのよ」

「ほらほら」と伯父は言う。しばらくしてからさりげなく手を口許に持っていき、口に入れていたものを窓の外に落とした。それで俺は何が匂っていたのかわかった。クローブの茎*だ。父さんへのたむけとして自分にできるのはそれくらいだと思ったんだろう。それか、父さんがまだ生きていると食器棚が勘違いして、伯父が通りがかったときにつまずかせて引き留めたのかもしれない。いつも言ってるように、父さんがクエンティンをハーヴァードにやるために何か売らなきゃならないんだったら、あの食器棚を売って余りの金で片腕を縛った拘束服でも買ってたら、みんなはるかに楽な暮らしができたはずなんだ。母さんが言うようにコンプソンの家が俺の代になる前にすっかり落ちぶれちまったってんなら、それは父さんが全部酒にして飲み尽くしちまったからだ。少なくとも俺をハーヴァードにやるために何か売ろうなんて父さんが言ってくれたことは、一度たりともなかった。

そうしてモーリー伯父は母さんの手をポンポンと叩きながら「かわいそうな妹」と繰り返し言っていたが、その叩いている手にはめた黒い手袋の請求書を、俺たちは奇《く》しくもその四日後に受け取ることになったわけで、というのもその日は二十六日だったからで、以前には別の月の二十六日に父さんが赤ん坊を引き取りに行ってうちに連れ帰ってきたからで、父さんはあいつの居場所はもちろん、何も話そうとしなかったから、母さんが泣きながら「それであなたはあの人に会いもしなかったの？　あの人に養育費を出させようとも思わなかったの？」と言うと、父さんは言う、「いやあの子はあの男の金に手は出せんのだよ、びた一文ね」それで母さんは言う、「法律で払わせることもできるでしょう。あの人は何も証明しようがないんだし、ただ――ジェイソン・コンプソン」と母さんは言う。「あなたまさかこっちから教えるなんて馬鹿なこと――」

「いい加減にしなさい、キャロライン」と父さんは言って、それからディルシーが屋根裏に古い揺りかごを取りに行ってるから手伝ってこいと俺に言いつけたので、俺は言う、

「そうか、あいつら、俺の仕事を今夜届けてくれたってわけだな」というのも二人がごたごたを解決してあの男があいつを捨てないでくれるよう俺たちはずっと願っていたからで、というのもあの子はあなたのチャンスをふいにしたりはしない、家族に対してそれくらいの気遣いはあるはずだ、あの子とクエンティンは与えられたチャンスを棒に振ったんだから、と母さんが繰り返し言っていたからだ。

「で、この子はほかに誰を頼れるんかね？」とディルシーは言う。「あたしでなきゃ、誰がこの子を育てるっていうんかね？　あんたらみんな、あたしが育てたんだろうが？」

「たしかにな、立派に育ててあげてくれたもんだ」と俺は言う。「とにかく、こいつのせいで母さんはまちがいなく頭痛の種が増えることになるな」そうして俺たちが揺りかごを運び降ろすと、ディルシーは昔使っていた部屋に据えつけようとしだした。それで案の定母さんが騒ぎだした。

「しずかにしな、ミス・カーライン」とディルシーが言う。「起こしちまうよ」

＊　酒の匂いをごまかすためのもの。

「そこに置くの?」と母さんが言う。「そこの空気で汚そうっていうの? ただでさえこの子の人生はいばらの道なのに。そういうふうに生まれついてるんだから」

「いい加減にしなさい、キャロライン」と父さんが言う。

「馬鹿なことを言うんじゃない」

「ここで寝かしてなんでいけないんかね?」とディルシーが言う。「この子のおっかさんが一人で寝られるようになってからずーっと、このおんなじ部屋で毎晩あたしが寝かしつけてたんだろうが」

「あなたにはわからないのよ」と母さんが言う。「自分の娘が夫に捨てられた気持ちなんて。かわいそうに、あどけない赤ちゃんなのに」と母さんはクエンティンを見つめながら言う。「あなたの引き起こした苦しみを、あなたは決して知らなくていいのよ」

「いい加減にしなさい、キャロライン」と父さんが言う。

「ジェイソンの前でそんなことばっか言って、なにがしたいんかね?」とディルシーが言う。

「私はこの子を守ろうとしてきたの」と母さんは言う。

「いつだってこういうことからこの子を守ろうとしてきたの。この赤ちゃんだって、精いっぱい守ってあげるくらいのことはできるわ」

「この部屋で寝たからって、この子にどんな悪いことがあるんかね、教えてほしいもんだ」とディルシーは言う。

「私にはどうしようもないの」と母さんは言う。「わかってる、私はただただ厄介なお婆さんよね。でも、神さまの掟をないがしろにしてただで済むはずがないってこともわかってるわ」

「馬鹿馬鹿しい」と父さんが言う。「それなら、揺りかごはミス・キャロラインの部屋に置きなさい、ディルシー」

「あなたは馬鹿馬鹿しいだなんておっしゃってればいいわ」と母さんは言う。「でもこの子が知ってはならないの。母親の名前さえ教えてはいけないの。ディルシー、今後この子に聞こえるところであの名前を口にすることは禁じます。本当は大きくなるまで母親がいることすら知らずにいられたらありがたいんですけどね」

「馬鹿なことを言うんじゃない」と父さんは言う。

「私はこれまで子育ての方針に口出ししてきませんでした」と母さんは言う。「でも、もう耐えられないわ。このことは今夜、ここで決めないと。あの名前をこの子に聞こえるところで決して口にしないようにするか、さもなければこの子をよそにやるか。もしくは、私が出ていきます。あなた、選んでちょうだい」

「いい加減にしなさい」と父さんは言う。「おまえは動転しているだけなんだ。それはここに置くんだ、ディルシー」

「それにしたってあんたも具合悪そうだね」とディルシーは言う。「まるで幽霊だよ。もう横になんな、そしたらあたしがトディ作ってやるから、眠れるかためしてみな。きっと出かけていった日からこのかた、一晩だってぐっすり眠れてないんだろ」

「駄目よ」と母さんが言う。「お医者さまがなんておっしゃってるか、知らないの？ どうしてわざわざお酒を飲ませようとしなきゃいけないのよ？ 今一番困っているのはそのことじゃないの。私をごらんなさい。私も苦しいけど、ウィスキーで自殺しなきゃいけないほど弱くはありませんわ」

「くだらん」と父さんは言う。「医者に何がわかる？ やつらの生業は相手がそのときやっていないことをやれと言うだけのことなんだ。とは言っても、退化した猿についてわかることなんて、誰だってその程度なのだよ。おまえ、次は牧師を呼んできて私の手を握らせるつもりかね」すると母さんは泣きだし、父さんは部屋を出ていった。一階へ降りていき、それから食器棚を開ける音が聞こえた。夜中に俺が目を覚ましたときも、また父さんが下へ降りていくのが聞こえた。母さんはもう眠ってたのか、家はようやく静かになっていた。父さんも音をたてないようにしていたようだ。食器棚の前あたりで寝巻きの裾が擦れる音と裸足で歩く音のほかは何も聞こえてこなかった。

ディルシーが揺りかごを据えつけ、赤ん坊の服を脱がせてその中に寝かせた。赤ん坊はうちに連れてこられてから一度も目を覚ましていなかった。

「この子、この揺りかごにはちょっと大きすぎるかもね」とディルシーは言う。「よし、そしたらあたしは向かいの部屋に布団しいて寝るから、あんたは夜中に起きてこなくても大丈夫だよ」

「私は寝ませんよ」と母さんは言う。「あなたは自分の家に帰りなさい。かまわないから。私は残りの人生をよろこんでこの子にささげるわ、それでこの子を守れるなら——」

「もうおだまり」とディルシーは言う。「この子の面倒はあたしたちが見るよ。あんたももう寝な」とディルシーは俺に言う。「明日も学校だろ」

それで俺が部屋から出ると、母さんが俺を呼び戻し、しばらく俺にすがりついて泣きつづけた。

「あなたは私のただ一つの希望なの」と母さんは言う。「毎晩あなたのことを思っては神さまに感謝をささげているのよ」みんなが出発するのを待っている間にも母さんはこんなことを言い出す。神さまに感謝するわ、あの人まで召されなければならなかったんだとしても、クエンティンじゃなくてあなたを私に残してくださったんですものね。ありがたいわあなたがコンプソンじゃなくて、いま私に残されているのはあなたとモーリーだけなんですからね、それで俺は言う、まあ俺はモーリー伯父がいなくても平気だけどね。ともかく、伯父は母さんから顔を背けながらしゃべりつつ、黒い手袋をはめた手で母さんの手をポンポンと叩きつづけていた。伯父が手袋を外したのはシャベルの順番が自分に回ってきたときだった。伯父が先頭のほうに寄っていくとそこには傘をさした連中がいて、ときどき足を踏み鳴らしては泥を振り落とそうとしていて、シャベルにも泥がこびりつくものだからそれも振り落とすと、穴に落ちた泥が当たってうつろな音が響いたが、俺が貸馬車の裏に回ると、伯父がよその墓石の陰で瓶からまた一口飲んでいるのが見えた。伯父は酒をやめるつもりはないだろうなと思った。というのも、俺ですら新調したばかりのスーツを着ていたからなのだが、まだ馬車の車輪にもそれほど泥がついていない頃合いだったのにそれがどんなことになってるかに母さんだけが気づいて、次にスーツを新調できるのはいつになるかわかったものじゃないのにと言うと、モーリー伯父は「まあまあ、心配しなさんな。俺がいれば大丈夫さ、いつだって」などと抜かす。

たしかに伯父はいるんだ。いつだって。四つめの手紙は伯父からだった。でも開ける必要はまったくなかった。俺が代わりに書いてやることもできたし、前のを思い出してそらで母さんに読み上げてやることだってできるくらいだ、念のため十ドル上乗せしたうえでな。だが、最後の一通は嫌な予感がした。そろそろあいつがまたよからぬことを企んでいるころだと、なんとなくそんな気がしたんだ。あの最初のことがあってからは、あいつもずいぶん賢くなった。俺が父さんとは違う種族の人間なんだってことに気づいたのもずいぶん早かった。みんなが土をかけはじめてもう見えないくらいまで埋まると、やっぱり母さんが泣きだしたから、モーリー伯父が母さんを馬車に乗せて一緒に帰っていった。伯父が言うには、おまえは誰かに乗せてもらって帰ってくればいい、みんなよろこんで乗せてくれるよ、とのことだ。俺はおまえの母さんの面倒を見なきゃいけないからさ。それで俺は、そうだね、伯父さんは酒を一本じゃなくて二本持ってくるべきだったね、と言おうかとも思ったが、場所が場所だったから、黙って行かせてやった。二人とも俺がびしょ濡れなことはほとんど気にかけてなかった。だってそうすりゃ母さんは俺が肺炎になるんじゃないかとか言ってあとで思う存分心配することができるんだからな。

ともかく、そんなことを考えているうちにもみんなは土を投げ入れていて、というより叩きつけていて、まるでモルタルでも作ってるか塀を立ててるみたいで、それを見ていたら変な気分になってきたから少し歩き回ることにした。町に向かって歩いたらやつらに追いつかれて馬車に乗せられちまうだろうから、逆方向のニガー墓地のほうに歩いていった。杉の木立の下に入ると雨もたいしてかからず、ときどきしずくが垂れてくるだけだったから、やつらが全部終えて帰っていくまでそこで見ているることにした。しばらくするとやつらがみんないなくなったから俺は少し待ってから木立を出た。

濡れた草の上を歩かないですむよう道なりに歩いていったから、あいつの姿はすぐ近くにいくまで見えなかった。黒い外套に身を包んだあいつは突っ立って花を眺めていた。それが誰なのか、俺にはすぐにわかった。あいつが振り返って俺を見つめながらヴェールを上げる前から。

「こんにちは、ジェイソン」とあいつは言って手を差し出した。俺たちは握手をした。

「ここでなにしてるんだ?」と俺は言う。「こっちにはもう戻らないと母さんに約束したものと思ってたがね。ここまでの馬鹿じゃないと思ってたよ」

「そう?」とあいつは言う。そしてまた花を眺めた。五十ドル分くらいの花が供えられていた。誰かがクエンティンの墓にも花束をひとつ供えていた。「そんなふうに思ってたの?」とあいつは言う。

「でも驚きはしねえよ」と俺は言う。「おまえならどんなことだってやりかねないからな。おまえは誰のことも気にかけたりしない。誰がどうなろうとかまわないんだろ」

「ああ」とあいつは言う、「あの仕事のことか」あいつは墓を見つめた。「その件は悪かったと思ってる、ジェイソン」

「そうだろうよ」と俺は言う。「口の利《き》き方もしおらしくしておこうってつもりなんだろうがな。でも戻ってくる必要はなかったんだ。もうなんにも残っちゃいないんだからな。モーリー伯父に訊いてみろよ、俺の言うことが信じられないなら」

「なにももらおうなんて思ってないよ」とあいつは言う。あいつは墓を見つめた。「どうして誰も知らせてくれなかったの?」とあいつは言う。「たまたま新聞で見つけたの。訃報欄で。ほんとにたまたま」

俺はなにも言わなかった。二人して突っ立って墓を見つめていると、小さかった頃のこととかが次々頭に浮かんでまた変な気分になってきて、怒りだかなんだかが湧きあがり、これからはモーリー伯父がいつも家じゅうをうろついて、俺を雨の中に残してひとりで帰ってこさせようとしたみたいに、あんな調子で家を仕切りやがるんだろうなんてことまで頭に浮かんできた。俺は言う、

「えらく気にかけてくれたんだな、親父が死んだとたんにコソコソやってくるなんて。だがそんなことしたってどうにもならないぜ。これに乗じてこっそり戻ってこれるなんて思うなよ。自分の馬に乗っていられないなら歩くほかない、ってこった」と俺は言う。「うちじゃおまえの名前すら知らないことになってるんだからな」と俺は言う。「知ってたか? おまえの名前すら知らないんだ。向こうであの男とクエンティンと一緒に暮らせてたらおまえにとってもちったあマシだったろうにな」と俺は言う。「知ってたか?」

「知ってるよ」とあいつは言う。「ジェイソン」と墓を見つめながらあいつは言う、「あの子にちょっとだけでも会えるようにしてくれたら五十ドルあげる」

「五十ドルなんて持ってないくせに」と俺は言う。

「どう?」と俺を見ずにあいつは言う。

「金を見せてもらおうか」と俺は言う。「おまえが五十ドルも持ってるとは思えないからな」

外套の下であいつの両手がもぞもぞ動くのが見え、やがてあいつは片手を差し出した。まいったな、しこたま持ってやがるじゃねえか。黄色い札*も二、三枚見えた。

「あの男はまだ金をくれるのか?」と俺は言う。「いくら送ってくるんだ?」

「百ドルあげる」とあいつは言う。「どう?」

「ちょっとだけだぜ」と俺は言う。「で、俺の言うとおりにすること。千ドルもらったって母さんに知られるような羽目は勘弁だからな」

「うん」とあいつは言う。「あんたの言うとおりにする。ちょっと会うだけ。なにも欲しがったりしないし、なんかしたりもしない。会えたらすぐ立ち去るから」

「金をよこせよ」と俺は言う。

「お金はあとでわたす」とあいつは言う。

「俺を信用してないのか？」と俺は言う。

「してない」とあいつは言う。「あんたのことはわかってる。一緒に育ったんだからね」

「信用できるかどうかなんて話をおまえの口から聞くとはな」と俺は言う。「まあいい」と俺は言う。「いつまでも雨に降られてるわけにもいかんからな。じゃあな」俺は立ち去るふりをした。

「ジェイソン」とあいつは言う。俺は立ちどまった。

「あ？」と俺は言う。「早くしろ。びしょ濡れになっちまう」

「わかった」とあいつは言う。「ほら」あたりに人影はなかった。俺は引き返して金を受け取った。あいつはまだ手を放さなかった。「やってくれる？」とあいつはヴェールの陰から俺を見つめて言う。「約束する？」

「放せよ」と俺は言う。「誰か来て見られたらどうするんだ？」

あいつは放した。俺は金をポケットにしまった。「やってくれるよね、ジェイソン？」とあいつは言う。「ほかに方法があればあんたなんかに頼まないのに」

「そうさ、ほかに方法なんかありゃしねえ」と俺は言う。「ああ、やってやるさ。そう言わなかったか？　ただし、俺の言うとおりにするんだぞ、いいな」

「うん」とあいつは言う。「言うとおりにする」それで俺は待ち合わせ場所を教えて貸馬車屋に向かった。急いで行くと、ちょうど馬を馬車から外しているところだった。もう支払いは済んだか訊くとまだだと言うので、ミセス・コンプソンが忘れものをしたからもう一度馬車を使いたいと伝えたら借りられることになった。ミンクが御者《ぎょしゃ》だった。俺はやつに葉巻を買ってやり、暗くなりだすまで人に見られないよう裏通りを走りまわらせた。それから馬車を戻さなくちゃならないとミンクのやつが言うから、葉巻をもう一本買ってやってうちのそばの小径まで走らせ、そこから俺は庭を突っ切って家まで歩いていった。玄関ホールで立ちどまって耳を澄ますと、母さんとモーリー伯父の声が二階から聞こえてきたが、俺は

＊　二十ドル札のこと。

台所に進んだ。そこには赤ん坊とベンジーがディルシーと一緒にいた。俺は母さんがそいつを探してると言って、赤ん坊を母屋に抱えていった。モーリー伯父のレインコートがあったからそれで赤ん坊をくるんで抱えあげ、小径に戻って馬車に乗りこんだ。俺はミンクに駅まで行くように言った。やつが貸馬車屋の前を通りたくないと言うから、裏道を行かなければならなかった。曲がり角のところで、街灯の下にあいつが立っているのが見えると、俺はミンクに歩道ぎわを走って俺がやれと言ったら馬に思い切り鞭を食らわせろと命じた。それから俺が赤ん坊をレインコートから出して窓につけるように抱えあげると、キャディはそれを見てこちらに飛び出してきそうになった。

「打て、ミンク!」と俺が言うとミンクは馬に一発食らわせ、俺たちは消防車みたいな勢いであいつの前を通り過ぎた。「それじゃ、帰りの汽車に乗れよ、約束どおりにな」と俺は言う。あいつが俺たちを追って走ってくるのがうしろの窓越しに見えた。「もう一発打て」と俺は言う。「よし、このまま帰るぞ」俺たちが角を曲がるときにもあいつはまだ走っていた。

それで俺はその晩、金をもう一度数えてから仕舞いこみ、悪くない気分になった。これでおまえにもよくわかっただろう、と俺は言う。俺から仕事をふんだくっておいてただで済むわけがねえってことがな。あいつが約束を破って汽車に乗らないなんてことがあろうとは、思いもよらなかったんだ。でもその頃の俺には、こういうやつらのことがまだよくわかってなかった。やつらの言うことを真に受けちまう愚かものだった。というのも次の日の朝、なんとあいつはぬけぬけと店の中に入ってきやがったんだ。ヴェールをつけて誰にも話しかけないくらいの分別はかろうじて持っていたがな。俺が店にいたから、土曜の朝のことだった。あいつは俺のいる奥の机までずかずかとやってきた。

「嘘つき」とあいつは言う。「嘘つき」

「頭おかしいのか?」と俺は言う。「どういうつもりだ? こんなところに入ってきて?」あいつはなにか言いかけたが、なにもしゃべらせなかった。俺は言う、「前にもおまえのせいで仕事を一つふいにしてるんだ。この仕事まで奪おうってのか? 言いたいことがあるなら日が暮れてからどこか別の場所で会ってやるよ。だけどなにを言うことがあるってんだ?」と俺は言う。「言ったとおりのことを全部してやっただろ? ちょっと会わせてやるって、そう言わなかったか? で、会えただろ？」あいつは突っ立って俺をにらみながら高熱の発作みたいに体を震わせ、握りしめた両手もぶるぶる震わせていた。「してやるって言ったとおりのことをしただけさ」と俺は言う。「嘘つきはおまえのほうだろ。汽車に乗って帰るって、おまえ言ったよな？　そうだろ？　約束しただろ？　金を取り戻せると思うならやってみろよ」と俺は言う。「たとえ千ドルもらってたってまだ貸しがあるくらいの危険を俺はおかしたんだ。もし十七番列車が出たあとにまだ町にいるのを見たり聞いたりしたら」と俺は言う、「母さんとモーリー伯父に言いつけるぞ。そうなればいつの日かまた赤ん坊に会えるときまで、息を殺して待つしかないよなぁ」あいつは突っ立って俺を睨みながら、両手をねじるように揉み合わせていた。

「クソったれ」とあいつは言う。「クソったれ」

「ああ」と俺は言う。「そいつも見逃してやるよ。だが俺の言ったことを覚えておけよ。十七番列車が出たあとにまだいたら、言いつけるからな」

あいつが立ち去ると、気分はマシになった。俺は言う、これでおまえも俺に約束した仕事を反故にする前に、一度立ちどまってよく考えるようになるだろうよ。あの頃、俺はガキだった。なにかしてくれると言われれば、それをそのまま信じてた。あれから俺も学んだよ。それにいつも言ってるように、俺は誰の助けも借りずにうまくやっていけるはずだし、自分の足で立つことができるんだ。これまでもそうしてきたんだから。それから急に、ディルシーとモーリー伯父のことが頭に浮かんだ。あいつならディルシーを言いくるめちまうだろうし、モーリー伯父は十ドルもわたせばなんだってやるだろう。なのに俺はこのとおり、店を離れて自分の母親を守ってやることさえできねえ。母さんが言うように、あなたたちの一人が召されなければならなかったんだとしても、あなたを私に残してくださったんだから神さまに感謝しなくちゃね頼りになるのはあなただけだもの、ってことなら、俺は言うんだ、ああ、俺があの店を離れて母さんの手の届かないところまで行くなんてことはないだろうね。なけなしの財産しか残されてなくったって、誰かはそれを守り抜かなきゃいけないんだろうから。

だから俺は家に帰るとすぐにディルシーに釘を刺した。あいつは癩《らい》病にかかってるんだと言って、聖書を取り出して人の肉が腐れ落ちていくところを読んで聞かせ、母さんだってベンだってクエンティンだってあいつが一目見るだけでうつっちまうんだ、と話した。これで備えは万端だと思っていたんだが、ある日家に帰るとベンのやつがわめいていた。大騒ぎして誰にもなだめられなかった。しょうがないわねえ、じゃあ上ぐつをあげてちょうだい、と母さんが言いだした。ディルシーは聞こえないふりをした。母さんがもう一度言うので、俺が取ってくるよこんな馬鹿騒ぎには耐えられないからと俺は言う。いつも言ってるように、俺はたいていのことには耐えられるしこいつらにたいして期待もしちゃいないが、あのクソみてえな店で一日じゅう働かなきゃならねえんなら、夕飯ぐらいちょっとはゆっくり静かに食わせてもらったってバチは当たらねえだろ。だから俺が取ってくると言うと、ディルシーが口早に言う、「ジェイソン！」

なるほどな、ことの次第を俺はすぐに察したが、念のため上ぐつを取りに行って戻ってくると、案の定それを見たベンの騒ぎっぷりときたら、まるで俺たちがやつを殺そうとしているみたいじゃないか。それで俺はディルシーに白状させて、母さんにも伝えた。そうしたら母さんを二階のベッドまで担いでいかなきゃならなくなったが、騒ぎがすこし収まると俺はディルシーをどやしつけて思い知らせてやった。思い知ると言っても、ニガーには限度があるがな。それがニガーの召使いどもの厄介なところで、やつらは長いこと一緒に暮らしてるとすっかり思いあがっちまって、なんの値打ちもなくなっちまうんだ。家のことは自分たちが全部切り盛りしてるだなんて考えてやがるのさ。

「あのかわいそうな嬢ちゃんを自分の赤ん坊と会わせてやってなにがまずいんだか、教えてほしいもんだ」とディルシーは言う。「ミスタ・ジェイソンがまだ生きてたら、こんなことにゃなってねえだろうに」

「残念ながらミスタ・ジェイソンはもういないんでな」と俺は言う。「おまえが俺の言うことを聞く気がないのはわかってるが、母さんの言うことなら聞くようだな。こんなふうになにかにつけて困らせてやって、母さんまで墓場に送りこんだら、家じゅうをクズどもでいっぱいにできるもんな。しかしなんだってあのウスノロまであいつに会わせようなんて思ったんだ?」

「あんたは冷たい人だよ、ジェイソン、あんたが人と言えんならだけどね」とディルシーは言う。「ありがたいこったよ、あたしにゃあんたよりは人の心があるんだから、色は黒くてもな」

「少なくともその小麦粉樽をいっぱいにしておけるくらいにはちゃんとした人間だぜ俺は」と俺は言う。「それからな、もしこんなことをまたやりやがったら、おまえはその樽からメシを食うことはできなくなるからな」

　だから次に会ったとき、俺はあいつに言ってやったんだ、またディルシーに頼むようなことがあれば母さんはディルシーをクビにしてベンをジャクソンに送ってクエンティンを連れてどこかに行っちまうぞってな。あいつはしばらく俺を睨みつけた。近くには街灯がひとつもなかったから、あいつの顔はよく見えなかった。それでもあいつが俺を睨みつけているのはなんとなくわかった。小さい頃、腹を立ててるのになんにもできないときには、あいつの上唇がピクピク動き出したものだった。ピクッと動くたびにあいつの歯が少しずつ見えてきて、そのあいだあいつ自身は柱みたいにじっと動かず筋肉ひとつ動かさなかったが、唇だけがピクピク震えながら歯の上の方へとあがっていった。それでもあいつはなにも言わなかった。ただこう言ったんだ、

「わかった。いくら?」

「そうだな、馬車の窓越しに見るので百ドルだったからなぁ」と俺は言う。それでそのあとはあいつもだいぶお行儀よくなったんだが、あるとき銀行口座の明細を見せろなどと言い出しやがった。

「小切手にお母さんの裏書があるのはわかってる」とあいつは言う。「でも口座の明細を見たいの。小切手がどう使われてるか、自分の目で確かめたいの」

「それは母さんのプライバシーに関わることだからな」と俺は言う。「おまえにプライバシーに立ち入る権利があると思ってるんなら、母さんに伝えないとな、小切手が着服されてるとおまえは信じていて、母さんは信用ならないから会計監査をさせろと言ってるってな」

　あいつはなにも言わず、身動きもしなかった。だが小声でクソったれクソったれクソったれとぶつぶつ言ってるのが聞こえた。

「はっきり言えよ」と俺は言う。「俺とおまえがお互いどう思ってるかなんて、いまさら隠すことでもねえだろ。もしかして、金を返してほしいのか」と俺は言う。

「聞いて、ジェイソン」とあいつは言う。「もう私に嘘はつかないで。あの子のことで。なにかを見せろとか、もう言わないから。あれで足りないなら、毎月もっと送る。ただ、約束してほしい。あの子がちゃんと——あの子が——あなたならできるでしょ。あの子のためにいろいろと。やさしくしてあげて。ちょっとしたことでさえ私にはできないし、させてもらえないんだから……でも

あんたはしてくれないね。あんたには温かい血なんて一滴も流れてないんだから。ねえ」とあいつは言う。「お母さんを説得してあの子を私に返してくれたら、千ドルあげる」

「千ドルなんて持ってねえだろ」と俺は言う。「もう騙されねえよ」

「持ってるよ。手に入れる。方法はあるから」

「ああ、どういう方法かはわかってるよ」と俺は言う。「あのガキを手に入れたのと同じようにやるんだろ。で、あのガキだって大きくなったら――」そのとき、あいつがマジで殴りかかってくるかと思ったが、そのあとはあいつがなにをしようとしているのかさっぱりわからなくなった。すこしの間、あいつの動きはまるでネジをきつく巻きすぎた玩具《おもちゃ》みたいになって、いまにもバラバラに弾け飛んでしまいそうだった。

「私、頭おかしいね」とあいつは言う。「狂ってるね。あの子は引き取れない。私には育てられない。私、なに考えてるんだろう。ジェイソン」とあいつは俺の腕をつかみながら言う。両手は熱を出してるみたいに熱かった。「あの子の面倒を見るって、絶対約束して、あの子の――あの子はあなたの姪なんだよ。血肉を分けた家族なんだよ。約束して、ジェイソン。あなたはお父さんの名前をもらったんだよ。お父さんだったら何度もお願いする必要あると思う？　一度だって？」

「そりゃそうだな」と俺は言う。「父さんはずいぶんなものを俺に遺してくれたもんだ。で、俺にどうしてほしいんだ」と俺は言う。「よだれ掛けだの手押し車だのを買ってやれってか？　俺がおまえを巻きこんだわけじゃねえんだぜ」と俺は言う。「おまえより俺のほうが危険をおかしてるんだ。おまえにゃ失うものなんかねえんだからな。だからもしおまえが俺に――」

「そうだね」とあいつは言い、それから笑うと同時に笑いを押し殺そうとしだした。「ほんとにね。私には失うものなんかないもんね」と言って、両手を口でおさえながら妙な音をたてた。「な、な、なんにも」とあいつは言う。

「おい」と俺は言う。「やめろ！」

「やめようとし、してるんだけど」と両手で口をおさえながらあいつは言う。「まったく、ああ、まったく」

「俺はもう行くぜ」と俺は言う。「こんなとこ見られたくないからな。おまえももう町を出ろよ、いいな」

「待って」とあいつは俺の腕をつかんで言う。「もう止まったから。もうしない。あなたも約束してくれるね、ジェイソン?」とあいつが言うと、あいつの視線に顔をべたべた触られているみたいな感じがした。「約束してくれる? お母さんが——あのお金を——ときどき、あの子に入り用なことがあれば——あの子のための小切手をあなた宛に、いつものとは別に送ったら、あの子にわたしてくれる? 言いつけない? あの子がみんなと同じようになんでも手に入れられるようにしてくれる?」

「ああ」と俺は言う。「おまえが行儀よくして、俺の言うとおりにするならな」

それからしばらくして、アールが帽子をかぶって表に出てきた。やつは言う、「ロジャーの店に行って小腹を満たしてくるよ。家に帰って食べる時間はなさそうだからな」

「時間がないって、どうしたんですか?」と俺は言う。

「例のショーが町に来たりなんだりでな」とやつは言う。「昼興行もあるから、みんなそれに間に合うように買い物を済ませようとするはずだ。だからロジャーの店にさっと行ってきたほうがいいってわけさ」

「そうですか」と俺は言う。「まあ、ご自身の胃袋のことなんでね。そんなにこの仕事の奴隷になりたいんだったら、俺はかまいませんよ」

「おまえさんはどんな仕事でも奴隷にはならなさそうだね」

「ジェイソン・コンプソンの仕事なら話は違いますがね」と俺は言う。

それで俺が奥へ戻って手紙を開けてみると、ひとつだけ驚いたのは、中に入っていたのが小切手じゃなくて郵便為替なことだった。やっぱりな。女ってのは誰一人信用ならねえ。あれだけ危ない橋をわたらせておいて。あいつが年に一、二回こっちに来てることに母さんがいつ気づいてもおかしくねえから、こっちは母さんに嘘までつかなきゃならねえってのに。そのお礼がこれか。しかもあいつなら、あのガキ自身じゃないと現金化できないよう郵便局に念を押すなんてことまでしかねないからな。あんなガキに五十ドルもやるなんて。まったく、こちとら二十一になるまで五十ドルなんて見たこともなかったってのに。しかも、他のみんなが午前だけ働いて土曜は一日休みなところ俺はずっと店で働いて、それでようやくだぞ。いつも言ってるように、あいつがこそこそ金をわたしてやがるってのに、どうやったらあのガキをしつけられるってんだ。俺は言ってやる、あのガキはおまえが暮らしてたのと同じ家で暮らして、同じように育てられてるんだぜ。あのガキがなにを必要としてるかは、おまえより母さんのほうがよっぽどわかってるだろうよ。家すら持ってないおまえよりはな。「あのガキに金をくれてやりたいなら」と俺は言う。「母さんに送れよ。あのガキ宛にするんじゃねえ。俺は数か月ごとにこんな危険をおかさなきゃならねえんだから、俺の言うとおりにしろ。でなきゃもうおしまいだ」

それからそれに気づいたのは、ちょうど俺が取りかかろうとしたときだった。なんせ、俺がやつのために通りを走って二十五セントの安メシをかっこんで胸焼けをおこしてやるもんだと思ってるなら、アールはえらい思い違いをしてやがるんだからな。俺はマホガニーのデスクに両足のっけてふんぞり返っていられるご身分じゃねえかもしれんが、この建物の中でする仕事分の給料をもらってるわけで、建物から出ても文化的生活を送ることもままならないってんなら、それができる働き口を探すさ。俺は自分の足で立つことができるんだ。他人のマホガニーのデスクに支えてもらう必要なんかねえ。で、俺が取りかかろうってときだ、今にもどこぞの百姓《レッドネック》が釘を十セント分売れだのと言ってきてすべてほっぽりだして走りまわる羽目になるかもしれないし、アールのやつもサンドイッチをもぐもぐ食べながら帰り道を半分は過ぎてるころじゃないかって頃合いだっていうのに、白紙の小切手がもう一枚も残ってないことに気づいちまった。買い足しておこうと思ってたことをそのときになって思い出したが、もう手遅れだった。しかも顔をあげると、あのガキが来ていやがった。裏口のほうだ。ジョーブ爺さんに俺がいるか訊いてるのが聞こえた。俺はギリギリのところで手紙だのを引き出しに突っ込んで閉めた。

あいつは机のところにやってきた。俺は腕時計を見た。

「もうメシは食ってきたのか?」と俺は言う。「十二時になったとこだぜ。ついさっき鐘が聞こえたからな。きっと空を飛んで家まで帰ってまた戻ってきたんだろうな」

「お昼には帰らない」とあいつは言う。「今日、あたしに手紙来てなかった?」

「来ることになってたのか?」と俺は言う。「字の書ける恋人でもできたか?」

「お母さんからだよ」とあいつは言う。「お母さんから手紙来てなかった?」と俺を見つめながら言う。

「あいつからなら、母さん宛に一通来てたぜ」と俺は言う。「まだ開けてないけどな。母さんが開けるまで待ってろよ。そうしたら見せてくれるだろうよ」

「お願い、ジェイソン」とあいつは俺の言葉を無視して言う。「あたしに手紙来てなかった?」

「どうしたってんだ?」と俺は言う。「おまえがそんなふうに他人を気にかけることがあるとは知らなかったな、誰が相手でもな。あいつから金がもらえるものとでも思ってるんだろ」

「お母さんが言ってたの、ここに――」とあいつは言う。「お願い、ジェイソン」とあいつは言う。「来てなかった?」

「今日はとうとう学校に行ってきたみたいだな」と俺は言う。「お願いって言葉を習ってきたようだからな。ちょっと待て、あの客の相手をしてくる」

俺は客の相手をしに行った。戻ろうとして振り向くと、あいつの姿が机の陰に隠れて見えなかった。俺は走った。机のうしろに回りこんであいつを捕まえると、ちょうど引き出しから腕を抜いたところだった。あいつが拳をゆるめるまで手を机に叩きつけ、手紙を奪い取った。

「やる気か? あ?」と俺は言う。

「よこして」とあいつは言う。「もう開けてるじゃない。よこして。お願い、ジェイソン。それ、あたしのでしょ。宛名見えたもん」

「おまえには革紐を食らわしてやるよ」と俺は言う。

「おまえがもらうのはそれだ。人の書類をあさりやがって」

「お金入ってたでしょ?」とあいつは言って手紙に手を伸ばす。「お母さん、お金送ってくれるって言ったもん。約束したんだから。よこして」

「金なんかもらってどうしようってんだ?」と俺は言う。

「送ってくれるって言ってたの」とあいつは言う。「よこして。お願い、ジェイソン。今それをくれたら、もうなんにもお願いしないから」

「やるから、ちょっとだけ待て」と俺は言う。俺は手紙と郵便為替を取り出して、手紙だけをわたした。あいつは手紙にはほとんど目もくれず、郵便為替に手を伸ばした。「まず署名しなくちゃなんねえんだよ」と俺は言う。

「いくら?」とあいつは言う。

「手紙読め」と俺は言う。「書いてあるだろ」

あいつは二回ほど目を走らせてさっと読んだ。

「書いてない」とあいつは目をあげて言う。それから手紙を床に落とした。「いくら?」

「十ドルだよ」と俺は言う。

「十ドル？」とあいつは俺をにらみながら言う。

「そんなにもらえてうれしくてたまらんだろ」と俺は言う。「おまえみたいなガキにとっちゃな。なんだって急にあわてて金を手に入れようとしてるんだ？」

「十ドル？」とまるで寝言みたいにあいつは言う。「たった十ドル？」あいつは郵便為替をつかみとろうとした。

「嘘だ」とあいつは言う。「泥棒！」とあいつは言う。

「泥棒！」

「やる気か？　あ？」と俺はあいつを押しのけながら言う。

「よこして！」とあいつは言う。「あたしのでしょ。あたしに送ってくれたんだ。絶対見てやる。見てやる」

「そうかい？」と俺はあいつを押さえつけながら言う。

「どうやるつもりだ？」

「いいから見せてよ、ジェイソン」とあいつは言う。

「お願い。もうなんにもお願いしないから」

「俺が嘘ついてるって？」と俺は言う。「そういう態度なら見せるわけにはいかねえな」

「でもたった十ドルなんて」とあいつは言う。「お母さんが言ったんだよ、ここに——お母さんが言ったの——ジェイソン、お願いお願いお願い。お金が必要なの。どうしても。よこして。くれたらなんでもするから」

「金がなんで必要なのか言え」と俺は言う。

「どうしても要るの」とあいつは言う。俺のことを見つめていた。それから急に、目をすこしも動かさずに俺を見るのをやめた。嘘をつくつもりなのが丸わかりだった。

「お金を借りてるの」とあいつは言う。「返さないといけなくて。今日返さないといけないの」

「相手は？」と俺は言う。あいつの両手がねじれるようにもじもじしていた。作り話をひねりだそうとしているのが見て取れた。「またツケで買い物してまわってるってか？」と俺は言う。「そんな言い訳ならわざわざ俺に言う必要はねえよ。連中にはしっかり釘を刺しておいたんだ、まだおまえにツケで買わせてくれるやつがこの町にいるってんなら、お目にかかりたいもんだ」

「相手は女の子だよ」とあいつは言う。「女の子なの。その子からお金をちょっと借りたの。返さないといけないの。ジェイソン、よこして。おねがい。なんでもする。どうしても必要なの。あんたにはお母さんがまたお金を送ってくれるから。お母さんに手紙を書いて送ってもらうし、お母さんにはもうなにも頼まないって言うから。

その手紙見せてもいいよ。お願い、ジェイソン。どうしても必要なの」

「この金でどうするつもりなのか、ちゃんと話せば考えてやるよ」と俺は言う。「言え」あいつは無言で突っ立って、両手を自分の服にこすりつけていた。「わかった」と俺は言う。「十ドルじゃ足りねえってんなら、俺はこいつを持ち帰って母さんにわたすだけさ。そしたらどうなるか、わかってるだろ。もちろん、おまえは金持ちだから十ドルなんか要らないって言うなら――」

あいつは床を見つめて突っ立ち、なにやらぶつぶつ独り言を言っていた。「お金を送ってくれるって、お母さんが言ったんだ。ここにお金を送るって言ったのに、あんたはなんにも送ってきてないって言う。お母さんが言ったんだ、今までもここにたくさんお金を送ったって。あたしのためのお金だって言ってた。そこからいくらかは自分のものにしていいって。なのにあんたはお金なんてないって言うわけ」

「おまえもよく知ってるだろ」と俺は言う。「送られてきた小切手がどうなるか、おまえも見たじゃねえか」

「うん」と床を見つめながらあいつは言う。「十ドル」とあいつは言う。「十ドル」

「そうさ、十ドルももらえて、自分の幸運に感謝するんだな」と俺は言う。「ほら」と俺は言って、郵便為替を裏にして机の上に置いて手で押さえつけた。「署名しろ」

「表を見せてくれる?」とあいつは言う。「いちおう見ておきたいの。額がいくらでも十ドルもらえればいいから。残りはあんたにあげる。ただ見ておきたいの」

「あんな態度を見せられたあとじゃなぁ」と俺は言う。「ひとつ覚えておくといいぜ、俺がなにかしろと言ったら、おまえはそうするしかねえんだ。その線の上に名前を書け」

あいつはペンを手に取ったが署名はしないで、がっくりとうなだれて手に持ったペンを震わせていた。母親そっくりだ。「まったく」とあいつは言う。「ああ、まったく」

「そういうことだ」と俺は言う。「今言ったことだけは覚えておけよ、他はなんも覚えられねえとしてもな。ほら、さっさと署名して出ていけ」

あいつは署名した。「お金はどこ?」とあいつは言う。俺は為替を取り上げて吸い取り紙をあててからポケットにしまった。それからあいつに十ドル札をわたした。

「さあ、午後の授業に戻るんだ、いいな?」と俺は言う。

あいつは答えなかった。あいつは札をボロ切れかなにかみたいにクシャクシャに握りしめて表のドアから出ていき、ちょうど入れ替わりにアールが入ってきた。客がひとり一緒に入ってきて、二人は入り口のあたりで立ちどまった。俺は机を片づけると帽子をかぶって二人のところに行った。

「だいぶいそがしかっただろう?」とアールが言う。

「いいえ、それほどでも」と俺は言う。やつはドアから外を眺めた。

「あそこのはおまえさんの車かね?」とやつは言う。

「昼メシを食いに帰ろうなんて思わないことだな。ショーの直前にはまた客がどっと押し寄せるだろうからね。ロジャーの店で軽く食べてきなさい。伝票は引き出しに入れてくれればいいから」

「そいつはどうも」と俺は言う。「でも自分のメシくらい、まだなんとか賄えますんで」

そんなわけでやつはそこを一歩も動かず、俺が戻ってくるまで鷹みたいな目つきでドアを見張っていやがるんだろうな。まあ、しばらくは見張っててもらうことになるな。俺は俺でベストを尽くしてるんだ。前回のときにこれが最後の一枚だからすぐに買い足しに行くんだぞ、と自分に言い聞かせてたのに。でもこんだけいざこざが絶えなきゃ、なんにも覚えていられるわけがねえ。しかもなんだってあのくだらねえショーがやってきやがらなきゃならねえんだ、よりにもよって白紙の小切手を探して町じゅう駆けずりまわらなきゃならねえって日に。ただでさえ家を切り盛りしてくためにあれこれしなきゃなんねえってのに。そのうえアールのやつは鷹みてえにドアを見張ってやがるときた。

俺は印刷屋に行って、からかってやりたいやつがいるんだと言ってみたが、そこには一枚もなかった。すると印刷屋がオペラハウス跡を覗いてみたらどうだと言いだした。むかし農商銀行がつぶれたときに誰かが大量の書類やらなんやらを持ち出してあそこに置いたらしいとのことだったから、俺はアールに見られないよう裏道を何本か余計に過ぎたあとでようやくシモンズ爺さんを見つけて鍵を借り、オペラハウス跡に行って探しまわった。そしてどうにかこうにかセントルイスの銀行の小切手帳を見つけた。まあ、もちろん母さんは今回にかぎってこいつをじっくり見て確かめるんだろうよ。そんでも、これで間に合わせるしかねえ。もうこれ以上は時間をかけてらんねえからな。

俺は店に戻った。「銀行に持っていってくれと母に言われてた書類を忘れましてね」と俺は言う。机に戻ると俺は小切手をでっちあげた。大急ぎで仕上げながら俺は心の中で言う、母さんの目が衰えていてよかったよ、あんな淫売娘が家にいるんだからな、母さんはクリスチャンで耐え忍ぶばかりの女だってのに。俺は言う、あいつが大きくなったらどんな人間になるか母さんもよくわかってるだろ、まあ俺の知ったこっちゃないがね、父さんの遺志だからってだけで母さんがあいつを自分の家において育てたいってんなら。そしたらどうせ母さんは泣きだしてあの子は血肉を分けた家族なのよとか言うもんだから、俺はわかったよと言うしかない。好きにしなよ。母さんが我慢できるなら、俺もできるよ。

俺は手紙と小切手を封筒に戻して糊付けもし直すと外へ出た。

「なるべく早く戻ってきてくれよ」とアールが言う。

「わかりました」と俺は言う。俺は電報局へ行った。お利口さんたちが勢ぞろいしていた。

「もう誰か百万ドル儲けちまったかな?」と俺は言う。

「相場がこんな調子じゃ、なんにもやりようがないだろ?」とドックが言う。

「どういう調子なんだ?」と俺は言う。中に入って見てみると、始値より三ポイント下がっていた。「あんたらは綿相場ごときにへこまされたりしないだろ?」と俺は言う。「利口なあんたらなら、そんなことにはならねえと思ってたよ」

「なにが利口だ」とドックは言う。「十二時には十二ポイント下がってたんだ。もうすっからかんだよ」

「十二ポイント?」と俺は言う。「くそっ、なんで誰か俺に教えてくれなかったんだよ? あんた、なんで言ってくれなかったんだ?」と俺は電信技師に言う。

「私は来たものを受け取るだけなんでね」とそいつは言う。「空相場屋をやってるわけじゃないもんで」

「あんたもお利口さんだな、なあ?」と俺は言う。「俺があんたんとこでいつも使ってる金を考えたら、俺に電話をよこす暇くらい見つけてくれてもよかったんじゃないかねえ。それとも、あんたのクソ会社は東部のクソいかさま師どもとグルってわけかい」

そいつはなにも言わなかった。いそがしいふりをしてやがった。

「あんた、ちょっと調子に乗ってきてるな」と俺は言う。「そんなことじゃ、気づいたらその日暮らしの生活ってなことになるぜ」

「おいおい、どうしたってんだ?」とドックが言う。「あんたはまだ三ポイント儲けてるだろ」

「ああ」と俺は言う。「俺がたまたま売りに出ていたんならな。まだその話はしてなかったと思うがね。あんたら、みんなすっからかんなのか?」

「俺は二回やられたよ」とドックは言う。「すんでのところで売りに切り替えたがね」

「そんで」とI・O・スノープスが言う。「俺がそいつを拾っちまったんだわ。たまにゃ相場のほうが俺を拾いあげてくれたら公平ってもんじゃねえんかね」

それで一ポイント五セントぽっちでお互いに売り買いしてるやつらを残して、俺はそこを出た。ニガーを一人見つけると俺の車を取ってくるよう命じて、角に立って待った。そこから店の入り口は見えなかったから、アールが片目を時計に据えながら通りを見わたしてる姿も見えなかった。一週間くらいもしてからニガーのやつが戻ってきた。

「いったどこ行ってやがったんだ?」と俺は言う。「メスどもに見せつけられるような場所を走りまわってたのか?」

「なるたけまっすぐ来ましたよ」とやつは言う。「でも馬車がうじゃうじゃいるなかで広場をぐるーっとまわってこなきゃならなかったんで」

ニガーってやつはどいつもこいつも、なにをするにしたって一分の隙もない言い訳を用意してやがるもんなんだ。だけどちょっと目の届かないところで車に乗せたら、すかさず見せびらかしだすんだ。俺は車に乗って広場をまわっていった。広場の向こう側に、店のドアロにいるアールの姿がちらっと見えた。

俺はまっすぐ台所に行って、はやく昼メシを用意しろとディルシーに言いつけた。

「クエンティンがまだ戻ってねえよ」とディルシーが言う。

「それがどうした?」と俺は言う。「その次はラスターの腹がまだ減ってないとか言い出すんだろ。この家で何時に食事が出てくるか、クエンティンは知ってるんだ。ほら、さっさと取りかかれ」

母さんは自分の部屋にいた。俺は母さんに手紙をわたした。母さんは封を開けて小切手を取り出すと、それを手にじっと座っていた。俺は部屋の隅にあったシャベルを取ってきて、母さんにマッチを一本わたした。「さあ」

と俺は言う。「さっさとやろう。どうせ母さんはすぐ泣きだしちゃうんだから」

母さんはマッチを手に取ったが、擦らなかった。小切手を見つめてじっと座っていた。やっぱり俺が言ったとおりになった。

「ほんとはこんなことしたくないの」と母さんは言う。「クエンティンの分まであなたの負担が増えるわけだし……」

「まあ、うちはなんとかやっていけるよ」と俺は言う。「ほら。さっさとやろう」

でも母さんは小切手を握りしめてじっと座っていた。

「これ、いつもとは違う銀行のなのね」と母さんは言う。「前はインディアナの銀行だったわよね」

「うん」と俺は言う。「女にもそれくらいのことは認められてるんだよ」

「なんのこと?」と母さんは言う。

「二つの銀行にわけて金を預けること」と俺は言う。

「ああ」と母さんは言う。それから、しばらく小切手を見つめた。「私、うれしいわ、あの子がそんな……そんなにたくさんのお金を……私の行いは正しいって、神さまも認めてくださってるのね」と母さんは言う。

「ほらほら」と俺は言う。「終わらせようよ。お楽しみの時間はおしまいだ」

「楽しみ?」と母さんは言う。「そんな、私は――」

「母さんは毎月二百ドルの金を燃やすのを楽しみにしてると思ってたよ」と俺は言う。「さあ、ほら。俺がマッチ擦ってあげようか?」

「私、このお金を受け取ったってかまわないのよ」と母さんは言う。「子どもたちのためなら。私にはもう誇りなんてないもの」

「それじゃ母さんの気がすまないだろう」と俺は言う。「自分でもわかってるくせに。こうするって一度決めたからには、決めたとおりにしなよ。うちはなんとかなるから」

「全部あなたに任せるわ」と母さんは言う。「でもときどき心配になるの、こんなことして、あなたがもらうべきお金を不当に奪ってしまっているんじゃないかって。たぶん、私には罰が当たるでしょうね。もしそうして欲しいなら、私は誇りなんて押し殺して小切手を受け取ることにするわ」

「いまさらそんなことをして、なんになるって言うんだよ。十五年も焼いてきたってのに?」と俺は言う。「この先もそうするなら失ったものはなにもないけど、いまになって受け取りはじめるんなら五万ドル損したことになるんだ。これまで、なんとかやってきただろ？」と俺は言う。「母さんはまだ救貧院に入る羽目にはなってなかったと思うけどね」

「そうね」と母さんは言う。「私たちバスコムの人間は誰からも施しを受けるいわれはないんですものね。まして、堕落した女からなんてね」

母さんはマッチを擦って小切手に火をつけ、シャベルに載せてから封筒も置いて、燃えていくのを眺めた。

「どんな気分か、あなたにはわからないわね」と母さんは言う。「ありがたいわ、母親がどんな気持ちになるものか、あなたは決して知らなくていいんですもの」

「世の中にはあいつと大して変わらない女が大勢いるものさ」と俺は言う。

「でもその人たちは私の娘じゃないわ」と母さんは言う。「私には関わりないわ」と母さんは言う。「できるものならあの子を喜んで連れ戻すわ、罪もなにもかも引き受けるから。血肉を分けた家族なんですもの。そうしないのはクエンティンのためなの」

まあ、誰がなにしようとクエンティンにはたいして影響ないだろうよと言ってやりたいところだったが、いつも言ってるように大して期待なんざ抱いちゃいないとはいえ、家で食ったり眠ったりしようってときに、女が二人もいて口げんかしたり泣いたりされたらたまらんからな。

「それに、あなたのためでもあるのよ」と母さんは言う。「あなたがあの子のことをどう思ってるかはわかってるから」

「連れ戻したらいいじゃないか」と俺は言う。「俺はかまわないよ」

「だめよ」と母さんは言う。「お父さんとの思い出のためでもあるの」

「ハーバートがあいつを捨てたとき、父さんはあいつを家に帰ってこさせてやれって、しょっちゅう母さんに言ってたのに？」

「あなたにはわからないわ」と母さんは言う。「あなたが私をもっと困らせようなんて思ってないことはわかってるのよ。でも子どもたちのために苦しむのが私に与えられた役目なの」と母さんは言う。「だから耐えられるわ」

「耐えるのはいいけどさ、それでずいぶん余計な面倒まで抱えにいってるように思えるけどね」と俺は言う。紙が燃えつきた。燃えカスを暖炉まで持っていって火床に入れた。「そんな大金を燃やしちまうのだって、もったいないような気もするよ」と俺は言う。

「私の子どもたちがそんな、罪で稼いだお金を受け取らなくちゃいけなくなるようなことが、決してありませんように」と母さんは言う。「そんなことになるくらいなら、あなたが死んで棺に入れられてるのを見るほうがよっぽどマシよ」

「好きにしなよ」と俺は言う。「昼メシはもうそろそろかね?」と俺は言う。「そうでないなら、俺は戻らないと。今日はかなり忙しいもんでね」母さんは立ちあがった。「ディルシーにはもう言ったよ」と俺は言う。「でもクエンティンだかラスターだかを待ってるらしくてね。まあまあ、俺が呼んでくるから。待ってて」でも母さんは階段まで行ってディルシーに呼びかけた。

「クエンティンがまだ帰ってねえんだよ」とディルシーが言う。

「じゃ、俺は戻らないと」と俺は言う。「町でサンドイッチでも買うよ。ディルシーの予定を狂わせたくないからね」と俺は言う。まったく、それで母さんがまたぎゃあぎゃあ言いだしちまって、それを聞いたディルシーはぶつぶつしゃべりながら足を引きずって歩きまわっていたが、そのうちにこう言った、

「わかった、わかった、なるたけ急いで作るよ」

「私はあなたたちみんなが不満のないようにしてるの」と母さんは言う。「できるかぎりあなたたちの負担を減らそうとしてるのよ」

「俺は別に文句なんて言ってないだろ?」と俺は言う。「仕事に戻らなきゃいけないってこと以外、なにか言った?」

「わかってる」と母さんは言う。「あなたには他の人たちみたいなチャンスがなかったのよね、それで田舎のちっちゃな商店に埋もれなきゃならなかったのよね。私もあなたには出世して欲しかった。お父さんには理解できないだろうってこともわかってた、うちで商才があるのはあなただけなのに。だから他の全部が駄目になったときも、私は信じてたの、あの子が結婚したらハーバートが……約束どおり――」

「まあ、たぶんあれも嘘だったんだろ」と俺は言う。「銀行なんて持ってすらいなかったのかもな。持ってたとしたって、わざわざミシシッピまで人を雇いに来る必

要はないわけだからね」

俺たちはしばらく昼メシを食った。ベンの声が台所から聞こえた。ラスターが飯を食わせてやってるんだ。いつも言ってるように、メシを食わせなきゃならんやつが一人増えたのに母さんが金を受け取らないってんなら、ベンのやつはジャクソンに送っちまえばいいんだ。あいつもそのほうが自分と同じようなやつらといられて幸せだろう。俺は言うんだ、ちょっとでも誇りを持てる余裕がうちにあるかは知らねえが、三十にもなった男がニガーのガキと庭で遊びまわってるのなんか、誇りがなくたって誰も見たくねえさ。あの野郎、柵に沿って行ったり来たりしては、向こうでゴルフがはじまったら決まって牛みてえに唸りだすんだからな。俺は言うんだ、最初からあいつをジャクソンに送っておけば、今ごろもっと楽な暮らしができてたのに。俺は言う、母さんはあいつへの義務をもう果たしたよ、これ以上は誰も期待できないってくらいのことをしてきたんだし、たいていの人はこんなにできないよ、だからあいつをあっちに送って、払ってる税金分くらいは元を取ったらいいじゃないか。すると母さんは言う、「私はもうすぐいなくなるから。あなたにとって私は重荷でしかないのもわかってる」それで俺は言う、「むかしっからそんなことばっかり言うから、俺もそんな気がしてきてるよ」だけどこうも言う、母さんが死んでも絶対に俺には知らせないでよ、きっとその晩のうちにあいつを十七番の汽車に乗せちまうから、それから俺は言う、あのガキを引き取ってくれる場所についても当てはあるけど、たしかそこはミルク街だのハニー通りだのなんて名前じゃなかったな。*すると母さんが泣きだしたので、俺は言う、わかったわかった俺だって身内に対する誇りは人並みに持ってるよ生まれもよくわからんようなやつが混じってたとしてもね。

俺たちはしばらくメシを食った。母さんはディルシーを表へやってまたクエンティンを探させた。

「あいつは昼メシに戻ってこないって言ってるだろ」と俺は言う。

「あの子はそんな馬鹿じゃないわ」と母さんは言う。「あの子だってわかってるわ、ごはんどきに家に帰ってこないで町をうろついたりしてたら私が許さないって。ちゃんと探したの、ディルシー？」

「じゃあ許さないでくれよ」と俺は言う。

「私になにができるって言うの」と母さんは言う。「みんなして私を馬鹿にしてきたっていうのに。いつだって」

「母さんが横槍を入れないなら、俺があいつにわからせてやるよ」と俺は言う。「一日もあればあいつの根性を叩き直せるよ」

「あなたはあの子に対して乱暴すぎるのよ」と母さんは言う。「モーリー伯父さんの気性を受け継いだのね」

それで俺は手紙のことを思い出した。俺は手紙を取り出して母さんにわたした。「開けるまでもないよ」と俺は言う。「今度はいくらか、銀行が知らせてくれるだろうからね」

「これ、あなた宛よ」と母さんは言う。

「かまわないから開けなよ」と俺は言う。母さんは開けて手紙に目を通してから俺にわたした。

『親愛なる若き甥よ』とはじまり、

『私が現在ある機会を利用しうる立場にあることを知れば、貴君も喜んでくれるものと思うが、下に記す理由から、いずれより安全に伝えられる機会が来るまで詳細に立ち入ることは差し控えることとする。実業界における私の経験から言えば、内密にすべき事柄を口頭以外の物理的手段をもって伝達することには慎重になるべきであって、私がかくも厳重なる用心をしていることからもこの件の重大性がうかがい知れるものと思う。言うまでもなく、私は先刻あらゆる位相からこの件を徹底的に調査しつくしたところであって、これが千載一遇と呼んで差し支えない機会であると断言するにいささかの躊躇も感じないし、長年のあいだたゆまぬ努力をもって追い求めてきたあの目標が、いまや眼前にくっきりと見えているわけで、それすなわち私の事業がようやく実を結ぼうとしているということであって、それが成し遂げられた暁には、私が光栄にもただ一人残された男性子孫であるところの我が一族に正当なる地位を回復せしめることだろうし、その一族には貴君の母上とその子息たちも含まれるものと私は常日頃から思っているのだ。

『折悪しく私はこの機会が保証する利をその最大限まで得ることはかなわない立場にあるのだが、それを遂行するために一族以外の者を頼りにするよりは、本日、貴君の母上の銀行から初期投資の補填に要する少々の

＊　「乳《ミルク》と蜜《ハニー》の流れる地」（「出エジプト記」3章8節より）をもじった表現であり、売春宿へクエンティンを送りこむことを示唆していると思われる。

金を引き落とさせてもらおうと考え、形式上の手続きとして、年利八パーセントの約束手形をここに同封する。言うまでもなく、これは形式上のことにすぎず、人間が絶えず不測の事態によってもてあそばれからかわれてきたことに鑑みて、有事の際に貴君の母上を守るための措置なのだ。というのも、当然のことながら私はこの資金を我がもの同然に扱うことで貴君の母上にもこの機会を活かしてもらおうと考えているわけで、これは私の徹底的な調査が立証したとおり、第一級にして、清澄たる玲瓏《れいろう》の光*を放つ「ボロ儲け」――俗語を使用して申し訳ないが――の機会なのだ。

『わかってもらえると思うが、これは実業家同士の内密のやり取りなのであるから、我々はそれぞれのぶどう園から収穫をしようではないか？　それから、貴君の母上の繊弱さは承知しているし、かくも繊細に育てられた南部淑女が実業の問題に対して当然及び腰になるであろうことも、かかる問題を会話の中でうっかり漏らしてしまうお茶目な癖を持っていることもわかっているので、この件について母上には一言たりとも伝えないでもらいたいと思うのだが、どうだろうか。改めて考えてみれば、そのようなことはしないほうが貴君の身のためだ。ただ単に、いつか来るべき日に今回借りた額を、いや、母上に負っているその他の細々とした負債とまとめた額を銀行に振り込んで、それについては一切口にしないのがよかろう。彼女をこの粗野なる物質主義世界からできる限り匿うことこそが我らの義務なのだから。

『伯父より愛をこめて、モーリー・L・バスコム』

「で、これどうするの？」と俺は言って、手紙を放り投げてテーブルの上を滑らせた。

「わかってる、私があの人にお金をあげるのが気に食わないんでしょう」と母さんは言う。

「母さんの金だからね」と俺は言う。「たとえ鳥に投げ与えたいって言い出したって、俺の知ったこっちゃないさ」

「あの人は私の実の兄なの」と母さんは言う。「最後のバスコムなの。私たちが死んだら、もう誰も残ってないのよ」

「それをつらいと感じる人もいるんだろうね」と俺は言う。「わかった、わかった」と俺は言う。「母さんの金なんだ。好きに使ったらいいさ。支払うよう銀行に言っておけばいいの？」

「あの人のことが気に食わないのはわかってる」と母さんは言う。「あなたの肩にどれだけの重荷がのしかかっているかもわかってるわ。私がいなくなれば、あなたもちょっとは楽になるわね」

「いますぐ楽にする方法もあるけどね」と俺は言う。

「わかった、わかった、もう言わないよ。精神病棟ごとここに持ってきたっていいんだぜ、母さんがそうしたいなら」

「あの子はあなたの実の弟なのよ」と母さんは言う。「障害があるとしたって」

「母さんの預金通帳持ってくるよ」と俺は言う。「今日、給料をもらうことになってるから」

「六日も待たされたのね」と母さんは言う。「本当にお店は順調なの？　商売がうまく行ってるなら、本来の給料日に払えないなんておかしいんじゃないかしら」

「店は大丈夫」と俺は言う。「銀行なみに安心安全だよ。毎月集金が済むまで俺の給料のことは気にしなくていいって言ってあるんだ。だからときどき遅れるんだよ」

「あなたのためになけなしのお金を投資したのに、それが水の泡になったら私耐えられないわ」と母さんは言う。「よく思うんだけど、アールは商売人じゃないのよ。わかってるの、あなたのお店への投資に見合うだけの信用を、あの人はあなたに置いていないって。私、今度あの人と話してみるわ」

「いや、あいつのことはほうっておきなよ」と俺は言う。

「あいつの店なんだから」

「でも、千ドルも投資してるのよ」

「ほうっておきなって」と俺は言う。「俺もちゃんと気をつけて見てるから。母さんの委任状もあるし。大丈夫だよ」

「あなたはわかってないのよ、私にとってあなたがどれだけ慰めになっているか」と母さんは言う。「あなたはいつだって私の誇りで喜びだったけど、あなたが自分からやってきて、毎月の給料を私の名義で預金したいって言いだしたときには、神さまに感謝したのよ、あの人たちが召されなければならなかったとしても、あなたを私に残してくださったんだから」

「あの人たちだってよくやったさ」と俺は言う。「二人とも、できる限りのことはしたんだろうよ」

＊「清澄たる玲瓏の光」はトマス・グレイ「田舎の墓地で詠んだ挽歌」（一七五一年）からの引用。

「あなたがそんなふうに言うのは、お父さんのことを思い出して我慢ならなくなってるときだってことはわかってる」と母さんは言う。「あなたにはその権利があるんでしょうね。でも、あなたの口からそんな言葉を聞くと胸が痛むのよ」

俺は立ちあがった。「もし泣きだすつもりなら」と俺は言う。「一人でやってもらわないといけないな。俺はもう戻らなきゃならないんでね。通帳を取ってくるよ」

「私が取ってくるわ」と母さんは言う。

「座ってて」と俺は言う。「俺が取ってくるから」俺は二階に上がって母さんの机から通帳を取り出し、町に戻った。銀行に行って小切手と郵便為替とほかに十ドルを預金してから、電信局に立ち寄った。始値より一ポイントの上昇。俺はもう十三ポイントも損をしていた。それもこれも、あのガキが十二時に店に来て手紙のことでゴタゴタ騒ぎやがって、そっちに気を取られちまったからなんだ。

「そのレポートは何時に入ってきたんだ？」と俺は言う。

「一時間くらい前ですかね」と電信技師は言う。

「一時間前？」と俺は言う。「俺たちはなんのためにあんたに金を払ってるんだ？」と俺は言う。「レポートは週一回なのか？　そんなんでどうしろって言うんだよ？　急騰から一気に急落に転じたって、俺らはなんにも知らねえままってか」

「別にどうもしろとは言いませんよ」とやつは言う。「綿相場の手続きについての法律が変わったんでね」

「変わった？」と俺は言う。「聞いてねえな。おおかたそのニュースもウェスタン・ユニオン*を通して流されたんだろうよ」

俺は店に戻った。十三ポイント。くそっ、どうせニューヨークのオフィスでふんぞり返ってるやつら以外にはなんにもわかりゃしねえんだ。そんでやつらはおめでたい田舎者が向こうからやってきては金をふんだくってくれと頭を下げるのを眺めてやがるってわけだ。まあ、ポーカーでもコールしかしねえやつは自分に自信がないのが丸わかりだし、いつも言ってるように、助言を無視しちまうんだったらなんのために金を払ってるかわからねえからな。それに、連中は向こうの現場にいて、なにが起こってるか全部お見通しなんだ。俺はポケットの中の電報のことを考えた。あいつらが電信会社を使って詐欺を働いてやがるってことを証明しなくちゃならんな。空相場ってのはそうやって仕組まれるんだ。それにぐずぐずしてもいられねえ。それにしたって、ウェスタン・ユニオンみたいなでかくて金のある会社が相場レポートを時間どおりに配信できねえなんてことがありえるかね。取引継続不可の電報はその半分の時間で送ってきやがるってのに。でもあいつらは他人がどうなろうが気にするわけがねえんだ。ニューヨークの連中とグルなんだからな。それくらい、誰にだってわかる。

俺が店に入ると、アールは腕時計を見た。だが客がいなくなるまでなにも言わなかった。それからやつは言う、

「昼メシを食べに帰ったのかい?」

「歯医者に行かなきゃいけなかったんですよ」と俺は言う。というのも、俺がどこでメシを食おうがやつには関係ないわけだが、午後はずっとやつと店にいなくちゃならなかったからだ。しかも今日は散々ひどい目にあったってのに、やつはべらべらしゃべりつづけやがるときた。田舎のちっぽけな商店の店主ってのはな、いつも言ってるように、五百ドルしか持ってねえのにまるで五万ドルもあるかのように持ち金のことを心配するやつじゃなきゃならねえんだ。

「それなら言ってくれればよかったんじゃないかね」とやつは言う。「すぐに戻ってくるものと思ってたよ」

「お詫びにこの歯をあげましょうか、おまけに十ドルも」と俺は言う。「昼休みは一時間って取り決めでしたよね」と俺は言う。「それに俺のやり方が気に食わないなら、どうしたらいいかはわかってますよね」

「そりゃ前からわかっちゃいるがね」とやつは言う。「おふくろさんのことがなかったら、とっくにそうしてるところだよ。あの人は淑女だからね、私はとても同情してるんだよ、ジェイソン。残念ながら、私の知り合い連中にはそう思わない人もいるみたいだがね」

「じゃあその同情はしまっておいてくださいよ」と俺は言う。「うちで同情が必要になったら、早めにお知らせしますんで」

「あの件のことで私は長い間おまえさんをかばってきたんだよ、ジェイソン」とやつは言う。

「はい?」と俺は言って、やつがつづけるのを待った。黙らせる前に、なにを言うつもりか聞いてやろうじゃないか。

「あの自動車をどうやって買ったか、おふくろさんより私のほうが詳しく知ってると思うんだがね」

＊ アメリカ最大の電信会社であり、ここもその支店の一つ。

「そう思いますか」と俺は言う。「俺があれを母から盗み取ったって話を、いつ広めるつもりなんですか？」

「私はなにも言わんよ」とやつは言う。「おまえさんがあの人の委任状を持ってるのは知ってる。それに、あの千ドルがこの店に出資されたものとあの人がまだ信じてるのも知ってるよ」

「そうですか」と俺は言う。「そんなに知ってるなら、もう少し教えてあげましょう。銀行に行って訊いてみるといいですよ、この十二年間、俺が毎月はじめに百六十ドルを誰の口座に預金してるかを」

「私はなにも言わんよ」とやつは言う。「ただ、今後はもう少し気をつけてくれって頼んでるだけさ」

俺はそれ以上なにも言わなかった。言ったってどうしようもねえ。決めつけから抜けらんなくなったやつは、そのままにしておくのが一番いいと悟ったんだ。しかも、おまえのために説教してやらなきゃならんのだ、なんて思いこんでるときたら、おやすみなさいサヨウナラってなもんだ。さいわい、俺は病気の子犬みたいに四六時中面倒を見てやらないといけない良心なんてものは持ち合わせてないんだ。だいたい、やつみたいに気をつけてなどいられるもんか、このちっぽけなケチくせえ商売で年八パーセント以上の儲けを出してはならんと思いつめてるようなやつだぜ。八パーセント以上の利益が出たら、利息制限法に引っかかるとでも思ってるんだろうよ。こんな町でこんな店に縛りつけられて、どんなチャンスがあるってんだ。まあ、一年俺に店を任せてもらえりゃやつが二度と働かなくていいようにしてやれるんだが、そうなったらそうなったでやつは教会かなんかに全部寄付しちまうんだろうな。俺にとって虫唾《むしず》が走ってたまらんものがあるとすりゃ、それはクソみてえな偽善者だ。自分が理解できねえものはなんでも悪いものだと考えて、隙あらば自分にゃなんの関係もねえことを第三者にべらべらしゃべっては、道徳上そうしなきゃならないと信じこんでやがるんだ。いつも言ってるように、もし俺がよくわからねえことをするやつを見るたびにこいつは悪いやつに違いねえなんて思う人間だとしたら、奥の帳簿におかしいところを見つけるのは実に簡単だろうよ。ただ、これをあの人に知らせるべきだとか思いこんで、その相手のところに急いで話しにいったって、なんの意味もねえんだ。向こうのほうが俺なんかよりよっぽどよく知ってるかもしれないし、そうでなくたってそもそも俺には関係ねえ話だからな。するとやつは言うんだ、「うちの帳簿は誰に見てもらってもかまわんよ。店の権利を多少なりとも持っている人なら、あるいは持っていると信じているご婦人だって、誰でも奥へ行って遠慮なく調べるといい」

「たしかに、あんたはなにも言わないでしょうね」と俺は言う。「あんたの良心が許さないだろうから。あんたはただ母さんを奥へ連れていって、自分で見つけさせるんだ。あんたは言わないよ、自分の口からはね」

「おまえさんのやってることにとやかく言うつもりはないよ」とやつは言う。「クエンティンみたいにいろいろしてもらえたわけじゃないこともわかってるしな。でも、おふくろさんだって不運な人生を送ってこられたんだ。もしあの人がここに来ておまえさんが辞めた理由を訊くようなことになったら、私も話すほかないんだよ。千ドルが問題なんじゃない。わかってるだろう。事実と帳簿が食い違ってたら、どうやったってうまくいくわけがないんだ。それに私は誰にも嘘はつかないよ、自分のためでも他人のためであってもね」

「ああ、それじゃあ」と俺は言う。「あんたの良心のほうが俺よりもよっぽど役に立つ従業員ってことだな。昼メシを食いに家に帰ることもないしな。ただ、そいつにも俺の食欲に口出しはさせないでもらえますかね」と俺は言う。だいたい、あんなクソみてえな家族がいて、母さんはあのガキも他の連中もしつけようともしねえってのに、どうやったらまっとうにやってられるってんだ。キャディがどっかの男とキスしてるのを母さんが見つけたときもそうだ。次の日、母さんは喪服を着こんでヴェールまでつけて一日じゅう家をうろつきまわって、父さんの言葉にさえ一言も答えずに、泣きながら私のかわいい娘が死んでしまったとかひたすら言いつづけてたんだ。そのときキャディは十五歳くらいだったが、あの調子じゃあと三年もすれば母さんは馬巣織《ばすおり》*か、ひょっとしたら紙やすりの服でも着こみだす勢いだったよ。俺は言うんだ、あのガキ、旅回りのセールスマンが町に来るたびにそいつとつるんで町をうろつきまわってるってのに、それを放っておくゆとりが俺にあると思うか。それに、そいつらはジェファソンに着いたらどこで手ごろな女をひっかけられるか、これから来る連中にあちこちで吹聴してやがるんだ。俺にはたいした誇りなんてねえさ、台所いっぱいのニガーを養わなきゃならないわ、州立精神病

＊ 動物の毛で編まれた、硬く肌触りの悪い布地で、かつて苦行や罰の一環として肌に直接着られることがあった。

院から期待の新人をかっさらっちまってるわで、そんな余裕があるわけないだろ。血筋だな、と俺は言う。知事だの将軍だのを輩出しちまったもんだから。王さまや大統領がいなくてまったくよかったよ、でなきゃ今ごろは俺らみんなジャクソンで蝶々を追いかけまわしてるところだからな。俺は言う、そういうわけだから、もしあのガキが俺との子どもだったとしても、どうしようもなかっただろうよ。まあその場合には少なくともあいつが私生児だってことははじめから確かなわけだが、今は神さまだってあいつが何なのかはっきりわかっちゃいないだろうよ。

それからしばらくすると楽隊の音が聞こえはじめて、客が去りだした。ショーに向かってやがるんだ、こいつら一人残らず。二十セントの軛《くびき》用革紐を値切って十五セント貯めたあげく、興行権を十ドルかそこらで買ったよそ者の北部人《ヤンキー》どもにその金をくれてやっちまうってわけだ。俺は店の裏に出ていった。

「なあ」と俺は言う。「ちゃんと見てないと、そのボルトが手に植えこまれちまうぜ。そうなったら斧を持ってきて切り落としてやるよ。おまえが耕運機をしっかり組み立てて収穫を上げてやらなかったら、ゾウムシどもはなに食えばいいってんだ？」と俺は言う。「セージの葉でも食えってか？」

「あの人ら、ほんとにラッパ吹くのがうめえな」とやつは言う。「あのショーにゃ、ノコギリで曲弾けるやつがいるって聞いたよ。バンジョーみたいに弾くんだとよ」

「いいか」と俺は言う。「あのショーがこの町でいくら金を落とすか知ってんのか？　十ドルかそこらだぜ」と俺は言う。「で、その十ドルは今ごろバック・ターピンのポケットの中ってわけだ」

「あの人らはなんだってミスタ・バックに十ドルわたすんかね？」とやつは言う。

「ここでショーをやる権利を買うんだよ」と俺は言う。「そのほかにやつらが使う金といったら、おまえの目に突っこんでも気づかねえくらいのもんだ」

「ここでショーやるためだけに十ドルも払うってことかね？」とやつは言う。

「そのためだけだよ」と俺は言う。「それでいくらだと思う――」

「こら驚いた」とやつは言う。「ここでショーやらせるのに金を取るってのかね？　ノコギリ弾くってやつを見るためなら、おれが十ドル払ってもいいくらいだ、払わなきゃなんねえならな。その勘定なら、明日の朝おれはあの人らにまだ九ドル七十五セント借りがあるってこったな」

　こんなんだから、北部人《ヤンキー》の野郎がニガーどもの前進なんてことをごちゃごちゃ抜かしやがるんだ。なら前進させてくれってのが俺の意見さ。どんどん前進してもらって、ルイヴィル*より南じゃ警察犬にだって一人も見つけらんねえようにしてくれってんだ。というのも、やつらが土曜にショーをたたむころにゃ少なくとも千ドルは儲けてこの土地から持ち去っちまうんだぞ、と俺が言ったら、やつは言いやがる、

「おれは別にかまわねえよ。二十五セントくらい、おれにも払えるしな」

「なにが二十五セントだ」と俺は言う。「そんなもんじゃすまねえだろ。どうせ二セントの箱入りキャンディだのなんだのに十セントか十五セント使うことになるんだ。今だって楽隊に聞き入って時間を無駄にしてるじゃねえか」

「たしかにな」とやつは言う。「まあ、おれが夜まで生きてりゃ、あの人らは町から二十五セント余計に取れるってのはまちがいねえな」

「だからおまえは馬鹿なんだ」と俺は言う。

「別に」とやつは言う。「それに言いかえすつもりもねえけどよ。もしそれが犯罪だってんなら、鎖につながれる囚人が黒人ばっかってことにはならねえだろうよ」

　で、ちょうどそのとき俺がたまたま顔を上げると、路地にあのガキの姿が見えた。俺は一歩下がって腕時計を見たが、そのせいで一緒にいる男が誰か、そのときには気づかなかった。まだ二時半だったから、あと四十五分経たなきゃあいつが外にいるなんて俺以外の誰も思わねえ時間だ。それでドアのあたりから覗いてみると、まず目に入ったのは男がつけてた赤いネクタイで、赤いネクタイをつけるなんていったいどういう男なんだ、なんてことを俺は考えていた。だがあのガキがドアに目を向けながら路地をこそこそ歩いてきやがるから、俺は二人が通りすぎるまで男のことを考えてなんかいられなかった。俺が考えていたのは、するなと言ってるのに学校をサボるばかりか、これ見よがしに店の真ん前を歩いていきやがって、あいつは俺に対する敬意のかけらもねえのかってことだ。ただ、ドアの中は見えなかったはずだ。日射

* ケンタッキー州の都市で、南部と北部の境にある。

しがまっすぐ差しこんでいて、自動車のヘッドライト越しに覗くような具合だったからだ。それで俺はその場に立ったまま、あのガキが通りすぎていくのを見ていたんだが、あいつは間抜けなピエロみたいに顔を塗りたくって、髪はベタベタにしてねじりあげ、服はと言えば、俺が若いころだったらゲイヨーソ通りやビール通り*でも脚や尻をそれしか隠さないで女が表を歩いたら牢屋にぶちこまれてただろうなってくらいの代物だった。こいつらの服装ときたら、まるで道で通りすぎる男という男に手を伸ばしてちょっと触ってみてくれと言ってるようなもんなんだ。それから俺はまた赤いネクタイをするなんてどんなクソ野郎なんだと考えだしたんだが、そのとき急に、やつはショーの連中の一人なんだと、まるであのガキから聞いたみたいにはっきりわかった。まあ、俺もずいぶんと我慢強いからな。でなきゃ、にっちもさっちもいかなくなっちまってただろうよ。それでやつらが角を曲がると俺は飛びだして後を追った。この俺が、帽子もかぶらず、母さんの名誉を守るために真昼間から路地を行ったり来たり追いかけまわさなきゃならねえとはな。いつも言ってるように、あの類《たぐい》の女は、もともとそういう素質があるんならどうしようもねえんだ。原因が血の中にあるんなら、もう打つ手はねえのさ。できることと言やあ、家から追っぱらって望みどおり同類のやつらと生きていかせてやることだけなんだ。

　通りへ出たが、やつらの姿は見えなかった。そんで俺はと言えば通りの真ん中で帽子もかぶらず、俺まで頭がおかしくなったと思われても仕方がなかった。みんな当然考えることだろうが、一人は頭がおかしくて、もう一人は入水自殺、さらに一人は旦那に追い出されたとくれば、残りも頭がおかしくないわけがねえんだ。周りの連中が俺のことを鷹みたいに見張ってることも、ずっと前からわかってたんだ。まあ私は驚かんよこうなると前から思ってたんだあの家はみんな頭がおかしいからね、とか抜かすチャンスをうかがってやがるのさ。クエンティンをハーヴァードへやるために土地を売ったうえに税金を払いつづけて州立大学を支援してるってのに俺は大学なんか野球の試合で二回見たことがあるだけだし屋敷じゃ娘の名前を口に出すことさえ母さんが許さねえそれでしばらくすると父さんは町に出てくることもなくなって一日じゅう酒ビンの脇に座ってるだけになっちまって目に入るのは父さんの寝巻きの裾とむき出しの脚耳に入るのは酒ビンのカチンと鳴る音ばかりでしまいにはT・P

が注いでやらなきゃならないありさまになっちまったってのにあなたは父さんの思い出をないがしろにしてるわだなんて母さんは言うから俺は言うんだそんなことあるわけないだろうずっと大事に心にしまってあるよただ俺の頭までおかしくなっちまったらどうなるかわかったもんじゃないけどね俺は水を見るだけで気分が悪くなるしウィスキーを一杯でも飲むくらいならガソリンを飲むほうがはるかにマシだと思ってるくらいなんだぜそれでロレインは周りのやつらに言うんだたしかにこの人はお酒を飲まないかもしれないけれどこの人が男じゃないと思うなら確かめ方を教えてあげるわロレインは言うもしあなたがここの淫売たちといちゃいちゃしてるのを見つけたら私がどうするかわかってるわよねその女をとっつかまえて鞭でぶったたいてやるわ私の目の届くところにいるかぎり鞭で打つのをやめないからねそれで俺は言う酒を飲まないのは俺の勝手だろそれでも俺がケチくさいまねをしたことはないだろそんで俺は言うそうしてほしいならビール風呂に入れるくらい買ってやったっていいんだぜだって俺は誠実な淫売にはとびきりの敬意をいだいてるんだ母さんの健康のこともあるし俺にも守らなければならん立場ってもんがあるってのにあのガキときたら俺があいつのためにしてやってることに対してなんの敬意もねえどころか自分の名前や俺の名前や母さんの名前を町の笑いぐさにするばかりなんだからな。

あのガキはどっかに姿をくらましていた。俺が追ってるのに気づいて別の路地に身を隠して、あのクソみてえなショーの男と路地じゅうを走りまわってやがるんだろう。やつのネクタイを見たら、いったいどんなクソ野郎が赤いネクタイなんかつけるんだと誰だって思うってのにな。で、気づいたら配達の小僧が俺にずっと話しかけていて、俺は知らないうちに電報を受け取っていた。電報だとわかったのも受け取りのサインをしてるときで、それがなんなのかたいして気にもしないで破って開けた。なにが書いてあるのか、はじめからわかってたような気もする。まだなにか悪いことが起きるとすれば、これしかねえよな。なんてったって、この件は二の次にして悠長に小切手を預金してたわけだからな。

ニューヨークみたいなたいして大きくもねえ町に、俺たち田舎のおめでたい連中から金を巻きあげるやつらがどうしてあんなにたくさんいられるのか、俺にはさっぱ

＊　メンフィスにある歓楽街。

りわからねえ。毎日朝から晩まで必死に働いて、稼いだ金をやつらに送れば小さな紙切れが送り返されてきて、二〇・六二ニテ貴殿ノ取引継続不可、ってなもんだ。さんざんじらして額面だけの儲けがちょっとばかり積みあがったところで、ドカン！　二〇・六二ニテ貴殿ノ取引継続不可。それでも足りねえってんなら、どっかの誰かに毎月十ドル払って手っ取り早く金をスる方法を教えてもらえばいい。相場のことなんかひとつも知らねえか、電報会社とグルになってるようなやつにな。まあでも、俺はもう手を切るよ。やつらに騙されるのもこれが最後だ。ユダヤ人の言うことを真に受けるほどの間抜けでもなければ、上がり相場がずっとつづいてることぐらいわかるだろうよ。どうせまたすぐ去年みたいにデルタ[1]がまるごと洪水に飲みこまれちまって、綿が根こそぎ洗い流されるってことになるんだからな。収穫なんか来る年来る年流されちまえってんだ、それでもワシントンのお歴々はニカラウガ[2]かどっかに軍隊を駐留させておくために一日五万ドルも使ってやがるんだ。川は当然また氾濫《はんらん》するだろうし、そしたら綿は一ポンド三十セントなんて値になるんだろうよ。なあ、俺は一度でいいからそいつをぶち当てて金を取り戻してえだけなんだ。なにもボロ儲けしたいってんじゃねえ。そんなのを狙いに行くのは、ここいらの田舎博奕打ちだけだ。俺はくそユダヤ人どもが確かな内部情報とやらを使って俺から奪った金を取り戻してえだけなんだ。そうしたら俺は手を引くよ。まだ俺から巻きあげたいってんなら、一セントごとに俺の足にキスしてみろってんだ。

　俺は店に戻った。もう三時半近くだった。こんな時間じゃなんにもできやしねえが、そういうのには慣れていた。そんなこたぁハーヴァードに行って習うまでもねえんだ。楽隊の演奏は終わっていた。客はもうみんな中に入っちまったんだから、これ以上息を無駄にする必要はねえってこった。アールが言う、

「配達の子に会ったかね？　ちょっと前に電報を持ってここに来たんだがね。おまえさんは裏にいるものと思ってたよ」

「ええ」と俺は言う。「受け取りましたよ。午後の間じゅう俺に渡さないでいるわけにはいかなかったみたいですね。この町は小さすぎるんでね。ちょっと家へ帰らないといけないんですが」と俺は言う。「給料は差し引いてもらってかまいませんよ、それで気がすむなら」

「行きたまえ」とやつは言う。「もう私一人で大丈夫だ

よ。悪い知らせでないといいんだがね」

「そいつを知りたきゃ電信局に行ってみることですね」と俺は言う。「あいつらならあんたに教える暇もあるでしょうよ。俺にはないんで」

「訊いてみただけさ」とやつは言う。「私を頼りにしてもらってかまわんってことは、おふくろさんもわかってるからね」

「母は感謝するでしょうよ」と俺は言う。「やることをやったらすぐ戻ってきますんで」

「いそがんでいいよ」とやつは言う。「もう一人で大丈夫だから。さあ、行きなさい」俺は車を運転して家に帰った。今朝に一回、昼どきに二回、それから今また一回。それも、あのガキを乗せたり町じゅう追いかけまわしたり自分の金で買った食い物をちょっとでいいから食わせてくれと頼む羽目になったりするために、だ。ときどき思うんだが、こんなことしてなんになるんだ。前例を見せつけられてきたんだからわかるよ、こんなことをつづけてる俺だって頭がおかしいに決まってる。それにどうせいま家に着いたら、ちょうどいいからトマトを一籠買ってきてくれとかなんとか言われて長距離運転を満喫させられることになるんだろうし、そうなったら肩の上で頭が爆発しないように樟脳工場みたいな臭いを撒き散らしながら町へ戻らなきゃならんというわけだ。母さんにはいつも言ってるんだ、あのアスピリンとかいうやつは病気だと思いこんでる連中用に小麦粉と水を混ぜてあるだけで、他にはなに一つ入っちゃいないんだよ。俺は言うんだ、母さんは頭痛ってのがどういうものか、わかってないんだよ。俺は言う、もし俺の自由にしていいとなったら俺があのどうしようもない車を好き勝手に乗りまわすとでも母さんは思ってるんだろ。俺は言う、俺は車なんかなくてもやっていけるよ俺は学んだんだいろんなものがなくたってやっていけるんだってでももし母さんが危険を承知で半人前のニガーを御者にしてあのオンボロ馬車に乗りたいってんなら別にいいよだってベンみたいな種類のやつらの面倒は神さまが見てくれるだろうし神さま自身もベンのためになにかしてやらなくちゃならないことをご存じだからねでも俺が千ドルもする精密機械を半人前のニガーにいや一人前のやつにだって任せる

＊1　ミシシッピ・デルタのこと。ミシシッピ州北西部に位置する、ミシシッピ川とヤズー川に挟まれた地域。
＊2　ニカラグアのこと。一九一二年から三三年にかけて、アメリカは軍事介入などを目的にたびたびニカラグアに軍隊を送りこんだ。

ことがありえると思うなら自分で一台買ってやればいいんだよ、で俺は言う、なんせ母さんは車に乗るのが好きなんだしそれは自分でもわかってるだろ。

ディルシーが言うには、母さんは母屋にいた。俺は廊下に出て耳を澄ましたが、なにも聞こえなかった。二階にあがり、母さんの部屋の前を通りすぎたところで母さんが俺を呼んだ。

「誰なのか気になっただけなの」と母さんは言う。「ずっと一人ぼっちでいるものだから、どんな物音も耳に入ってきちゃうのよ」

「ここに閉じこもってる必要はないよ」と俺は言う。「ほかの女の人みたいに丸一日よその家に遊びに行ったっていいんだぜ、そうしたいなら」母さんはドアロまで来た。

「あなたが具合悪くなったんじゃないかと思ったの」と母さんは言う。「あんなに慌ててお昼を食べなくちゃいけなかったんだもの」

「次はもう少しマシな食事になることを祈るよ」と俺は言う。「で、なにか用?」

「なにか悪いことがあったの?」と母さんは言う。

「悪いことって、どんな?」と俺は言う。「俺が真っ昼間に帰ってくるだけで、家じゅうが大騒ぎせずにはいられないってか?」

「クエンティンは見かけた?」と母さんは言う。

「あいつは学校だろ」と俺は言う。

「もう三時すぎよ」と母さんは言う。「時計が鳴るのが聞こえてから少なくとも三十分はたってるわ。もう帰ってないとおかしいじゃないの」

「そうかな?」と俺は言う。「暗くなる前にあいつが帰ってきたことなんてあったっけ?」

「帰ってないとおかしいのよ」と母さんは言う。「私が娘だったころは――」

「母さんには行儀を教えてくれる人がいたからね」と俺は言う。「あいつはそうじゃない」

「あの子は私の手には負えないのよ」と母さんは言う。「何度もやってみたんだけど」

「なのにどういうわけか俺には任せてもらえないんだから」と俺は言う。「母さんは受け入れるしかないんだよ」俺は自分の部屋に入った。鍵をそっと閉めてそのまま立っていると、ノブが回った。それから母さんが言う、

「ジェイソン」

「なに」と俺は言う。

「なにか悪いことがあったんじゃないかって思ったのよ」

「この部屋にはなんにもないな」と俺は言う。「来る場所をまちがえてるよ」

「あなたを困らせるつもりはないの」と母さんは言う。

「そいつはよかった」と俺は言う。「そこがいまいちわからなかったんでね。俺がなにか勘違いしてるのかと思ったよ。で、なにか用？」

しばらく間があってから母さんが言う、「いいえ、なんでもないの」それから母さんは立ち去った。俺は金庫を下ろして金を数えると、金庫をまた隠してからドアの鍵を開けて部屋を出た。樟脳のことが頭をよぎったが、どちらにしろもう手遅れだろう。それにあと一回往復すればすむんだ。母さんが自分の部屋のドア口で待っていた。

「町でなんか買ってきてほしいの？」と俺は言う。

「そうじゃないの」と母さんは言う。「あなたにお節介を焼くつもりはないんだけど。でもあなたになにかあったら、私どうしたらいいかわからないのよ、ジェイソン」

「俺は大丈夫だよ」と俺は言う。「ただの頭痛だから」

「少しアスピリンを飲んでくれたらいいんだけど」と母さんは言う。「車の運転をやめるつもりがないのはわかってるから」

「車がなんの関係があるんだよ？」と俺は言う。「どうやったら車が頭痛のもとになるってんだよ？」

「あなた、いつもガソリンで気分悪くなるってわかってるでしょう」と母さんは言う。「子どものときからずっとそう。少しアスピリンを飲んでくれたらいいんだけど」

「飲んでほしいと思うのは勝手にすればいいよ」と俺は言う。「それで母さんに悪いことがあるわけじゃないし」

俺は車に乗りこんで町に向かった。通りに出たところで、フォードがこっちのほうにものすごい勢いで走ってくるのが見えた。その車はいきなり停まった。タイヤが滑る音が聞こえると、車はぐるりと向きを変えてバックしてから急発進したから、こいつらなにやってんだと思った瞬間、例の赤いネクタイが見えた。それから、あのガキが窓越しにこっちを振り返ってるのがわかった。車は猛スピードで路地に曲がっていった。もう一度曲がるのが見えたが、俺が裏通りに着いてみると、車はものすごい勢いで走り去っていくところだった。

俺はぶち切れた。あのガキにゃあんだけ言っておいたってのに赤いネクタイが目が入ったもんだから、なにもかも頭から消えちまった。分かれ道に差しかかって車を停めなきゃならなくなるまで、頭痛のこともすっかり忘れちまってたくらいだ。それにしても、道路には金をかけまくってるってのに、これじゃ波型トタン屋根板の上を走ろうとするようなもんだ。こんなんじゃ、手押し車についていくことすらできたもんじゃねえ。この車は俺にとっちゃ大切なものなんだ。フォードならまだしも、この車をデコボコ道でダメにしちまうつもりはねえ。どっちにしたって、たぶんあの車は盗んだものなんだろうよ、だからあいつらは車がどうなろうとかまわねえんだ。いつも言ってるように、血は争えねえってこった。あんな血が流れてたら、どんなことだってしかねないだろうよ。俺は言うんだ、母さんがあいつに対してどんな義理があると思ってるのかわからないけど、そいつはもう果たされてるよ。俺は言う、これからはもう自分を責めるしかないんだ、だって分別ある人間ならこういうときどうするか、母さんにもわかってるだろ。俺は言う、しょうもない探偵ごっこに時間を半分も取られるんだったら、せめて給料をもらえるところに俺は行くよ。

そういうわけで、分かれ道で車を停めなきゃならなかった。それから俺は頭痛のことを思い出した。まるでハンマーを持ったやつが頭の中にいて、内側からがんがん叩かれてるみたいだった。俺は言うんだ、俺はこれまで母さんがあいつのことで頭を悩ませないですむようにがんばってきたんだぜ。それから言う、俺にしてみりゃ、あんなやつは望みどおりさっさと落ちるとこまで落ちたらいいんだ、それもできるかぎり早いほうがいいな。俺は言う、旅回りのセールスマンや安っぽいショーの連中以外ありえないじゃないか、だって今じゃ町の軟派野郎どもだってあいつにゃそっぽ向いてるんだぜ。母さんは状況をわかってないんだよ、と俺は言う。俺が耳にするような噂を母さんが聞くことはないんだ、俺が連中を黙らせてるからってのもあるけど。俺は言うんだ、おまえらがちっぽけな田舎商店をやったりニガーどもだって見向きもしないような土地を耕して小作人したりしてたころ、うちの一族は奴隷を所有してたんだぞ。

やつらが土地を耕すようなことがあるとすればの話だけどな。神さまがこの南部に手を下してくれたのはまったくよかったよ、ここに住んでるやつらはなんにもしたことがねえんだからな。もう金曜の午後だってのに、ここから見える三マイルの土地には土を返したあとすらねえし、ここいらの健全な男どもはひとり残らず町にショーを見に行っちまってる始末だ。もし俺が飢え死にしかかってるよそ者だったとして、町に行く道を訊こうにも人っ子ひとり見当たらねえんだからな。で、母さんは俺にアスピリンを飲ませようとしてきやがる。俺は言うんだ、パンを食べるときはテーブルで食うよ。俺は言う、母さんは俺たちのためにいろんなものを諦めてきたっていつも言うけど、そのしょうもない特許薬とやらにかけてる金があれば年に十着は新しい服が買えるんだぜ。俺が欲しいのはこいつを治す薬なんかじゃないんだよそんなのを飲まないですむかどうか五分五分の賭けをさせてもらえるならそれでいいんだでもそりゃありえないよな俺は一日十時間も働いて台所いっぱいのニガーどもをやつらのしきたりに合わせて世話してやらなきゃならねえしショーにも行かせてやらなきゃならねえんだここいらのニガーはみんな行くんだからな、でもあそこにいるやつはだいぶ遅刻していた。あいつが着くころにはもう終わってるだろうよ。

しばらくしてそいつが車のところまで来たから、フォードに乗った二人組が通らなかったか訊こうとしてやっとのことで話が通じると、そいつは通ったと答えた。それで俺はそのまま車を走らせ、馬車道が脇に伸びているあたりでタイヤの跡を見つけた。アブ・ラッセルが庭に出ているのが見えたが、わざわざ訊きには行かなかった。するとラッセルの厩舎が見えなくなるかならないかのところでフォードが目に入った。あいつら、車を隠そうとしやがったんだ。いい加減なやり方だったが、あのガキはやることなすことなんでもそうだ。いつも言ってるように、俺はやたらに文句をつけてるわけじゃねえんだ、あいつにはこういう風にしかできないんだろうしな。俺が気に食わねえのは、あいつが家族のことをなんにも考えねえで、ほんのちょっとの分別すらわきまえようとしねえってことなんだ。俺はいつもびくびくしてんだぜ、通りのど真ん中とか広場の馬車の下とかであいつと男が犬のつがいみたいに盛《さか》ってるところに出くわしゃしないかってな。

俺は車を停めて降りた。それから今度は裏に回りこんで畑を横切らなきゃいけなかった。耕された畑を見るのは町を出てから初めてだった。一歩進むごとにうしろからつけてきてる誰かに棍棒で頭をぶっ叩かれてるみたいだった。畑を抜けたらせめて平らなところを歩けるだろう、一歩ごとにがんがん揺さぶられることもないはずだ、ってなことばっかり考えてたが、森に着いてみたら見事に藪《やぶ》だらけで体をよじりながら通り抜けなきゃいけないありさまで、そのあとにはイバラの茂みに覆われた窪地が出てきやがった。しばらく窪地を進んだが、茂みはどんどん深くなるばかりだし、そのあいだにもアールのやつはきっと俺の居場所を知ろうと家に電話をかけて母さんをまたおろおろさせてやがるんだ。

ようやくそこを抜けたが、ずいぶんくねくねと進んできたものだから、俺は立ちどまって車はどっちのほうか考えてみなきゃいけなかった。あいつらが車からそう遠くないところの、手近な藪の中にいるのはわかってたから、俺は向きを変えてまた骨を折りながら道路のほうへ戻っていった。それから、どのあたりまで来たかわからなくなったからまた立ちどまって耳を澄まさなければならず、そうしてると脚が使わなくなった分の血が頭にのぼってきていまにも破裂しそうになるわ、沈みかけた日の光が目にまっすぐ差しこんでくるわ、耳鳴りがしてなにも聞こえなくなるわで散々だった。俺はなるべく音を立てないように進みつづけたが、犬かなんかの鳴き声が聞こえてきて、そいつが俺の匂いを嗅ぎつけたらこっちに飛んでくるだろうし、そうなったらぜんぶ台無しだと気づいた。

くっつきむしやら小枝やらが体じゅうについて服や靴の中にまで入ってるし、そのうえふと振りむいたら俺はウルシのツタを思いきり触っちまってる始末だった。一つわからねえのは、なんでそれがただのウルシで、蛇かなんかじゃなかったのかってことだ。だから俺は手をどかしもしなかった。ただそこに突っ立って、犬が行っちまうまで待った。それからまた歩きだした。

車がどっちだったか、もう全然わからなかった。頭痛のこと以外なにも考えられなくなって、同じところにじっと立ったまま、本当にフォードを見たんだろうかなんて思ったりしてたら、どっちでもよくなってきちまった。いつも言ってるように、あんなやつ、町にいるズボンを穿いたものとならなんだって、朝から晩まで片っぱしから寝てりゃいいんだ、俺はちっともかまわねえ。俺に対して気をつかう素振りもねえようなやつになんの負い目があるってんだ。もうちょっとマシなとこにフォードを停める頭もありゃしないで、俺に午後をまるまる無駄にさせやがって、そんでアールのやつは母さんを店の奥に連れこんで帳簿を見せようとしてやがるときた。なんてったって、やつはこの世にはもったいないくらいご立派な野郎なんだからな。俺は言うんだ、あんた、天国じゃさぞつらい思いをすることだろうよ人のことに首を突っこめなくなっちまうんだからなでも俺に逢引きを見つからないようにしろよ、と俺は言う、おまえの祖母《ばあ》さんに免じていつもなら見なかったことにしてやるが、俺の母親が住んでるこの屋敷内で一回でも見つかってみろ。髪をテカテカにしたクソガキども、地獄みてえな馬鹿騒ぎをしてるつもりでいやがるが、そんなら俺が地獄ってもんを教えてやるよ、と俺は言うんだ、それからおまえにもだ。あのしょうもない赤ネクタイが地獄への入り口を開く紐だってことをあの男に思い知らせてやるよ、俺の姪と森を駆けまわってもいいと思ってんだったらな。

日の光やらなんやらが目に入って血もズキズキと脈打つもんだから、そのたびに俺の頭はこのまま破裂しておしまいになっちまうんじゃないかと考えていたが、イバラやらいろんなものに引っかかりながら歩いていくと、そのうちに砂の窪地に出た。やつらはここにいたらしく、車のそばにあった木にも気づいたが、俺が窪地からあがって走りだすと同時に車が出発する音が聞こえた。車はクラクションを鳴らしながらあっという間に走り去った。ずっと鳴らしつづけたから、ヤァ。ヤァ。ヤァァァーーーーと叫んでるような具合で見えなくなっていった。俺が道路に出ると、ちょうど車が見えなくなるところだった。

自分の車にたどり着くころには、やつらの姿はすっかり見えなくなっていたが、クラクションは鳴りつづけていた。まあ、それについてはなにも思わなかった。俺はただこう言っていたんだ、早く。早く町に帰れ。早く家に帰って、おまえがあの車に乗ってるのを俺が見かけたことなんてなかったんだと母さんに思いこませてみろ。あの男が誰なのか俺にはさっぱりわかっちゃいないと信じさせてみろ。あの窪地で俺があと十フィートのところでおまえらを捕まえそこなってないと信じさせてみろ。それに、おまえは二本の脚で立ってたんだと信じさせてみろ。

車はいまだにヤァ、ヤァ、ヤァァァーーーーと叫んでいたが、その音はだんだん小さくなっていった。それから音が止むと、ラッセルの厩舎で牛がモウモウ鳴いてるのが聞こえた。そのときもまだ俺はなんも気づいちゃいなかった。車のドアまで行って、ドアを開け、片脚を上げた。そのとき、なんとなく道路の傾斜以上に車が傾いてるような気がしたが、はっきりわかったのは車に乗ってエンジンをかけた後だった。

で、俺はただそのまま座っていた。もう日暮れに近く、町までは五マイルほどだった。あいつらはタイヤに穴を開けてパンクさせる根性もなかったってわけだ。ただ空気を抜いただけ。俺はしばらくその場にとどまったまま、台所いっぱいのニガーがいるってのに予備のタイヤをラックに掛けてボルト二、三本締めておく時間があるやつは一人もいねえのか、なんてことを考えていた。ちょっと妙なのは、いくらあのガキだって、空気入れをあらかじめ取り外しておくほど先を見越せるわけがねえってことだ。まあ、男が空気を抜いてるあいだに思い至ったのかもしれねえが。でも実際はおそらく誰かが取り外してベンにくれてやったんだろう、水鉄砲にして遊べとか言ってな、だってやつらときたらベンが望めば車をまるまる解体だってしてやるだろうからな、そんでディルシーは言うんだ、あんたの車にゃ誰もさわってないよ。なんのためにあんなもんいじくんなきゃなんねえんだ？　それで俺は言う、おまえはニガーだからな。運が良かったな、わかってるか？　それから言う、すぐにでもおまえと入れ替わりたいよ、尻軽娘の行動にいちいち気を揉まなきゃならねえなんて白人くらいのもんだからな。俺はラッセルの家まで歩いていった。そこで空気入れを借りた。あいつらもここまでは頭が回らなかっただろうよ。それでも、あのガキにこんなことまでする度胸があるとは、いまだに信じがたかった。そのことが頭を離れなかった。俺ってやつはなんでか知らんがどうにも学べないらしい、女はどんなことだってやりかねないんだってことを。それで考えつづけていた。俺がおまえをどう思ってるかとか、おまえが俺をどう思ってるかとかはしばらく忘れようじゃないか。でもな、俺ならおまえにこんな仕打ちはしねえぜ。おまえが俺にどんなことをしてきたって、こんな仕打ちはしねえ。なぜならな、いつも言ってるように、身内はどうあっても身内なんだし、そいつは避けられないことなんだ。八歳のガキでも思いつくようなイタズラをしたことが問題なんじゃねえ、てめえの叔父が赤ネクタイをしてるような男に笑いものにされていいのかって言ってんだ。あいつら、町にやってきては俺たちを田舎者集団呼ばわりして、自分たちにはこの町は小さすぎるなんて思い上がってやがる。まあ、そりゃそうなんだが、あの野郎だって本当にわかってるわけじゃねえ。あのガキもな。あいつもそんな風に思ってるなら、さっさと出ていきゃいいんだ。そうすりゃこっちも清々するってもんだ。

　俺は手を止めて空気入れをラッセルに返すと、町まで車を走らせた。ドラッグストアに寄って一杯飲んでから電信局へ行った。終値は二〇・二一ポイントで、四十ポイントの下降。五ドルの四十倍。その金でなんか買ったらどうだ、買えるもんならな、そしたらあのガキは言うだろう、どうしてもそのお金が要るのどうしても、それで俺は言うんだ、そいつはお気の毒だが他のやつに頼めよ、俺は金なんか持ってねえからな、稼ぐ暇もないくらいいそがしかったもんでな。

　俺は電信技師をじっと見つめた。

「あんたにお知らせだ」と俺は言う。「聞いてびっくりだろうが、俺は綿相場に興味があるんだよ」と俺は言う。

「思ってもみなかっただろ?」

「配達には最善を尽くしましたよ」とやつは言う。「お店にも二回訪ねたし、ご自宅に電話もしたんですけどね、誰もあなたの居場所を知らなかったもんで」とやつは引き出しの中をあさりながら言う。

「配達って、なにを?」と俺は言う。やつは電報をよこした。「これ、何時に来た?」と俺は言う。

「三時半くらいですかね」とやつは言う。

「で、今は五時十分だな」と俺は言う。

「配達しようとしたんですよ」とやつは言う。「でもあなたが見つからなかったんです」

「それは俺が悪いんじゃないだろ?」と俺は言う。電報を開けて、今度はどんな嘘をよこしてきたのか確かめてみた。毎月十ドルかすめ取るためにミシシッピくんだりまで繰り出さなきゃならねえんだとしたら、きっとやつらはやつらでいっぱいいっぱいなんだろう。売レ、と書いてある。市場ハ不安定ナ見通シ、下ガリ傾向アリ。政府レポート後モ心配ムヨウ。

「こういう電報は一通いくらなんだ?」と俺は言う。やつは値段を言った。

「先方払いですよ」とやつは言う。

「じゃあ俺はその分、やつらに借りがあるわけだ」と俺は言う。「まあわかってたよ。こいつを着払いで送ってくれ」と俺は用紙を一枚取って言う。買エ、と俺は書いた。市場ハジキニ天井知ラズ。マダ電信局へ来タコトナイ田舎ノオメデタイ連中ヲモウ何人カ引ッカケルタメノ乱高下モ少々アリ。心配ムヨウ。「着払いで送ってくれ」と俺は言う。

やつはその電文を見て、それから時計を見た。「市場は一時間前に閉じてますよ」とやつは言う。

「まあ」と俺は言う。「それだって俺が悪いわけじゃないよな？ 俺が市場を発明したわけじゃねえしな。俺はちょいと買ってみただけさ、そのときは電信会社が状況を逐一知らせてくれるものと思いこんでたもんでな」

「レポートは入ってくるなりいつも貼り出してますよ」とやつは言う。

「ああ」と俺は言う。「でもメンフィスじゃ十秒ごとに黒板に貼り出してるんだぜ」と俺は言う。「今日の午後、メンフィスから六十七マイルのところまで行ってきたんだ」

やつは電文を見た。「これを送りたいんですね？」とやつは言う。

「まだ気は変わっちゃいねえよ」と俺は言う。俺はもう一通書いてから金を数えた。「それとこれも頼む、買・エっておまえがちゃんと書けるならな」

俺は店に戻った。通りの先から楽隊の音が聞こえてきた。禁酒法ってやつはけっこうなもんだな。昔は土曜になると家に一足しかない靴を履いた親父が家族をひきいて町に出てきては、運送屋に行って荷物を受け取ったもんだが[*1]、今じゃ誰もかれも裸足でショーを見に行きやがるし、商店の連中はと言えば檻《おり》に入れられた虎かなんかみたいに戸口に並んでそいつらが通り過ぎるのを眺めてるだけってありさまなんだからな。アールが言う、

「なにか悪いことがあったんじゃないといいんだがね」

「なんの話ですか？」と俺は言う。やつは腕時計を見た。それから店の入り口に行って郡庁舎の時計を見た。「あんたは一ドル時計を使ったらいいですよ」と俺は言う。「そしたらたいして金をかけずに、時計はいつだって嘘をついてるんだって思えるようになりますよ」

「なんだって？」とやつは言う。

「なんでもないです」と俺は言う。「あんたに不便をかけてなきゃいいんですがね」

「そんなに忙しくなかったからね」とやつは言う。「みんなショーに行っちまったのさ。大丈夫だよ」

「大丈夫じゃなかったら」と俺は言う、「どうしたらいいか、わかってるでしょう」

「大丈夫だと言ったんだよ」とやつは言う。

「聞こえましたよ」よ俺は言う。「で、大丈夫じゃなかったらどうしたらいいか、わかってるでしょう」

「おまえさんは店を辞めたいのかね？」とやつは言う。

「俺の決めることじゃないでしょう」と俺は言う。「俺の考えはどうでもいいんですよ。でも、俺を雇ってるからって保護者ヅラされるのはまっぴらなんですよ」

「おまえさんはその気になりゃ立派な商売人になれるはずだがね、ジェイソン」とやつは言う。

「少なくとも俺だったら自分の仕事に専念して他人のことはほうっておくでしょうよ」と俺は言う。

「どうしておまえさんが私にクビにしてもらいたがってるんだか、私にはさっぱりわからんよ」とやつは言う。「わかってるだろう、おまえさんはいつ辞めたっていいんだ、それで私らの間にわだかまりが残るわけでもあるまいし」

「たぶん、だから辞めないんですよ」と俺は言う。「自分の仕事に専念してりゃ、その分の給料はもらえるんですからね」俺は裏へ行って水を一杯飲むと、裏口へ出ていった。ジョーブはようやく耕運機を組み立て終わっていた。そこは静かだったから、じきに俺の頭痛も多少マシになってきた。それから歌声が聞こえてきて、そのあとに楽隊の演奏がまたはじまった。まあ、この土地じゅうの二十五セント玉と十セント玉をかっさらわせてやりゃいいさ。俺の知ったこっちゃねえ。俺はできるだけのことはしてきたんだ。俺くらいの歳まで生きて、辞めどきもわからねえなんてやつはただの馬鹿だ。自分の店じゃねえんならなおさらな。それにしても、あのガキが俺の娘だったら話は違ってただろうよ。それならあんなことをしてる暇はないからな。病人だの白痴だのニガーだのを食わせてくために少しは働いてもらわなきゃならねえんでな。だって、女房かなんかが見つかったとしたって、あんな家にどんな顔して連れてけばいいんだよ。相手が誰だって、そんな目に遭わせねえくらいの敬意は持ってるよ。俺は男だ、だから耐えられる。それに血肉を分けた家族なわけだし、俺と付き合ってる女に無礼な口を利くような野郎がいたら目の色を見てやりてえもんだ[*2]まあそんなことするのは善良なご婦人がたなんだけどな教会に欠かさず通う善良なご婦人とやらの中にロレインの半分でもちゃんとした女がいるんだったらお目にかか

＊1　アメリカ合衆国では一九二〇年から一九三三年まで、憲法修正第十八条によりアルコール飲料の製造販売が禁止された。ただし、ミシシッピ州では一九〇七年から一九六六年まで禁酒法が存在していた。ジェイソンが言及している「禁酒法」は前者であり、その全米禁酒法以前は、人々は州外から酒を調達していた。

＊2　green-eyed（緑色の目をした）という表現への言及。green-eyedは「嫉妬深い」という意味にもなる。シェイクスピアが『ヴェニスの商人』および『オセロー』で用いた言い回しに由来する。

らせてくれってんだ、淫売だろうとなかろうとな。いつも言ってるんだ、もし俺が結婚することになったら、母さんは風船みたいに舞い上がっちまうだろうし、そのことは自分でもわかってるだろ、すると母さんは言うんだ、私はあなたに自分の家族を持って幸せになってほしいと思ってるのよ、私たちのために一生奴隷みたいに働くんじゃなくて。でも私はもうすぐいなくなるし、そうしたらあなたも奥さんをもらえるわね、でもあなたにふさわしい女性なんて見つからないわよね、それで俺は言う、いや、見つかるさ。そしたら母さんはたちまち墓から飛び出てくるだろうよそうなることは自分でもわかってるだろ。俺は言う、いいやけっこう、今だって面倒見なきゃいけない女を山ほど抱えてるんだもし女房なんてできたらそいつはきっとヤク中かなんかになっちまうよ。この家にいないのはそれくらいなもんだからな。

太陽はもうメソジスト教会の向こう側に沈み、鳩の群れが尖塔の周りを飛びかっていて、楽隊の音が止まると鳩の鳴き声が聞こえてきた。クリスマスから四か月もたってないのに、鳩の数が前と同じくらいまで増えてやがる。ウォルソール牧師もさすがにうんざりしてるだろうよ。ありゃ俺たちが人間を撃とうとしてると思われかねない勢いだったけどな、説教をぶちまくったかと思えば、鳩が飛んできたら俺たちの一人が持ってた銃にしがみつきだして。地に平和あれ全ての民に恵みあれだの雀の一羽たりとも地に落ちてはならぬだの[*1][*2]と抜かしてやがったな。でもどんなに鳩が増えたってあの人は気にする必要がねえんだ、関係ねえんだからな。いま何時かなんて気にする必要がねえってこった。税金だって払ってねえから、郡庁舎の時計が壊れないよう掃除する費用に自分の納めた金が毎年消えていくのを眺めなくてもいいわけだ。掃除人にゃ一人あたり四十五ドルも払わなきゃいけないってのによ。数えてみたら、まだ卵からかえりきってもねえような鳩が百羽以上も地面にいやがった。いいかげん町を出てくだけの分別はあってもいいんじゃないかね。まあ鳩も俺も、しがらみなんかたいしてありゃしねえってのはいいことだ、それだけは言っておくぜ。

楽隊が演奏を再開していて、やかましいアップテンポな曲だったから、どうやらもうお開きのようだった。客のやつらももう満足だろうよ。たっぷり音楽を聞かせてもらったから、十四、五マイルも馬車を走らせて帰るあいだも、暗闇の中で馬具を外して餌をやって乳を搾るあいだも、ずっと楽しい気分のままってわけだ。やつらがしなきゃいけないことと言やあ、その音楽を口笛で吹きながら厩舎の家畜に今しがた仕入れた冗談を飛ばすくらいだし、そうすりゃ家畜もショーに連れてかずにすんでいくら得したか数えることまでできちまうってこった。やつらの計算なら、子どもが五人とラバが七頭いるとすりゃあ、家族だけショーに連れてって二十五セントの儲けってことになるな。そういうやつらなんだ。アールが包みを二つ抱えて戻ってきた。

「またちょっと配達しなきゃいけないものがあるんだ」とやつは言う。「アンクル・ジョーブはどこかね?」

「ショーに行っちまったんじゃないですか」と俺は言う。

「あんたが見張ってなかったんなら」

「こっそり抜け出したりはしないさ」とやつは言う。

「そんなやつじゃないよ」

「俺じゃあるまいし、ですか」と俺は言う。

やつは店の入り口に行って、外を覗きながら耳を澄ました。

「いい楽隊だな」とやつは言う。「そろそろお開きの時間だろうね」

「連中があそこで夜を明かすつもりじゃなければね」と俺は言う。もう燕《つばめ》が飛びはじめていて、郡庁舎の庭の木立に集まる雀の声も聞こえてきた。時たま雀の一群が屋根の上に姿をあらわし、ぐるぐる飛びまわってからまた飛び去っていった。俺に言わせりゃ、雀も鳩と変わらないくらい迷惑なんだ。やつらのせいで、郡庁舎の庭でおちおち座ってもいられやしねえ。気づいたときにゃ、ベチャッ。帽子に直撃だ。でも一発五セントとして、やつらを全部撃ち殺そうと思ったら百万長者でもなきゃ金が足りやしねえ。広場に毒でも少し撒いておきさえすれば一日で駆除できるんだがな。だって、自分の売り物が広場を駆けまわるのを止められねえようなやつは、鶏みたいな餌を食う生き物じゃなくて、鍬《くわ》とか玉ねぎとかを売るべきなんだからな。自分の犬を閉じこめておけねえやつはそもそも飼うつもりがねえか飼う資格がねえってことなんだ。いつも言ってるように、町の店という店が田舎商売をしてたんじゃ、田舎町になるほかねえだろ。

「お開きになったって、あんたにゃなんの得もないですよ」と俺は言う。「この時間でも、日付が変わる前に家に帰りつくにはすぐに馬をつないで出発しなきゃならんでしょうからね」

＊1　「ルカによる福音書」2章14節から。
＊2　「マタイによる福音書」10章29節から。

「まあな」とやつは言う。「みんな楽しくて仕方ないのさ。たまにはショーにちょっとばかり金を使わせてやったほうがいいんだ。山のほうの百姓は一生懸命働いたって実入りはわずかなもんなんだからな」

「山で百姓しなきゃならんなんて法律はないですがね」と俺は言う。「山じゃなくてもそうか」

「その百姓たちがいなかったら、おまえさんも私も今ごろどこでどうしてるかね？」

「俺は家にいるでしょうね」と俺は言う。「氷嚢《ひょうのう》を頭に載せて横になってますよ」

「おまえさん、しょっちゅう頭痛になってるね」とやつは言う。「歯をよく診てもらったらどうかね？　今朝は隅まで調べてもらったのかい？」

「調べてもらうって、誰に？」と俺は言う。

「朝、歯医者に行ってきたって言ってたじゃないか」

「勤務中に俺が頭痛になるのが気に食わないって言うんですか？」と俺は言う。「そういうことですか？」ショーから戻ってきた連中が路地を通り抜けてきた。

「ほら、来たぞ」とやつは言う。「表に出たほうがよさそうだな」やつは店先に出ていった。まったくおかしな話だが、俺がどんな厄介事を抱えていようが、いつだって男は歯を診てもらえと言うし、女は結婚しろと言いやがる。ただ、人の商売に口出ししてきやがるのはなにをやっても稼げたためしのない男だけだ。自分は靴下一足さえ持ってねえくせに十年で百万ドル儲ける方法を説く大学教授のやつらみてえなもんだ。それか、亭主を見つけることもできねえ女に限って子どもの育て方に一家言持ってる、みてえなもんだな。

ジョーブ爺さんが荷馬車を引いてやってきた。しばらくすると鞭を差しておくソケットに手綱《たづな》を巻きつけおえた。

「それで」と俺は言う。「ショーはおもしろかったか？」

「まだ行ってねえよ」とやつは言う。「でも今夜はまちがいなくあのテントでおれを捕まえられっけどな」

「まだ行ってないだと、馬鹿言え」と俺は言う。「三時からずっと姿を消してたくせに。ミスタ・アールがたった今おまえを探して裏に来たとこだぞ」

「おれは自分の仕事してただけだ」とやつは言う。「ミスタ・アールはおれがどこにいたか知ってるよ」

「あの人をだますことはできるかもしれんがな」と俺は言う。「まあ、告げ口はしないでおいてやるよ」

「じゃあここでおれがだますとしたら、あの人だけってことになるわな」とやつは言う。「土曜にあんたと会っても会わなくてもおれはかまいやしねえんだ、そんな人をだまそうとしたってただの時間のムダじゃねえか。あんたをだまそうとしたりはしねえよ」とやつは言う。「あんたはかしこすぎておれには無理だしな。そうだともよ」とやつは言い、死ぬほどいそがしいんだってふりをしながら荷馬車に小さな包みを五つ六つ積みこんだ。「あんたはかしこすぎておれには無理さ。かしこさってことで言やあ、この町であんたについてける人なんていねえだろうよ。あんたの手にかかれば、自分自身についてけねえくらいかしこい人だってだまされちまうだろうよ」と荷馬車に乗りこんで手綱をほどきながらやつは言う。

「誰のこと言ってんだ?」と俺は言う。

「そりゃあミスタ・ジェイソン・コンプソンのことさ」とやつは言う。「そら、行くぞ、ダン!」

車輪がひとつ外れかけていた。外れる前にやつが路地から出ていけるか、しばらく見ていた。それにしたって、どんな乗り物でもニガーに任せたとたん、これだ。俺は言うんだ、あのオンボロ馬車は目ざわりなだけなんだけど、母さんは百年先まで馬車小屋にあのまま置いとくつもりなんだろ、週に一度あの坊主をあれに乗せて墓地に行かなきゃならんからって。俺は言う、やりたくないことをやらなきゃいけない人間ってのは、あいつが初めてじゃないんだぜ。俺なら文明人らしく自動車に乗せるか、家で待っておかせるけどね。どうせあいつはどこに行くのか、なにに乗ってるのかもわかっちゃいないってのに、日曜の午後にあいつを乗せていくためだけに馬車と馬をいつまでも取っておかなきゃならんとはね。

ジョーブのやつは車輪が外れようがちっともかまわねえんだ、歩いて戻れる距離までしか行かねえんだったらな。いつも行ってるように、やつらのいるべき場所は畑なんだ、そこなら日が昇ってから沈むまでずっと働くしかねえんだからな。やつら、繁盛してる商売だとか楽な仕事だとかには耐性がねえんだ。白人のそばをしばらくうろつかせてみろ、もう殺す価値すらなくなっちまう。こっちの目の前で仕事をさぼる知恵までつけやがるんだ、ロスカスみてえになあいつのたったひとつのしくじりはある日うっかり気を抜いて死んじまったことだけさ。怠けるし、盗みはするし、ちょっとずつ生意気な口を利くようになってしまいには角材かなんかでぶっ叩いてやらなきゃならんくらい調子に乗る。まあ、ここはアールの店だからな。でも俺だったら願い下げだね、角を曲がるたびにバラバラにぶっ壊れちまうんじゃないかって荷馬車に乗ったよぼよぼの老いぼれニガーに自分の店を町じゅうに宣伝してもらうなんてのはな。

日差しはもう空の高いところに見えるだけになって、店の中は暗くなってきた。俺は店先に出た。広場には誰もいなかった。アールは奥で金庫を閉めていて、やがて郡庁舎の時計が鳴りはじめた。

「裏口の鍵はかけたかね?」とやつは言う。俺は裏へ行って鍵をかけて戻ってきた。「おまえさんも今夜はショーには行くんだろうね」とやつは言う。「たしか昨日、入場券をあげたよな?」

「ええ」と俺は言う。「返して欲しいんですか?」

「いや、そうじゃないよ」とやつは言う。「ちゃんとあげたかどうか、思い出せなかっただけさ。無駄にしたらもったいないからね」

やつはドアに鍵をかけるとおやすみと言って帰っていった。雀はまだ木立の中でチュンチュン鳴いていたが、広場には車が二、三台いるだけで、あとは誰もいなかった。ドラッグストアの前にフォードが停まってたが、俺は目を向けもしなかった。どんなことでも、もうたくさんだってときは自分でわかるんだ。あのガキを助けるのはかまわねえが、もうたくさんだってときはわかる。ラスターに運転の仕方を教えてやってもいいな、そしたらあいつらであのガキを一日じゅう追いかけまわせるわけだ、そうしたけりゃな、そんで俺は家にいてベンと遊んでればいいってこった。

俺はドラッグストアに入って葉巻を二本買った。それから頭痛がやわらぐか試しにもう一杯飲んでみようと思って、そこの連中としばらく立ち話をした。

「なあ」とマックが言う。「あんた今年はヤンキース*に賭けたんだろ」

「なんのために?」俺は言う。

「リーグ優勝だよ」とやつは言う。「あのリーグにゃヤンキースに勝てるチームなんかいないだろ」

「馬鹿言え」と俺は言う。「ヤンキースはもうおしまいだよ」と俺は言う。「あんな運がいつまでもつづくチームがあると思うか?」

「俺はあれを運とは言わないね」とやつは言う。

「ルースの野郎がいるチームに賭けるわけねえだろ」と俺は言う。「たとえ勝つとわかってたとしてもな」

「へえ?」とマックは言う。

「あいつより価値のある選手を教えろと言われりゃ、どっちのリーグからでも一ダースは名前を挙げられるぜ」「ルースのなにがそんなに気に食わないんだ?」とマックは言う。

「別に」と俺は言う。「気に食わないことなんかねえよ。あいつの写真を見るのも嫌だけどな」俺は外に出た。街灯がつきはじめ、町の連中も家に帰りだしていた。たまに真っ暗になっても雀が騒ぎつづけてることがあった。郡庁舎の周りに新しい街灯をつけた晩には、目が冴えちまった雀どもが一晩じゅう飛びまわったり街灯にぶつかったりしてたもんだ。二、三日の間はそんな調子だったが、ある朝みんないなくなってた。で、二か月くらいしたらみんな戻ってきやがった。

俺は車で家に帰った。家ではまだ明かりがついてなかったが、どうせみんなして窓の外を見張ってるんだろう、そんでディルシーは俺が帰ってくるまで料理が冷めないようにしなきゃならねえってんで、まるで自分のメシのことみてえに台所でぶつくさ言ってやがるんだ。あの言いようを聞いたら、世界には晩メシが一回きりしかないように思えてくるぜ、しかもそれを俺のために何分か遅らせなきゃならねえってわけだ。それにしたって、自分の家に帰ってこようってときに、少なくとも一回くらいはベンとあのニガーが同じ檻に入れられた熊と猿みてえに門にかじりついてるのを見ないですむことはできないもんかね。日暮れが近づくと決まってあいつは厩舎に向かう牛みてえにノロノロやってきては、門にかじりついて頭を振りながら一人でなにやらうめいてやがるんだ。あれぞ自業自得のお手本てやつだな。鍵の開いた門をいじくったせいであいつに振りかかったことがもし俺にも起こったとしたら、門なんてものはもう二度と見たいと思わねえけどな。よく不思議に思うんだが、あの門のところで学校から帰ってくる女の子たちを見ながらあいつはなに考えてんだろうな、あいつが欲しがろうとしてるものはあいつにとっちゃ本当はもう欲しくもなければ欲しがることもできないってのに、そのこと自体を思い出せねえんだからな。それに、服を脱がせてもらいながら自分の体を見ちまって毎度のように泣き出すときも、な

＊ ニューヨーク・ヤンキースのこと。ヤンキースは一九二六年から一九二八年まで、三年連続でリーグ優勝を果たした(一九二七年と一九二八年にはワールドシリーズも連覇)。ベイブ・ルースは一九二〇年から一九三四年までヤンキースでプレーし、一九二七年には自身が持つメジャーリーグの本塁打記録を更新する六十本塁打を放った。

に考えてやがるんだか。でもいつも言ってるように、同じことをしてやらなきゃならねえやつはまだいるんだ。俺は言う、おまえになにが必要か俺にはわかってるぜおまえに必要なのはベンがしてもらったことさそうすりゃおまえもお行儀よくなるだろうよ。ああ、なんのことを言ってるかわかんなけりゃ、ディルシーに教えてもらうんだな。

母さんの部屋は明かりがついていた。俺は車を車庫に停めると台所に入っていった。そこにはラスターとベンがいた。

「ディルシーはどこだ?」と俺は言う。「晩メシを作ってんのか?」

「ミス・カーラインと二階にいるよ」とラスターが言う。「もう大騒ぎだよ。ミス・クエンティンが帰ってきてからずっと。ばあちゃんは二人がケンカをおっぱじめないように二階に行ったんだ。ショーはもう来たの、ミスタ・ジェイソン?」

「ああ」と俺は言う。

「楽隊の音が聞こえた気がしたんだ」とやつは言う。

「おれも行けたらなぁ」とやつは言う。「二十五セント玉さえありゃ行けるんだけどなぁ」

ディルシーが入ってきた。「帰ってきたんか?」とディルシーは言う。「こんな遅くまでなにやってたんだ? あたしがどんだけ仕事かかえてるか、知ってるだろうに。なんで時間どおり帰ってこねえんだ?」

「ショーに行ってたのかもな」と俺は言う。「メシはできてるのか?」

「おれも行けたらなぁ」とラスターが言う。「二十五セント玉さえありゃ行けるんだけどなぁ」

「あんたはショーに行くような人じゃねえだろうに」とディルシーは言う。「母屋に行って座ってな」とディルシーは言う。「まちがっても二階行ってまた騒ぎださせんじゃないよ」

「なにがあったんだ?」と俺は言う。

「クエンティンがちょっと前に帰ってきて、夕方ずっとあんたに追っかけまわされてたって言うもんだから、ミス・カーラインがしかりつけたんだよ。なんであの子をほうっておけないんかね? 血のつながった姪だろうに、一つ屋根の下でケンカしないで暮らせないもんかね?」

「あいつとケンカなんかどうやってすんだよ」と俺は言う。「今朝からずっと見てねえってのに。今度は俺がなにしたって言い出したって? 学校に行かせたってか?

そらまたずいぶんひでえな」と俺は言う。

「まあ、あんたは自分のことだけ考えてあの子のことはほっときな」とディルシーは言う。「あの子の面倒はあたしが見るよ、あんたとミス・カーラインがそうさせてくれんならね。ほれ、ごはんの支度ができるまでむこう行っておとなしく待ってな」

「二十五セント玉さえありゃなぁ」とラスターが言う、「おれもあのショーに行けるのになぁ」

「そんでもって、もしあんたに羽が生えてりゃ天国まで飛んでいけんのにな」とディルシーは言う。「ショーのことはもう一言も聞きたくないよ」

「それで思い出したよ」と俺は言う。「入場券を二枚もらったんだった」俺は上着から入場券を取り出した。

「それ、自分で使うの?」とラスターが言う。

「俺は使わねえよ」と俺は言う。「十ドルもらったって行くつもりはねえ」

「じゃあ一枚ちょうだいよ、ミスタ・ジェイソン」とやつは言う。

「売ってやるよ」と俺は言う。「それでどうだ?」

「おれ、金ないよ」とやつは言う。

「そいつは残念」と俺は言って、出ていくふりをした。

「一枚ちょうだいよ、ミスタ・ジェイソン」とやつは言う。「二枚もいらないでしょ」

「だまりな」とディルシーが言う。「この人がただでなんかくれるわけねえって、わかんないかね?」

「いくら払えばいいの?」とラスターは言う。

「五セントだな」と俺は言う。

「そんなに持ってねえよ」とやつは言う。

「いくら持ってんだ?」と俺は言う。

「一セントもねえ」とやつは言う。

「そうか」と俺は言う。俺は歩きだした。

「ミスタ・ジェイソン」とやつは言う。

「だまったらどうかね?」とディルシーが言う。「この人はあんたをからかってるだけだよ。二枚とも自分で使うに決まってんだ。さあ行きな、ジェイソン、この子のことはほっといとくれ」

「俺はこんなの要らねえよ」と俺は言う。俺はストーブのところに戻った。「俺はこいつを燃やしに来たんだよ。でもおまえが五セントで買いたいって言うんなら、な?」と俺は言って、ラスターを見つめながらストーブの蓋を開けた。

「そんなに持ってねえってば」とやつは言う。

「そうか」と俺は言う。俺はストーブの中に一枚放りこんだ。

「これ、ジェイソン」とディルシーが言う。「恥ずかしくないんか?」

「ミスタ・ジェイソン」とラスターが言う。「お願いだよ。これから一か月、毎日ちゃんとタイヤつけておくから」

「俺が欲しいのは現金なんだよ」と俺は言う。「五セントで手に入るんだぜ」

「だまりな、ラスター」とディルシーは言って、ラスターをぐいっと引っぱりもどした。「ほれ、やりな」とディルシーは言う。「ほうりこんじまいな。さあさあ。もう終わりにしとくれ」

「五セントで手に入るんだぜ」と俺は言う。

「ほれ、やりな」とディルシーは言う。「この子は五セントなんて持っちゃいないよ。さあさあ。ほうりこんじまいな」

「そうか」と俺は言う。俺が入場券を放りこむと、ディルシーがストーブの蓋を閉めた。

「あんたみたいな大の大人が」とディルシーは言う。

「あたしの台所からさっさと出とってくれ。だまりな」とディルシーはラスターにむかって言う。「ベンジーにまでおっぱじめさせちまうだろ。今晩、フローニーから二十五セント玉もらってやっから、そしたら明日の夜行けるよ。ほら、もう泣くんじゃないよ」

俺は居間に行った。二階からはなにも聞こえなかった。俺は新聞を広げた。しばらくするとベンとラスターが来た。ベンは壁の黒ずんだところ、もとは鏡があった場所に行って、そこを両手でこすりながらよだれを垂らしてうめいていた。ラスターは暖炉の火をつつきだした。

「なにしてんだ?」と俺は言う。「今夜は火をつける必要なんかないだろ」

「この人をしずかにさせようとしてるんだよ」とやつは言う。「イースターはいっつもさみいんだよな」とやつは言う。

「まだイースターじゃねえけどな」と俺は言う。「暖炉はそのままにしとけ」

やつは火かき棒を戻して母さんの椅子からクッションを取るとベンにわたした。それでベンは暖炉の前に座りこんでおとなしくなった。

俺は新聞を読んだ。二階からはなんの音も聞こえなかったが、そのうちにディルシーが来てベンとラスターを台所へやり、メシの支度ができたと言った。

「わかった」と俺は言う。ディルシーは出ていった。俺は座ったまま新聞を読みつづけた。しばらくしてディルシーがドアロから覗きこむ音がした。

「なんで食べに来ねえんだ?」とディルシーは言う。

「メシを待ってるのさ」と俺は言う。

「もう食卓に並んでるよ」とディルシーは言う。「そう言ったろうが」

「そうか?」と俺は言う。「そいつはすまなかったな。誰も降りてくる音がしなかったもんでな」

「二人は来ねえよ」とディルシーは言う。「あんたはさっさと食べに来な。そしたらあたしは上の二人になんか持ってくから」

「二人とも病気にでもかかってんのか?」と俺は言う。「医者はなんて言ってた? 天然痘はやめてくれよ」

「ほれ、来な、ジェイソン」とディルシーは言う。「いつまでも片づかないだろうが」

「そうか」と俺はまた新聞を持ちあげながら言う。「じゃあ俺はメシを待つとしよう」

ディルシーがドアロからこっちを見つめているのが感じられた。俺は新聞を読みつづけた。

「そんなマネしてなんになるんかね?」とディルシーは言う。「あたしがどんだけ厄介事かかえてるか、あんたも知ってるだろうに」

「母さんが昼メシに降りてきたときより具合が悪いって言うなら、それはまあいいさ」と俺は言う。「だがな、俺より歳下のやつらは、俺がメシを食わせてやってるからには食卓に降りてきて食わなきゃならねえんだ。メシの支度ができたら知らせろ」と俺は言って、また新聞を読みはじめた。ディルシーが足を引きずってうんうん唸りながら階段を昇っていくのが聞こえた。まるで階段が垂直に立ってて、一段一段の高さが三フィートもあるみたいだった。母さんの部屋のドアのあたりからディルシーの声が聞こえ、それからクエンティンの部屋に行くと鍵がかかってたらしく、呼びかける声が聞こえてきて、また母さんの部屋に戻ると、今度は母さんがクエンティンの部屋の前に行って声をかけた。それから三人が階段を降りてきた。俺は新聞を読んでいた。

ディルシーがドアロに戻ってきた。「さあ、おいで」とディルシーは言う、「またなんか悪ふざけを思いつかねえうちにな。あんた、今夜はわるさばっかしてからに」

俺は食堂へ行った。クエンティンはうなだれて座っていた。また顔におしろいを塗りたくってやがる。鼻は陶器碍子《がいし》そっくりだった。

「降りてこられるくらい具合よくなってうれしいよ」と俺は母さんに言う。

「あなたのために私ができることと言ったら、せいぜい食卓へ降りてくることくらいだから」と母さんは言う。「具合が悪くたってね。わかってるの、一日じゅう働いてきた男の人は、夕ごはんの食卓で家族に囲まれたいものよね。私はあなたの気がすむようにさせてあげたいの。ただ、あなたとクエンティンがもっと仲良くしてくれたらいいんだけど。私もそのほうが気が楽だわ」

「仲良くやってるよ」と俺は言う。「あいつがそうしたけりゃ、一日じゅう部屋に閉じこもってたってかまわないんだぜ。でもメシ時にこんな馬鹿騒ぎされたりふくれっ面されたりするのはごめんだね。こいつには無理な注文だとはわかってるけどね、自分の家ではこうするのが俺のやり方なんだ。いや、つまり、母さんの家では」

「あなたの家よ」と母さんは言う。「今はあなたが家長なんだから」

クエンティンはうなだれたままだった。俺が皿を配ると、食べはじめた。

「肉は脂の乗ったやつだったか?」と俺は言う。「そうじゃなかったら、もっとうまいところを取り分けてやるよ」

あいつは何も言わなかった。

「肉は脂の乗ったやつだったかって訊いてんだ」と俺は言う。

「え?」とあいつは言う。「うん。大丈夫」

「米もっと食うか?」と俺は言う。

「いらない」とあいつは言う。

「いいから、もう少しよそってやるよ」と俺は言う。

「これ以上いらない」とあいつは言う。

「どういたしまして」と俺は言う。「どうぞ召しあがれ」

「頭痛はよくなったの?」と母さんが言う。

「頭痛?」と俺は言う。

「頭痛がひどくなってきてるんじゃないかって、心配してたの」と母さんは言う。「午後、あなたが戻ってきたとき」

「ああ」と俺は言う。「いや、ならなかったよ。午後はずっといそがしかったから忘れてた」

「それで遅くなったの?」と母さんは言う。クエンティンが聞き耳を立ててるのがわかった。俺はあいつを見つめた。ナイフとフォークはまだ動かしてたが、こっちをちらっと見たのを俺は見逃さなかった。それからあいつはまた皿に視線を戻した。俺は言う、

「いや。三時ごろに車を貸し出したもんだから、そいつが戻ってくるまで待ってなきゃならなかったんだよ」

「誰に貸したの？」と母さんは言う。

「ショーの連中の一人」と俺は言う。

「妹の亭主が町の女と車で遊びに行っちまったとかで、その二人を追っかけたかったそうだよ」

　クエンティンは口をもぐもぐさせるほかはピクリとも動かず座っていた。

「そんな人たちに車を貸しちゃいけないんじゃないの」と母さんは言う。「あなた、車のことになったら気前がよくなりすぎるわ。だから私はどうしようもないとき以外はあなたの車に乗せてって頼まないのよ」

「俺もちょっとそんなふうに思いかけてたところだったんだけど」と俺は言う。「でもそいつはちゃんと戻ってきたんでね。探しものは見つかったそうだし」

「その女の人って、誰だったの？」と母さんは言う。

「あとで教えるよ」と俺は言う。「クエンティンの前でそんな話はしたくないからね」

　クエンティンは食べるのをやめていた。時たま水を一口飲む以外は、顔を皿の上にうなだれてビスケット*をちぎりながら座っていた。

「そうね」と母さんは言う。「私みたいに、ずっと閉じこもってる女の人には、この町でなにが起こってるのか、さっぱりわからないんでしょうね」

「うん」と俺は言う。「わからないだろうね」

「私の人生はそんなふうじゃなかったから」と母さんは言う。「ありがたいことに、私はそういういかがわしいことを知らずにすんだの。知りたいとも思わないわ。私はそこらの人たちとは違うんですから」

　俺はそれ以上なにも言わなかった。クエンティンは俺が食べおわるまでビスケットをちぎりながら座っていた。それから、

「もう行っていい？」と誰の顔も見ないで言う。

「あ？」と俺は言う。「ああ、いいぜ。俺たちが食いおわるのを待ってたのか？」

　あいつは俺を見た。ビスケットはもう粉々になってた

＊　平たい焼き菓子ではなく、アメリカ南部で食されるパン状の食べ物。

が、両手はまだちぎってるみたいな動きをしてて、追いつめられたとでもいうような目つきだった。そのうちに唇を噛みだしたが、そんだけ赤鉛を塗りたくってりゃ、中毒になってもおかしくないくらいだった。

「お祖母ちゃん」とあいつは言う。「お祖母ちゃん――」

「ほかになんか食べたかったのか？」と俺は言う。「どうしてこの人にこんな扱いされなきゃいけないの、お祖母ちゃん」とあいつは言う。「あたしこの人になにも悪いことしてないのに」

「私は二人に仲良くやってほしいのよ」と母さんは言う。「もう残されたのはあなたたちだけなんだから、本当にもっと仲良くしてほしいの」

「この人が悪いんだよ」とあいつは言う。「あたしのことほっといてくれないから、あたしだって仕方なく。あたしにこの家にいてほしくないなら、どうして帰らせて――」

「もういい」と俺は言う。「それ以上言うな」

「じゃあどうしてこの人はほっといてくれないの？」とあいつは言う。「この人は――この人はただ――」

「あなたにとってたった一人の父親同然の人じゃないの」と母さんは言う。「あなたも私も、この人に食べさせてもらってるの。言うことを聞けって言われるのも当然でしょう」

「この人が悪いんだよ」とあいつは言って、勢いよく立ちあがった。「この人のせいであたしだって仕方なく。もしこの人がただ――」追いつめられたような目つきで俺たちを見ながら、両腕をぐいっと脇に引きつけた。

「俺がただ、なんだよ？」と俺は言う。

「あたしがなにしたって、悪いのはあんたなんだよ」とあいつは言う。「あたしが悪い女なんだとしたって、仕方なかったんだ。あんたがそうさせたんだよ。あたし、死にたい。みんな死んじゃえばいいんだ」そう言うとあいつは走って出ていった。階段を駆けあがる音が聞こえてきた。それからドアがバタンと閉まった。

「あいつがまともなことを言ったのはこれが初めてだな」と俺は言う。

「あの子、今日も学校に行かなかったのね」と母さんが言う。

「なんでわかるのさ？」と俺は言う。「町に出かけたの？」

「なんとなくわかるのよ」と母さんは言う。「あなたがあの子にもう少し優しくしてくれたらいいんだけど」

「優しくするためには、一日二回以上は顔を合わせられるような取り決めが必要だな」

「メシのときはいつもあいつが食卓に降りてくるようにしてくれないと。そしたら俺だって毎回あいつに肉を一切れ追加してやれるのに」

「ちょっとしたことでも、あの子のためにしてあげられることはあるのよ」と母さんは言う。

「たとえば、あいつを学校にちゃんと行かせろと言われてるのに、ほったらかしにしておくとか？」と俺は言う。

「あの子、今日も学校に行かなかったのよ」と母さんが言う。「行かなかったって、なんとなくわかるの。あの子が言うには、午後に町の男の子の一人とドライブに行ったら、あなたに追いかけまわされたって」

「どうやったら俺にそんなことが？」と俺は言う。「午後の間ずっと車を貸してたってのに？ あいつが今日学校に行ったにしろ行ってないにしろ、もう過ぎたことだよ」と俺は言う。「そんなに心配したいなら、次の月曜の心配をしなよ」

「あなたにはあの子と仲良くしてほしかったの」と母さんは言う。「だけどあの子も頑固な性格をそっくり受け継いじゃったのよ。それから、クエンティンの性格も。あのとき私は、この子はそういうふうに生まれついてるんだと思って、同じ名前をつけたのよ。ときどき思うの、あの子は二人のことで私にくだった罰なんだって」

「まったく」と俺は言う。「すばらしい心の持ちようだね。母さんの具合がいつも悪いのも不思議じゃないよ」

「どういうこと？」と母さんは言う。「わからないわ」

「わからないほうがいいよ」と俺は言う。「善良な女性ってのは、知らないほうがいいことにはあまり触れないでいるものなんだよ」

「あの子たち二人ともあんなふうだったわね」と母さんは言う。「私が叱ろうとすると、お父さんを味方につけて逆らってくるのよ。お父さんはいつも言ってたわ、あの二人にしつけは必要ない、高潔や誠実とはどういうことかちゃんとわかってるし、人から教われるものなんてそれくらいしかないんだから、って。今の状況を見てお父さんも満足でしょうよ」

「頼るならベンがいるじゃないか」と俺は言う。「元気出しなよ」

「あの二人は自分の生活に口出しされないようにわざと私を遠ざけてたのよ」と母さんは言う。「いつもあの子とクエンティンだったわ。いつも私のことを陥れようと企んでたのよ。それにあなたのこともよ、あなたは小さすぎてわからなかったでしょうけど。あの二人はいつもあなたと私のことをよそ者扱いしてたわ。モーリー伯父さんに対してもそうだったわね。私はいつもお父さんに言ってたの、あの子たちを自由にさせすぎだし、あんまりにも一緒にいさせすぎるって。クエンティンが学校に通いだしたら、次の年にはあの子も通わせてあげなきゃいけなかったのよ、一緒に行きたいって言うから。あの子は兄弟の誰かがやってることを自分はできないって思ったら我慢ならなかったの。見栄っ張りなのよ。見栄とまちがった自信。それで、あの子が問題を起こしはじめたときは、クエンティンも同じくらいひどい問題を起こさずには気がすまないだろうって、わかってたわ。でもクエンティンまであんなに自分勝手だとは思ってもみなかった――夢にも思わなかったのよ、クエンティンが――」

「たぶん、兄さんは生まれてくるのが女の子だってわかってたんだろうよ」と俺は言う。「それで、女がもう一人増えると思ったら耐えられなかったんだろうね」

「クエンティンならあの子をしつけられたはずなのに」と母さんは言う。「あの子はクエンティン以外の誰も相手にしようとしなかったんだもの。でもきっと、それも罰の一環なのね」

「ああ」と俺は言う。「俺じゃなくて兄さんだったのは残念だね。それなら母さんももっと楽ができただろうにな」

「私を傷つけようと思ってそんなことを言うのね」と母さんは言う。「でも、そうされて当然ね。クエンティンをハーヴァードに通わせるために土地を売りはじめたとき、お父さんに言ったのよ、ジェイソンにも同じようにチャンスをあげてくださいねって。それでハーバートがあなたを銀行に入れてくれるって言ったときには、ようやくあなたもチャンスをもらえたって言ったのよ、私。それから出費がかさみだして家具とか残った原っぱとかを売らなくちゃいけなくなったときには、あの子にすぐ手紙を書いたのよ、それで私言ったの、あなたもじきにわかると思うけど、あなたとクエンティンは自分たちの取り分だけじゃなくてジェイソンの分までもらったんだから、今度はあなたがジェイソンに償わなきゃいけないのよって。お父さんのためにも償ってくれるわよねって。あのときはそう信じてたの。でも私はあわれなお婆さんでしかないわね。血肉を分けた家族なら自分を犠牲にするものだって信じるように私は育てられたの。私が悪いのよ。あなたが責めるのも無理ないわね」

「俺が誰かの助けなしには自分の脚で立てないと、母さんはそう思ってるわけ?」と俺は言う。「それも、自分の子どもの父親の名前も言えない女の助けなんて」

「ジェイソン」と母さんは言う。

「わかったよ」と俺は言う。「本気で言ってるわけじゃないって。そんなわけないもんな」

「これだけ苦しみぬいたあとで、そんなことがありえるなんて考えたら」

「もちろんそんなわけないって」と俺は言う。「本気で言ったんじゃないよ」

「せめてそれだけは勘弁してもらいたいわ」と母さんは言う。

「うん、大丈夫だよ」と俺は言う。「あいつはどっちにもよく似てるから、疑う余地はないさ」

「そんなことがあったら、私耐えられないわ」と母さんは言う。

「じゃあもう考えなきゃいいじゃないか」と俺は言う。「あいつ、まだ夜に出歩いて母さんに心配かけてる?」

「いいえ。こんなことをするのはあの子のためで、いつか私に感謝することになるって、わかってもらえたから。部屋に本を持っていって勉強してるわ、私がドアに鍵をかけたあとも。十一時まで明かりがついてることもあるのよ」

「勉強してるって、どうしてわかるの?」と俺は言う。

「部屋に一人で、ほかになにをすることがあるのか、想像もつかないもの」と母さんは言う。「いままで本なんて読んだことなかったのよ、あの子」

「そうだね」と俺は言う。「母さんには想像もつかないだろうな。そういう星のもとに生まれてありがたいと思ったほうがいいよ」と俺は言う。ただ、そんなことを口に出して言ってみたところで、なんになるって言うんだ。また母さんが俺にすがりついて泣くだけだろ。

母さんが階段をあがっていく音が聞こえた。それから母さんがクエンティンと呼びかけると、クエンティンはドア越しになに?と言う。「おやすみ」と母さんは言う。それから鍵をかける音が聞こえて、母さんは自分の部屋へ戻っていった。

俺が葉巻を吸いおわって上へあがると、明かりはまだついていた。ぽっかりと空いた鍵穴が見えたが、音はなにも聞こえなかった。おとなしく勉強してるってわけだ。

そのやり方くらいは学校で教わってきたのかもな。俺は母さんにおやすみと言ってから自分の部屋に戻り、金庫を取り出してまた金を数えた。全米代表去勢馬のやつが製材工場みたいなイビキをかいてるのが聞こえた。どっかで読んだんだが、男が女の声を出せるようにするためにああいう処置をすることがあるらしい。でもやつは自分がなにされたかわからなかったんだろうな。自分がなにをしようとしてたのか、なんでミスタ・バージェスに柵材で殴り倒されたのかってことさえわかってなかったはずだ。それに、エーテル麻酔にかかってるうちにジャクソンへ送っちまってたら、違いに気づくこともなかっただろうにな。でもそんなやり方は単純すぎてコンプソンの人間には思いつかなかったんだろう。その倍は複雑じゃないとな。処置をするにも、やつが逃げ出して女の子をその子の父親が見ている眼の前で押し倒すまで待たなきゃならねえんだからな。まあ、いつも言ってるように、うちのやつらは切り取ることにしたのが遅すぎたうえに、やめるのも早すぎたんだ。そういう処置が必要なやつを、俺は少なくともあと二人は知ってるぜ。しかも、一人は一マイルも離れてないとこにいやがる。でも、きっとそんなことしたってどうしようもねえんだ。いつも言ってるように、いったんアバズレになりゃ一生アバズレなんだからな。それと、二十四時間でいいからニューヨークのくそユダヤ人には相場の見通しを俺に忠告するのをやめてもらいたいもんだ。なにもボロ儲けしたいってわけじゃねえ。そういううまい話はお利口な博奕打ちどもをカモるために取っておくんだな。俺はただ、自分の金を取り戻すために五分五分の賭けをさせてもらえりゃそれでいい。そんで取り戻せたとなりゃ、ビール通りでも精神病院でもまるごとここに持ってこいってんだ、そしたらアバズレ二人は俺のベッドで寝させてやるし、精神病院のほうは食卓で俺の席に座らせてやるってもんよ。

一九二八年四月八日

夜が寒々と明けると、北東から迫ってきた灰色の光の壁は大気中の水分に溶けこむかわりに塵に似た毒々しい微粒子へと解《ほど》けていき、小屋の戸を開けて表に出てきたディルシーの肉体に横ざまに突き刺さって、水というよりはぬらぬらした薄い油状の物質を凝結させた。ターバンの上に硬い黒の麦わら帽をのせた彼女は、紫の絹のドレスに何の動物とも知れぬぼろぼろの毛皮に縁どられた栗色のベルベットのケープをはおって戸口にたたずみ、無数の面影を宿すやつれた顔をもたげ、痩せ細った片手の、魚の腹のようにふやけた掌《てのひら》を差し出してしばらく空模様を見ていたが、やがてケープをずらしてドレスの胸元を点検した。

高貴にして病的な色をしたそのロングドレスは、肩から萎《しぼ》んだ胸にかけて虚しく垂れさがり、突き出た腹にぴったり張りついたのち、また垂れさがっていたが、重ね穿きした下着のおかげでこちらには多少のふくらみがあり、春が訪れ暖かくなるにつれて彼女はその下着を一枚また一枚と脱いでいくのだった。かつては大柄な女だったが、今では骨格が浮き彫りになり、それを包む綿抜きされたような皮膚もまた、水腫のごとく突き出た腹にぴったり張りつくほかは弛《たる》んでしまい、まるで筋肉や組織とは、日々に年々にすり減らされる勇気や忍耐であり、そのうちに不屈の骨格のみが取り残され、素知らぬ顔で眠る内臓の上に廃墟か陸標のごとく屹立《きつりつ》しているといった有様で、そのまた上には骨そのものが肉体の外に出てきてしまったような落ちくぼんだ顔がそびえ、風吹きすさぶ空を見上げるその表情は運命を悟ったようでも仰天して失望する子どものようでもあったが、しばらくすると彼女は踵《きびす》を返し、家の中に戻って戸を閉めた。

　戸口周りの地面は丸裸だった。何世代にもわたって裸《はだ》足《し》の往来に踏み固められたからか、つやつやとして、年代物の銀器やメキシコ家屋の手塗りの壁を思わせた。家の脇には夏の日除けになるクワの木が三本植わっており、やがては掌のように大きくゆったりと広がるが今はまだ生えそろったばかりの葉が、風に吹き流され水平にはためいていた。アオカケスの番《つがい》がどこからともなくやってきて、突風に乗ってけばけばしい色の布切れか紙切れのように舞い上がったかと思うやクワの木立にとまり、身を傾けたり戻したりしながら風にむかって喧《やかま》しく叫んでいると、今度はそのしゃがれ声が風に千切られ、紙切れか布切れのように運び去られていった。やがてさらに三羽が加わり、ねじ曲がった枝の間でしばらく身を揺すったり傾けたりしながら金切り声をあげていた。小屋の戸が開いてディルシーがふたたび姿を現したが、今回は男物のフェルト帽と軍用外套を身に着け、すり切れた裾の下には青いギンガムのドレスがでこぼこにふくらみながら垂れさがっており、彼女が裏庭を通り抜けて勝手口の踏み段を上がっていくあいだ、そのドレスも彼女の体の周りではためいていた。

　まもなく、今度は開いた傘を持って表に出てくると、彼女は風にむかって傘を傾け、薪《まき》置き場まで歩いていき、傘を開いたまま下に置いた。それから慌てて手を伸ばして傘を摑み、しばらく握りしめたまま辺りを見回した。やがて傘を閉じて下に置き、曲げた片腕の上に薪を積んで胸に抱きかかえ、傘を拾いあげてやっとのことで開くと、踏み段に戻ってぐらつく薪のバランスを取りながら傘をうまいこと閉じ、ドアのすぐ内側の隅に立てかけた。彼女は薪を調理ストーブのうしろの箱にどさっと放り出した。それから外套と帽子を脱ぎ、壁にかかっていた薄汚れたエプロンを取って身に着け、ストーブの火をおこしにかかった。火床をがちゃがちゃいじったり蓋をカタカタ開け閉めしたりするうちに、階段の上からコンプソン夫人が彼女を呼びはじめた。

　夫人は黒いサテンのキルト地のガウンをはおり、襟元を摑んで顎の下に引き寄せていた。もう片方の手には赤いゴム製の湯たんぽを持って裏階段のてっぺんに立ち、少し下ると暗闇に閉ざされ灰色の光が射しこむ窓辺でまた開けるひっそりした吹き抜けにむかって、「ディルシー」と一定の間隔で抑揚のない声で呼びかけた。「ディルシー」そう呼ぶ声は、抑揚も強調も急ぐ様子もなく、まるで返事を聞くつもりもないようだった。「ディルシー」

ディルシーは返事をしてストーブをいじるのをやめたが、彼女がまだ台所から出てこないうちにコンプソン夫人は再度呼びかけ、食堂を通り抜け窓からあふれる灰色の光の中に頭を浮きあがらせる前にもう一度呼びかけた。

「はいはい」とディルシーは言った。「はいはい、ここにいるよ。お湯沸いたらすぐ入れてやるから」彼女はスカートの裾をまとめ、灰色の光をすっかりふさぎながら階段をのぼった。「そこ置いてベッドもどってな」

「どうしちゃったのかと思ったのよ」コンプソン夫人は言った。「目が覚めてから一時間は横になってたのに、台所から物音ひとつ聞こえてこないんだもの」

「そこ置いてベッドにもどってなって」とディルシーは言った。息を切らせて、不恰好に、大儀そうに階段をのぼった。「一分で火おこすよ。そんでもう二分したらお湯沸くから」

「一時間は横になってたのよ」とコンプソン夫人は言った。「私が降りていって火をおこすのを待ってるんじゃないかしら、なんて思ったくらいよ」

階段の上に着くとディルシーは湯たんぽを手に取った。「一分で用意するよ」と彼女は言った。「ラスターのやつ、例のショー見に行ってあんま寝なかったもんだから、寝坊しちまったんだよ。火はあたしがおこすから。さあ行った行った、支度もできてないのにみんな起きちまうよ」

「仕事に障《さわ》るようなことをラスターにさせたのなら、あなたが穴埋めするのは当然でしょう」とコンプソン夫人は言った。「こんなこと、ジェイソンが聞いたら許さないわよ。わかってるでしょう」

「なにもジェイソンの金で行ったわけじゃなかろうに」とディルシーは言った。「それだけはたしかだよ」彼女は階段を降りていった。コンプソン夫人は寝室に戻った。ベッドにふたたびもぐりこむと、ディルシーが痛々しい恐るべき遅さで階段を降りている足音がいまだに聞こえ、しばらくしてようやく貯蔵室の自在扉のギイギイいう音を残して奥に消えてくれたが、さもなければ夫人は気も狂わんばかりになっていただろう。

ディルシーは台所に入ると、火をおこして朝食の準備をはじめた。途中で手を止め窓辺へ行って自分の小屋のほうを見やり、それから勝手口に行ってドアを開け、吹き荒れる風にむかって叫んだ。

「ラスター！」彼女は叫んだ。じっと耳を澄まし、風を避けようと顔をそむけた。「どこだ、ラスター！」耳を澄まし、それからまた叫ぼうとしていると、ラスターが台所の角を曲がって現れた。

「はあい？」と何食わぬ顔でラスターは言った。あまりに何食わぬ顔だったものだから、ディルシーは驚きを通り越して、彼を見下ろしながら一瞬身動きが取れなくなった。

「どこ行ってた？」と彼女は言った。

「どこにも」と彼は答えた。「地下室にいただけ」

「地下室でなにしてた？」と彼女は言った。「雨んなか突っ立ってんじゃない、このバカ」と彼女は言った。

「なんもしてねえって」と彼は言った。そして踏み段を上がってきた。

「薪抱えずにこのドアんなか入れると思うなよ」と彼女は言った。「あたしゃあんたのかわりに薪運んであんたのかわりに火おこさなきゃなんなかったんだ。あの薪箱まんぱいにしなけりゃここを離れちゃならんとゆうべ言ったはずだがね」

「したよ」とラスターは言った。「いっぱいにしたよ」

「ならそいつはどこに消えちまったんだ？」

「知らないよ。おれはさわってねえ」

「とにかく、さっさとそいつをいっぱいにしな」と彼女は言った。「それがすんだら二階に行ってベンジーのお守《も》りだよ」

彼女はドアを閉めた。ラスターは薪置き場に行った。五羽のアオカケスはギャアギャア声をあげながら家の上を旋回し、またクワの木立に戻った。ラスターはそれを見ていた。彼は石を拾いあげて投げた。「このやろう」と彼は言った。「地獄に帰れ、巣にこもってろ。まだ月曜じゃねえぞ*」

彼はストーブ用の薪を山ほど抱えた。前が見えないまま踏み段までふらふら歩いていき、のぼっている途中でよろめいてドアに激突し、薪を何本かばら撒いた。するとディルシーがやってきてドアを開けてくれたので、彼はよたよたと台所の奥に進んだ。「これ、ラスター！」と彼女は叫んだが、彼はすでに薪を箱に投げ入れ、ガッシャーンと大きな音が響いた。「ふう！」と彼は言った。

＊　アオカケスは悪魔に遣わされたスパイであり金曜日になると地獄へ戻る、という南部黒人の民間伝承をラスターは念頭に置いていると思われる。この日は日曜日であり、悪魔の遣いは週明けまで地獄にいるべきだとラスターは考えている。

「家のもんみんな起こしちまうつもりかよ?」とディルシーは言った。彼女は彼の後頭部を掌で叩いた。「次は上行ってベンジー着がえさせてきな」

「はいよ」と彼は言った。そして勝手口へ向かった。

「どこ行く?」とディルシーは言った。

「屋敷をぐるっとまわって表から入ったほうがいいかなって。ミス・カーラインたちを起こさないように」

「いいから、裏階段から上がってベンジーに服着させてきな」とディルシーは言った。「さあ、行った行った」

「はいよ」とラスターは言った。彼は引き返してきて、食堂に通じる自在扉から出て行った。しばらくすると扉の揺れはやんだ。ディルシーはビスケットを焼く支度をはじめた。パンこね台の上で淡々と粉ふるいのハンドルを回しながら、彼女は歌を口ずさんだ。特段の節も歌詞もなく、繰り返しの多い、もの悲しく沈鬱で飾り気のない歌を、はじめは独り言のように歌いながら、細かい小麦粉の雪をパンこね台の上に淡々と降り積もらせていった。部屋がストーブで暖まりだし、火が発する短調のつぶやきで満ちてくると、歌声もだんだん大きくなり、あたかも室温が上がるにつれて声まで解凍されたようだったが、やがてコンプソン夫人がまた母屋の中から彼女の名を呼んだ。顔を上げたディルシーの目つきはまるで壁と天井の向こうを見透かせるようであり、実際に見透かして、キルトのガウンを着た老女が階段の降り口に立って彼女の名前を機械的に繰り返すのを見ているかのようだった。

「まったく」とディルシーは言った。粉ふるいを置き、エプロンの裾を持ち上げて両手を拭い、椅子の上に置いておいた湯たんぽを取り上げ、かすかに湯気を吐き出しているヤカンの取っ手にエプロンを巻きつけた。「ちょっと待っとくれ」と彼女は呼びかけた。「ちょうどお湯沸いたとこだよ」

しかしコンプソン夫人が求めているのは湯たんぽではないようなので、ディルシーは湯たんぽの首を死んだ鶏のように摑んで階段の昇り口に行き、上を見上げた。

「ラスターがベンジーのとこにいないかね?」とディルシーは言った。

「ラスターはこっちにはいないわよ。横になったまま、いつ来るか耳澄ましてたんだから。きっと遅くなるとは思ってたけど、ベンジャミンがジェイソンを起こさないうちに来てほしかったのよ。ジェイソンにとっては週に一度の寝坊できる日なんですからね」

「夜も明けないうちからそんなふうに廊下に突っ立って大声で人呼びつけておいて、だれが寝てられるもんかね」とディルシーは言った。彼女は難儀そうに階段をのぼりだした。「あの小僧、半時間も前に上にやったのに」

コンプソン夫人はガウンを顎の下に引き寄せて彼女を見つめていた。「なにするの?」と夫人は言った。

「ベンジーに服着せて台所に連れてくんだよ。ジェイソンとクエンティンを起こしちまわないようにね」

「朝ごはんの支度、まだはじめてないんでしょう?」

「それもやるよ」とディルシーは言った。「ラスターが火おこすまでベッドもどってな。今朝は冷えるから」

「わかってるわよ」とコンプソン夫人は言った。「足が氷みたい。あんまり冷えたものだから目が覚めちゃったのよ」彼女はディルシーが階段をのぼってくるのを見ていた。ずいぶんと時間がかかった。「朝ごはんが遅くなるとジェイソンがピリピリするの、わかってるでしょう」とコンプソン夫人は言った。

「あたしゃ一度に一つのことしかできないよ」とディルシーは言った。「ベッドにもどんなって。毎朝あんたの世話までしなきゃなんないってのかい」

「あなたがベンジャミンの着替えのために他のこと全部ほっぽり出すつもりなら、私が降りていって食事を作らないとね。遅くなったらジェイソンがどうなるか、あなたもわかってるでしょう」

「で、あんたのリョーリなんてだれが食べるんかね?」とディルシーは言った。「教えてほしいもんだ。ほれ、もどりな」と、難儀そうに階段をのぼりながら言った。片手を壁について体を支え、もう片方の手でスカートをたくしあげてのぼってくるディルシーを、コンプソン夫人は突っ立って見つめていた。

「着替えのためだけにあの子を起こすの?」と彼女は言った。

ディルシーは立ちどまった。片足を次の段にのせて立ち、片手を壁について灰色の窓明かりを背にした彼女の姿はぴくりとも動かず、ぼんやりにじんで見えた。

「んじゃあの子、まだ起きてねえのか?」

「私がのぞいたときには起きてなかったわよ」とコンプソン夫人は言った。「でも、いつもの時間は過ぎてるわね。七時半過ぎまで寝てることなんてないんだけど。知ってるでしょう」

ディルシーは何も言わなかった。それ以上動こうともせず、コンプソン夫人には奥行きのないぼてっとした影が見えるだけだったが、空の湯たんぽの首を摑んだディルシーが顔を少しうつむけ、雨に打たれる牛のように立っているのが夫人にはわかった。

「あなたは重荷を負わなくていいんですものね」とコンプソン夫人は言った。「あなたには責任がないんだから。いつでも出ていける。来る日も来る日もこんな重圧にさらされる必要もない。義理も感じちゃいない、あの子たちにも、主人の思い出にも。あなたが一度だってジェイソンを思いやったことがないのもわかってる。それを隠そうともしないんだから」

ディルシーは何も言わなかった。彼女はゆっくり向きを変えると階段を降りはじめ、壁に片手をついたまま、小さな子どもがするように一段一段体を下ろしていった。

「自分の部屋にもどって、あの子のことはほっときな」と彼女は言った。「もうあの子の部屋に入るんじゃないよ。ラスター見つけたらすぐ上によこすから。もうほっときな」

彼女は台所に戻った。ストーブをのぞきこんでから、エプロンを頭のほうから引っぱって脱ぎ、外套をはおって勝手口を開け、裏庭をくまなく見回した。細かい雨が刺すように体に吹きつけたが、それ以外に動きのあるものは見当たらなかった。彼女は足音をしのばせようとしているかのようにそろそろと踏み段を降りていき、台所の角を回った。ちょうどそのときラスターが地下室のドアから何食わぬ顔でひょっこり現れた。

ディルシーは立ちどまった。「なにしてた？」と彼女は言った。

「なんも」とラスターは言った。「地下室の水がどっからもれてるか調べてこいって、ミスタ・ジェイソンに言われたんだよ」

「で、そうしろって言われたのはいつのことだ？」とディルシーは言った。「今年の元日だろうが？」

「みんなが寝てるあいだに見といたほうがいいかなって」とラスターは言った。ディルシーは地下室の戸口に歩み寄った。ラスターが脇に避《よ》けると、湿った土とカビとゴムの臭いのする暗がりをのぞきこんだ。

「ふん」と彼女は言った。ラスターをふたたび見つめた。彼のほうは平然と何食わぬ顔で正面からその視線を受け止めた。「なにしてたか知らんがね、そんなことしてる暇ないよ。今朝はみんなしてあたしを困らせるからって、おまえもそうしようってのかい？ 上行ってベンジーの世話するんだよ、いいね？」

「はいよ」とラスターは言った。彼はすばやく台所の踏み段のほうに向かった。

「ちょいと」とディルシーは言った。「せっかくあんた捕まえたんだ、薪をもうひとかかえ持ってきな」

「はいよ」と彼は言った。踏み段で彼女とすれ違い、薪置き場に向かった。薪にすっかり埋もれて盲目の薪人間になった彼は、またしても戸口にむかってよろめいたが、ディルシーがドアを開けてやり、手を添えて彼を台所の奥に導いていった。

「また箱ん中に投げ入れてみろ」と彼女は言った。「投げてみろ」

「しょうがねえだろ」と、あえぎながらラスターは言った。「ほかに下ろしようがないんだよ」

「なら、かかえたまましばらく立ってな」とディルシーは言った。彼女は薪を一本一本下ろしていった。「今朝はどうした？　これまでは薪取りにいかせたって、いっぺんに六本以上持ってこようとはぜったいしなかったのに。今度はなにねだるつもりだ？　あのショー、まだ町にいるんか？」

「いや。もう行っちゃったよ」

彼女は最後の一本を箱に入れた。「ほれ、さっき言ったとおり、上あがってベンジーんとこ行きな」と彼女は言った。「だれかに階段の上からどなりつけられるのはもうまっぴらだよ、あたしがベル鳴らすまではね。わかったね」

「はいよ」とラスターは言った。彼は自在扉の向こうに姿を消した。ディルシーはストーブに薪をもう少し足してからパンこね台のところに戻った。そのうち彼女はまた歌いだした。

部屋はますます暖かくなった。ディルシーが台所を歩き回り、食材を集めて自分の周囲に並べ、料理をこしらえているうちに、さっきまでラスターの肌と同じように薪の灰をうっすら振りかけたような色をしていた彼女の肌はつややかに輝きだした。食器棚の上の壁では、夜になってランプに照らされたときにしか見えず、そのときですら針が一本しかないので意味ありげに謎めいて見えるばかりの柱時計がチクタクと鳴っていたが、やがて咳払いのような前触れの音につづいて五つ時を打った。

「八時か」とディルシーは言った。彼女は手を止め、頭を上に向けて耳を澄ました。しかし時計とストーブの火の音のほかは何も聞こえなかった。オーブンを開けてパンの焼き皿をのぞき、それから腰をかがめたまま動きを止めると、だれかが階段を降りてくる音がした。足音が食堂を通り抜けてくるのが聞こえ、それから自在扉が開いてラスターが入ってきて、そのうしろには大男が一人ついてきていたが、その男を形づくる物質の構成分子は互いにも支えの骨組みにも結合する気がないのか、なんとも締まりのない姿をしていた。肌は死人のようで毛はなく、水腫のようにむくんでいて、足取りは調教されたクマのようによたよたしていた。髪の毛は白っぽくて細かった。髪は銀板写真の中の子どものように、眉の上のところまで滑らかに撫でつけられていた。目は澄み、ヤグルマソウのようなやわらかい淡青色で、厚ぼったい唇はだらりと開いて、よだれが少し垂れていた。

「この子、さむいんじゃないかね?」とディルシーは言った。エプロンで手を拭くと、彼の手に触れた。

「こいつがさむがってなくても、おれがさみいよ」とラスターは言った。「イースターはいっつもさみいんだよなぁ。さむくなかったことがないもの。ミス・カーラインが、湯たんぽ用意する時間なけりゃ気にすんなってさ」

「まったく」とディルシーは言った。彼女は椅子を薪箱とストーブの間の角に引きずっていった。男はおとなしくついていって、椅子に座った。「食堂のぞいて湯たんぽどこ置いたか見てきとくれ」とディルシーは言った。ラスターが食堂から湯たんぽを持ってくると、ディルシーは湯を入れてラスターに返した。「さっさと行きな」と彼女は言った。「ジェイソンがもう起きてるか、見てくるんだよ。支度できたって、みんなに伝えとくれ」

ラスターは出て行った。ベンはストーブの脇に座っていた。座り方はだらんとして、動き回るディルシーを気のいいぼんやりした眼差しで追いながら絶えず頭を揺すっているほかは、身動きひとつしなかった。ラスターが戻ってきた。

「起きてたよ」と彼は言った。「ミス・カーラインが、食卓の用意しとけってさ」彼はストーブに寄っていき、焚口の上に両手をかざした。「起きてるどころか」と彼は言った。「今朝はまたかんかんだよ」

「どうしたってんだ?」とディルシーは言った。「ちょっと、どいとくれ。あんたがストーブの真ん前に突っ立ってたんじゃなんもできやしないよ」

「さみいんだってば」とラスターは言った。

「そうなることは地下室にいるとき考えとけばよかったんじゃないかね」とディルシーは言った。「ジェイソンはなに怒ってんだ？」

「おれとベンジーがあの人の部屋の窓を割ったって言うんだ」

「割れてんのか？」ディルシーは言った。

「そう言ってるけど」ラスターは言った。「おれが割ったんだって」

「一日じゅう鍵かけて閉めきってんのに、なんであんたに割れるんかね」

「石を投げて割ったんだろうって」とラスターは言った。

「やったんか？」

「いんや」とラスターは言った。

「あたしにウソはつくんじゃないよ」とディルシーは言った。

「やってねえってば」とラスターは言った。「おれがやったか、ベンジーに訊いてみなよ。あんな窓、知ったこっちゃねえよ」

「じゃあ誰が割ったってんだ？」とディルシーは言った。「おおかたクエンティンを起こそうとしてひとりでさわいでるんだろうがね」と彼女は言ってパンの焼き皿をストーブから取り出した。

「だろうね」とラスターは言った。「まったくおかしな人たちだな。この家の者《もん》じゃなくてよかったよ」

「どの家の者《もん》じゃないって？」とディルシーは言った。「いいか、ニガー小僧、おまえにだってあの人らとおんなじくらいコンプソンの悪いとこがあるんだ。ほんとうのほんとうに窓割ってないんか？」

「なんのために割ったりすんだよ？」

「なんのためにあんたはいつも悪さしてるんだ？」ディルシーは言った。「食卓の用意が終わるまで、この子見といてくれ。また手やけどしちまわないようにね」

彼女が食堂に行くと、動き回る音が聞こえてきて、それから彼女が戻ってきて台所のテーブルに皿を一枚置いて食べ物をよそった。ベンはよだれを垂らし、もどかしげにかすかな音をたてながら彼女を見ていた。

「できたよ、ハニー」と彼女は言った。「さあ朝ごはんだよ。椅子持ってきてあげな、ラスター」ラスターが椅子を寄せてやると、ベンはうめき声を発してよだれを垂らしながら腰をおろした。ディルシーは布きれを彼の首にくくりつけてその端で口を拭ってやった。「で、一度くらいこの子が服汚さないようにしてみな」と彼女は言って、ラスターにスプーンを手渡した。

ベンはうめき声を止めた。彼は口元に持ち上げられるスプーンを見つめていた。まるで彼の中ではもどかしさすら硬くこわばり、空腹もはっきり形になっていないので、己が空腹だということもわかっていないかのようだった。ラスターは慣れた手つきで、気のない様子で食べさせていった。食べさせるふりをしてベンの口を空振りさせるいたずらをするくらいの注意力はときおり戻ってきたが、ラスターの気持ちがよそにあるのは明らかだった。もう片方の手は椅子の背に置かれ、死んだ表面をためらいがちにそっと撫であげる様は、まるで死せる虚空から耳には聞こえない旋律を掬いあげるようで、一度などはベンをスプーンでからかうことすら忘れて命を奪われた木をつま弾き無音の凝ったアルペジオを奏でていたものだから、ベンがまたうめき声をあげて注意を引き戻さなければならない始末だった。

食堂ではディルシーが行ったり来たりしていた。やがて彼女が澄んだ音の小さなベルを鳴らすと、コンプソン夫人とジェイソンが降りてくる足音とジェイソンの話し声が台所まで聞こえてきたので、ラスターは眼玉をくるりと回して白目をむき、耳をそばだてた。

「ああ、割ったのがあいつらじゃないことはわかってるよ」とジェイソンは言った。「ああ、わかってるって。たぶん、天気が変わったから割れたんだ」

「どうしてそんなことになるのか、訳がわからないわ」とコンプソン夫人は言った。「あなたの部屋には一日じゅう鍵がかけてあるし、あなたが町に出るときも鍵はかけたままなんだから。日曜の掃除のほかは、だれも入ったりしないのよ。頼まれもしないのに私が部屋に入ってるとか、だれかに入らせてるとか思ってほしくないの」

「母さんが割ったなんて一言も言ってないだろ？」とジェイソンは言った。

「あなたの部屋に入るつもりなんてないの。人のプライバシーは尊重してるのよ。たとえ鍵を持ってたって敷居をまたいだりしないわ」とコンプソン夫人は言った。

「うん」とジェイソンは言った。「母さんの鍵じゃ開かないことはわかってる。そのために鍵を替えたんだから。俺が知りたいのは、どうやってあの窓が割れたのかってことなんだよ」

「ラスターは自分じゃないって言ってるよ」とディルシーは言った。

「そんなことはあいつに訊くまでもなくわかってる」とジェイソンは言った。「クエンティンはどこだ？」と彼は言った。

「いつも日曜の朝にいるとこだよ」とディルシーは言った。「それにしたってここ何日か、あんたいったいどうしちまったんだね?」

「あのな、そういうのはもう許さないことにしたんだ」とジェイソンは言った。「上に行って朝食の用意ができてると言ってこい」

「あの子のことはほっといてやんな、ジェイソン」とディルシーは言った。「日曜以外はちゃんと朝ごはんに起きてくんだから、ミス・カーラインも日曜だけは寝かしといてやってんだ。知ってるだろう」

「台所いっぱいのニガーを養っておけばあいつの気が向いたときにいつでも給仕してやれるだろうが、そんな余裕ないからな、そうしたいのは山々だが」とジェイソンは言った。「朝食に降りてくるよう言ってこい」

「だれも給仕なんかしなくていいだろうが」とディルシーは言った。「朝ごはんをストーブの保温棚に入れときゃ自分で――」

「聞こえたか?」とジェイソンは言った。

「聞こえてるよ」とディルシーは言った。「ずっと聞こえてるよ、あんたが家にいるあいだじゅうね。クエンティンか母さんのことか、そうでなきゃラスターとベンジーのことでわめいてんだから。なんでこんなふうにつけあがらせておくんかね、ミス・カーラインよ?」

「言うとおりにしときなさい」とコンプソン夫人は言った。「いまはこの子が家長なんだから。自分の意見に従わせる権利があるのよ。私は従おうとしてるし、私にできるならあなたにもできるでしょう」

「なにをそんなイライラしてるんかね、クエンティン起こすんだって、ただ自分の言うこと聞かせたいだけだろう」とディルシーは言った。「あの子が窓割ったとでも思ってるんかね」

「思いついたらやりかねないさ、あいつは」とジェイソンは言った。「さっさと言いつけどおりにしろ」

「あの子がやったんだとしても責める気になんないよ」とディルシーは言って、階段へ向かった。「あんたときたら、家にいるあいだずっとあの子にガミガミ言ってんだから」

「おだまり、ディルシー」とコンプソン夫人は言った。「あなたも私もジェイソンに指図できる立場じゃないのよ。そりゃこの子がまちがってると思うこともあるけど、それでも私は言うとおりにしようと思うの、それがみんなのためだから。私にだって朝食に来るくらいの元気はあるんだから、クエンティンも来られるはずよ」

ディルシーは出ていった。二人には彼女が階段をのぼる音が聞こえた。階段の音は長いこと聞こえていた。

「たいした召使いたちをお抱えだよ」とジェイソンは言った。母親と自分に食べ物を取り分けた。「殺す価値のあるやつがひとりでもいたことあるのかね？　きっと俺が物心つく前には何人かはいたんだろうな」

「私はあの人たちのご機嫌を取らなきゃいけないの」とコンプソン夫人は言った。「一から十まで頼りっきりなんだから。私は元気いっぱいってわけじゃないのよ。元気だったらねえ。家事も全部自分でできればねえ。それくらいはあなたの肩の荷を下ろしてあげたいのに」

「そうなったら実にすてきなブタ小屋で暮らすことになるな」とジェイソンは言った。「早くしろ、ディルシー」と彼は叫んだ。

「あなたは私を責めるでしょうけど」とコンプソン夫人は言った。「あの人たちが今日休みを取って教会に行くのを許可したわよ」

「どこ行くって？」とジェイソンは言った。「あのくだらないショーはまだ町から出てってないのか？」

「教会よ」とコンプソン夫人は言った。「黒人《ダーキー》たちのイースターの特別礼拝があるのよ。行っていいって、二週間前にディルシーに約束しちゃったの」

「ということは、俺らは冷たい昼飯を食べることになるか、もしくは昼飯抜きってことか」とジェイソンは言った。

「わかってる、私が悪いの」とコンプソン夫人は言った。「私を責めるんでしょう」

「どうして？」とジェイソンは言った。「母さんがキリストを復活させたわけじゃないだろ」

ディルシーが最後の一段をのぼり終えた音が聞こえ、それからのろのろ進む足音が頭上から響いてきた。

「クエンティン」と彼女は言った。ディルシーがまずそう呼びかけたとき、ジェイソンはナイフとフォークを置き、彼と母親はテーブルをはさんでまったく同じ体勢で待ち構えているように見えた。冷ややかで抜け目ない顔つきをした一人は、毛量の多い茶色の髪をきっちり鉤形に巻いて額の両側に垂らし、まるで誇張画《カリカチュア》のバーテンダーのようで、虹彩が黒で縁どられたハシバミ色の目は大理石を思わせ、もう一人は冷ややかで不満げな顔つき、髪は真っ白で涙袋は弛《たる》み、おろおろとした目はあまりに暗いため全部瞳か全部虹彩のように見えた。

「クエンティン」とディルシーは言った。「起きな、ハニー。あんたが朝食に降りてくるの、みんな待ってるよ」

「あの窓がどうやって割れたのか、さっぱりわからないわ」とコンプソン夫人は言った。「昨日のことっていうのは確かなの？　前から割れてたかもしれないでしょ、ここのところ暖かかったし。上のほうの窓だし、あんなふうにシェードの陰になってたんだから」

「何度も言ったろ、昨日割れたんだって」とジェイソンは言った。「自分が暮らしてる部屋のことを俺が知らないとでも？　窓に穴が開いたまま一週間暮らしてたって言うのか？　あんな、手をつっこめるくらいでかい穴が――」潮が引くように彼の声が止まると、母親を見つめつづけていた目が一瞬なにも映さず空っぽになった。まるで目が息を止めたかのようで、いっぽう彼を見つめ返す弛んだ不満顔の母親は、果てしない、未来を見通しながらも察しの悪い顔つきをしていた。二人がそうして座っていると、ディルシーが言った、

「クエンティン。からかうんじゃないよ、ハニー。朝食に降りてきな、ハニー。みんなあんたを待ってんだよ」

「さっぱりわからないわ」とコンプソン夫人は言った。「まるでだれかが家に押し入ろうと――」ジェイソンは飛び上がった。椅子がうしろにガタンと倒れた。「どうした――」とコンプソン夫人が言いかけて見つめていると、ジェイソンは彼女の脇を走り抜けて階段を駆け上がっていき、途中でディルシーに出くわした。彼の顔は陰になっていて、ディルシーは声をかけた、

「あの子ヘソ曲げてんだよ。あんたの母さん、まだ鍵開けてない――」しかしジェイソンは彼女を通り過ぎて廊下を駆けていき、一つのドアの前で立ちどまった。声をかけはしなかった。ノブを摑んで回してみた後、ノブを手にしたまま頭を少し傾けてじっと立つ姿は、あたかもドアの向こうに存在する部屋よりはるかに遠いところから響いてくる音に耳を澄ましているようであり、またすでにその音を耳にしてしまったようでもあった。それは、すでに耳にしてしまった音を聞かなかったことにするために耳を澄ます仕種《しぐさ》をする人の姿勢だった。うしろからコンプソン夫人が彼の名を呼びながら階段をのぼってきた。それからディルシーを見つけると、彼の名を呼ぶのをやめて、かわりにディルシーを呼びはじめた。

「まだ鍵開けてないって言ったろ」とディルシーは言った。

その声を聞いて彼は振り返り、彼女のもとに駆け寄ったが、声は落ち着いており事務的だった。「鍵は母さんが持ってるのか？」と彼は言った。「つまり、いま手元に持ってるのか、それとも取りに――」

「ディルシー」とコンプソン夫人が階段をのぼりながら言った。

「なんだって？」とディルシーは言った。「どうしてあんたはほっといて――」

「鍵だ」とジェイソンは言った。「あの部屋の。いつも持って歩いてるのか？　母さんが」それからコンプソン夫人の姿が目に入ったので、彼は階段を降りて彼女のもとへ行った。「鍵をくれ」と彼は言った。そして彼女が着ている色あせた黒のガウンのポケットをまさぐりだした。彼女は抗った。

「ジェイソン」と彼女は言った。「ジェイソン！　ディルシーといっしょになってまた私を寝込ませるつもりなの？」と言いながら、彼を押しのけようとした。「日曜くらい静かに過ごさせてちょうだい」

「鍵は」まさぐりつづけながらジェイソンは言った。

「よこして」と言ってドアを振り返った姿は、鍵を持って戻っていく前にドアが開いてしまう、自分はまだ鍵を手に入れてもないのに開いてしまう、とでも思っているようだった。

「ちょっと、ディルシー！」ガウンを体にぎゅっと引き寄せながらコンプソン夫人は言った。

「鍵をよこせ、クソばばあ！」ジェイソンは突如叫んだ。彼女のポケットから中世の牢番が持っていたような鉄輪でつながった錆びた巨大な鍵束を引っぱり出すと、彼は廊下を駆け戻り、二人の女が後を追っていった。

「ちょっと、ジェイソン！」とコンプソン夫人は言った。「あの子にはどの鍵かわかりっこないわ」と彼女は言った。「あの鍵束はだれにもわたしたことないのよ、知ってるでしょディルシー」彼女は言った。そして声をあげて泣きだした。

「泣きなさんな」とディルシーは言った。「ジェイソンはあの子になにもしやしないよ。あたしがさせないよ」

「でも日曜の朝なのよ、私の家なのよ」とコンプソン夫人は言った。「どの子もキリスト教徒に育ててあげようとこんなにがんばってきたのに。私が鍵を見つけてあげるから、ジェイソン」と彼女は言った。彼の腕に手をかけた。もみ合いになったが、ジェイソンは肘をぐいっと振って彼女を押しのけ、振り向いて冷たい苦々しい目で彼女を一瞬見つめた後、ドアに向き直ってやっかいな鍵束にふたたび取りかかった。

「泣きなさんな」とディルシーは言った。「これ、ジェイソン！」

「なにかおそろしいことが起きたのよ」とコンプソン夫人は言って、また声をあげて泣いた。「私にはわかるの。ちょっと、ジェイソン」と彼女は言い、また彼に摑みかかった。「この子は部屋の鍵を見つけさせてもくれない、私の家なのに」

「ほれほれ」とディルシーは言った、「なにが起こるって言うんかね。あたしがここにいるんだ。あの子に手出しさせやしないよ。クエンティン」彼女は声をあげた。「怖がることないよ、ハニー。あたしがここにいるよ」

ドアが勢いよく内側に開いた。ジェイソンが戸口に立ちはだかっていたせいで少しのあいだ室内が見えなかったが、じきに彼は脇に寄った。「入れ」くぐもった、平静な声で彼は言った。一同は室内に入った。それは少女の部屋ではなかった。それは誰の部屋でもなく、うっすら漂う安い化粧品の香りやわずかに目につく婦人用品も、そのほかの女らしく見せかけるための絶望的に雑な努力の跡も、かえってその匿名性を強めるばかりで、売春宿の生を感じさせない型どおりの部屋さながらの、仮住まいの気配がそこにはあった。ベッドは乱れていなかった。床にはピンクがやや派手すぎる安っぽいシルクの下着が脱ぎ捨てられ、半分開いたままの化粧台のひきだしからはストッキングが一本ぶら下がっていた。窓は開いていた。窓の外にナシの木が一本、家に寄り添うように生えていた。満開の花をつけた枝が家にこすれてガリガリ音をたて、窓から吹き込む無数の風がその花の侘しい香りを部屋に運んできていた。

「ほら」とディルシーは言った、「あの子は大丈夫って言ったろ？」

「大丈夫ですって？」とコンプソン夫人は言った。ディルシーは夫人の後につづいて部屋に入り、彼女に手を触れた。

「さあ、こっち来て横んなりな」とディルシーは言った。「あの子はあたしが十分で見つけるよ」

コンプソン夫人は彼女の手を振り払った。「書き置きを探して」と夫人は言った。「クエンティンのときは書き置きがあったのよ」

「わかったよ」とディルシーは言った。「あたしが見つけとくから。あんたは自分の部屋もどんな」

「あの子にクエンティンて名前をつけた瞬間からわかってたのよ、こういうことになるって」とコンプソン夫人は言った。彼女は化粧台のところに行って、その上に散らばっているものをひっくり返しだした――香水の瓶、白粉《おしろい》の箱に、歯形のついたペンシル。片方の刃が欠けたハサミの下に置かれた繕《つくろ》い跡のあるスカーフは白粉にまみれ、口紅のシミがついていた。「書き置きを探して」と彼女は言った。

「探してるよ」とディルシーは言った。「ほれ、もどってな。あたしとジェイソンで見つけとくから。部屋にもどんなって」

「ジェイソン」とコンプソン夫人は言った、「ジェイソンはどこ?」彼女はドアロへ行った。ディルシーをうしろに引きつれて廊下を歩いていき、別のドアにたどり着いた。ドアは閉まっていた。「ジェイソン」ドアごしに彼女は呼びかけた。返事はなかった。ノブを回してみて、それからまた呼びかけた。しかしまたしても返事はなかった。ジェイソンはクローゼットから衣類や靴やスーツケースを背後に放り出している最中だったからだ。しばらくすると実継《さねつ》ぎの床板の切れ端を持ってクローゼットから出てきたが、それを下に置くと中に戻り、今度は金属製の箱を抱えて現れた。ベッドの上にそれを下ろすと、壊れた錠前を見つめて立ちつくし、ポケットの中から鍵束を引っぱりだして一つ選びとり、もうしばらくのあいだ選んだ鍵を手に突っ立って壊れた錠前を見つめていたが、やがて鍵束をポケットに戻し、箱を慎重に傾けてベッドの上に中身をあけた。なおも慎重に書類を選り分け、一枚一枚取り上げては振っていった。次に箱を逆さにしてそれも振ってから、書類をゆっくりとしまい、また立ちあがると、箱を抱えてうなだれ、壊れた錠前を見つめた。窓の外ではアオカケスの群れが叫び声をあげながら通りがかり、飛び去っていくとともにその鳴き声も風に乗って吹き飛んでいくのが聞こえ、それから自動車が一台どこかを走りすぎたが、その音もまた消え失せていった。ドアの向こうで母親がまた彼の名を呼んだが、彼は動かなかった。ディルシーが彼女を連れて廊下を戻っていくのが聞こえ、それからドアが閉まる音が聞こえた。すると彼は箱をクローゼットの中に戻し、衣類を投げ入れてから階下に降りて電話をかけた。受話器を耳にあてて待っていると、ディルシーが階段を降りてきた。彼女は彼を一瞥したが、立ちどまらずに歩きつづけた。

電話がつながった。「もしもし、ジェイソン・コンプソンだが」と彼は言ったが、声が掠《かす》れて上ずっていたので、もう一度繰り返さなければならなかった。「ジェイソン・コンプソンだ」と声を整えながら言った。「車を用意してくれ、もしあんたが来られないんなら保安官補も、十分以内に。俺は今からそっちに——なに？——物《もの》盗《と》りだよ。俺の家だ。誰がやったかはわかって——物盗りだって。車を用意し——なに？ あんたは治安を守るために給料もらってるんじゃ——ああ、五分で行くよ。とにかくすぐ出られるよう車を用意しといてくれ。さもなきゃ知事に報告するからな」

受話器を乱暴に置くと、彼はほとんど手つかずのまま冷めてしまった料理がテーブルに置きっぱなしになっている食堂を通り、台所に入った。ディルシーは湯たんぽに湯を入れているところだった。ベンはおとなしくぼんやり座っていた。その隣ではラスターがまるでファイスト犬のように神経を尖らせてそわそわしていた。彼はなにかを食べていた。ジェイソンはそのまま台所を通り抜けようとした。

「朝ごはん食べないのかい？」とディルシーが言った。彼はそれを無視した。「朝ごはん食べていきなよ、ジェイソン」彼は歩きつづけた。彼が表に出ると、勝手口のドアがバタンと閉まった。ラスターは立ちあがり、窓辺に行って外を見た。

「ふーっ」彼は言った。「上でなにがあったの？ ミス・クエンティンぶったたいてたんか？」

「だまってな」とディルシーは言った。「いまベンジーぐずらせでもしてみろ、おまえの頭ぶっとばしてやるからな。あたしがもどってくるまで、できるだけしずかにさせとくんだよ、いいね」彼女は湯たんぽのキャップを閉めて出ていった。彼女が階段をのぼっていく音が聞こえ、それからジェイソンが車で家の前を過ぎていくのが聞こえた。その後、台所はヤカンのシューシュー言うつぶやき声と時計の音以外は無音になった。

「おれの考え聞きたいか？」とラスターは言った。「ぶったたいたんだよ。頭を殴りつけちまったもんだから、医者呼びに行ったんだ。そうに決まってる」柱時計がチクタクと厳《おごそ》かな深い音を響かせていた。それは朽ちゆく屋敷自体の涸れた脈動なのかもしれなかった。しばらくすると、時計はブーンという音につづいて咳払いをし、六つ時を打った。ベンは時計を見上げ、それから窓枠に浮かぶ弾丸のようなラスターの頭のシルエットを見ると、よだれを垂らしながらまた頭を揺すりだした。彼はうめき声をあげた。

「だまれ、アホウ」とラスターは振り返りもせずに言った。「今日は教会に行けなさそうだな」しかし椅子に座ったベンは、大きな柔らかい両手を脚のあいだにだらりと垂らし、小さなうめき声を漏らしつづけていた。突然、彼は泣きだし、意味のない持続音がゆっくりとうなるように響いた。「だまれって」とラスターは言った。彼は振り向いて、片手を上げた。「叩かれてえのか?」しかし彼を見つめるベンは、息を吐き出すごとにゆっくりとうなり声をあげた。ラスターは戻ってきて彼を揺さぶった。「いますぐだまれ!」とラスターは怒鳴った。「ほら」と彼は言った。ベンを椅子から引きずりおろし、椅子をぐるりと回してストーブのほうに向け、焚口扉を開けてからベンを乱暴に椅子に座らせた。二人はまるで狭い波止場に邪魔くさく停泊しているタンカーと、それを押し動かそうとするタグボートのようだった。ベンは薔薇色に照らされた扉のほうを向いてふたたび腰をおろした。彼は黙った。すると二人にはまた時計の音が聞こえ、ディルシーが階段をゆっくり降りてくる音も聞こえた。彼女が入ってくると、彼はふたたびうめき声をあげだした。それから、声が大きくなった。

「この子になにした?」とディルシーは言った。「どうしてそっとしといてやれないんかね、それもこんな朝にかぎって?」

「なんもしてねえよ」とラスターは言った。「ミスタ・ジェイソンが怖がらせたんだよ、そんだけだって。あの人、ミス・クエンティン殺しちゃいないよな?」

「おだまり、ベンジー」とディルシーは言った。彼は黙った。彼女は窓辺に行って外を見た。「雨はやんだんか?」と彼女は言った。

「うん」とラスターは言った。「だいぶ前にやんだよ」

「じゃああんたらちょっと外行っといで」と彼女は言った。「ミス・カーラインがようやくおとなしくなったとこだから」

「教会は行くの?」とラスターは言った。

「そんときになったら知らせるよ。呼ぶまでこの子家に近よらせんじゃないよ」

「原っぱ行ってもいい?」とラスターは言った。

「いいよ。とにかく、この子家に近よらせないようにすんだよ。あたしの我慢も限界だよ」

「はいよ」とラスターは言った。「ミスタ・ジェイソンはどこ行ったの、ばあちゃん?」

「あんたにゃ関係ないだろうが」とディルシーは言った。彼女はテーブルを片付けだした。「しずかにおし、ベンジー。ラスターがお外に連れてってくれるってよ」

「あの人、ミス・クエンティンになにしたの、ばあちゃん？」とラスターは言った。

「なんもしてないよ。そろそろ出てってくんないかね？」

「ミス・クエンティンは家にいないんだろ」とラスターは言った。

ディルシーは彼を見つめた。「なんでいないってわかった？」

「昨日の夜、窓から降りてくのをおれとベンジーで見てたんだ。な、ベンジー？」

「ほんとか？」ラスターを見つめながらディルシーは言った。

「おれたち毎晩見てたもん」とラスターは言った。「あの人がナシの木つたって降りてくの」

「あたしにウソつくんじゃないよ、ニガー小僧」とディルシーは言った。

「ウソじゃねえよ。ベンジーに訊いてみなよ」

「じゃあなんでなにも言わなかった？」

「おれには関係ねえもん」とラスターは言った。「白人たちの面倒に巻きこまれたくないし。さ、来いベンジー、外行くぞ」

二人は出ていった。ディルシーはしばらくテーブルのそばに立っていたが、やがて食堂に行って朝食の後片付けをし、自分の朝食を食べ、台所も片付けた。それからエプロンを取り外して壁にかけ、階段の下に行って少しのあいだ耳を澄ました。何も聞こえてこなかった。彼女は外套と帽子を身に着けると、裏庭を横切って自分の小屋へ向かった。

雨はやんでいた。風向きは南東に変わり、頭上では青空が切れ切れにできていった。町の木立や屋根や尖塔の向こうにそびえる丘の頂には、陽光が淡い色の布切れのように横たわっていたが、それは次第に消されてしまった。風に乗って鐘の音がひとつ聞こえてくると、合図があったかのようにほかの鐘も次々と同じ音を鳴り響かせた。

小屋の戸を開けて現れたディルシーは、ふたたび栗色のケープと紫のドレスに着替え、肘まである薄汚れた白の手袋をはめていたが、頭の布は外していた。裏庭へ出ると、彼女はラスターを呼んだ。しばらく返事を待ったのち屋敷のほうに向かい、回りこんで地下室のドアロまで行って中をのぞきこんだ。階段にベンが座っていた。彼の前の湿った床にはラスターがしゃがみこんでいた。彼は左手で鋸《のこぎり》を握り、圧力をかけて刃をやや反《そ》りかえらせながら、彼女が三十年以上にわたってビスケットをこしらえるために使ってきたすり減った木槌を刃に振りおろそうとしているところだった。鋸はボワン、と切れの悪い音を一度発したが、すぐにその音は生気なく消え入り、あとには刃がラスターの手と床のあいだにきれいな曲線を薄く描くばかりだった。じっと動かず謎めいて、それはふくらみをつくっていた。

「あの人はこんなふうにやってたんだけどなぁ」とラスターは言った。「叩くのにちょうどいいものが見つかんないんだ」

「こんなことしてたんか?」とディルシーは言った。「木槌こっちによこしな」と彼女は言った。

「傷つけたりしてないよ」とラスターは言った。

「いいからよこしな」とディルシーは言った。「鋸も元あったとこもどすんだよ」

彼は鋸を片付けて木槌を彼女にわたした。するとベンがまた泣き声をあげ、救いのない、引き延ばされた音が響いた。それには何の意味もなかった。ただの音だった。あるいは、あらゆる時間と不正と悲哀が、惑星の合《ごう》の作用により束の間声を発したのかもしれなかった。

「この声聞いてよ」とラスターは言った。「外に出されてからずっとこの調子なんだから。今朝はどうしちまったんだか、さっぱりわかんないよ」

「こっち連れてきな」とディルシーは言った。

「来い、ベンジー」とラスターは言った。彼は階段を降りて、ベンの腕をとった。ベンはおとなしくついてきたがまだ泣き声をあげており、そのゆっくりと発せられる掠れた声は船の汽笛に似て、音そのものが鳴る前から鳴りだし、音そのものが消える前に鳴りやむように思える響きをしていた。

「この子の帽子、走って取ってきな」とディルシーは言った。「ミス・カーラインに聞こえるような音たてんじゃないよ。ほれ、いそげ。もう遅れてるんだ」

「ばあちゃんがこいつ泣きやませてくんなきゃ、どっちにしたって泣き声が聞こえちゃうよ」とラスターは言った。

「ここの敷地出れば泣きやむよ」とディルシーは言った。「この子は匂いをかぎつけてるんだ。それで泣いてんのさ」

「匂いってなんの、ばあちゃん？」とラスターは言った。

「いいから帽子取ってきな」とディルシーは言った。ラスターは小屋に向かった。残された二人は、ベンがディルシーより一段下に立って、地下室のドアロにたたずんでいた。空の雲はいまや崩れて切れ切れになり、流れる雲の欠片に引きずられた影がみすぼらしい庭園から壊れた塀を越え、裏庭を駆け抜けていった。ディルシーはベンの額の前髪を整えてやりながら、彼の頭をゆっくり、絶え間なく撫でつづけた。彼は静かに、慌てることもなく泣き声をあげていた。「泣くのはおよし」とディルシーは言った。「よしよし。もうすぐ出かけるからね。しずかにおし」彼は静かに、絶え間なく泣き声をあげていた。


色リボンのついた下ろしたての硬い麦わら帽をかぶったラスターが、布のキャップを手に戻ってきた。麦わら帽はまるでスポットライトのように見る者の目にラスターの頭骨を際立たせ、ひとつひとつの面と角度にいたるまでその独特な形をくっきりと浮かび上がらせていた。頭の独特な形が妙に目立って見えたので、一見すると帽子はラスターのすぐうしろに立っている別の人の頭に載っているように思われた。ディルシーはその帽子を見た。

「なんでいつもの帽子かぶってこなかった？」と彼女は言った。

「見つかんなかったんだよ」とラスターは言った。

「そらそうだろうよ。見つかんないようにゆうべどっかに隠したんだろ。あんた、きっとその帽子だめにしちまうよ」

「でもばあちゃん」とラスターは言った。「もう雨は降らないよ」

「どうしてわかる？　古い帽子取ってきて、その新しいのはしまっときな」

「でもばあちゃん」

「なら傘持ってきな」

「でもばあちゃん」

「ふたつにひとつだよ」とディルシーは言った。「いつもの帽子取ってくるか、傘持ってくるか。あたしはどっちでもかまわんがね」

ラスターは小屋へ戻った。ベンは静かに泣き声をあげていた。

「さ、出かけるよ」とディルシーは言った。「あの子らはあとからついてくるから。みんなでお歌を聴きに行くんだよ」彼らは屋敷の表に回って門に向かった。私道を歩いていくあいだ、ディルシーは折に触れて「よしよし」と声をかけた。門までたどり着くと、ディルシーが門を開けた。傘を持ったラスターがうしろから私道を歩いてくるところだった。女が一人、一緒にいた。「ほら、来た」とディルシーが言った。二人は門を出た。「ほれ、出たよ」とディルシーは言った。ベンは泣きやんだ。ラスターと彼の母親が二人に追いついた。フローニーは鮮やかな青の絹のドレスを着て、花飾りのついた帽子をかぶっていた。平たい快活な顔をした、痩せた女だった。

「六週分の稼ぎを着込んできちまって」とディルシーは言った。「雨降ったらどうすんだ?」

「ぬれるだろうね」とフローニーは言った。「雨を止めたことは一度もないからねえ」

「ばあちゃんは雨の話ばっかだな」とラスターは言った。

「あたしがあんたらの心配しなかったら、だれがしてくれるって言うんだよ」とディルシーは言った。「さあ行くよ、もう遅れてるんだ」

「今日はシーゴグ師が説教するんだってね」とフローニーが言った。

「そうなんか?」とディルシーは言った。「どんな人かね?」

「セントルーイ*から来てくれるんだよ」とフローニーは言った。「えらい説教師なんだって」

「へえ」とディルシーは言った。「いま要《い》るのはあんたらみたいな浮《うわ》ついた若いニガーどもに神さまへの畏《おそ》れを叩きこんでくれる人だよ」

「今日の説教はシーゴグ師だって」とフローニーは言った。「そう言ってたよ」

一行は大通りを歩いていった。鐘の音が風に運ばれてくるなか、気まぐれにためらいがちに顔を出す太陽にときおり照らされて、まばゆいかたまりとなった白人たちがその静かな長い道を教会にむかって歩いていた。南東から激しく吹きつける風は、ここ数日の暖かさのあとで冷たく肌を刺した。

「いつもその人教会に連れてくの、やめてほしいんだけど、母ちゃん」とフローニーが言った。「みんな噂してるよ」

「みんなってだれだよ?」とディルシーは言った。

「あたし聞いたんだよ」とフローニーは言った。

「まあどういうやつらかはわかってるよ」とディルシーは言った。「クズ白人どもだろ。お見とおしだよ。この子は白人の教会につりあわないけど、ニガーの教会はこの子につりあわないって思ってるのさ」

「そんでも、みんな噂してるんだよ」とフローニーは言った。

「ならそいつらあたしんとこ連れてこい」とディルシーは言った。「神さまはこの子が利口かどうかなんて気にしちゃないって、そう言ってやんな。そんなこと気にするのはクズ白人だけだって」

直角にのびる脇道に入り、坂を下ると土の道になった。道の両脇はそれまでよりも急勾配の土手になって落ちこみ、その先に広がる平地には小さな小屋が点々と建っており、ちょうど道と同じ高さにそれらの小屋のおんぼろ屋根があった。小屋が収まる小さな土地には芝生もなく、かわりに煉瓦や板切れや陶器など、かつては実用的な価値を有していたものが粉々の破片となって散らばっていた。そこで育つものといえば伸び放題の雑草ばかりで、家々を取りまく穢《けが》れた渇きを、木立をつくるクワとニセアカシアとプラタナスまでもが帯び、木々の萌え出る芽ですら九月の悲しくしぶとい残滓《ざんし》のように思え、あたかも春がここを素通りしてしまったために、辺りに歴然と漂う芳醇なニグロの匂いを養分に育つしかなかったかのようだった。

一行が通りかかると、家々の戸口からニグロたちが、たいていはディルシーにむかって声をかけた。

「シス・ギブソン！　今朝の調子はどうだね？」

「元気だよ。あんたは？」

「元気でやってるよ、ありがとうよ」

彼らは小屋から出てくると、足場のもろい土手を懸命にのぼって道に上がってきた――男たちは濃い茶か黒の堅苦しい服を着て時計の金鎖をぶら下げ、なかにはステッキを持った者もおり、青年たちはどぎつい青かストライプの安手の服を着て帽子をこれ見よがしにかぶり、女たちはいくぶんごわつく服の衣擦《きぬず》れの音をさせ、子どもたちは白人から買った古着を着て夜行性動物のようにこそこそとベンを盗み見ていた。

「おまえ、あいつさわってこれねえだろ」

「なんでだよ？　できるよ」

「できないね。びびってんだろ」

「あいつ、らんぼうなことはしないよ。ただいかれてるだけだよ」

＊　セントルイスのこと。

「なんでいかれてるやつはらんぼうしないんだよ？」

「あいつはしないんだよ。おれ、さわったことあるもん」

「いまはできねえんだろ」

「ミス・ディルシーが見てるから」

「どっちにしろできねえくせに」

「あいつらんぼうなことしないよ。いかれてるだけだよ」

そして年配の連中はひっきりなしにディルシーに話しかけたが、相手がよほどの年寄りでないかぎりディルシーはフローニーに返事をさせていた。

「母ちゃん、今朝は調子よくないんだ」

「そりゃいけないねえ。でもシーゴグ師が治してくださるだろうよ。きっといやしと安らぎをくださるよ」

道はふたたび上り坂になり、書割のような景色の場所へ出た。ナラ林の真ん中に赤土の細い筋を刻みつけたような道は、切り落とされたリボンのごとくぷっつり途切れて見えた。道の脇ではぼろぼろの教会が、絵に描いた教会さながらへんてこな尖塔をそびえ立たせ、鐘の鳴りわたる広々とした空から風とともに射しこむ四月の午前の日光を背に、辺りの光景全体が平板で奥行きがなく、まるで平らな大地の最果てにボール紙を立てて絵を描いたようだった。人々は安息日にふさわしい落ち着いた足取りでゆっくりと教会に集まっていった。女たちと子どもたちはそのまま中に入り、男たちは外で立ちどまって数人ずつに分かれ、静かにおしゃべりをしていた。やがて鐘の音がやむと、彼らも中に入った。

教会は家庭の菜園や生垣から摘んできたまばらな花と、カラフルな縮緬《ちりめん》紙のリボンテープで飾りつけられていた。説教壇の上には、アコーディオンのように折りたためるよれよれのクリスマスベルが吊るされていた。説教壇は空だったが、聖歌隊はすでに所定の席について、暑くもないのに体をあおいでいた。

女たちの多くは部屋の片側に固まっていた。彼女たちはおしゃべりをしていた。しばらくして鐘が一度鳴ると、女たちはそれぞれの席に散っていき、みんな少しのあいだ待ち受けるようにして座っていた。鐘がもう一度鳴った。聖歌隊が立ちあがって歌いはじめ、会衆がいっせいにうしろを振り向くと、白いリボンと花の綱で数珠つなぎになった六人の児童が――きつく編んだおさげ髪を小さな布で蝶々の形に結わえた四人の少女と、ふわふわの毛を短く刈りこんだ二人の少年が――入ってきて通路を行進し、そのうしろを二人の男が一列になってついてきた。二番目の男は恰幅の良い、薄いコーヒー色の肌をした男で、フロックコートと白いネクタイを身にまとって堂々たる佇《たたず》まいをしていた。頭部には貫禄と深みがあり、首はカラーの上で襞《ひだ》をなしてたぷたぷと揺れていた。しかしこの男は会衆には馴染みの人物だったので、一同は彼が通りすぎたあとも頭をうしろに向けつづけ、聖歌隊が歌いやめたところでようやく来賓の聖職者がすでに中に入ってきていたことに気づき、彼らの牧師の前を歩いていた男がそのまま先に説教壇に上がるのを見て、何とも言いがたい、ため息のような驚きと失望の声を漏らした。

来賓はちんちくりんで、みすぼらしいアルパカの上着を着ていた。顔は萎びて黒ずみ、老いた小猿のようだった。そして聖歌隊がふたたび歌うあいだも、それから六人の児童が立ちあがって弱々しい怯えた声で調子はずれにぼそぼそと歌うあいだも、隣に座る牧師の堂々たる体軀のせいでいっそうちっぽけで田舎者じみて見えるその冴えない風貌の男を、一同は驚愕に近いなにかを感じながらじっと見ていた。牧師が立ちあがり男を紹介する段になっても彼らは驚愕と不信を拭えぬまま男を見つめつづけ、牧師が朗々たる豊かな声に熱を込めれば込めるほど、来賓の冴えなさは増していった。

「で、セントルーイからわざわざあんなの連れてきたってのかね」とフローニーがささやいた。

「あれよりもっとおかしな神さまの使いだっているよ」とディルシーは言った。「ほれ、しずかにおし」と彼女はベンに言った。「またすぐお歌がはじまるよ」

来賓が立ちあがって話しだすと、その話しぶりはまるで白人のようだった。声は平板で冷ややかだった。その男から発せられたにしては大きすぎる声で、一同は初めのうち、猿がしゃべるのを聞くような気分でもの珍しげに耳を傾けていた。そのうち、綱渡りする男を眺めるような心持ちになって見入りだした。冷たく抑揚のない声の綱の上で走ったり止まったり飛びあがったりしてみせる男の妙技に、一同は彼の冴えない風貌のことも忘れて見とれ、やがて男がすっと舞い降りるように話を切って肩の高さほどの聖書台の上に片腕を休ませ、猿のような体から動きが一切なくなってミイラか空っぽの器のようになると、会衆はまるで同じ夢からいっせいに覚めたようにため息をつき、席の中でもぞもぞと身を動かした。説教台のうしろでは聖歌隊がひっきりなしに体をあおいでいた。ディルシーがささやいた、「ほれ、しずかにおし。もうすぐお歌がはじまるよ」

　すると、「兄弟たちよ」という声が聞こえた。

　説教師は微動だにしていなかった。腕は聖書台に横たわったままで、四方の壁に反響する谺《こだま》を残して声が消えていくあいだもその姿勢は変わらなかった。それまでの口調とは昼と夜ほどにも異なり、アルトホルンを思わせる悲しげで余韻のある響きをしたその声は、人々の心に沁み入って、消え失せたあともなお折り重なる谺となって心の中で語りかけた。

「兄弟姉妹たちよ」声はふたたび言った。説教師は腕を降ろすと、手をうしろに組んで聖書台の前を行ったり来たりしだし、貧相な体はまるで仮借なき大地との闘いを長年強いられた人のように前かがみに折れ曲がり、「私は神の子羊の思い出と血を授かりました！」彼は体を折り曲げ、手をうしろに組んで、ねじった縮緬紙とクリスマスベルの下を足音を響かせながらしきりに行ったり来たりした。その姿は、絶え間なく寄せ来る声の波に洗われてすり減った小さな岩を思わせた。まるで夢魔《サキュバス》のごとく歯を突き立てている声に、己の体をあえて喰らわせているかのようだった。そして会衆の目には声が彼を平らげていくように映り、そのうちに彼はいなくなり、彼らもいなくなって、声すらもなくなり、かわりに言葉も不要になった彼らの心が歌の旋律によって語り合っていたので、彼が聖書台にもたれ、猿のような顔をもたげて立ちどまり、その穏やかに責苦を受ける十字架像のごとき体勢がみすぼらしさも冴えなさも超越してそれを些末な事柄にしてしまうと、一同からはうなるような長いため息が湧きあがり、それから一人の女のソプラノ声が独唱するように「はい、イエスさま！」

　雲の欠片が頭上を駆けていくのに合わせて、薄汚れた窓が明るんだかと思えば光は幽霊のようにすぅっと退きまた翳《かげ》った。車が一台、砂に骨を折りながら外の道を過ぎていくのが聞こえ、そして消えていった。ディルシーは片手をベンの膝に置き、背筋をぴんと伸ばして座っていた。二粒の涙が彼女のこけた頬をすべり落ち、犠牲と自己放棄と時間の無数のきらめきを明滅させた。

「兄弟たちよ」と牧師は体を動かさないまま、ざらざらしたささやき声で言った。

「はい、イエスさま！」と先ほどの女の声が、今度も抑えぎみの声で言った。

「兄弟姉妹のみなさんがた！」彼の声がふたたびホルン

の響きをともなって鳴りわたった。彼は聖書台から腕を下ろすと、まっすぐ立って両手を上に掲げた。「わしは神さまの子羊の思い出と血をさずかった！」一同は彼の語調が、発音が、いつニグロ風に変わったのか気づかず、ただその声に引きこまれて席に着いたまま体を小さく揺らしていた。

「あの長くて冷たい――いいかね、兄弟のみなさんがた、あの長くて冷たい――わしにゃ光が見える、言葉が見える、あわれな罪びとよ！　みんなエジプトで死んじまった、ガタゴト走る戦車も、何世代もの人たちも消えちまった。金持ちだった人はいまどこにいる、なあ兄弟のみなさんがた！　貧乏だった人はいまどこにいる、なあ姉妹のみなさんがた！　いいかね、あの長くて冷たい年月が過ぎていくとき、あんたらがあの救いの乳と露をさずかってないとしたらどうなるかね！」

「はい、イエスさま！」

「いいかね、兄弟のみなさんがた、いいかね、姉妹のみなさんがた、その時はやってくる。あわれな罪びとが言う、主とともにねむらせてください、荷をおろさせてください。そんでイエスさまはどうお答えになるかね、なあ兄弟のみなさんがた？　なあ姉妹のみなさんがた？

『あんたがたはさずかったのかね、子羊の思い出と血を？　わしは天国を荷でいっぱいにしたくないんでな！』」

彼は上着をまさぐり、ハンカチを取り出して顔を拭った。会衆から「うんんんんん！」という低い声がいっせいに立ちのぼった。先ほどの女の声が言った。「はい、イエスさま！　イエスさま！」

「兄弟のみなさんがた！　そこに座ってるちっちゃな子どもたちをごらん。イエスさまもむかしはそんなふうだった。イエスさまのおふくろさんだって栄光と苦痛を味わったんだ。夕ぐれどき、おふくろさんがイエスさまを抱いてると、ときには天使たちが歌で寝かしつけてくれたこともあったかもしれん。ドアの外をのぞいたらローマ人の警官が通り過ぎるのを見たこともあったかもしれん」彼は顔を拭いながら、足音を響かせて歩き回った。「聞いとくれ、兄弟のみなさんがた！　わしにゃその日が見える。おふくろさんがイエスさまをひざにのせて戸口に座ってる、ちっちゃなイエスさまを。そこの子どもたちみたいな、ちっちゃなイエスさまを。わしにゃ聞こえる、天使たちが安らかな歌と神の栄光を歌ってるのが。わしにゃ見える、閉じかけの両の目が。見える、飛びあがるマリアさまが、見える、兵士たちの顔が。『殺してやる。殺してやる。おまえのいとしいイエスを殺してやる』。わしにゃ聞こえる、神の救いも言葉も持たぬあわれなおふくろさんが、悲しみにくれて泣いてるのが！」

「うんんんんんん！　イエスさま！　いとしいイエスさま！」すると別の声が湧きあがり、

「おれにも見えるぞ、ああイエスさま！　ああ、おれにも見える！」それから、言葉にならぬ別の声が、沸き立つ泡のような音をたてる。

「わしにゃそれが見える、兄弟のみなさんがた！　わしにゃそれが見える！　目もつぶれんばかりの、とほうもない光景が見える！　わしにゃ見える、ゴルゴタの丘と聖なる十字架が、見える、盗人と人殺しといと小さき者*が。わしにゃ聞こえる、ふんぞり返っていばりちらす声が。『おまえがイエスなら、自分の十字架をかついで歩いてみろ！』。わしにゃ聞こえる、女たちの泣き声とたそがれの嘆き声が。わしにゃ聞こえる、神さまの泣き叫ぶ声とそむけた顔が。『やつらはイエスを殺しちまった、わしの息子を殺しちまった！』」

「うんんんんん。イエスさま！　おれにも見える、ああイエスさま！」

「ああ、目のつぶれた罪びとよ！　兄弟のみなさんがた、いいかね、姉妹のみなさんがた、いいかね、み顔をそむけた神さまは言う、『わしは天国を荷でいっぱいにしたくない！』。わしにゃ見えるんだ、子を亡くした神さまが天国のドアを閉めるのが。わしにゃ見える、すべてを飲みこむ洪水が天国との間にうず巻くのが。わしにゃ見える、何世代にもわたる永遠の暗闇と死が。ならば、見よ！　兄弟のみなさんがた！　そうだ、兄弟のみなさんがた！　わしにゃなにが見える？　わしにゃなにが見える、ああ罪びとよ？　わしにゃ見える、復活と光が。見える、やさしいイエスさまがこう言うのが。『やつらがわしを殺したのは、おまえさんがたがふたたび生きるように。わしが死んだのは、見て信じる者が決して死なないようになんだ』。兄弟のみなさんがた、なあ兄弟のみなさんがた！　わしにゃ見える、最後の審判の雷鳴が、聞こえる、黄金のラッパが響きわたり神さまの栄光を告げるのが、そして子羊の血と思い出をさずかった死者たちが立ちあがる！」

　一同が声をあげ手を振りまわすただ中に、ベンはいつものやわらかな青い眼差しでぼんやり座っていた。かたわらのディルシーは背筋をぴんと伸ばし、しかと焼き付けられた子羊の思い出とその血に浸りながら、身をこわばらせて静かに泣いていた。

　くだけた様子に戻った会衆が言葉を交わしながら三々五々帰っていくのに混じって、彼らも正午の明るい陽射しの中、砂地の道を歩いていたが、彼女はおしゃべりなどお構いなしに泣きつづけていた。

「ありゃえらい説教師だったな、まったく！　はじめはたいしたことなさそうに見えたけど、どうだい！」

「あの人は神さまのみ力と栄光を見たんだな」

「ほんとにな。あの人は見たんだ。面と向かって見たんだよ」

　ディルシーの落ちくぼんだ頬の皺をたどって涙がジグザグに流れるあいだ、彼女は音もたてず、顔を震わせもせず頭をあげて歩き、涙を拭こうともしなかった。

「そろそろ泣きやんだら、母ちゃん？」とフローニーが言った。「みんな見てるよ。もうすぐ白人さんたちのいるとこに出るしさ」

「あたしゃ始まりと終わりを見たよ」とディルシーは言った。「あたしにかまわんでくれ」

「始まりと終わりって、なんの？」とフローニーは言った。

「かまわんでくれ」とディルシーは言った。「あたしは始まりを見たんだ、そんでいま、あたしには終わりが見える」

　しかし一行が大通りに出る前に彼女は泣きやみ、スカートをたくしあげて一番上のアンダースカートの裾で涙を拭った。それから彼らはまた歩きだした。ディルシーの隣をよたよた歩くベンは、陽射しのなか真新しい帽子を悪ぶって斜めにかぶったラスターが傘を手におどけながら先を行くのを、まるで利口な小型犬を見つめる愚図《ぐず》な大型犬のように見つめていた。彼らは門にたどり着き、中に入った。途端にベンがうめき声をあげだしたので、しばらくのあいだ全員が私道の先にあるペンキの剝《は》げた四角い屋敷と朽ちかけの柱廊玄関を見やった。

「今日はあすこでなにが起こってるんかね？」とフローニーが言った。「なんかあるんだよ」

「なんもないよ」とディルシーは言った。「余計なことに首つっこまないで、白人のことは白人にまかせときな」

「なんかあるよ」とフローニーは言った。「今朝一番に

＊　イエス・キリストのこと。「マタイによる福音書」25章40節を踏まえた表現。

あの人の声が聞こえてきたからね。ま、あたしにゃ関係ないけど」

「なにがあったか、おれ知ってるよ」とラスターが言った。

「いらんことばっか知りよってからに」とディルシーは言った。「あんたらにゃ関係ないって、フローニーがいま言ったばかりだろ？ ベンジーを裏に連れてって、昼ごはんできるまでしずかにさせといてくれ」

「ミス・クエンティンがどこいるか、おれ知ってるよ」とラスターは言った。

「ならそいつは胸にしまっときな」とディルシーは言った。「クエンティンがあんたの忠告がほしいって言ったらすぐ知らせてやるよ。ほれ、みんな裏行って遊んできな」

「あっちでボール打ちがはじまったらどうなるか、ばあちゃん知ってるでしょ」とラスターは言った。

「まだしばらくはじまらないだろうよ。それまでにゃT・Pが来てこの子を馬車に乗せてくれるよ。ほら、その新品の帽子よこしな」

ラスターは彼女に帽子をわたしてベンと一緒に裏庭を抜けていった。ベンはまだうめいていたが、声は大きくなかった。ディルシーとフローニーは小屋へ向かった。しばらくすると、ディルシーがまた色あせたキャラコのワンピースに着替えて表に出てきて、台所へ向かった。火は消えていた。家の中は音がしなかった。彼女はエプロンをつけて二階に上がった。どこからも何の物音もしなかった。クエンティンの部屋は先ほどみんなで出たときのままになっていた。彼女は中に入って下着を拾いあげ、ひきだしにストッキングをしまってひきだしを閉めた。コンプソン夫人の部屋のドアは閉まっていた。ディルシーは少しのあいだそのドアの横に立って耳を澄ましていた。それから、ドアを開けて室内に、というより、充満する樟脳の匂いの中に入っていった。シェードが下ろされた薄明かりの部屋とベッドの様子から、彼女ははじめコンプソン夫人が眠っているものと思ってドアを閉めかけたが、そのとき夫人が声をかけた。

「なに？」と彼女は言った。「なんなの？」

「あたしだよ」とディルシーは言った。「用はないかね？」

コンプソン夫人は答えなかった。しばらくして、頭を一切動かさずに彼女は言った。「ジェイソンはどこ？」

「まだもどってきてないよ」とディルシーは言った。

「なんか用かね?」

コンプソン夫人は何も言わなかった。冷淡で気力の乏しい人間によくあるように、とうとう取り返しのつかない災難に直面したことで、ある種の折れない心を、気持ちの強さをどこかから掘り出してきたのだった。彼女の場合、それはいまだ全容の知れぬ出来事に関する揺るぎない確信となってあらわれた。「それで」とじきに彼女は言った。「あれは見つかったの?」

「なにが? なんの話かね?」

「書き置きよ。あの子だって書き置きを残すくらいの心遣いはするでしょう。クエンティンだってそうしたんだから」

「なんの話かね」とディルシーは言った。「あの子は大丈夫だって、わかんないんか? きっと暗くなるまでにはちゃっかりここに入ってくるよ」

「バカバカしい」とコンプソン夫人は言った。「血筋なのよ。あの伯父にしてこの姪。それともあの母親にして、かしら。どっちのほうが悪いかわからない。もうどっちでもいい気もするわ」

「なんでそんなことばっか言うんかね?」とディルシーは言った。「なんであの子がそんなことしたがるんかね?」

「知らないわよ。クエンティンには理由があったの? いったい、どんな理由があったって言うの? ただ私を笑いものにして傷つけるためじゃないでしょう。神さまがどんなお方でも、そんなことお許しになるはずがない。私はレディなんですから。子どもたちを見てたら信じられないかもしれないけど、私はレディなの」

「まあ、おとなしく待ってなさいな」とディルシーは言った。「夜までにはもどってきて、自分のベッドにもぐってるよ」コンプソン夫人は何も言わなかった。樟脳を染みこませた布が額に置かれていた。ベッドの足側には黒い化粧着が横向きに掛けられていた。ディルシーはドアノブに手をかけて立っていた。

「それで」とコンプソン夫人は言った。「なんの用なの? ジェイソンとベンジャミンにお昼をつくる気はあるの、ないの?」

「ジェイソンはまだ帰ってないよ」とディルシーは言った。「なんかつくるよ。あんたは用ないんだね? 湯たんぽはまだあったかいのかい?」

「じゃあ私の聖書を取ってちょうだい」

「今朝、出かけるまえにわたしたろうが」

「あなた、ベッドの端に置いちゃったじゃない。ずっとそこにのっかってるとでも思うの？」

ディルシーはベッドまで行き、ベッドの縁の下の暗がりを手探りして下向きに開いたままの聖書を見つけだした。そして折れ曲がったページをのばし、ベッドの上に置き直した。コンプソン夫人は目を開けなかった。彼女の髪と枕は同じ色をしていて、薬を染みこませた布をヴェールのようにかけた顔は祈りを捧げる老いた尼僧を思わせた。「またそこに置かないで」と目を開けずに彼女は言った。「さっきもそこに置いたんじゃない。私にベッドから出て拾えっていうの？」

ディルシーは夫人の体ごしに手を伸ばし、ベッドが広くあいている場所に聖書を置いた。「読もうにも、これじゃ見えやしないだろ」と彼女は言った。「シェードちょっとあげてやろうか？」

「いいの。そのままにしておいて。下行ってジェイソンになにかつくってあげてちょうだい」

ディルシーは部屋を出た。ドアを閉めて、台所に戻った。ストーブはほとんど冷えきっていた。彼女がそこにたたずんでいると、食器棚の上の時計が十回鳴った。「一時か」と彼女は声に出して言った。「ジェイソンはまだ帰ってこないんか。あたしゃ始まりと終わりを見たよ」冷たくなったストーブを見つめながら、彼女は言った。「始まりと終わりを見たんだよ」彼女はテーブルに冷めた料理を並べだした。行ったり来たりしながら、彼女は歌を歌った。賛美歌だった。彼女は出だしの二行の歌詞を曲の旋律に合わせて繰り返し歌った。食事を並べ終えるとドアロに行ってラスターを呼び、しばらくしてラスターとベンが入ってきた。ベンはいまだに独り言のように小さくうめいていた。

「ちっともやめねえんだよ」とラスターは言う。

「二人とも、さっさと食べな」とディルシーは言う。「ジェイソンは食べに帰ってこねえから」二人はテーブルの席についた。ベンは固形の食べ物なら自分でうまく食べられたが、今は冷めた料理しか並んでいないにもかかわらず、ディルシーは彼の首にナプキンを結びつけた。彼とラスターは食べだした。ディルシーは賛美歌の覚えている二行だけを繰り返し歌いながら台所を動きまわった。「さっさと食べちまうがいいよ」と彼女は言った。「ジェイソンは帰ってこねえから」

彼はそのころ、二十マイル離れたところにいた。家を出ると町へむかって急いで車を走らせ、安息日らしくのんびり歩く集団を次々と追い抜き、雲が切れ切れになった空に決然と響きわたる鐘の音も追い抜いていった。人《ひと》気《け》のない広場を通り抜け狭い通りに曲がると、辺りは急に静けさを増した。彼は木造の建物の前で車を停め、花壇に縁取られた小径を歩いてポーチに向かった。

網戸の奥から話し声がした。ノックしようと手をあげると同時に足音が聞こえたので手を引っ込めると、黒のブロード織のズボンを穿いて胸のあたりがパリッと糊付けされた白シャツをカラー無しで着ている大柄な男がドアを開けた。鉄灰色の髪はボサボサに伸びるがままで、灰色の目は少年の目のように丸くキラキラしていた。彼はジェイソンの手を取ると、握手をしながら建物の中へ引っぱっていった。

「さあ、入って」と彼は言った。「さあ、入って」

「もう準備できてるか?」とジェイソンは言った。

「とりあえず入って」と相手が言ってジェイソンの肘を摑み部屋に入るよう促すと、そこには椅子に座った男と女が一人ずついた。「マートルの亭主は知ってるな? ジェイソン・コンプソンだよ、ヴァーノン」

「ああ」とジェイソンは言った。彼はその男を見ようともしなかったが、保安官が部屋の奥から椅子を引きずってくると、男が言った、

「俺たちは出てくよ、話があるんだろ。行くぞ、マートル」

「いやいや」と保安官は言った。「座っててくれよ。深刻な話じゃないんだろ、ジェイソン? ほら、座って」

「道すがら話す」とジェイソンは言った。「帽子と上着を取ってこいよ」

「俺たちは出てくよ」と男が立ちあがりながら言った。

「座ってなって」と保安官は言った。「俺とジェイソンがポーチに出るから」

「帽子と上着を取ってこいよ」とジェイソンは言う。「やつらが盗みに入ったのはもう十二時間も前なんだぜ」保安官が先に立ってベランダに出ていった。通りすがった男と女が彼に話しかけた。彼は大仰な身振りで愛想よく答えた。鐘の響きがニガー・ホローと呼ばれる低地の方角からまだ聞こえていた。「帽子取ってこいよ、保安官」とジェイソンは言った。保安官は椅子を二つ引き寄せた。

「ほら座って、なにがあったか話してくれ」

「電話で言っただろ」とジェイソンは立ったまま言った。「時間を節約するために話しといたのに。あんたに責務

を果たさせるには、法にでも訴えなきゃならんのか?」

「とにかく座って話してくれよ」と保安官は言った。

「ちゃんと対処はするから」

「なにが対処だ」とジェイソンは言った。「これがあんたの言う対処だってのか?」

「話を先に進めようとしないのはおまえさんのほうじゃないか」と保安官は言った。「とにかく座って話してくれよ」

ジェイソンは話したが、自分の声を聞いていると屈辱と無力感が増してきて、しばらくすると急いでいることを忘れてしまうほどに、自分が正しいという思いと怒りの感情とがものすごい勢いで積みあがっていった。保安官は冷たく輝く目で悠然と彼を見守っていた。

「でも、その二人がやったかはわからないんだろ」と保安官は言った。「おまえさんがそう思ってるだけで」

「わからないだと?」とジェイソンは言った。「俺はあのガキがあの男に近づかないように二日間も路地じゅう追っかけまわさなきゃいけなかったんだぞ、しかももし一緒にいるところを見つけたらどうしてくれるかさんざん言い聞かせたあとだってのに、それでも俺にはわからねえって言うのかあの淫売娘が――」

「まあまあ」と保安官は言った。「そこまでにしときな。そのくらいでいいだろ」彼は両手をポケットに入れて通りの向こうに目を向けた。

「だからこそ俺は法の執行者であるあんたとこにこうやって来たってのに」とジェイソンは言った。

「あのショー、今週はモットソン*だってよ」と保安官は言った。

「ああ」とジェイソンは言った。「そんで、もし保安官が自分を選んでくれた町民を守ってやろうって気持ちをほんのちょっとでも持ってるやつだったら、俺は今ごろそこにいるはずだったんだがな」彼は事件のあらましを荒っぽく要約してもう一度話したが、そうしながらまるで自身の怒りと無力感を心から楽しんでいるようだった。保安官はまったく聞いていないように見えた。

「ジェイソン」と彼は言った。「家の中に三千ドルも隠してたなんて、おまえさんなにやってたんだ?」

「なに?」とジェイソンは言った。「どこに俺の金をしまっとこうが、あんたにゃ関係ねえだろ。あんたに関係あるのは、金を取り戻す手助けをすることだろうが」

「屋敷にそんな大金隠してたことを、おふくろさんは知ってたのか?」

「おい、いいか」とジェイソンは言った。「俺の家に物盗りが入ったんだ。誰がやったかはわかってるし、どこにいるかもわかってる。だから法の執行者であるあんたんとこに来たんだ。で、もう一回訊くぜ、俺の財産を取り戻すために力を貸す気はあんのか、ねえのか？」

「二人を捕まえたとして、おまえさんはあの子をどうするつもりなんだ？」

「どうもしねえよ」とジェイソンは言った。「なんもしねえさ。手を触れもしねえって。あのアバズレのせいで出世の唯一のチャンスだった仕事も反故になったし、親父は死ぬしおふくろは毎日寿命縮めてるし俺の名前は町の笑いぐさになったけどな。俺はなんもしねえさ」と彼は言った。「なんにもな」

「あの子を家出するまで追い込んだのはおまえさんだよ、ジェイソン」と保安官は言った。

「俺が家をどう取りしきろうが、あんたの知ったこっちゃねえだろ」とジェイソンは言った。「手助けする気はあんのか、ねえのか？」

「おまえさんがあの子を家から追い出したんだよ」と保安官は言った。「それから、その金が誰のものなのか、俺はちょっといぶかってるんだがね。まあ、はっきりした答えはわからないままなんだろうな」

ジェイソンは立ったまま帽子の縁を両手でゆっくりとひねっていた。彼は落ち着いた声で言った、「やつらを捕まえるのに力を貸す気はねえんだな？」

「それは俺の仕事じゃないよ、ジェイソン。ちゃんと証拠があるなら俺も動かなきゃならんがね。でも証拠がないんじゃ、そいつは俺の仕事だとは言えないんだよ」

「それがあんたの答えなんだな？」とジェイソンは言った。「よおく考えろよ、なあ」

「これが答えだよ、ジェイソン」

「そうか」とジェイソンは言った。彼は帽子をかぶった。「後悔するぜ。俺にだってやりようはあるんだ。ここはロシアじゃねえんだから、ちっぽけな金属バッジをつけてるからって法律を気にしなくていいわけじゃねえんだぜ」彼は踏み段を降りて車に乗りこみ、エンジンをかけた。保安官は車が走り出し、町のほうに向きを変えて猛スピードで建物の前を通り過ぎていくのを見守っていた。

鐘がふたたび鳴っていて、流れる雲間から日光が射す空の高くに、途切れ途切れの朗らかな音を響かせていた。

＊　架空の町。ヨクナパトーファ郡の南にあるオカトーバ郡の郡庁所在地。のちの作品ではモッツタウンと呼ばれることになる。

彼はガソリンスタンドで車を停め、タイヤを調べてもらってからガソリンを満タンにした。

「旅行ですかい？」と店員のニグロが尋ねた。彼は答えなかった。

「なんだかんだ、晴れるみてえですね」とニグロは言った。

「晴れるだと、バカ言え」とジェイソンは言った。「昼には土砂降りになってるだろうよ」彼は空を見上げて雨のことを考え、滑りやすい土の道のことを考え、町から何マイルも離れた場所で立ち往生している自分の姿を思い浮かべた。考えながら彼は一種勝ち誇るような気持ちになり、俺は昼食を食べそこねることになるだろう、焦るがままにいま出発すれば正午にはどっちの町からもこの上なく遠いところにいるだろう、と思った。するといまこの瞬間はめぐり合わせによって彼に与えられた小休憩のように思われたので、彼はニグロに言った。

「おまえはなにしてやがるんだ？　誰かに金もらって、この車をできるかぎりここに引きとめておけって言われたのか？」

「ここのタイヤ、空気がぜんぜん入ってねえんですよ」とニグロは言った。

「ならさっさとそこをどいてそのチューブを俺によこせ」とジェイソンは言った。

「もうおわりましたよ」とニグロは立ちあがりながら言った。「もう走ってもだいじょうぶ」

ジェイソンは車に乗ると、エンジンをかけて出発した。ギアをセカンドに入れるとエンジンがあえぐようにバタバタ音をたてたが、彼はそれでもアクセルを踏みこみながらチョークを乱暴に押したり引いたりしてエンジンをふかした。

「こりゃ雨になるな」と彼は言った。「半分行くまではもってくれよ、そしたら土砂降りになってもかまわねえから」そうして鐘の音を走り抜け、町からも走り出ていきながら、彼は泥まみれになって必死に馬車を探しまわる自分の姿を思い浮かべた。「でもひとり残らず教会に行っちまってんだろうな」想像の中で、彼はやっとのことで教会を見つけ馬車を手に入れるのだが、持ち主が出てきてわめきちらすものだから、彼はその男を殴り倒してしまうのだった。「俺はジェイソン・コンプソンだぞ。止められるもんなら止めてみろ。俺を止められるようなやつを保安官にしたけりゃやってみろってんだ」と彼は言い、自分が郡庁舎に兵隊の一列を率いて入っていって保安官を引きずり出す姿を想像した。「こいつは俺が仕事を失うのを腕組みしたまま腰もあげずに黙って見てればいいと思ってやがる。仕事ってのはどういうもんか、思い知らせてやるよ」姪のことはなにも考えなかったし、貯めこんでいた金の無根拠な価値についても考えなかった。彼にとってはそのどちらもこの十年間というもの、実体も固有性も持たぬ存在だったのだ。それらは、二つ合わさることで彼が手に入れる前に奪われた銀行の職を象徴しているにすぎなかった。

空が明るんできて流れる雲のまばらな影が目につくようになると、天気が晴れあがりつつあるという事実さえも小狡い策略のひとつに彼には思われた。彼が古傷をたずさえて新たにのぞもうとしているこの戦いにおける、敵方の策略なのだ。ときどき彼は教会を通りすぎた。それらはトタン製の尖塔がついた、ペンキも塗っていない木造の建物で、周りには馬車がつなげてあったりみすぼらしい自動車が停めてあったりしたが、彼にはその教会の一つひとつが〈めぐり合わせ〉の軍隊の駐屯地であって、そこにひそむ後衛部隊にこそそのぞき見られているように感じられた。「それにおまえもだ、クソったれめ」と彼は言った。「おまえに俺が止められるもんなら止めてみろ」そう言いながら彼は捕縛した保安官をうしろに従えた軍隊を率いて、必要とあらば〈全能者〉を玉座から引きずりおろそうとしている自分の姿を想像した。地獄と天国の両武装軍団をかき分けて突き進み、彼はついに逃走していた姪に両の手をかけるのだ。

風は南東から吹いていた。風はたえず彼の頬に吹きつけた。そうして長らく吹きつけられていると、まるで風が頭蓋の中に染みこんでいくように感じられたが、そのとき不意におなじみの予兆があったので彼は急ブレーキをかけて車を停め、そのままピクリとも動かずに座っていた。それから片手を首にあてると悪態をつきはじめ、座ったまま荒々しいささやき声で悪態をつきつづけた。少しのあいだでも運転しなければならないときにはいつも樟脳を染みこませたハンカチを備えておき、町を出たらそれを首に巻いて匂いを吸いこむことにしていたので、彼は車から降りて座席のクッションを持ちあげ、置き忘れが一枚くらいありはしないか見てみた。両方の座席の下を調べたのち、また体を起こしてしばらく立ちつくし、勝ち誇っていた自分がバカらしく思えてきて悪態をついた。彼はドアに寄りかかって目を閉じた。いったん樟脳を取りに戻ることもできるし、そのまま進むこともできた。どちらにしても、頭は割れるように痛むだろうが、家へ帰れば日曜でも樟脳は確実に手に入るのにたいして、進みつづけるなら手に入る保証はなかった。しかし帰るとすれば、モットソンに着くのが一時間半は遅れることになる。「たぶんゆっくり運転すれば大丈夫だ」と彼は言った。「たぶんゆっくり運転して、なにかほかのことを考えてれば……」

彼は車に乗ってエンジンをかけた。「なにかほかのことを考えるんだ」と彼は言って、ロレインのことを考えた。彼女とベッドにいるところを想像したが、彼は彼女の横に寝そべって助けてくれと彼女に懇願するばかりで、そのうちにまた金のことを考えてしまい、俺ともあろう者が女に、小娘に出しぬかれたのだ、と考えてしまうのだった。金を盗ったのは男のほうだと思いこめさえすれば。しかし彼は失った仕事への賠償金とも言うべきものを盗まれたのだ。大変な労力をかけ、危険をおかして手に入れたのに。しかも、よりによってその失った仕事の象徴たる存在に盗まれるとは。なによりひどいのは、そいつがアバズレの小娘だということだ。彼は上着の襟を立てて絶え間なく吹きつける風から顔を守りながら運転をつづけた。

いま彼の目には、自分の運命と自分の意志という二つの相対する力が、取り返しのつかない接合点へむかって急激に引き寄せられていく様が映っていた。彼は抜け目なく用心した。しくじるわけにはいかんぞ、と自分に言い聞かせた。なすべきことは一つだけ、ほかに選択肢はない。それをやるしかないのだ。彼の考えでは、二人は彼の姿が目に入ればすぐに気づくだろうが、彼のほうはあの男がまだ赤いネクタイをしているのでもないかぎり、彼女を先に見つけることに賭けるしかなかった。そして彼が赤ネクタイをあてにせざるを得ないという事実は、これからやってくる厄災の兆候のように思われた。ほとんどその臭いを嗅ぎとることができるようで、ずきずき痛む頭にその予感がまとわりついているように感じられた。

彼は最後の丘のてっぺんに着いた。谷間には煙がたなびき、屋根が並んでいた。木立の上に突き出る尖塔も一つ、二つ見えた。彼は丘を下って町に入ると速度をゆるめ、用心しなきゃならんぞと再度自分に言い聞かせながら、まずはテントの場所を確かめることにした。もはや目もかすんできたが、いますぐ頭痛に効くものを買いに行け、と彼にしつこく主張するものが当の厄災にほかならぬことを彼は知っていた。ガソリンスタンドで尋ねると、テントはまだ張られていないが、ショーの連中の貸し切り列車は駅の側線にもういるということだった。派手に塗られたプルマン式寝台車が二両、線路に停まっていた。車から降りる前に、彼は列車の様子をじっくりと観察した。彼はなるべく息を浅くして、頭蓋骨の中で血が激しく脈打たないようにしていた。車から降りると、列車から目を離さずに駅舎の壁に沿って歩いた。衣類がいくつか、窓に吊るされていた。皺がよってくたくただったので、洗濯したばかりのようだった。片方の車両の昇降ステップ脇の地面には、キャンバス地の椅子が三脚置いてあった。しかし人の気配はまったくなかった。それでも、しばらくすると汚れたエプロンをつけた男がドアロに出てきて、ブリキ鍋の胴体を陽光にきらめかせながら中の皿洗いの水を盛大にぶちまけると、列車に戻っていった。

こりゃ、あの男がやつらに俺のことを話しちまわないうちに不意打ちを食らわすしかねえな、と彼は考えた。二人がその列車の中にいないかもしれないという考えは、まったく浮かばなかった。二人がそこにはいなくて、彼が先に二人を見つけるか二人が先に彼を見つけるかは事の成否に無関係なのだとしたら、まったくもって道理に反しているし、これまでの一連の流れにそぐわないのだ。それだけではない。彼はなんとしても先に二人を見つけねばならないし、金を取り戻さねばならないのだ。そうすれば二人のしたことは彼にとってどうでもよくなるのだが、逆に失敗した場合には、ジェイソン・コンプソンともあろう者がクエンティンに、自分の姪に、アバズレに、金を盗られたことが全世界に知れわたってしまうのだから。

彼はふたたびよく観察した。車両に近づき、昇降ステップを音をたてないようにすばやく昇ると、ドアロで立ちどまった。中は薄暗い調理室で、悪くなった食べ物の悪臭が漂っていた。先ほどの男がぼんやりとした白い影となって見えた。男はしわがれた甲高い声を震わせて歌を歌っていた。爺《じじい》だな、と彼は思った、それに背は俺より低いくらいか。中に入ると男は顔を上げた。

「なんだ?」と男は歌うのをやめて言った。

「やつらはどこだ?」とジェイソンは言った。「おい、早く答えろ。寝台車か?」

「どこって、誰のことかね?」と男は言った。

「しらばっくれるんじゃねえ」と彼は言った。彼はごちャごちゃした暗がりをつまずきながら進んでいった。

「なんだってんだ?」と相手は言った。「誰がしらばっくれてるって?」それからジェイソンが男の肩を摑むと、男は叫んだ、「おい、やめろ」

「しらばっくれんな」とジェイソンは言った。「やつらはどこだ?」

「なに言ってやがる、この野郎」と男は言った。ジェイソンが摑んでいる腕は細く弱々しかった。男は腕をもぎはなそうとしたのち、うしろを向いて散らかったテーブルの上を引っかきまわしだした。

「早くしろ」とジェイソンは言った。「やつらはどこだ?」

「いま教えてやるよ」と男は甲高い声で言った。「俺の肉切り包丁が見っかったらな」

「おい」とジェイソンは相手を押さえつけようとしながら言った。「俺は質問してるだけじゃねえか」

「この野郎」と相手は甲高い声で言って、なおもテーブルを引っかきまわしつづけた。ジェイソンはこの貧弱な男の怒りを封じこむために彼を両腕で抱きかかえようとした。男の体はひどく年老いて弱々しく感じられたが、こちらが命の危険を感じるほど一路邁進するその様子を見て、ジェイソンは自分が突入しつつある厄災の姿を初めてはっきりと、一点の曇りもなく目にした。

「やめろ!」と彼は言った。「おい。おい! 俺は出てくから。ちょっと落ち着け、そしたら出てくから」

「俺がしらばっくれてるだと」と男は泣き叫んだ。「放せ。ほんのちょっとでいいから放せ。おまえに思い知らせてやる」

ジェイソンは相手を押さえつけながら、目を見開いて辺りを必死に見回した。外は明るく日が照っていて、風が強く明るく人気《ひとけ》がなかったが、じきに小綺麗な恰好をした浮かれ気分の人々が日曜の豪華な昼食を食べに穏やかに帰っていきだすだろうと彼は考えた。それなのに自分は命の危険を感じながらこの怒り狂った小柄な老人を押さえつけ、ほんの少しの間でも手を離すのが恐ろしくて、背を向けて逃げ出すことすらできずにいるのだ。

「俺は出てくから、ちょっとだけ落ち着かねえか?」と彼は言った。「な?」しかし男はなおももがきつづけたので、ジェイソンは片手を離して男の頭を殴りつけた。慌てて放ったぎこちない一撃で、たいして強くもなかったのだが、相手はすぐにくずれ落ち、鍋やバケツをガチャガチャ言わせながら滑るように床に倒れこんだ。ジェイソンは男を見下ろすように立ち、あえぎながら耳を澄ました。それから、背を向けて走って車両から出た。ドアロで焦りを抑えた彼は、ステップをゆっくりと降りてからまた立ちどまった。息があがってハア、ハア、ハア、という音をたてていた彼は、そこに留まって息を落ち着かせようとしながらもあちこちに視線を走らせ、うしろから足を引きずるような音がしたので振り返ると、ちょうどあの小柄な老人が怒り狂って錆びた斧を振りあげながら、デッキから無様に飛びかかってくるところだった。

　斧を掴もうとした彼は、衝撃は感じなかったものの自分の体が倒れていくのがわかり、そうかこうやって終わるんだなと考え、これから俺は死ぬんだと思いこんだが、なにかが後頭部にぶつかった瞬間、彼は考えた、どうやって後頭部を殴ったんだ？　まあ、とっくの昔に殴られてたのに、いまそれを感じたってだけかもしれないが、と考え、ほら、急げ。さっさと終わらせてくれ、と考え、それから死にたくないという思いが猛烈に湧きあがってきて彼を捉えると、彼はもがきだし、泣きわめいては悪態をつく老人のしわがれ声も聞こえるようになった。

　集まってきた人たちが彼を引っぱって立たせたときもまだ彼はもがいていたが、一同が彼を押さえつけると彼は落ち着いた。

「血はかなり出てるか？」と彼は言った。「後頭部だよ。血、出てるか？」自分がその場からどんどん押しやられていくのを感じ、老人の怒りに満ちた細い声が背後に消えていくのを耳にしている間も、彼は訊きつづけていた。「頭見てくれよ」と彼は言った。「ちょっと待て、俺は――」

「なにが待てだ」と彼を押さえている男が言った。「あの癇癪《かんしゃく》爺さんに殺されちまうぞ。さあ、歩け。おまえは怪我なんかしてねえよ」

「あいつに殴られたんだよ」とジェイソンは言った。「血、出てるのか？」

「歩け、歩け」と相手は言った。その男は駅舎の角を曲がり、誰もいないプラットフォームまでジェイソンを連れていった。そこには運送屋のトラックが一台停まっていて、硬そうな花に囲われた硬い雑草の生い茂る区画には、電光看板が立っていた。モットソンからを離すな、と書かれた看板の真ん中には人間の目が描いてあって、瞳が電気で光るようになっていた。男は彼を放した。

「さて」と男は言った。「こっから出てって、二度と近寄らないでくれ。なにしようとしてたんだ？　自殺か？」

「人を探してるんだ、二人組なんだが」とジェイソンは言った。「そいつらの居場所を訊いただけだよ」

「誰なんだ、そいつら？」

「小娘だよ」と彼は言った。「もう一人は男だ。昨日はジェファソンにいて、赤いネクタイをしてた。このショーのやつだろ。そいつらが俺の金を盗んだんだ」

「ああ」と男は言った。「おまえがそうだったのか。だけどな、あいつらもうここにはいないぜ」

「そうだろうよ」とジェイソンは言った。壁に寄りかかって後頭部に片手をあててから、掌を見た。「血が出てると思ったんだけどな」と彼は言った。「斧で殴られたと思ったんだけどな」

「手すりで頭を打っただけだよ」と男は言った。「もう行けよ。あいつらはここにはいねえよ」

「ああ。あの爺さんもここにはいないって言ってたよ。しらばっくれてると思ったんだけどな」

「俺が嘘ついてるってのか？」と男は言った。

「いや」とジェイソンは言った。「ここにいないのはわかってるよ」

「俺があいつに言ったんだよ、二人ともこっから出てけってな」と男は言った。「俺のショーであんなことを許すわけにはいかないんでな。俺はまっとうな団員たちとまっとうなショーをやってんだ」

「そうか」とジェイソンは言った。「やつらがどこ行ったか、あんた知ってるか？」

「いいや。知りたくもないね。あんなふざけた真似をするやつを、俺のショーの団員にしておくわけにはいかねえんだ。おまえはあの子の……兄貴か？」

「いや」とジェイソンは言った。「そんなのはどうだっていいんだ。俺はただやつらを見つけたかったんだよ。俺が殴られたわけじゃないってのは確かなんだな？　つまり、血は出てないってことだよな」

「俺が止めに入るのが遅れてたら、出血してただろうよ。ほら、もうここには近づくなよ。あのチビ爺《じじい》に殺されちまうぞ。あそこのはおまえの車か？」

「ああ」

「そんじゃ、あれに乗ってジェファソンに帰るんだな。おまえがあいつらを見つけることがあるとしたって、その場所は俺のショーじゃねえ。俺はまっとうなショーをやってるんだ。金を盗まれたって言ったか？」

「いいや」とジェイソンは言った。「もうなんでもかまわねえよ」彼は車に戻って乗りこんだ。俺はなにをしなきゃいけないんだっけ？ と彼は考えた。それから彼は思い出した。エンジンをかけてゆっくり通りを進むうちに、ドラッグストアが見つかった。ドアには鍵がかかっていた。彼はわずかにうなだれて、ノブに手をかけたまましばらくそこにたたずんでいた。それから引き返しているると、ややあって男が一人歩いてきたので、どこかに開いているドラッグストアがないか尋ねたが、ないとのことだった。そこで北行きの汽車の出発時刻を尋ねると、二時半だと教えてくれた。彼は舗道を渡ってふたたび車に乗りこみ、運転席に座った。しばらくしてニグロの若者二人組が通りがかった。彼はその二人に声をかけた。

「おまえら、どっちか車の運転できるか？」

「できますよ」

「いますぐ俺を乗せてジェファソンまで行ってもらいたいんだが、いくらならやる？」

二人は顔を見合わせてもごもご言っていた。

「一ドル払うぜ」とジェイソンは言った。

二人はまたもごもご言った。「そんだけじゃ行けねえすよ」と一人が言った。

「いくらなら行くんだ？」

「おめえ、行けるか？」と一人が言った。

「おれは手があいてねえよ」ともう一人が言った。「おめえが運転してやりゃいいだろ。なんにもすることねえんだろ」

「あるよ」

「なにがあんだよ？」

二人はまたもごもご言いながら笑いだした。

「二ドルやるよ」とジェイソンは言った。「おまえらのどっちでもいいから」

「おれも手があいてねえんすよ」と最初の若者が言った。

「わかった」とジェイソンは言った。「もう行け」

彼はしばらくそのまま座っていた。時計が三十分を告げると、よそ行きの服を着た、イースターの礼拝帰りの人々が通りに現れはじめた。通りすがりに彼に目を向ける人もいた。履き古した靴下がほつれるように目に見えない自らの人生が周囲にほどけゆくなか、小さな自動車の運転席に静かに座っているこの男にちらりと目を向けてから、そのまま歩いていった。しばらくしてオーバーオールを着たニグロが近づいてきた。

「ジェファソンに行きたいってのはあんたかい？」と彼は言った。

「そうだ」とジェイソンは言った。「いくら払えばいい？」

「四ドルだね」

「二ドルやるよ」

「四ドルより下なら行けねえな」車の中の男は無言で座っていた。彼のほうを見ようともしなかった。ニグロは言った。「やめとくかい？」

「わかったよ」とジェイソンは言った。「乗りな」

彼は助手席に移り、ニグロがハンドルを握った。ジェイソンは目を閉じた。ジェファソンに行けばなにか効くものが手に入れられるはずだと自分に言い聞かせて、車の揺れに身を任せた。向こうに着けばなにかしら手に入れられるはずだ。家に帰って日曜の昼食を食べながら和《なご》やかな一時を過ごそうとしている人々の行き来する通りを車は走っていき、やがて町から出た。彼はそうした人々のことを思い浮かべた。ベンとラスターが台所のテーブルで冷たい昼飯を食べているはずの自宅のことは考えなかった。どうしてだか――悪いことがつづいているなかにも必ずやってくる、厄災やその兆しの一時的な不在のおかげで――彼はジェファソンを前に一度も見たことのない町だと思いこんでいられたし、そこで人生をふたたびはじめなければならないことも忘れていられた。

ベンとラスターが食べ終えると、ディルシーは二人を外にやった。「そんで、四時までこの子に余計なことすんじゃないよ。四時になったらT・Pが帰ってくるから」

「はいよ」とラスターは言った。二人は外に出ていった。ディルシーは自分の昼食を食べ、台所を片付けた。それから階段の下へ行って耳を澄ましたが、何の音もしなかった。台所へ戻ると、奥のドアから外へ出て踏み段の上で立ちどまった。ベンとラスターの姿は見えなかったが、しばらくそこに立っていると地下室のドアのほうからまたボワンという鈍い音が聞こえてきたので、ドアのところまで行ってのぞきこんで見ると、朝と同じ情景が繰りひろげられていた。

「あの人はこんなふうにやってたんだけどなぁ」とラスターは言った。彼は希望と失望の入り混じったような面持ちで、じっと動かぬ鋸を見つめた。「叩くのにちょうどいいものがまだ見つかんないんだよ」と彼は言った。

「だいたい、こんなとこで見つけられるわけねえだろうが」とディルシーは言った。「その子をお天道さまの下に連れてってやんな。こんなじめじめした床の上にいたら、二人とも肺炎になっちまうよ」

二人が庭を突っ切って柵のそばの杉の木立のほうへ行くまで、彼女はずっと見守っていた。それから彼女は自分の小屋へ戻った。

「おい、またわめきだすんじゃねえぞ」とラスターは言った。「今日はもうさんざんおまえに迷惑かけられたんだからな」編んだ針金に樽板を並べたハンモックがあった。ラスターはそのぶらぶら揺れるハンモックに寝そべったが、ベンはあてもなくうろうろと歩きまわっていた。ベンはまためそめそと泣きはじめた。「おい、だまれよ」とラスターは言った。「ムチでぶったたいてやっからな」ラスターはハンモックの上で仰向けになった。ベンは歩きまわるのをやめていたが、まだめそめそ泣いているのがラスターには聞こえた。「だまる気はあんのか、ねえのか？」とラスターは言った。体を起こしてあとを追うと、ベンは地面が小さく盛り上がったところの前でしゃがんでいた。その両側の地面には、かつては毒薬が入っていた青いガラスの空瓶が立てられていた。片方には萎びたチョウセンアサガオが挿してあった。ベンはその前にしゃがんでうめき、緩慢ではっきりとしない音を出した。うめき声をあげたままうろうろと辺りを探しまわり、小枝を見つけると、それをもう片方の瓶に挿した。「だまったらどうだ？」とラスターは言った。「うめかずにはいらんねえようなことしてほしいのか？　これでどうだ」彼は膝をつくと、瓶を一本さっと引き抜いて体のうしろに隠した。ベンはうめくのをやめた。しゃがみこんで瓶が立ててあったところの小さな窪みを見つめ、それから肺いっぱいに空気を吸いこんだところで、ラスターが瓶を彼の目の前に出した。「しーっ！」と彼は言った。「わめこうなんて思うんじゃねえぞ！　いいな。ここにあるから。な？　ほら。ここにいるとまたわめきだしちまうだろ。来いよ、もうボール打ちがはじまったか、見に行こうぜ」彼はベンの腕を引っぱってベンを立たせ、柵まで行くと、二人並んでそこに立ち、まだ花の咲いていないスイカズラがもつれ合う隙間からのぞきこんだ。

「ほら」とラスターが言った。「何人か来たぞ。見えるか？」二人が見ていると、四人組がボールを打ってグリーンまで来て、一通り終わるとティーグラウンドへ移ってティーショットを打った。ベンはめそめそ泣いてよだれを垂らしながら見ていた。四人組が歩きだすと、彼もよだれを垂らしながら柵に沿ってひょこひょことついていった。一人が言った、

「おい、キャディ。バッグを持ってきてくれ」

「だまれ、ベンジー」とラスターは追ったが、ベンは早足でふらふらと進みつづけ、柵にしがみつくと、絶望的なしゃがれ声をあげて泣いた。男がボールを打って歩いていくと、ベンもそれに合わせて歩いていき、やがて柵が直角に曲がっているところに行き当たると、柵にしがみついて人々が遠くに行ってしまうのを見つめた。

「もうだまらねえか?」とラスターは言った。「もうだまらねえか?」彼はベンの腕を揺さぶった。ベンは柵にしがみついたまま、しゃがれ声でとめどなく泣き叫んでいた。「やめねえつもりか?」とラスターは言った。「どうなんだ?」ベンは柵の隙間から向こう側をじっと見つめていた。「ならわかった」とラスターは言った。「わめかずにはいらんねえようにしてほしいんだな?」彼は肩越しに屋敷のほうを見た。それから彼はささやいた。「キャディ! わめけ、ほら。キャディ! キャディ! キャディ!」

それからまもなく、ゆっくりと繰り返されるベンの声の合間から、ディルシーが呼んでいる声がラスターには聞こえた。彼はベンの腕を引いて裏庭を突っ切り、彼女のほうへ向かった。

「こいつはしずかにしてらんねえって言ったろ」とラスターは言った。

「このわるガキ!」とディルシーは言った。「この子になにした?」

「なんもしてねえよ。あっちでボール打ちがはじまったら、いっつもわめきだすんだって言ったろ」

「さあ、こっちおいで」とディルシーは言った。「おだまり、ベンジー。ほら、よしよし」しかし彼は黙らなかった。三人は裏庭を足早に突っ切り、小屋に着くと中に入った。「走ってあの靴取ってきな」とディルシーは言った。「ミス・カーラインを起こすんじゃないよ、いいね。なんか言われたら、この子はあたしんとこにいるって伝えとくれ。ほら、行きな。あんたもそれくらいはちゃんとできるだろ」ラスターは出ていった。ディルシーはベンをベッドに連れていき自分の横に座らせると、彼を抱きしめて前後に揺すりながら、スカートの裾でよだれまみれの口を拭いてやった。「泣くのはおよし。「よしよし」と言って、彼女は彼の頭を撫でた。「ディルシーがついてるじゃねえか」しかし彼は涙を流さずにゆっくりと悲痛な声をあげた。それは太陽のもとに存在するすべての声なき苦悩が厳かに発する、絶望に満ちた音だった。ラスターが白いサテンの上ぐつを持って戻ってきた。それはもはや黄ばんでひび割れ、汚れもついていたが、ベンの手に持たせると、彼はしばらく静かになった。しかしまだ泣きべそをかいていて、やがてまた声をあげはじめた。

「あんた、T・P見つけてこられないかね？」とディルシーは言った。

「セント・ジョンズまで行くって昨日言ってたよ。四時に戻るって言ってた」

ディルシーはベンの頭を撫でながら体を前後に揺すった。

「そんなにかかるんか。ああ、なんてこった」と彼女は言った。「そんなにかかるんか」

「馬車ならおれだって走らせられるよ、ばあちゃん」とラスターは言った。

「あんたじゃ二人とも死んじまうよ」とディルシーは言った。「あんたに乗らせたって悪さするだけだろ。ちゃんと走らせられるってこたあわかってんだ。でもあんたは信用できないね。ほら、しずかにおし」と彼女は言った。「よしよし。よしよし」

「悪さなんかしねえよ」とラスターは言った。「乗るときはいつもT・Pと一緒だしよ」ディルシーはベンを抱きしめながら体を前後に揺すった。「ミス・カーラインが、こいつをしずかにさせらんねえなら、起きて下に降りてきて自分でやるって言ってたよ」

「泣くのはおよし、ハニー」とディルシーはベンの頭を撫でながら言った。「ラスター、ハニー」と彼女は言った。「あんた、ばあちゃんのためだと思って、馬車をちゃんと走らせてくれるかね？」

「うん」とラスターは言った。「T・Pとそっくり同じように走らせるって」

ディルシーは体を前後に揺すりながらベンの頭を撫でた。「あたしも精いっぱいやってんだ」と彼女は言った。「それは神さまもご存じだよ。そんじゃ、馬車を取ってきな」と言って、立ちあがった。ラスターは飛び出していった。ベンは上ぐつを握りしめて泣いていた。「ほら、泣くのはおよし。ラスターが馬車取りに行ったから。そんで墓地まで連れてってくれるってよ。あんたの帽子取りに行くのはやめとこうかね」と彼女は言った。彼女は部屋の隅にキャラコのカーテンをぶらさげて作った押入れに行って、彼女がむかしかぶっていたフェルトの帽子を取り出した。「あたしらの体《てい》たらくと言ったら、こんなもんじゃすまねえんだ、みんなわかってねえだけでな」と彼女は言った。「ともかく、あんたは神さまの子どもなんだ。あたしもじきそうなるよ、ありがたいことにな。ほれ」彼女は彼の頭に帽子をかぶせて、上着のボタンを留めてやった。彼は絶え間なく泣き声をあげていた。彼女は上ぐつを彼の手から取って片付けると、彼を連れて外に出た。ラスターが老いぼれの白馬にぼろぼろの傾いた馬車を引かせてやってきた。

「気いつけるんだよ、ラスター」と彼女は言った。

「はいよ」とラスターは言った。彼女はベンがうしろの席に乗るのを手伝った。彼は泣きやんでいたが、また泣きべそをかきだした。「花がほしいんだよ」とラスターは言った。「待ってて。一本取ってくるよ」

「まだ座ってな」とディルシーは言った。彼女はそばに寄って馬の頬革を摑んだ。「ほれ、急いで取ってきてやんな」ラスターは走って屋敷の角を曲がり、花壇へ向かった。彼はスイセンを一本持って戻ってきた。

「折れてるじゃねえか」とディルシーは言った。「なんでもっといいやつ持ってきてやんねえんだ?」

「これしか見つかんなかったんだよ」とラスターは言った。「教会の飾りつけするからって、みんなして金曜に全部摘んじまったんじゃねえか。待って、直すから」そうしてディルシーが馬を押さえている間にラスターは花の茎に小枝を添え木としてあてがい二本の紐で留めて、それをベンに渡した。それから馬車に乗ると、手綱《たづな》を取った。ディルシーはまだ轡《くつわ》を摑んでいた。

「道はわかるな?」と彼女は言った。「通りを行って、広場をまわって墓地に行ったら、まっすぐ帰ってくんだぞ」

「はいよ」とラスターは言った。「はいしー、クイニー」

「気いつけるんだよ、いいね?」

「はいよ」ディルシーは轡を放した。

「はいしー、クイニー」とラスターは言った。

「これ」とディルシーは言った。「そのムチよこしな」

「でもばあちゃん」とラスターは言った。

「ほれ、よこしな」とディルシーは言って車輪のそばに寄っていった。ラスターはしぶしぶわたした。

「これじゃどうやったってクイニーを走らせらんねえよ」

「そんな心配はいらねえよ」とディルシーは言った。「どこ行ったらいいか、クイニーはあんたよりもよっぽどよくわかってるよ。あんたはただそこに座って手綱を持っときゃいいんだ。道はわかるな？」

「うん。T・Pがいつも日曜に行く道だろ」

「なら今日もおんなじ道行くんだぞ」

「わかってるって。いままでだって、T・Pのかわりに百回以上走らせたじゃねえか」

「じゃあもう一回おんなじようにやんな」とディルシーは言った。「そんじゃ行きな。それと、もしベンジーにケガでもさせたらな、ニガー小僧、あたしゃなにするかわかんねえぞ。あんたはどうせそのうち鎖につながれるに決まってるけどな、囚人たちのほうにまだあんたを受け入れる心づもりがなくたって、こっちから送りこんでやっからな」

「はいよ」とラスターは言った。「はいしー、クイニー」

彼が手綱を振ってクイニーの広い背中にパシッと打ちつけると、馬車はガクンと急発進した。

「これ、ラスター！」とディルシーは言った。

「はいしー、行け！」とラスターは言った。彼はふたたび手綱を振った。地鳴りのような音を立てながらクイニーがゆっくりとした小走りで私道から通りに出たところでラスターがクイニーを急《せ》き立てると、足取りはまるで前につんのめって倒れそうになりながらそのまま宙吊りにされているような恰好になった。

ベンの泣きべそは止まっていた。座席の真ん中に座ったベンは直してもらった花をまっすぐ握りしめ、穏やかで名状しがたい目つきをしていた。目の前ではラスターの弾丸頭が何度もちらちらとうしろを振り返っていたが、屋敷が見えなくなると通りの脇に馬車を停め、ベンが見守るなか、馬車を降りて生け垣から小枝を折り取った。クイニーは頭を下げて草をむしゃむしゃと食べはじめたが、ラスターは馬車に戻るとクイニーの頭を引っぱりあげ、ムチを入れてふたたび動き出させて、そのあとは両肘を左右に張り、小枝と手綱を高くかかげて意気揚々としていたが、それはクイニーの蹄のカポカポという落ち着いた足音にも、それに対する伴奏として彼女の体の中からオルガンのように低く鳴り響く音にも、まったく釣り合っていなかった。馬車は自動車とすれ違い、歩行者ともすれ違った。その中にニグロの十代の少年の一団もいた。

「おう、ラスター。どこ行くんだ、ラスター？　墓場か？」

「よう」とラスターは言った。「墓場《ボーンヤード》って言っても、おまえらが向かってるゴミ溜め《ボーンヤード》じゃねえぞ。はいしー、このうすのろ象」

　馬車は広場に近づいてきた。そこでは南軍兵士の像が雨の日も風の日も大理石の手をかざしてうつろな目で彼方を眺めていた。ラスターはもう一段気合いを入れ直して、どこまでもマイペースなクイニーに小枝の一撃を食らわせながら広場を見回した。「あそこにあるの、ミスタ・ジェイソンの車だ」と彼は言い、それから別のニグロの一団が目に入った。「あのニガーどもに上流階級ってやつを見せてやろうじゃねえか、ベンジー」と彼は言った。「どうよ?」彼はうしろを振り返った。花を握りしめて座っているベンの眼差しはうつろで安らかだった。ラスターはふたたびクイニーを打ち、像のところに着くと左に向かわせた。

　一瞬、ベンは座ったまま完全に停止した。それからわめきだした。わめき声をあげるたびに声は大きくなり息継ぎの間もほとんどなかった。そこには驚き以上のものが込められていた。それは恐怖、衝撃、目も舌も持たぬ苦痛、言葉にならぬ音であり、ラスターの目はぐるりとひっくり返って一瞬白目になった。「なんだってんだ」と彼は言った。「だまれ！　だまれ！　なんなんだ！」首をくるりと戻してまた前を向くと、小枝でクイニーを打った。枝が折れたので投げ捨て、ベンの声がどんどん大きくなって信じがたい高みに達しようとしているなか、ラスターは手綱の端を摑んで前かがみになった。ちょうどそのとき、ジェイソンが広場の向こうから駆けつけてきて、馬車のステップに飛び乗った。

　裏拳の一撃でラスターを脇にどかすと、彼は手綱をひったくりぐいぐい引っぱってクイニーの向きを変え、手綱を二つ折りにしてクイニーの尻をひっぱたいた。ベンのしゃがれた苦悩の声が轟きわたるなか、彼は何度も何度も手綱を打ちつけ、猛烈な早駆けになったクイニーを像の右に向かわせた。それからラスターの頭を拳で殴りつけた。

「こいつを左にやっちゃならねえことも知らねえのか?」と彼は言った。彼はうしろに手を伸ばしてベンを叩き、花の茎をまた折ってしまった。「だまれ!」と彼は言った。「だまれ!」ぐっと手綱を引いてクイニーを止めると、彼は馬車から飛び降りた。「こいつを連れてとっとと帰りやがれ。こいつを乗せてもう一度でもあの門を越えてみろ、殺すぞ!」

「わかりました!」とラスターは言った。彼は手綱を摑んでその端でクイニーを打った。「進め!　進めって!

おいベンジー、たのむよ！」
ベンの声はなおも轟いていた。クイニーがまた動き出し、カポカポという落ち着いた足音をふたたび響かせはじめると、すぐにベンは静かになった。ラスターは肩越しに一瞬だけうしろを振り返り、馬車を走らせつづけた。折れた花はベンの拳に垂れかかり、ベンの眼差しは元どおりうしろで青く穏やかで、その目に映る建物の軒や前面《ファサード》はいま一度左から右になめらかに流れていき、柱や木、窓や戸口や看板のひとつひとつが、それぞれに定められた位置にあるのだった。

ニューヨーク　一九二八年十月

付録——コンプソン一族　一六九九—一九四五

イッケモタビ[*1] 領地を奪われたアメリカの王。フランス勲爵士である乳兄弟にはロム l'Homme（ときにドゥ・ロム de l'Homme）と呼ばれた。この勲爵士は、生まれるのが遅すぎたためそうはならなかったが、世が世ならナポレオン傘下の司令官の一人となって、あの騎士もどきの悪党どもから成るきらびやかな銀河のなかでもひと際まばゆく輝いたかもしれぬ人物で、その彼が、「長《ザ・マン》」を意味するチカソーの称号をl'Homme, de l'Homme と仏訳したのだった。イッケモタビ自身もウィットと想像力に富む、自分も含め人の本質を鋭く見抜く人間だったので、この呼び名をさらに一歩進めて「宿命《ドゥーム》 Doom」と英語化した。のちに失うことになる広大な領地の一部である、トランプ台のように四隅を直角にそろえたきっかり一平方マイルの北ミシシッピの処女地を（これは流星群の降り注いだ一八三三年より前のことなので、当時そこはまだ森で、ミシシッピ州ジェファソンも、丸太造りの隙間を泥で埋めた、チカソー族管理官が住み込みで交易所を営む細長く不恰好に伸びた平屋一棟にすぎなかった）、イッケモタビはスコットランドから来たある逃亡者の孫に譲った。この逃亡者は、領地を奪われた王と運命を共にした結果、自身も家督を失いアメリカに逃れてきたのだった。この譲渡をひとつとするいくつかの譲与の見返りに、イッケモタビとその部族は、やがてオクラホマと呼ばれることになる西の未開拓地へ、徒歩であれチカソー族自前の馬があるなら馬に乗ってであれ、とにかく平和裡に移動する権利を得た。当時彼は、石油が出ることを知らなかった。

ジャクソン[*2]　剣をたずさえた「偉大なる白い父」。（老練の決闘者、口汚く痩せこけ獰猛でみすぼらしい永久不滅の老獅子。ホワイトハウスよりも国家の安泰を重んじ、そのどちらよりも自身の新政党の健全な発展を重んじ、そのどれよりも妻の名誉を、ではなく、実際に名誉があろうとなかろうと守られれば名誉はあることになるがゆえに実際にあろうとなかろうと名誉は守らねばならぬという信条を重んじた。）ワッシ・タウンの黄金の天幕[*3]の中で自ら譲渡証書を作成し、証印し、連署した。彼も石油のことは知らなかったのだ。その結果いつの日か、土地を奪われた者たちの子孫らが、帰る家もなく泥酔して大の字に横たわり、先祖の骨を安置すべくあてがわれた埃っぽい土地の上を、緋色に塗った特別仕立ての霊柩車や消防車に乗って通っていくことになった。

以下はコンプソン一族の者たちである。

クエンティン・マクラカン　グラスゴーの印刷工の息子。両親と死に別れ、パース州の高地に住む母方の親戚に育てられた。カロデン・ムアからキャロライナへ逃亡、持ち物は一本のクレイモア刀[*4]と、昼は身に着け夜寝るときには上掛けにしたタータン・チェックの服ぐらいであった。八十歳に至り、かつてイングランド王に刃向かって敗北した過ちは繰り返すまいと、一七七九年のある夜ふたたび逃亡し、幼い孫息子を連れタータン・チェックの服を抱えてケンタッキーへ向かい（クレイモア刀は一年ほど前にジョージアの戦場で、タールトン率いる連隊から、息子とともに――つまり孫息子の父親とともに――姿を消していた）、そこでいち早く開拓村を興していたブーンとかいう男[*5]（綴りはBoonともBooneとも）の隣人となった。

チャールズ・スチュアート　英国連隊から階級を剝奪され、除名された。退却する自軍からも進軍してきたアメ

＊1　フォークナーの複数の作品に登場するチカソー族の長。
＊2　アンドルー・ジャクソン（一七六七―一八四五）。第七代アメリカ合衆国大統領。一八三〇年にインディアン移住法を制定し、チカソー族を含む南部のアメリカ先住民たちを半ば強制的に西方に移住させた。
＊3　ホワイトハウスのこと。ワッシ・タウンはワシントンのことで、イッケモタビらがそう呼んでいたのだと思われる。
＊4　スコットランドで用いられたブロードソードの一種。
＊5　合衆国の探検家ダニエル・ブーン（一七三四―一八二〇）のこと。ケンタッキーの開拓を先導しブーンズボロという開拓村を設立。

リカ軍からも、ジョージアの沼地で死んだものとして処理されたが、両軍とも間違っていた。自作の木製義足を駆使してようやく四年後ケンタッキー州ハロッズバーグで父と息子のもとにたどり着いたときも、まだ例のクレイモア刀を手にしていた。父の埋葬にはなんとか間に合ったものの、その後長いこと人格分裂期に突入し、自分は学校教師になりたいのだと思い込んで努力をつづけたが、とうとう諦めてギャンブラーになった。ギャンブラーこそ彼の本性であり、自覚はしていないようだったがコンプソンの者はみな——分がどうしようもなく悪く、勝ち目がほとんどない限り——根はギャンブラーなのだ。ミシシッピ渓谷一帯を合衆国から離脱させスペインに併合しようと画策するウィルキンソン[*1]という名の知人（大いなる才能と影響力と知性と権力の持ち主）率いる連合組織に参加し、ついには自分の首ばかりか、家族の安全と後代に遺すべき家名の誉れまで危うくすることになった。陰謀の計画が（コンプソンの血筋の教師でもなければ誰だって予測できたことだが）水の泡となると、今度は彼が逃げ出す番だったが、陰謀に関わった者の中で国外脱出の憂き目にあったのは彼一人だった。これは彼が解体を目論《もくろ》んだ政府の意趣返しではなく、保身に駆られ猛烈に反動化したかつての仲間たちの画策であった。彼は合衆国に追放されたのではなく、しゃべりすぎて自ら国を失ったのであり、追放されたのも、反逆罪ゆえではなく反逆を行うにあたり声を大にして喧伝しすぎたゆえである。ひとつ橋を渡るや、次の橋を架ける場所にたどり着かぬうちに喋りまくって背後の橋を焼き落としてしまったのである。したがって彼をケンタッキー州と合衆国から、また捕縛した暁にはおそらくこの世からも立ち退かせようという運動を推進したのは、憲兵隊長でも世論の圧力ですらもなく、かつての共謀者たちだった。結局彼は、一族の伝統にのっとり、息子と例のクレイモア刀とタータン・チェックの服をたずさえ夜陰に乗じて逃げ出した。

ジェイソン・ライカーガス　自分がなりたいのは古典教師なのだとたぶんいまだ心から信じきっていた、冷笑的で恨みがましい、木製義足を嵌《は》めた不屈の人物たる父親によって仰々しい名前[*2]を付けられ、その名から湧き出る衝動におそらく急《せ》き立てられて、一八二〇年のある日、上等な拳銃二丁と貧弱な中身の鞍袋ひとつをたずさえナチーズ・トレース[*3]を駆けていった。彼が乗った小柄な雌馬は細腰ながら強靭な飛節《ひせつ》を持ち、最初の二ハロン*4は確実に三十秒以内で、次の二ハロンもそれと大差ないタイムで駆けるがそれでおしまいという馬だった。しかしそれで充分だった。オカトーバ（一八六〇年にはまだオールド・ジェファソンと呼ばれていた）のチカソー族管理局にたどり着くと、それより先へは進まなかった。六か月のうちに管理官の経営する商店の店員に、十二か月も経つと出資者になり、名目上はまだ店員だったが実質は共同経営者だった。店はいまやかなりの規模になっていて、在庫はイッケモタビの若い衆の馬たちを相手に例の雌馬を走らせたレースの上がりでまかなわれ、レースの距離が四分の一マイルかせいぜい三ハロンに収まるよう彼はつねに留意していた。翌年その小柄な雌馬はイッケモタビに所有が移り、彼コンプソンは代わりにきっかり一平方マイルの土地の所有者となって、やがてその場所はジェファソンの町のほぼ中心となるのだが、当時はまだ森であり、二十年経っても木々に覆われていたものの、そのころにはもう森というより一大庭園に近くなっていて、奴隷居住区や馬小屋や菜園は言うに及ばず、本格的な芝の庭や遊歩道や東屋《あずまや》も備えていたが——これを設計したのは、円柱の柱廊玄関付きの、フランスやニューオーリンズから蒸気船で輸送してきた家具を据え付けた屋敷を設計したのと同じ建築家であった——土地は一八四〇年になっても元のまままきっかり一平方マイルで（ジェファソンと呼ばれる小さな白人の村がその地所を取り囲みつつあり、さらには白人の郡がまるごと土地を包囲しかけていたが、というのも、数年ののちにはイッケモタビの子孫と部族の人々はもはやいなくなったからであり、残った者たちは戦士や猟師としてではなく白人として暮らし——無気力な小作人になったり、一部には農園の主人になり白人をまねてそこをプランテーションと称してみたり無気力な奴隷たちの所有者になったりする者もいたが、彼らは白人よりいくぶん小汚く、いくぶん怠惰で、いくぶん冷酷だった——やがて野生の血そのものも消え失せて、綿花を積んだ荷馬車を御するニグロや製材所の白人労働者や罠猟師や機関車の火夫などの鼻の形に時お

*1　ジェイムズ・ウィルキンソン（一七五七—一八二五）。アメリカの軍人。

*2　「ライカーガス」は古代ギリシャの男性名「リュクルゴス」の英語読み。スパルタの立法者リュクルゴスが特に有名。

*3　ミシシッピ州ナチーズとテネシー州ナッシュヴィルの間に延びる道。アメリカ先住民が使っていた道で、後に開拓民も利用。

*4　一ハロンは八分の一マイル＝約二百メートル。

り面影がうかがわれるばかりになる）、当時は「コンプソン領地」として知られていた。なぜならいまやこの地でコンプソン家は、カロデンとキャロライナとケンタッキーから追われ資産を失ったコンプソン一族の無念を晴らすべく政治家や将軍や聖職者等々の貴人を輩出してもおかしくない家柄になっていたからで、事実ほどなく知事を輩出したとは言えぬまでもとにかくのちに知事となった人物を生み出しはしたので――カロデンから逃げてきた祖父にちなんでこの知事もクエンティン・マクラカンと名付けられていた――知事屋敷と呼ばれるようになり、将軍を生み出した（一八六一）のちにもまだ旧知事屋敷として知られていたが（町と郡とであらかじめ示し合わせたかのようにおしなべてそう呼ばれ、まるで町や郡の人々が、この旧知事こそ長生きと自殺以外手を染めたものすべてに失敗したりはしない最後のコンプソンだと当時から前もってわかっていたかのようだった）、その将軍、准将ジェイソン・ライカーガス二世は六二年にシャイロー[*1]で敗北、六四年にはレサカ[*2]でそこまでの大敗ではないもののまた敗北し、ついに六六年、まだ手つかずで一平方マイルあった土地を初めて抵当に入れニューイングランドのカーペットバガー[*3]から借金をする破目になった。そのころ古い町はすでに北軍のスミス将軍の手により焼け落ち、コンプソン一族[*4]の子孫がやがて主な住人となる新しい小さな町がコンプソンの土地を取り囲みかけていて、敗北した准将はつづく四十年のあいだ、土地全体の抵当が流れぬよう部分部分を切り売りしては町が徐々に侵食してくるのを許したが、一九〇〇年のある日、余生の大半を過ごしたタラハチー川沿いの低地にある狩猟釣魚キャンプの軍隊用簡易ベッドの上で静かに息を引き取った。

そして今では旧知事すら忘れ去られ、かつて一平方マイルあった土地の残りは単にコンプソン邸として知られ、荒れはてた芝生や遊歩道の跡には雑草が生い茂り、家はずっと前からペンキを塗りなおされないままで、あちこち表面の剝げ落ちた円柱の並ぶ柱廊玄関ではジェイソン三世が（この人物は弁護士になるべく育てられ、事実町の広場に臨む建物の二階に事務所を構えていたが、そこの埃まみれの書類ケースに埋もれた、ホルストンにサトペン、グレニアにビーチャムにコールドフィールドといった郡最古の名前たちは衡平法《こうへいほう》裁判所の底なし迷宮のなかで年々忘れ去られていき、一方彼の父親である、いくたびも再生した心にいかなる夢が宿るかは誰にも知る由《よし》はなかった人物は、そのころちょうど自身の三態の化身のうちの三つ目を生き終えようとしているところだったが――一つ目は才気あふれる勇猛な政治家の息子、二つ目は恐れを知らぬ勇猛な兵士たちを率いる指揮官、そしてこの三つ目は少年が夢見る類《たぐい》の、生まれに恵まれた似《え》非《せ》ダニエル・ブーン＝ロビンソン・クルーソーともいうべき開拓者だったが、とはいえ少年期に回帰したわけではなくそもそもこの父親は一度も少年期を出たことがなかったのである――その父親にとって息子の弁護士事務所は、知事の邸宅とかつての栄華復活へとつながるはずの控えの間にほかならなかった（ウィスキーのデカンターとさんざん読んだせいでページの端も折れたホラティウスやリウィウスやカトゥルスの山に囲まれて日がな一日座り、（噂によれば）死者と生者とを問わず町の住人たちをめぐる辛辣で諷刺的な追悼頌徳詩を書いていたが、このジェイソン三世が、屋敷と菜園と朽ちかけた厩舎、それにディルシーの一家が住む召使い小屋ひとつを含む一画を除き、残りの地所すべてをゴルフ場に売って当座の現金を手に入れ、その結果、娘のキャンダスが四月に立派な結婚式を催し、息子のクエンティンがハーヴァードでの一年を終えその直後の一九一〇年六月に自殺できることになったのである。一九二八年のあの春の夕暮れ、旧知事の玄孫《やしゃご》にあたる、父親の名もわからぬ、破滅の宿命を背負った迷える十七歳の娘が、身内で最後に残った正気の男（叔父のジェイソン四世）がひそかに蓄えていた金を奪い、雨樋をつたい降りて[*5]旅芸人一座付きの露天商と駆け落ちをしたあの時にもコンプソン一家はまだそこに住んでいたにもかかわらず、もうすでに旧コンプソン邸と呼ばれるようになっていたし、寡婦となっていた母が死に、もはやディルシーを恐れる必要もなくなったジェイソン四世が白痴の弟ベンジャミンをジャクソンの州立精神病院に入れ、とある田舎者に家を売り払って、この家で陪審員や馬商人・ラバ商人たち向けの下宿屋が営まれるようになりコンプソン一族の痕跡が完全に消え

＊1　テネシー州の町。一八六二年四月六日から七日にかけて大きな戦いが行われた。

＊2　ジョージア州の町。一八六四年五月十三日から十五日にかけて戦いが行われた。

＊3　南北戦争後に北部から南部に入ってきた利権屋的な人々。

＊4　フォークナーの様々な作品に登場する貧乏白人の一族。本書の第三章「一九二八年四月六日」に登場するI・O・スノープスもその一人。

＊5　「付録」と本編とで設定の異なる箇所がいくつかあり、ここもその一つ。本編ではナシの木をつたって降りたことになっている。

去ったのちも長年やはり旧コンプソン邸として知られていたし、下宿屋すらも（やがてゴルフコースまでも）なくなり、妙に都会風な安普請の小さな平屋建て個人住宅が幾列にもぎっしり立ち並ぶことでかつての一平方マイルがかえって十全な姿を取り戻したあとも、依然旧コンプソン邸として知られていた。

それから以下の者たち。

クエンティン三世　彼が愛したのは、妹の肉体ではなく、コンプソン家の名誉という観念だった。その観念は、広大な丸い地球全体のミニチュア模型が調教されたオットセイの鼻先に乗っているかのごとくに、きわめて危なっかしく、かつ（彼にもよくわかっていたことだが）ごく一時的に、妹の処女性の微小にして脆弱な薄膜によって支えられているにすぎなかった。犯すつもりもなかった近親相姦の想念よりも、その罪に対する永遠の罰という長老派的観念[*1]を彼は愛した。そうすることで、神でなく彼自身が自分と妹を地獄に落とし、そこで永久に彼女を守り永遠の業火のただなかで未来永劫彼女を無疵《むきず》のままに留めておけるのだった。しかし何よりも死を彼は愛し、死だけを愛し、自覚的に、ほとんど倒錯的に死を予期しながら愛し、生きた。それは、恋する者が、その気になって待ち受ける恋人の友好的で柔らかで途方もない肉体を愛しながらあえてそれに触れようとせず、やがて触れないことよりも抑制することに耐え切れなくなってわが身を投げ出し、突き落とし、捨て去り、溺れ死ぬようなものだった。マサチューセッツ州ケンブリッジで彼が自殺したのは一九一〇年六月、妹の結婚式の二か月後のことであり、先払いした学費が無駄にならぬようまず大学の一年目が終わるのを待ったのだが、それは何も、彼がかのカロデンやキャロライナやケンタッキーの父祖たちの血を受け継いでいたからではなく、コンプソン一族のかつて一平方マイルあった領地の中で最後まで残った、妹の結婚式の費用と彼のハーヴァードの学費をまかなうために売却された一画が、その妹とストーブの炎の眺めを除けば、白痴に生まれついた末の弟が愛した唯一ののだったからだった。

キャンダス（キャディ）　破滅の宿命を負い、そのことを自覚していた。宿命を追おうとも避けようともせず受け入れた。兄がどう思おうと兄を愛し、兄を愛しただけでなく、兄の中に棲む、家族の名誉であり宿命であると彼が見たものの苦々しい予言者にして頑《かたく》なで清廉なる裁き手を愛した（一方兄は、妹の中にある、家族の誇りを容《い》れたもろい宿命の器であり家族の不名誉をもたらす穢《けが》れでもあると彼が見たものを、愛していると信じながら実は憎んでいた）。また、兄自身には愛する能力が備わっていないにもかかわらず、またいないがゆえに彼女は兄を愛し、兄が何よりも尊重せずにいられなかったのは彼女本人ではなく、彼女自身がその管理人でありながら微塵も価値を見出していない処女性だという事実、彼女にとってはささくれほどの存在感しかないただの破れやすい狭窄部《きょうさく》だという事実を受け入れていた。兄が最も愛するのは死であることを知りつつ嫉妬もしなかったし、毒草に相当するものがあればきっと手渡していただろう（結果を見越した上で結婚することはたぶん、まさに毒薬を手渡すに等しかったのだ）。前年の夏に母とフレンチ・リックで休暇を過ごすあいだに出会ったインディアナ出のきわめて条件の良い若者と結婚したとき（一九一〇）、彼女は別の男の子どもを身ごもって二か月であり、すでにその赤ん坊を、性別がどちらであろうと、彼女と兄の二人ともがもう死んだも同然だとわかっていた兄にちなんでクエンティンと名付けていた。一九一一年に離縁された。一九二〇年、カリフォルニア州ハリウッドの二流映画事業家と再婚。一九二五年に双方の合意のもとメキシコで離婚。一九四〇年にドイツ占領下のパリで姿を消したときにはまだ美しく、実年齢の四十八歳より十五は若く見え、おそらくはまだ裕福でもあったのだろうが、それ以降消息は途絶えた。ただし、ジェファソンにある女性がいた。郡図書館の司書を務めるネズミほどの背丈のネズミ色の未婚の女で、町の学校でずっとキャンダス・コンプソンのクラスメイトとして過ごし、その後の人生はずっと、『永遠のアンバー』の整然と並べられたいくつもの版や『ジャーゲン』[*2]や『トム・ジョーンズ』を、彼女自身は踏み台を要する高さの奥の棚に隠しても背伸びすらせず取り出せてしまう高校二、三年生の手の届かぬところに隠しておくことに捧げていた。[*3]一九

＊1　長老派は厳格な教義を特徴とするキリスト教プロテスタント、カルヴァン派の一つ。スコットランドで発展した。
＊2　『永遠のアンバー』は一九四四年刊のベストセラー・ロマンス。『ジャーゲン』は一九一九年出版のファンタジー小説、『トム・ジョーンズ』は一七四九年に出版されたイギリスの小説家ヘンリー・フィールディングの代表作。
＊3　ここに挙げられた三冊はいずれも、当時の道徳からすれば高校生にはふさわしくない描写を含んでいる。

四三年のある時期、彼女の精神は崩壊寸前まで錯乱し、その期間、図書館に人が入ってくるたびに慌てて机の抽《ひき》斗《だし》を閉めて鍵をかけたが（午後になるといつも銀行家や医者や弁護士の奥様方がメンフィスやジャクソンの新聞紙に入念にくるんで隠した『永遠のアンバー』[*1]やソーン・スミス[*2]の本を抱えて出入りし、なかにはやはり彼女の高校のクラスメイトだった人もいたが、そうした婦人たちはそんな彼女を見て、あの人は病気なのかしらと、もしかして気が変になりかけているんじゃないかしらとさえ思った）、そんな状態が一週間ほどつづいたある日、彼女は昼日中に図書館を閉めて戸締りをしてから、ハンドバッグをぎゅっと小脇に抱え、普段は血の気のない両頬を熱っぽい決意の色に染めて、ジェイソン四世が店員から働きはじめて今では綿のバイヤー兼ディーラーとして自分の事業を営んでいる農業用品店に入り、男しか足を踏み入れないその薄暗い洞穴の奥にすたすた歩いていって――その洞穴では犂《すき》や円板刃や繫鎖の輪や鎖をつなぐ横木やラバ用首あてや塩漬け肉や安物の靴や馬用軟膏や小麦粉や糖蜜が乱雑に置かれ壁にかけられ鍾乳石のように吊り下がり、薄暗いのは店の商品を陳列するというよりむしろ隠しているからで、なぜ隠すかといえば、収穫の一部と引き替えにミシシッピの小作農に、というかミシシッピのニグロの小作農に品物を売るこの店の者たちは、収穫が終わって稼ぎが概算できるようになるまでは購買欲を起こさせるようなものを見せないようにし、その時々にどうしても必要な品だけを売りたかったのだ――奥まったところにあるジェイソンの縄張りまで彼女は歩を進めた。手すりで囲われたその区画にごちゃごちゃ置かれた書類棚や整理棚には、埃や綿くずのこびりついた綿繰りの領収書が釘で留められ、取引台帳や綿のサンプルが詰められ、チーズと灯油と馬具用油の臭いに吐き捨てられた嚙みタバコを百年あまり浴びてきた巨大鉄製ストーブの臭いが混じり合って鼻を突いたが、ジェイソンの立っている横長で背の高い傾斜付きカウンターまで進むと、彼女が入ってきた途端おしゃべりもタバコを嚙むのもひっそりやめていたオーバーオール姿の男たちにはもう目もくれず、卒倒するのではと思えるほど必死にハンドバッグを開けて中をかきまわし、何かを取り出してカウンターの上に置いて、ジェイソンがそれを見下ろすあいだ体を震わせ息を荒らげて立ち――それは一葉の写真、明らかに大衆雑誌から切り抜かれた、贅沢と金銭と陽光に満ちたカラー写真であり、山々や棕櫚《しゅろ》と糸杉の木々や海を配したリヴィエラを背景に、馬力のありそうな高級クロムめっきオープンスポーツカー、豪華なスカーフとオットセイのコートのあいだからのぞく冷たく落ち着き払い呪われたその無帽の女の顔は年齢不詳で美しく、隣にはドイツ軍参謀将校の勲章と襟章を付けたハンサムな痩せ型の中年男が写っている――ネズミほどの背丈のネズミ色の独身女は体を震わせ、自分の大胆さに愕然としながら写真の置かれたカウンターの向こうの独身男を見つめていた。この男には子どもがないので、あの連綿とつづく、高潔さを失いはじめ誇りもおおかたは虚栄と自己憐憫《れんびん》にすり替わってしまったのちですら気品と誇りをいくらかは備えていた男たちの系譜は、この男で終わりを迎えることになる――それは、命以外はほとんど何も持たず故郷を追われたものの敗北を受け入れることはなお拒んだ国外追放者から、命と名誉を二度懸けて二度敗れながらやはり敗北を受け入れることを拒んだ男、資産を喪失した父と祖父の復讐を果たすべく四分の一マイル専門の小柄な賢い馬だけを頼りに領主となった男、才気あふれる勇猛な知事、戦場で勇猛果敢な男たちを率いることに失敗したが少なくともその失敗にはやはり命を懸けた将軍を経て、酒を買うためではなく子孫のうち少なくとも一人には考えうる限り人生最大のチャンスを与えるために相続財産の残りを売った教養あるアルコール中毒者に至る長い系譜だった。

「キャディよ！」司書はささやいた。「あの子を助けてあげなきゃ！」

「ああ、キャドだな」とジェイソンは言った。それから笑いだした。そこに立って写真を置いたまま、机の抽斗とハンドバッグのなかに一週間入っていたせいで皺が寄り折れてしまった冷たく美しい顔の上で笑っていた。司書にはなぜ彼が笑っているかわかった。夫に捨てられたキャンダスが幼い娘を連れて実家に戻り、子どもを置き去りにして次の汽車で永久に故郷を去った一九一一年のあの日以来今日まで三十二年間、司書はジェイソンのことをコンプソンさんとしか呼んだことがなかったし、子どもの命と不義の生まれをジェイソンがどうやってだか利用して母親を脅迫し、生涯ジェファソンに近づかないよう約束させるとともに、子どもの養育費として彼女が

＊1　前述のように『永遠のアンバー』は一九四四年刊であり、この時点では刊行されていない。
＊2　アメリカのファンタジー小説家で、スミスの著作もやはり不道徳と見なされかねない性的描写を含んでいた。

送ってくる金の唯一かつ不可侵の管財人として自分を任命させたことを、ニグロの料理番ディルシー同様に司書もまた素朴な直感で見抜いていたのであり、その娘が雨樋をつたい降りて露天商と駆け落ちした一九二八年のあの日以来、彼に一言も話しかけまいとしてきたのだった。「ジェイソン！」と彼女は叫んだ。「あの子を救ってあげなきゃ！　ジェイソン！　ジェイソン！」——そして彼が親指と人差し指で写真をつまみ上げ、カウンター越しに彼女に投げ返したときにもまだ叫んでいた。「これがあのキャンダスだって？」と彼は言った。「笑わせるなよ。このあばずれは三十にもなってねえだろうが。あっちはもう五十だぜ」

そして図書館は翌日も締め切ったままで、昼の三時になると彼女は、痛い足を引きずり疲れ果てながらなおもめげずに、ハンドバッグを小脇に抱えたままメンフィスのニグロ居住区にある小さなこざっぱりした庭に入っていき、小さなこざっぱりした家の前の段をのぼり呼び鈴を鳴らすとドアが開いて彼女と同い年くらいの黒人女性がそっと顔を出して彼女を見た。「フローニーね？」と司書は言った。「覚えてない？　ジェファソンの、メリッサ・ミーク——」

「ええ」とニグロの女性は言った。「どうぞ。ママに会いに来たんでしょ」そうして彼女は部屋に入った。それは年老いたニグロのこざっぱりとしていながら散らかったベッドルームで、老人たちの、老女たちの、老ニグロたちの臭いが充満していて、その老女はと言えば六月だというのに火がくすぶる暖炉の前に置かれた揺り椅子に腰を下ろしていて——かつては大柄であっただろう女性で、色あせた清潔なキャラコの服を着て頭にはシミひとつないターバンを巻き、その下のぼんやり白んだ眼はほとんど見えていないようだった——彼女は折り目のついた切り抜きをその黒い両手に、この人種の女性の手にはよくあることだが三十歳、二十歳、さらには十七歳のころとも遜色ない柔らかさとかぼそさを保っている手に握らせた。

「キャディよ！」と司書は言った。「ほら！　ディルシー！　ディルシーってば！」

「あの人は何て言ったかね？」とニグロの老婆は言った。司書には彼女の言う「あの人」が誰のことかわかっていたし、彼女（司書）には「あの人」が誰のことかわかるとニグロの老婆にはわかるであろうことにも、彼女がもうジェイソンに写真を見せたことがニグロの老婆にはすぐさまわかったであろうことにも司書は驚かなかった。

「あの人が何て言ったかわからない?」と彼女は叫んだ。「あの子が危ないって知らされて、確かにあの子だって自分でも言ったのよ、かりにこの写真を見せなくたって認めたでしょうよ。ところが誰かが、誰でも、私みたいなのでも、彼女を助けたいと思ってると、助けようとしてると気づいた途端、あの子じゃないって言いだしたのよ。でもあの子でしょ! ほら見て!」

「あたしの眼を見てごらんよ」とニグロの老婆は言った。「どうやったらその写真が見えるって言うんだい?」

「フローニーを呼んで!」と司書は叫んだ。「フローニーならわかるから!」しかしニグロの老婆はすでに折り目に合わせて切り抜きをたたみ、返してよこそうとしていた。

「あたしの眼はもうダメなのさ」と彼女は言った。「見えやしないよ」

それで終わりだった。その日の六時、彼女はバッグを小脇に抱え、もう片方の手で往復チケットの帰りの分を握りしめてバスターミナルの雑踏をかきわけ、午後の人波に乗って騒がしいプラットフォームへと流されていったが、その波には中年の民間人がわずかにいるほかはほとんどが休暇か死地へ向かう陸軍海軍の兵士と、その連れの若い家なし女たちだった。彼女らはすでに二年間、運がよければ寝台車やホテルに泊まり、悪ければ普通客車やバスや駅やロビーや公衆便所で過ごす日々を送っており、ひとところに留まるのは慈善病院や警察署で動物みたいに赤ん坊を産み落とすあいだだけで、終わればすぐまた移動を再開するのだった。満員のバスに彼女はなんとか乗り込んだが、周りのほかの誰よりも小柄なため足がほんの時たましか床に触れないありさまだったので、しばらくすると何かの塊が(カーキの服を着た男だったが、彼女はもう泣いていたので見えなかった)立ちあがり、彼女を体ごと持ち上げて窓際の席に座らせてくれ、するとまだ静かに泣いている彼女の目には都市の町並みが猛スピードで過ぎ去って後ろに消えていくのが見え、まもなく彼女は家に帰ってジェファソンでの安全な日々に戻るはずだった。ジェファソンの生活にもわけのわからない激情や動揺や悲嘆や憤怒や絶望は一通りそろっているものの、六時になればそれらすべてに覆いをかけられたし、そうすれば子どもの軽い手だってそれを静かな永遠の棚に戻して見分けのつかない似たようなものたちのあいだに紛れこませ、鍵をかけてしまっておけるし、そうすれば一晩じゅう夢も見ずに眠っていられるのだ。**そうだと静かに泣きながら彼女は思った、そうだったんだ、彼女は写真を見たくなかったんだあれがキャディかどうか知りたくもなかったんだ、だってわかってたんだからキャディは助けてほしいなんて思ってないってあの子には救うべきものは残ってないってあの子に失えるものでで失う価値のあるものなんてもう何もないんだから。**

ジェイソン四世　カロデン以前の先祖以来、初めての正気のコンプソンであり、（子のない独身男でもあったので）ゆえに最後のコンプソンとなった。論理的で合理的、自制心があり、ストア派の古い伝統に連なる哲学者でさえあった。いかなる見地からも神のことは一切考えず、ただ警察のことだけ気にかけ、ゆえに自分の食事を作ってくれるニグロの女性だけを恐れ、敬っていた。その女は彼にとって生まれたときから公然の敵であり、幼い姪が不義の子であることを彼が何らかの形で利用して母親を脅迫していることを素朴な千里眼で彼女にも見透かされた一九一一年のあの日からは不倶戴天の敵となったのだった。コンプソン家の者たちから身を守って持ちこたえ、さらに世紀が変わってコンプソン家やサートリス家の類《たぐい》が町から徐々に消えるにつれてその小さな町を乗っ取ったスノープス一族とも争って持ちこたえたが（母が亡くなるや——姪はすでに雨樋をつたい降りて姿を消しており、そのためディルシーは彼の頭上に振りかざしておくべき棍棒を二つとも失《な》くしてしまっていた——白痴の弟を州の施設に預け入れ、かつては豪奢だった広々した部屋を細かく区切ってアパートと称し、下宿屋をはじめたいという田舎者に家をまるごと売り払ったのはスノープスの者たちではなくジェイソン・コンプソン自身であり、それが済むと彼はさっさと古屋敷を出た）、彼にとっては自分を除いた残りの町や世界や人類全体がコンプソンの人々だったから——つまり不可解ではあるけれども絶対に信用ならないという点だけは完璧に予測可能である存在だったから——これは難しいことではなかった。草地を売った金は姉の結婚式と兄のハーヴァードの学費で全部消えてしまっていたので、店で働いて稼いだ少ない給料をこつこつ貯めてメンフィスの学校に入り、そこで綿の分類や等級付けを学んで自ら商売をはじめ、アル中の父が死んでからは腐りかけの家の腐りかけの家族を支える任を一身に引き受け、母のために白痴の弟を養い、三十の独身男が当然享受してよいはずで必要ですらあるはずの快楽を犠牲にした結果、母に可能なかぎりかつての暮らしに近い暮らしを送らせることができたが、これは彼が母を愛していたからというわけではなく、単に（つねに正気だったゆえに）週給の支払いを止めると言いはしても追い出すことはできなかったニグロの料理番を恐れていたからである。こうした諸々の事情があったにもかかわらず十セント貨、二十五セント貨、五十セント貨をけちけち節約し、なんとか二八四〇ドルと五十セントを貯め（姪がそれを盗んだ晩には三千ドルと報告していた）、銀行家もやはりもう一人のコンプソンにしか思えなかったので銀行には預けず、寝室の鍵をかけたタンスの中に隠し、*ベッドメイクは毎朝自分でして、毎週日曜日の朝、彼が立ち会い監視するのを条件に母とディルシーがベッドのシーツの交換と床の掃き掃除のために三十分だけ部屋に入るのを許可した以外はずっと部屋に鍵をかけておいた。白痴の弟が通りがかりの女の子に対してぶざまに為した試みが未遂に終わったのち、母には知らせず弟の後見人になり、弟を家から連れ出したことに母が気づかぬうちに去勢してしまった。やがて一九三三年に母が死ぬと、白痴の弟と家から自らを永遠に解放し、さらにはニグロ女からも解放して、取引台帳と綿のサンプルが置いてある農業用品店の階上の二間《ふたま》の事務所に移り住んで、ベッドルームとキッチンと浴室を一体にした部屋に改装し、週末には大柄で地味で人なつこく真鍮色の髪をした若いとは言いがたい感じのいい顔つきの女が、丸いつば広の帽子や、寒い季節になれば模造毛皮のコートを着て出入りするのが目撃されるようになり、かくして中年の綿バイヤーと、町では単にあの男のメンフィスの友達と呼ばれていた女は、土曜の夜には二人連れだって地元の映画館に行き、日曜の朝には食料品店で買ったパンや卵やオレンジやスープ缶の入った紙袋を抱え、所帯じみた円満夫婦といった様子でアパートの階段をのぼっていくのが見られ、それから女は午後遅くにバスでメンフィスに帰っていくのだった。彼はいまや解放されたのである。彼は自由だった。「一八六五年に」彼はよく言ったものだ、「エイブ・リンカーンはコンプソン家からニガーどもを解放した。一九三三年、ジェイソン・コンプソンはニガーどもからコンプソン家を解放したのである」。

＊　ここも本編とは設定が異なる。初出の『ポータブル・フォークナー』版の「付録」からさらに変更された箇所の一つ。

ベンジャミン　生まれたときは母のただ一人の兄にちなんでモーリーと名付けられた。母の兄はハンサムで気取り屋で空威張りで無職の独身男で、およそどんな人からも借金をし、ニグロのディルシーからも借りていて、その際彼はポケットから片手を引っぱり出しながら、俺から見たらあんたは妹の家族同然だし、どこの誰が見たって生まれながらのレディだよと言いくるめたのだった。息子モーリーの状態をついに母までが納得すると、母は泣きながら改名の必要を説いたので、兄のクエンティンによってベンジャミンと新たに名付けられた（ベンジャミン、エジプトに売られた、我らが末子）。彼は三つのものを愛した。キャンダスの結婚式代とクエンティンをハーヴァードに送る費用をまかなうために売られた草地、姉のキャンダス、炎の光である。彼はそのどれをも失うことはなかった――というのも姉のことは思い出せず、思い出せるのは彼女がいなくなった感覚だけだったし、炎の光はいまも眠りに落ちるときと同じ明るい形をしていたし、草地は売却される前よりも素敵になっていたからだ。今ではラスターと一緒に、そこで生じている動きを――それがゴルフクラブを振り回している人間だということも彼には何ら意味を持たなかったが――いつまでもフェンス沿いに追っていられるようになったし、ラスターが草藪《くさやぶ》や雑草の茂みに連れていってくれてラスターの手のなかに小さな白い球体が急にあらわれ、その球体が手から放たれて板張りの床や燻製小屋の壁やコンクリートの歩道へ向かうと、重力やあらゆる不変の法則だとは彼には知る由もないものと球体は争い、打ち勝つのだった。一九一三年に去勢された。一九三三年にジャクソンの州立精神病院に入れられた。そのときも何も失わなかった。姉に関してと同じく、草地そのものは覚えておらず、それを失った記憶しかなかったし、炎の光はあいかわらず明るい眠りの形のままだったからだ。

クエンティン　最後の者。キャンダスの娘。生まれる九か月前に父を失い、生まれたときには姓を持たず、分裂する卵子が性を決めた瞬間すでに生涯未婚に終わることを運命づけられていた。十七のとき、我らが主の復活を記念する一八九五回目の祝祭日の前日に雨樋をつたって自室の窓から鍵のかかった誰もいない叔父の寝室の、鍵のかかった窓に飛び移り、ガラスを割って中に侵入し、叔父の火かき棒を使って鍵のかかったタンスをこじ開けて金を取り出したのち（盗まれたのは二千八百四十ドル五十セントでも三千ドルでもなく、七千ドル近い金だった。この事実こそジェイソンの烈《はげ》しい怒りの源であり、その赤く燃えたぎる耐えがたい怒りは当日の夜のみならず、つづく五年間にも折に触れ、ほとんど、いやまったく弱まることなく蘇ってきたので、ジェイソンはきっと自分はいつか不意に怒り死にするだろうと、銃弾か雷に打たれたみたいに即死するだろうと本気で信じていた。たった三千ドルではなく七千ドル近い金を奪われたのに、彼はそのことを誰にも言えず、あばずれを姉にひとり、姪にもうひとり持った不運を共有するほかの男たちからお前は正しいと言ってもらうこともできず——もっとも同情は欲しなかったが——金を取り戻すために助けを求めることもできなかった。失った金のうち四千ドルは自分のものではなかったので、自分のものだった三千ドルも取り返すわけにはいかなかった。なぜなら前者の四千ドルは過去十六年にわたり姪の母親から養育費として送られてきたものであって、法的には姪の財産であるばかりか、債務保証人の要求に従い後見人兼管財人として郡の衡平法裁判所の裁判官に毎年提出していた報告書の中では全額使い切ったと公式に記録されていたので、法的にはまったく存在しないはずのものだったのである。おかげで彼は、かすめとった分のみならず、自分で貯めた金まで、自分が搾取していた相手に奪われたことになる。刑務所入りの危険を冒して得た四千ドルだけでなく、一度に五セントや十セントずつ、二十年近くにわたって貯金し、さまざまなものを犠牲にし控えることで貯えた三千ドルも奪われ、しかもこれを実行したのは彼の搾取の被害者であるのみならず、ほんの子どもであって、前々から計画を練っていたわけでもなく、タンスをこじ開けたらいくら入っているのかも知らずに、あっさり思いつきでやってのけたのだ。いつも警察のことを気にかけ、警察に迷惑をかけたこともなく、長年税金を払って怠惰でサディスティックな寄生虫どもを援助してきたというのに、警察に行って助けを求めることもできなかった。それればかりか、少女は捕まったら全部しゃべってしまうだろうから、自分で追跡することすらできないので、残された手段は虚しい夢を見ることだけで、事件後二年経ち、三年経ち、さらに四年も経ってそろそろ忘れていいころになっても、夜になるとその夢を見てはのたうち回り、汗にまみれるのだったが、それは彼女が金を使い切ってしまうまえに自分が暗闇からだしぬけに飛び出して彼女を捕まえ、口を開く間もあたえず殺してしまうという夢だった）夕闇にまぎれて同じ雨樋をつたい降り、すでに重婚の有罪判決を受けていた露天商の男と駆け落ちしたのだった。そしてそれきり姿を消した。どこかで占領軍に関わりになったとしても、クロムめっきのメルセデスで現れることはなかっただろうし、スナップ写真に参謀将校が写りこむこともなかっただろう。

それで終わりだった。以下の人々はコンプソン家の者ではない。彼らは黒人だった。

TP《ティーピー》　シカゴとニューヨークの低賃金工場の経営者たちが彼のために特別にあつらえた立派で派手で安価で妥協なき服をメンフィスのビール通りで着ていた。

フローニー　寝台車の荷物係と結婚してセントルイスに移り住んだのち、母ディルシーがメンフィスより遠くに行きたくないと言ったのでメンフィスに戻ってきて母のために家をかまえた。

ラスター　男、十四歳。自分の倍も歳をとり三倍も体が大きい白痴の世話を完璧にこなし、守ってやれるばかりか、飽きさせず一緒に遊んでやることができた。

ディルシー

彼女たちは耐えた。

訳者解説

二十世紀アメリカを代表する作家の一人、ウィリアム・フォークナーの四作目の長篇であり最初の傑作とも言うべき『響きと怒り』は、一九二九年に出版された。これに先立つ三作目の長篇『土にまみれた旗』でフォークナーは自らの故郷であるアメリカ南部、ミシシッピの地を小説の題材として見出した（この土地はのちにヨクナパトーファ郡と名付けられ、本作を含むフォークナー諸作品の主要な舞台となる）。しかし、この長篇小説の出版は難航した。[*1] せっかく書き上げた小説を世に出せずにいるなか、フォークナーはもはや出版のことは気にせず好きなことを書こうと思うにいたる。そうして書き上げたのがのちに本作第一章「一九二八年四月七日」となるベンジーの物語だった。「物語はすべて第一章の中に、ベンジーの語るとおりにある」と『響きと怒り』への「序文」（一九三三年執筆、当時未出版[*2]）でフォークナーは述べている。作家本人の弁によれば、その後出版の

＊1　大幅にカットされ『サートリス』という題でようやく出版されたのは、『響きと怒り』と同年の一九二九年だった。その後、一九七三年になってタイプ原稿に基づいて復元された『土にまみれた旗』が出版され、さらに後述のノエル・ポークによる改訂版が二〇〇六年に出版された。邦訳は二〇二一年に出版されている（ウィリアム・フォークナー著、諏訪部浩一訳、『土にまみれた旗』河出書房新社）。

＊2　現在知られている「序文」の草稿には二つのヴァージョンがあり、ともに一九七〇年代になってから学術誌に掲載された。邦訳は『フォークナー全集27』（冨山房、一九九五）所収。

可能性に思いいたって、第一章を補足する二章以降を書いていったのだそうだ。

そうしてできあがった『響きと怒り』は、『土にまみれた旗』と同じく没落した南部名家という(作家自身の背景とも重なる)主題を扱ってはいるものの、読み味は大きく異なっている。知的障害を持つコンプソン家の末子ベンジーを語り手とする第一章をはじめとして、本作では初めて読む読者を、少なくともしばらくは置き去りにするような文体が随所で採られている。本作が発表された一九二〇年代と言えば、さまざまな先進的文学技法が開発され難解な文学作品が量産された「モダニズム」の時代である。フォークナーはジェイムズ・ジョイスらの影響のもと、人間の内面の思考や感情の移ろいを写し取ろうとするいわゆる「意識の流れ」の手法を、『響きと怒り』以前にも部分的には用いていた。しかし本作の特に第一章と二章における「意識の流れ」の大胆な応用の仕方には、フォークナーの開き直りが感じられるとともに、作家としての大きな飛躍が見て取れる。これ以降、フォークナーは多くの新しい独自の文体や文学的仕掛けを開拓していくことになる(フォークナーの主要著作については巻末の主要著作邦訳リストを参照)。

そうした文体や仕掛けに起因するフォークナー作品のある種の読みづらさやわかりづらさは、読者や(後述するように)編集者を戸惑わせてきたいっぽうで、「フォークナーらしさ」の大きな部分を占めてもいる。もちろん、先述のとおり当時はモダニズムの時代であって、読みづらさや難解さはフォークナーの専売特許ではない。したがって、「フォークナーらしさ」は単に読みづらさにあるのではなく、それを作品のためにどう活かしたかにある。本作で言えば、それが作品を難解にするだけでなく、逆説的に単純なおもしろさにつながっている点に特徴がある、と私は考える。例えば第一章のベンジーの語りでは語彙が限られており、動詞の目的語が普通あるべきところから抜けていたりもするが、それ以外に文法的な破綻はほとんどなく、見たままのことを、そしてそれに導かれた過去の記憶を淡々と語っていく。だから、一文一文は慣れてしまえば意外と読みやすい。

もちろん、記憶のフラッシュバックが説明もなくいきなり挿入されるので、字体の切り替えによってかろうじて場面が変わったことは認識できても、何の場面なのかを把握することは容易ではないし、全体として非常にわかりづらい文章であることはたしかだ。それでも、読み進めていくうちにその多くが死や葬式、喪失とかかわっていることが徐々に見えてくるだろう。そして、その核心には今はいなくなってしまった姉キャディへの想いがあることも。それがはっきりするのは、章の中盤で淡々としていた語りが「キャディ」という言葉の侵入によって乱れ、彼女への想いが溢れ出す箇所である。この場面は何度読んでも胸が熱くなるし、そうしたベンジーの、言葉では表すことのできない喪失感と愛情さえ感じ取れればこの章はそれで充分だ、という気さえしてくる。細かい事実関係にこだわらず読むならば、それがわからないことは障害にはならず、むしろ失われた過去に囚われつづけるベンジーの想いの深さそのものに読者は意識を向けやすくなるはずだ。そうして読むならば、ベンジーの章はフォークナー作品の中でももっとも実験的に見えるものの一つであると同時に、もっともシンプルな美しさをたたえてもいる。

自殺をもくろむほどに追い込まれている長男クエンティンによって語られる第二章「一九一〇年六月二日」、唯一の成功の機会を奪われた怒りに燃える次男ジェイソンによって語られる第三章「一九二八年四月六日」も、懇切丁寧に状況や背景を説明してくれるわけではなく、やはり過去の記憶のフラッシュバックが随所に挟み込まれるうえに、ベンジーの章よりはるかに破綻した文が多く、特に第二章は隅々まで正確に理解することが研究者にとってさえ困難である。それでも、そうした語りの理解不能な混沌が、その中に渦巻く想いの激しさを鮮烈に伝えてくれる。『響きと怒り』の文体はたしかに「難しい」かもしれないが、その文体を通じてもたらされるのは激情の生々しい手触りであり、ある意味ではわかりやすいエモーショナルな感動であって、それがこの作品を特別に愛するフォークナー読者が多い一因であるかもしれない。

『響きと怒り』（*The Sound and the Fury*）という、一見して内容とのつながりが見えないタイトルも、本作の語りの激しさを象徴している。元ネタはシェイクスピアの『マクベス』第五幕第五場のマクベスのセリフである――「人生はたかが歩く影法師、哀れな役者だ、／出場のあいだは舞台で大見得を切っても／袖へ入ればそれきりだ。／白痴のしゃべる物語、たけり狂うわめき声ばかり［full of sound and fury］、／筋の通った意味などない。」（松岡和子訳、ちくま文庫）。「白痴のしゃべる物語」という部分はベンジーの語りを連想させるが、ここに表されている激しさと虚しさは、一家唯一の女きょうだいキャディの「堕落」を契機としてコンプソン家の凋落《ちょうらく》との直面を強いられることになるクエンティンとジェイソンの語りとも、そして一家の命運そのものとも響きあうものだ。フォークナーはほとんどの作品においてこのように、小説内には登場しないが内容を象徴的に示すフレーズをタイトルにした。とりわけこの『響きと怒り』は完璧なタイトルと言っていいだろう。

上記のように読みづらさやわかりづらさもフォークナーの魅力の重要な構成要素ではあるのだが、ほとんどの作品の初版時には、出版社の意向に基づいてもっと読みやすくなるよう多くの変更が加えられていた。フォークナーの価値が正当に認められ大作家としての地位を確立したのは一九四六年の『ポータブル・フォークナー』の出版――その当時、ほぼすべての過去作が絶版になっていた――以降だった。その後、一九八〇年代以降になって、フォークナー研究者ノエル・ポークの手による、フォークナーが書いたオリジナルのテクストをできるかぎり再現した改訂版が順次出版された。本書はその改訂版『響きと怒り』（William Faulkner, *The Sound and the Fury*, Vintage International, 1984）の全訳である。

また、本書には『響きと怒り』の補遺である「付録――コンプソン一族　一六九九―一九四五」の全訳も収録されている。初出はフォークナーの名声を一気に高めることとなった上記のアンソロジー『ポータブル・フォークナー』である。『ポータブル・フォークナー』には本作から第四章「一九二八年四月八日」の抜粋が収められており、元々「付録」はその補足説明として企画されたものだった。しかし、できあがったものは単なる補足説明をはるかに超えており、しかも『響きと怒り』本文と齟齬《そご》をきたす箇所もいくつかあったため、アンソロジーの編者マルカム・カウリーを大いに困惑させることとなった。フォークナーは『ポータブル・フォークナー』ではカウリーの要求に従い本編の設定に合わせた修正を一部行ったが、その後ふたたび本編との異同を大きくした改訂版を発表した。本書の「付録」が底本としたのは、そこにさらにポークの手が加わった改訂版（William Faulkner, “Appendix: Compson, 1699–1945,” *The Sound and the Fury: The Corrected Text with Faulkner's Appendix*, Modern Library, 1992）である。

本書でも原文の精神を尊重して、わかりやすすぎる訳にならないよう留意した。文が句読点なしに連続しているところ、文の途中で新たな文が突然はじまってしまうところ、非標準的なパンクチュエーションが用いられているところ、空白が挟みこまれているところ等は、できる限り原文のとおりにした。とはいえ、もちろん英語と日本語の違いからそのまま再現することが難しい箇所もあるし、原文以上にわかりづらくなってしまっては元も子もないので、いくつかの要素に関しては別の工夫を凝らしたり、場合によっては省いたりせざるを得なかった。それでも、なるべく原文に近い効果を生み出せるよう心掛けた。

また、注の数もできる限り減らし、英語の原文を読めばわかるが訳には出せない要素や現代日本人の読者にとっては馴染みの薄い情報、そしてさすがに説明がないとまったくわからないであろうと思われる箇所に付けるに留めた。

細部までもっときちんと理解したいと思う読者もいるだろうが、幸いフォークナー研究が長年行われてきた日本では、本国アメリカ以上と言ってもいいくらいに『響きと怒り』について詳しい解釈がなされ、注釈が作られてきたので、それらにあたるのも一つの手だ。代表的なものとしては、優れた翻訳書であるばかりでなく、ほとんど『響きと怒り』の注釈本の決定版とすら言える岩波文庫版（平石貴樹・新納卓也訳、二〇〇七年）が挙げられるだろう（本訳書を不親切な設計にする決断ができたのも、この岩波文庫版が先に存在していればこそだった）。また本訳書の作成にあたっては、岩波文庫版とともに、日本ウィリアム・フォークナー協会編『フォークナー事典』（松柏社、二〇〇八年）、大橋健三郎による注釈書『William Faulkner: *The Sound and the Fury*』（英潮社、一九七三年）にも大いに助けられた。本書を楽しむためには必ずしも隅々まで理解しなくともよいとは言っても、翻訳をする際にはそういうわけにはいかない。本訳書が上記をはじめとした先人たちの偉大な仕事の上に成り立っていることは言うまでもない。この場を借りてお礼申し上げたい。

『響きと怒り』を新たに訳すという畏れ多くも貴重な機会を与えてくださった編集者の木村由美子さんにも改めて感謝申し上げる。『ポータブル・フォークナー』に引き続いて、本書の作成過程においても辛抱強い励ましとともにさまざまなアイディアを提供していただいた。また、本書の校正は並外れてたいへんな作業だったと想像されるが、校正スタッフの方々からは数多くの有益なご指摘をたまわった。あわせてお礼申し上げたい。

『響きと怒り』は多くのフォークナー読者にとってと同様、フォークナー自身にとっても特別な一作だった。それがもっとも明確に述べられているのは、上記の『響きと怒り』への「序文」においてである。その中でフォークナーは、特に第一章の執筆体験がいかに自分にとって強烈で、二度とは戻ってこない「エクスタシー」をもたらしてくれたかを熱っぽく語っている。本作の訳業を通じてそのエクスタシーを疑似的に追体験できた、などと烏滸《おこ》がましいことを言うつもりはないが、作品を改めて読みこみ訳文を練り上げていく中で、これまで以上に深い感動を受け取ったことはたしかである。その感動を本書の読者と分かち合えたらそれ以上幸せなことはない。

なお、本作には現代的観点からすると目を背け耳をふさぎたくなるような差別語や罵り言葉も含まれているが、二十世紀アメリカ南部を舞台とした本作にとってはそれらも欠くべからざる要素であり、登場人物たちの考え方や人格を如実に表している部分でもあるため、そのまま訳出した。ご容赦いただきたい。

*

これまで、わからないままに読んでも充分に楽しめる小説であることを繰り返し強調してきたが、それでもできるだけ理解しておいて損はないため、読解の多少の助けになることを期待して、最後に各章および「付録」について追加の解説を付しておく。

一九二八年四月七日

語り手は先述のとおり、知的障害を持つコンプソン家の末子ベンジーで、彼は言葉を話すことができずどれだけ理解しているかも定かではないが、ともかくもフォークナーはベンジーに限られた語彙で見たままを記述させる。現在時は彼の三十三歳の誕生日で、黒人の少年ラスターにお守りをしてもらっている――というよりも、少年が失くした二十五セント玉の捜索に付き合わされている。二人はコンプソン屋敷の隣のゴルフ場（かつてはコンプソン家の敷地で、ベンジーのお気に入りの場所だった原っぱの一部）の脇を通り、屋敷の裏庭を抜けて黒人女性たちが洗濯をしている小川まで行き、戻ってくる途中で男と逢引している姪のクエンティンに出会う。それから表の門に行ってそこを通る女の子たちをベンジーが眺め、庭の木立の下にあるベンジーの「墓」（詳細は不明）に立ち寄り、台所に入って誕生日ケーキを食べ、兄のジェイソンと姪のクエンティンらと夕食をとったのちに眠りにつく。この章で行われるのはこれだけのことに過ぎないが、その合間に記憶のフラッシュバックが挟み込まれる。

記憶は眼の前の出来事によって連想的に導かれることもあれば、記憶がさらに別の記憶を呼び覚ますこともある。場面転換の多くは書体の切り替え（原文ではイタリックとの切り替え）によって示されるが、切り替えがないこともあれば、切り替わっても場面が変わっていないこともあり、厳密な法則性はない。そのため、いつのどんな出来事を思い出しているのか、にわかには識別しがたいが、ベンジーの記憶の背景となっている主な出来事は以下のとおり。

まず、一番古い記憶と思われるのは、祖母の葬式である。子どもたちは外で川遊びをしたのち屋敷に戻ってきて、キャディが木に登って客間の中を窓から覗き込み、一同は汚れたキャディのズロースを見つめる。「序文」でフォークナーが言うには、本作の出発点はこの場面であり、物語のすべてがここからできあがったということだ。ズロースの汚れがキャディの「堕落」を予言的に象徴し、その「堕落」に対して兄弟たちはそれぞれの反応を見せることになる。夜にそれを拭い落とそうとしてくれる使用人のディルシーはすべてを見越しているかのようで、壊れゆくコンプソン家をなんとか支えようとし、一家が崩れ落ちてしまったのちにも一人持ちこたえる。そのディルシーが「未来」を表すとすれば、キャディを失ったことさえ認められずに苦しみつづけるベンジーは「過去」を表す、とフォークナーは述べている。

死や喪失にかかわる記憶については他にも、兄クエンティンの葬式、父ジェイソンの死、ディルシーの夫ロスカスの死が挙げられる。それから、家の門を出たところで通りがかった女の子を押し倒してしまい、のちに去勢手術を施されたこともベンジーの喪失感にかかわっていると言っていいだろう。あるべきものがいくら探しても見つからないことに、彼は着替えのたびに気づくのである。

しかしベンジーにとっての最大の苦しみはもちろん最愛の姉キャディの喪失によってもたらされる。しかも、それは皮肉にも幸せなイベントであるはずの結婚式によって完遂される。ベンジーはそこに至るまでのキャディの変化も細かく記憶している。モーリー伯父さんの恋文をキャディと一緒に届けに行った幼い頃の思い出にはじまり、優しかったキャディが思春期になると香水をつけだし、男友達と遊ぶようになり、やがて性的な関係を持ちはじめる。誰が父親かもわからない子を宿したキャディは結婚相手を見つけるものの、その関係はすぐに破綻し、生まれた子クエンティンはコンプソン家に引き取られ、現在でもベンジーらとともに暮らしているが、キャディは養育費を送ってくる以外は一家とはほぼ絶縁状態にある。

ベンジーの記憶は断片的で説明もまったくないため、第一章を読んだだけではこれらの事情を正確に把握することは難しい（というよりも、一読しただけではなにがなにやらほとんどわからないかもしれない）。そのうえ、同じ名前を持ったキャラクターが複数登場することが読解をさらに困難にしている。父と次兄は二人ともジェイソンという名で、母キャロラインは両者を同じようにジェイソンと呼ぶ。長兄と姪は性別が違うものの、両方ともクエンティンだし、ベンジー自身も元は伯父と同じモーリーという名前だった（幼い頃、知的障害を持っていると判明したのちに改名されてベンジャミンになった）。こうして同じ名前を繰り返しつけることは貴族的な地位を獲得した南部名家が広く採り入れていた慣習のようで、『土にまみれた旗』などに登場するサートリス家にも、フォークナー自身の一族にも同じ慣習が見られる。

コンプソン家に仕える黒人使用人一家の設定もわかりづらいところかもしれない。ディルシーとロスカスにはヴァーシュ、T《ティー》・P《ピー》、フローニーという子どもがいて、ラスター少年はフローニーの息子。現在はラスターがベンジーの面倒を見ているが、その前はT・Pが、さらにその前はヴァーシュが見ていた。この設定は場面の年代を特定する手がかりにもなるが、逆にお守りをする人物の名がころころ変わっているように見えて読者を混乱させる要素でもある。ラスターの父親もまたヴァーシュという名であることが示唆されるが、その場面以外に言及はないし無駄にややこしい設定であるため、これに関してはフォークナー自身も混乱していた可能性がある。

一九一〇年六月二日

語り手はコンプソン家の長男クエンティン。舞台はハーヴァード大学のあるマサチューセッツ州ケンブリッジおよび隣接するボストンである。クエンティンはベンジーのお気に入りの場所であった原っぱを売却した金でハーヴァードに入学し、現在時ではその一年目が終わろうとしている。この章では記憶の断片に加えて、聖書や詩からの引用を含む抽象的な想念や妄想と思われる記述も多数挿入される。本作の中ではもっとも混沌として難解な、そしてそのぶん読みごたえのある章だと言っていいだろう。

クエンティンの語りが混沌としているのは彼が極限的な精神状態にあるからだ。この日、彼は自殺をすると決めており、彼の一日の大半はその準備にあてられる。荷物をまとめたり手紙をしたためたりしているのはそのためであり、時計屋ではどうやら自殺する時刻を決め、金物屋では入水自殺の道具として鉄鏝《てつごて》を購入する。そのいっぽうで、時間を見ないようにしたり、死を連想させる影から逃れようとしたり、なるべく自殺のことを正面から考えないようにしている様子も見られる。言伝を頼むためにディーコンと呼ばれる黒人の知人を探し出しつつ、友人たちには会いたくないので町中をあてもなく放浪するクエンティンは、その途中でイタリア系移民の少女と出会い、やがてトラブルに巻き込まれる。そこで南部出身の貴婦人ミセス・ブランドに連れ出された大学の友人たちに出くわし、彼らとともに判事の元に出向いて、なんとか罰金を払うだけで解放してもらう。その後、ミセス・ブランドの息子ジェラルドに突如殴りかかったクエンティンは返り討ちにあい、一行と別れて一人で寮の部屋へと戻る。そこで彼はケンブリッジとボストンの間を流れるチャールズ川に身を投げる前の最後の身繕いをする。

クエンティンの自殺の原因がキャディにあるのは明白で、上記の現在時の行動の描写に混じりこむ彼の記憶や妄想のほとんどは、キャディの処女喪失（小説内の記述によれば、前年の夏のことだと思われる）と二か月弱前に行われた結婚式、およびそれについての父親との対話をめぐるものになっている。父親の存在はクエンティンにとって良くも悪くも大きいもので、キャディを押さえつけておけず無力感と諦念を抱える父はクエンティンにも同じような考えをもたせることで自殺を思いとどまらせようとしているようだが、クエンティンは父の思想に抗う。クエンティンはキャディの初めての性体験の相手と目されるドールトン・エイムズに話をつけに行こうとさえしたのだが、しかしそれは己の弱さをさらすだけの結果になってしまう。クエンティンがジェラルドら、男性的な強さや女癖の悪さを持つ男たちに反感を抱くのも、ドールトンを思い起こさせるからだろう。クエンティンはさらに、キャディの相手はドールトンではなく自分だったのであり、自分たちは近親相姦を犯したのだと思い込もうと試みるも、当然それは現実を変える力を持たず、クエンティンは絶望から抜け出すことができない。そうしてクエンティンの思考には、キャディとの記憶および性や死の想念と結びついた諸々のイメージ――時間、影、忍冬《すいかずら》、水など――が入り乱れることになる。

この章ではクエンティンの思い出すキャディとの対話から、彼女の想いの一端も垣間見えるが、その全貌は明らかにはならない。三人の兄弟の想いはそれぞれの観点から鮮やかに描き出されるが、それとは対照的な、謎としてのキャディの存在、あるいは不在もまた本作の際立った特徴となっている。

謎ということで言えば、クエンティンがなぜそこまでキャディに執着するのかもわかりづらいところではないだろうか。性に奔放な女性によってもたらされる男性性の危機というモチーフは、社会構造の大きな変化とともに男女関係も変わっていった二十世紀前半のアメリカ文学にはよく見られるものだ。本作におけるクエンティンもそれに呼応していると見ていいだろう。しかし、自殺をするほどのクエンティンの想いの激しさ（およびキャディの苦しみ）は、そうした一般的な男性性の危機の枠からはるかにはみ出てしまう。本作を読みこめば、そこにはどうやら南部の旧名家特有の人生観やジェンダー観がかかわっていることが見えてくるが、それにしたってそこまで思いつめるほどだろうか、という気がしなくもない。

フォークナー自身、のちに『アブサロム、アブサロム！』（一九三六年）の主要な視点人物としてクエンティンを再登場させることで、クエンティンの絶望を再解釈している。『アブサロム、アブサロム！』ではキャディやその他の兄弟への言及はないが、キャディへの執着を間接的に感じさせる箇所はある。しかし最終的にクエンティンを深い苦悩へと導くのは、暗い歴史を抱える南部への愛憎である。

南部というテーマ自体は冒頭で述べたように『土にまみれた旗』ですでに見出されていたが、『響きと怒り』では南部は後景に退き、フォークナーはむしろ衰退する南部と同期するように崩壊していく一家の面々の心理描写に注力している。そしてそれは大いに成功していると言ってよいが、のちに書かれた「付録」では本作と南部の歴史との関係が強調されている。南部の歴史を探究した『アブサロム、アブサロム！』や『行け、モーセ』（一九四二年）の執筆を経たフォークナーが『響きと怒り』のコンプソン家を歴史の中に据えようとするのもよくわかるが、しかし歴史性や南部性が強調されすぎた結果、クエンティンの苦悩が図式的な説明の中に押し込められてしまっているようにも感じられる。たしかにクエンティンの苦悩は南部に根差しているのだろうが、本作においてキャディという個人への執着という形をとるそれは、結局のところ合理的な理解を超えるからこそ読者により強く印象づけられるのではないだろうか。

一九二八年四月六日

語り手は次男ジェイソン。時は第一章の前日であり、父も兄もとっくに亡くなって今はジェイソンがコンプソン家当主となっている。語り口は口語的で皮肉っぽく、独特の癖はあるが、前二章に比べると比較的読みやすい。そのため、現在時に起こっている出来事を追うのはそれほど難しくないだろう。中心となる筋は、学校をサボって男と逢引しているらしい姪のクエンティンの追跡と、綿相場への投機である。ジェイソンは自宅と職場であるアールの雑貨屋とを行き来する合間に隙を見つけてはこの二つのどちらかを行うのだが、やがて前者に熱中しすぎ、そこにコンサルタントへの不信もあいまった結果、投機で大損をすることになる。

ジェイソンはキャディからクエンティンの養育費として送られてくる金を横領していたり、雑貨屋への投資金として母親に出してもらった千ドルを自分のものにしたりと、お世辞にも善人とは言えない。子どもの頃から金に固執していたことは本作の端々で示されるが、大人になったジェイソンは金を得るために周りに多くの嘘をつき、横領をごまかすために偽物と差し替えた小切手を母親に燃やさせる、といったことまでしている。

しかし彼が抱えている負担を考えると、まったく同情できないわけでもない。アルコール中毒で亡くなった父の代わりに、彼は知的障害を持つ弟と病弱な母、不真面目な姪に、黒人の使用人たちまで一人で養わなければならないのだ。メンフィスに愛人はいるが、結婚できるような状況では到底ないし、仕事も大して先があるように思えず、投資も（自業自得な面もあるが）うまくいかない。伯父のモーリーは今は居候をしていないが、定期的に金をたかってくる。ジェイソンは、プライドが高く始終愚痴をこぼし余計な心配ばかりしている母親のことを疎ましくも思っているが、そんな母親はジェイソンのことをコンプソンきょうだいの中で唯一自分たちバスコム家の血筋を継ぐものとして溺愛してきたのであり、ジェイソンにとってこの世でつながりを感じられるただ一人の存在と言っていいだろう（そういうわけで父との対話がしばしば挟み込まれたクエンティンの章に対し、本章では母との対話が頻繁に挿入される）。だからジェイソンは母親の意思をできるかぎり尊重しようとし、慢性的な頭痛を抱えながらも逃げ出さずにコンプソン家を支えつづけているのである。

そんなジェイソンの語りにも、キャディの記憶が大きな影を落としている。キャディの結婚相手である銀行家ハーバート・ヘッドはジェイソンに銀行の職を約束してくれていた。家の資産を切り崩してまでハーヴァードに通わせてもらったクエンティンとは異なり、ジェイソンにとってはそれが唯一の成功のチャンスだった。しかし、キャディの離婚によってそれもご破算になってしまう。そもそもチャンス自体がキャディのもたらしてくれたものだったのだが、ジェイソンはキャディを恨み、大きな怒りと憎しみを抱きつづけている。たまにクエンティンの様子を見にこっそりやってくるキャディに対して容赦のない酷《むご》い対応をするのもそのためだ。

こうした諸々の想いが頭を駆けめぐり、ジェイソンの語りも時に断片的な記憶のフラッシュバックに侵食される。特に死や棺への言及を無意識的に避けている父親の葬式の場面はわかりづらい箇所だろう。酒で身を持ち崩した父の死をきっかけに伯父のモーリーは我が物顔で家をうろつくようになるし、ジェイソンはその伯父も含めた家族の生活に対する責任を負わなくてはいけなくなったわけで、この葬式もまたジェイソンにとっては大きなトラウマになっているようだ。本章では前二章に比べると仕掛けの派手さは減じているが、それでも語り手の内面は同様に鋭く抉《えぐ》り出されている。

なお、本章に登場するI・O・スノープスは『土にまみれた旗』にもすでに登場していた。スノープスの一族は元々は貧乏白人でありながら、凋落する南部名家の人々に代わって町で幅をきかせだす。その物語は後期フォークナー作品において集中的に描かれることになるが、構想自体はすでにこの時期から作られており、さまざまな作品にスノープスたちが顔をのぞかせている。本作へのI・O・スノープスの出演は、ヨクナパトーファものの初期作である『響きと怒り』の裏にもフォークナーの創造した具体的な南部世界が広がっていることをたしかにうかがわせる。

一九二八年四月八日

語りは三人称で一人の視点に寄り添いつづけることはないが、ジェイソンとディルシーがプロットの中心を担う。「序文」でフォークナーが述べるように、ディルシーに与えられた役割は堅実に生き延びてコンプソン一家を支え、その行く末を見届けることだ。このように安定した人物を描くのに「意識の流れ」は必要ない。したがって本章では圧倒的な内面描写に代わって、フォークナーの情景描写や会話の妙を存分に味わうことができる。後者についてはこれまでの章にも示されていたが、本章の黒人登場人物たちの会話は特に活き活きとしている。

時はベンジーの誕生日翌日、イースター（キリストの復活を祝う祭日）の日。前半では、ジェイソンがクエンティンの養育費を横領して貯めこんでいた金を、前日の夜にクエンティンが盗んで逃げていたことが発覚するまでが描かれる。幼き日のキャディが祖母の葬式を覗き見るために登ったナシの木を、今度は娘のクエンティンがコンプソン家を裏切り捨て去るために伝い降りたのである。中盤では黒人たちのイースター礼拝が描かれ、来賓として招かれたシーゴグ師の説教に熱狂し感動するディルシーら黒人たちの様子が滅びゆくコンプソン家との対照をなす。その後は金を取り戻そうとするジェイソンの行動が描かれる。金の出どころを説明できないジェイソンは保安官の助力を得られない。そもそも彼は周りからまったく信用されておらず、詐言《さげん》や悪行もだいたい見透かされているのだ。そのため自らクエンティンとその恋人を追跡しようとするのだが、散々な目にあって失敗する。終盤では、泣きわめくベンジーをなだめるためにラスターが彼を馬車に乗せて連れ出す。しかしラスターは広場のロータリーをいつもとは逆方向に回ってしまい、ベンジーをパニックに陥れる。そこにジェイソンが駆けつけて馬車の方向を正し、すべてが「定められた位置」に戻ったことでベンジーは落ち着きを取り戻す。こうして最終章は、母親代わりとなって子どもたちを育《はぐ》み見守ってきたディルシーを中心とする黒人たちの堅実な日常と、コンプソン家の滅亡の運命とを対比させ、後者の悲劇性を浮き彫りにしながら物語を完結させる。

フォークナー自身の家を含め、南部の旧名家では白人と黒人が明確な身分差がありながらも家族同然のような近しさを持って生活を営んでいた。その関係およびそれが白人黒人両者にもたらす心理的影響は非常に複雑なものであり、『響きと怒り』におけるコンプソン家の白人たちと黒人使用人たちの交流にもその一端が垣間見える。しかし、南部における白人と黒人の関係が奴隷制の過去ともども深く掘り下げられるのは、『行け、モーセ』などののちの作品においてである。そうした点も含めて、『響きと怒り』はスケールの面では以降の作品に及ばないかもしれない。それでも、南部性が主題ではなく背景にとどまることで、読者は登場人物たちの心の動きを、失われた女性をめぐるその激情を、真っ向から受け止めることになる。他に例を見ない特異な語り口を採用したベンジーの章が『響きと怒り』を極めてとっつきにくい作品にしているいっぽうで、中心となる主題はある意味でとてもシンプルであり、その一極集中型のそぎ落とされた作風が『響きと怒り』をフォークナー作品の中でももっとも広い読者にアピールしうる傑作たらしめている。

付録——コンプソン一族 一六九九—一九四五

『ポータブル・フォークナー』のために書かれた「付録」を、フォークナーは『響きと怒り』を読み解く「鍵」だと述べており、本編執筆当時にこれも書いておくべきだったとも言っている。ただし、ここには中期の代表作群をひととおり書き終えたあとのフォークナーの中での南部という主題の拡大と深化が見て取れ、二〇年代末にこれを書くのは難しかっただろう（そもそも、一九四五年まで描いているわけだから難しいどころか不可能だ）。そのため、やはり「付録」は『響きと怒り』本編の一部あるいは補完物というよりは、四〇年代以降のフォークナーの眼に映るコンプソン家の人々の姿の記録であり、過去の著作の再解釈を通して作家の変化を見ることができる一個の興味深い読み物と捉えるべきだろう。先に述べたとおり「付録」には小説本編とは異なる——特にジェイソンと姪のクエンティンに関連した——設定が故意に多数組み込まれており、フォークナー自身も小説を固定されたものとは考えておらず、自身の想像力の進展とともに変化していくものだという意識を持っていたことがうかがわれる。

形式は人物ごとに説明をつけていくというものだが、最初の二つのエントリーがイッケモタビとアンドルー・ジャクソンであるという点がまず特徴的だ。イッケモタビは、「赤い葉たち」（一九三〇年）をはじめとして複数の作品に登場するチカソー族の長であり、一平方マイルの土地をコンプソン一族の者に売った人物でもある。ジャクソンは言うまでもなく、インディアンの強制移住を遂行した大統領である。『行け、モーセ』などでフォークナーは、インディアンたちが住んでいた南部の土地の白人たちによる売買と所有、およびそれに続く奴隷制という形を採った人間の売買と所有を、南部の一種の「堕落」として捉えている。それはつまり、南部白人の歴史は最初から破滅の定めにあったという考え方でもある。インディアンの南部からの消失から語りはじめる「付録」は、明らかにそのような南部の運命と重ね合わせるかたちで、アメリカに渡ってきた最初のコンプソン、クエンティン・マクラカン以降のコンプソン一族を描いていき、コンプソンきょうだいたちもその枠組の中で捉え直されることになる。

キャディのその後が明かされる彼女のエントリーも興味深いが、ジェイソンのエントリーでは彼の人物像が『響きと怒り』本編とは大きく異なる印象を与える点もまたおもしろい。これを読んだマルカム・カウリーは、ジェイソンはもっと悪人だったはずだと苦言を呈しているが、大きな歴史の流れの中で彼を見たときに、フォークナーはスノープスらが台頭してきた時代をなんとか生き延びた彼を再評価したくなったのだろう。フォークナーが愛着を覚えているのは他の「正気」ではないコンプソンたちだとしても。

二〇二四年七月

桐山大介

ー・オールリンズ・スケッチズ』（大橋健三郎・牧野有通訳、冨山房「フォークナー全集 1」1990）

***The Mansion,* 1959.**『館』（高橋正雄訳、冨山房「フォークナー全集 22」1967）

***The Reivers, a Reminiscence,* 1962.**『自動車泥棒』（高橋正雄訳、講談社、1963／冨山房「フォークナー全集 23」1975）

***Early Prose and Poetry,* 1962.**『初期の詩』（福田陸太郎・石田毅訳、冨山房「フォークナー全集 1」1990）

***The Wishing Tree,* 1964.**『魔法の木』（木島始訳、冨山房、1968／福武文庫、1989／冨山房「フォークナー全集 27」1995）

***Essays, Speeches and Public Letters,* 1965.**『随筆・演説 他』（大橋健三郎他訳、冨山房「フォークナー全集 27」1995）

***Flags in the Dust,* 1973.**『土にまみれた旗』（諏訪部浩一訳、河出書房新社、2021）

***Marionettes,* 1975.**『あやつり人形』（大橋健三郎訳、冨山房「フォークナー全集 1」1990）

***Mayday,* 1977.**『メイデー』（中島時哉訳、冨山房「フォークナー全集 1」1990）

***Uncollected Stories of William Faulkner,* 1979.**『短篇集（2）』（小野清之・牧野有通訳、冨山房「フォークナー全集 25」1984）・『短篇集（3）』（牧野有通・平石貴樹訳、冨山房「フォークナー全集 26」1997）

***Mississippi Poems,* 1979.**『ミシシッピ詩集』（平石貴樹訳、冨山房「フォークナー全集 1」1990）

***Helen: A Courtship,* 1981.**『ヘレン・ある求愛』（平石貴樹訳、冨山房「フォークナー全集 1」1990）

***Father Abraham,* 1983.**『父なるアブラハム』（牧野有通訳、冨山房「フォークナー全集 26」1997）

***Vision in Spring,* 1984.**『春のまぼろし』（平石貴樹訳、冨山房「フォークナー全集 1」1990）

ォークナー全集 10」1971）

***Pylon,* 1935.**『空の誘惑』（大橋健三郎訳、ダヴィッド社、1954）、『パイロン』（佐伯彰一訳、筑摩書房「世界文学大系 61」1959）、『標識塔』（後藤昭次訳、冨山房「フォークナー全集 11」1971）

***Absalom, Absalom!,* 1936.**『アブサロム、アブサロム！』（西脇順三郎・大橋吉之輔訳、荒地出版社「現代アメリカ文学全集」1958）、同（大橋吉之輔訳、冨山房「フォークナー全集 12」1968／「筑摩世界文学大系 73」1974）、同（篠田一士訳、新潮社「新潮世界文学」1970／集英社文庫、1978）、同（高橋正雄訳、講談社文芸文庫、1998）、同（藤平育子訳、岩波文庫、2011）

***The Unvanquished,* 1938.**『征服されざる人々』（西川正身訳、中央公論社「世界の文学 43」1967）、同（中島時哉・斎藤久訳、朝日出版社、1969）、同（赤祖父哲二訳、旺文社文庫、1974）、『征服されざる人びと』（斎藤光訳、冨山房「フォークナー全集 13」1975）

***If I Forget Thee, Jerusalem [The Wild Palms],* 1939.**『野性の情熱』（大久保康雄訳、日比谷出版社、1950／三笠書房、1951）、『野生の棕櫚』（大久保康雄訳、新潮文庫、1954／河出書房「世界文学全集 第二期 16」1956）、同（橋本福夫訳、新潮社「新潮世界文学 42」1970）、同（加島祥造訳、学習研究社「世界文学全集 5」1978／中公文庫、2023）、『野性の棕櫚』（井上謙治訳、冨山房「フォークナー全集 14」1968）

***The Hamlet,* 1940.**『村』（田中久男訳、冨山房「フォークナー全集 15」1983）

***Go Down, Moses,* 1942.**『行け、モーセ』（大橋健三郎訳、冨山房「フォークナー全集 16」1973）

***Intruder in the Dust,* 1948.**『墓場への闖入者』（加島祥造訳、早川書房、1951）、『墓地への侵入者』（鈴木建三訳、冨山房「フォークナー全集 17」1969）

***Knight's Gambit,* 1949.**『騎士の陥穽』（大久保康雄訳、雄鶏社、1951／新鋭社、1957）、『駒さばき』（山本晶訳、冨山房「フォークナー全集 18」1978）

***Collected Stories of William Faulkner,* 1950.**『短篇集（1）』（志村正雄訳、冨山房「フォークナー全集 24」1981——一部を収録。残りは同「フォークナー全集 8」の『これら十三篇』、および「フォークナー全集 10」の『医師マーティーノ、他』に収録）、『フォークナー短編集』（龍口直太郎訳、新潮文庫、1955——一部を収録）

***Requiem for a Nun,* 1951.**『尼僧への鎮魂歌』（阪田勝三訳、冨山房「フォークナー全集 19」1967）

A Fable, 1954.『寓話』（阿部知二訳、岩波書店、1960／岩波文庫、1974）、同（外山昇訳、冨山房「フォークナー全集 20」1997）

***Big Woods,* 1955.**『熊、他三篇』（加島祥造訳、岩波文庫、2000——一部は未訳）

***The Town,* 1957.**『町』（速川浩訳、冨山房「フォークナー全集 21」1969）

***New Orleans Sketches,* 1958.**『ニューオルリーンズ』（西崎一郎訳、北星堂書店、1957）、『ニュ

フォークナー主要著作邦訳リスト

***The Marble Faun*, 1924.**『大理石の牧神』（福田陸太郎訳、冨山房「フォークナー全集 1」1990）

***Soldiers' Pay*, 1926.**『兵士の給与』（山屋三郎訳、早川書房、1952／角川文庫、1957）『兵士の貰った報酬』（西崎一郎訳、時事通信社、1956）『兵士の報酬』（原川恭一訳、冨山房「フォークナー全集 2」1978）、同（加島祥造訳、新潮社「新潮世界文学 41」1971／文遊社、2013）、同（速川浩訳、主婦の友社「ノーベル賞文学全集 11」1971）

***Mosquitoes*, 1927.**『蚊』（大津栄一郎訳、冨山房「フォークナー全集 3」1991）

***Sartoris*, 1929.**『サートリス』（林信行訳、白水社、1965／2004）、同（斎藤忠利訳、冨山房「フォークナー全集 4」1978）

***The Sound and the Fury*, 1929.**『響きと怒り』（高橋正雄訳、三笠書房「現代世界文学全集 1」1954／講談社文庫、1972／講談社「世界文学全集 89」1975／講談社文芸文庫、1997）、同（尾上政次訳、冨山房「フォークナー全集 5」1969）、同（大橋健三郎訳、新潮社「新潮世界文学 41」1971）、同（平石貴樹・新納卓也訳、岩波文庫、2007）

***As I Lay Dying*, 1930.**『死の床に横たわりて』（佐伯彰一訳、筑摩書房「世界文学大系 61」1959／講談社文芸文庫、2000）、同（阪田勝三訳、冨山房「フォークナー全集 6」1974）、同（高橋正雄訳、講談社「世界文学全集 89」1975）、『死の床に横たわる時』（大貫三郎訳、角川文庫、1959）

***Sanctuary*, 1931.**『サンクチュアリ』（西川正身・龍口直太郎訳、月曜書房、1950／新潮文庫、1955）、同（加島祥造訳、新潮文庫、1955）、同（西川正身訳、中央公論社「世界の文学 43」1967）、同（大橋健三郎訳、角川文庫、1962／筑摩書房「世界文学全集 59」1978／冨山房「フォークナー全集 7」1992）

***These Thirteen*, 1931.**『これら十三篇』（林信行訳、冨山房「フォークナー全集 8」1968）

***Idyll in the Desert*, 1931.**『砂漠の牧歌』（小野清之訳、冨山房「フォークナー全集 25」1984）

***Miss Zilphia Gant*, 1932.**『ジルフィア・ガント嬢』（小野清之訳、冨山房「フォークナー全集 25」1984）

***Light in August*, 1932.**『八月の光』（高橋正雄訳、河出書房新社「世界文学全集 45」1961）、同（加島祥造訳、新潮文庫、1967）、同（須山静夫訳、冨山房「フォークナー全集 9」1968）、同（諏訪部浩一訳、岩波文庫、2016）、同（黒原敏行訳、光文社古典新訳文庫、2018）

***A Green Bough*, 1933.**『緑の大枝』（福田陸太郎訳、冨山房「フォークナー全集 1」1990）

***Doctor Martino and Other Stories*, 1934.**『医師マーティーノ、他』（瀧川元男訳、冨山房「フ

著者略歴

ウィリアム・フォークナー　William Faulkner（1897-1962）
アメリカ合衆国ミシシッピ州生まれ。同州北部の町オクスフォードで生涯の多くを過ごす。高校中退の後、軍隊や大学を転々としながら詩や散文の執筆を手がける。1924年、最初の詩集『大理石の牧神』を発表、26年には最初の小説『兵士の報酬』を発表する。その後アメリカ南部の架空の地ヨクナパトーファを舞台とするサーガに着手、『サートリス』（『土にまみれた旗』）を皮切りに本書『響きと怒り』や『サンクチュアリ』『八月の光』『アブサロム、アブサロム！』『行け、モーセ』などの作品を次々に発表する。46年、マルカム・カウリー編の小説選集『ポータブル・フォークナー』の出版を機に国内外で一気に評価が高まり、50年にはノーベル文学賞を受賞、世界文学を代表する作家となった。

訳者略歴

桐山大介（きりやま・だいすけ）
1983年神奈川県生まれ。アメリカ文学研究者。学習院大学准教授。専門はW・フォークナー、R・エリスンなどのアメリカモダニズム小説。共訳に、D・ダムロッシュ『世界文学とは何か？』、W・フォークナー著／M・カウリー編『ポータブル・フォークナー』。

William FAULKNER:
THE SOUND AND THE FURY (1929)

響きと怒り

2024年9月20日　初版印刷
2024年9月30日　初版発行

著者　ウィリアム・フォークナー
訳者　桐山大介
装幀　& design
発行者　小野寺優
発行所　株式会社河出書房新社
〒162-8544
東京都新宿区東五軒町2-13
電話　03-3404-1201（営業）
03-3404-8611（編集）
https://www.kawade.co.jp/
印刷　株式会社亭有堂印刷所
製本　大口製本印刷株式会社

Printed in Japan
ISBN978-4-309-20913-5

河出書房新社の海外文芸書

ポータブル・フォークナー
ウィリアム・フォークナー　マルカム・カウリー編
池澤夏樹・小野正嗣・桐山大介・柴田元幸訳
世界文学巨匠の画期的小説選。作家が創出した伝説の地ヨクナパトーファの主要作品を作品内年代順に一つの壮大な物語のように構成しノーベル賞につなげた名作品集。豪華翻訳陣の新訳も魅力。

土にまみれた旗
ウィリアム・フォークナー　諏訪部浩一訳
「サートリス家の人間が、他の人みたいに普通の死に方をしたなんて話、聞いたためしがあるかい？」あらゆる者が苛烈に生き滅びゆく、20 世紀最大の物語のはじまりの書にして記念碑的大作が、初の邦訳。

ガチョウの本
イーユン・リー　篠森ゆりこ訳
13 歳のアニエスは作家として華々しくデビュー。本当の作者は親友のファビエンヌ。2 人の小説を書くという「遊び」は周囲を巻き込み思わぬ方向に。2023 年度ペン／フォークナー賞受賞。

もう行かなくては
イーユン・リー　篠森ゆりこ訳
リリアは 3 人の夫に先立たれ、5 人の子を育て 17 人の孫を持つ。昔の恋人の日記を手に入れ、それに自分の解釈を書き込んでいく過程で驚くべき秘密が明らかになっていく。喪失と再生の物語。